페이백_슬픔마저도

페이백_슬픔마저도

민도연 장편소설

북레시피

차례_

1부_도모

1_목격자

띠리리리….

오늘도 경박한 멜로디를 듣고 말았다. 현관문이 열리는 소리를.

'05:30'이라는 하얀 숫자가 눈꺼풀 안쪽에서 어른거린다.

남편이 귀가한 것이리라.

애들 때문에 귀를 막고 잘 수는 없으니, 안 듣고 싶다고 안 들을 수도 없는 일이고… 안 들리고, 그냥 모르고 넘어갔어야 하는데.

도어록은 왜 소리가 나게 만든 거야? 문을 여는 사람한테 문이 열렸다는 것을 알려주려고? 잡아당겨보면 알잖아. 아니면 집 안에 있는 사람한테 누가 왔다는 것을 알려주려고? 그러라고 인터폰이 있는 거잖아.

'제발 앞으로 딱 한 시간만 이대로 잘 수 있게 해주세요.' 영주는 눈을 감은 채 마음속으로 간절히 기도를 올렸다. '딱 한 시간만 그에게서 벗어나 평화롭게 잘 수 있도록 지켜주십시오. 제발 딱 한 시간만….'

4월에 들어서면서 갑자기 따뜻해진 탓인지 문득 정신을

차리고 보면, 말 그대로 병든 닭처럼 졸고 있는 자신을 발견하곤 했다. 잠이 부족하다. 그것도 너무.

캠핑 왜건은 사길 참 잘했다. 놀러 다니려고 산 거였는데, 그게 없었다면 나 혼자서 세 살이 된 선국이랑 다섯 살 선미를 어떻게 데리고 다닐 수 있었을까. 선미는 20킬로를 훌쩍 넘어서, 업으려고 마음만 먹어도 3년 전에 입원까지 해야 했던 허리 염좌가 도질까봐 무서울 지경이다. 무거운 가방을 왜 오른쪽 어깨에만 매고 다녔는지. 그때는 몰랐다….

아냐, 내가 지금 무슨 짓을 하는 거야. 생각을 멈춰야 해. 자야 돼. 지금부터 한 시간 잘 수 있느냐 마느냐에 오늘 하루가 달려 있다고.

몽글몽글 상념이 삐져나오는 구멍을 큼지막한 코르크 마개로 막는 자신의 모습을 마음속으로 그리며 영주는 주문을 외우기 시작했다. 잠의 주문을.

내 생각은 모두 물로 바뀐다. 아주 맑고 투명한 물… 부드러운 내 손이 구멍을 막고 있던 코르크 마개를 뺀다. 퐁 소리와 함께 물이 뿜어져 나오기 시작한다. 주위는 신기하리만치 완벽한 정적에 싸여 있다. 쌔근쌔근 꿈나라를 여행하는 아이들의 숨소리만 아득하게 들려올 뿐이다.

맑은 물은 금세 끝도 보이지 않는 호수를 만들어냈다. 거울처럼 매끄러운 호수 위에 예쁜 초승달이 비치고 있다. 달빛을 받은 은빛 갈대가 흔들린다. 살랑살랑 불어오는 바람이 우윳빛 매끄러운 피부를 어루만진다. 더할 나위 없이 따스하고 부드럽다. 나는 잔잔한 호수 위를 미끄러지듯 맨발로 걷고 있다. 따사로운 기운이 발바닥에서 머리끝까지 펴져간다. 깃털처럼 가벼워진 몸이 두둥실 공중으로 떠오른다. 발아래로 은가루를 뿌려놓은 것 같은 아름다운 호수가 펼쳐져 있다. 새하얀 솜털 구름이 내 몸을 감싼다. 폭신폭신하다. 아… 좋다….

잠이 온다. 잠이 온다. 예쁜 초승달이 호수 너머로 내려가고 주위가 어두워진다. 어둠이 포근하게 나를 에워싼다. 서서히 나는 잠의 세계로 빠져든다. 빠져든다.

스슥 스슥 스슥….

슬리퍼 끌지 말라고 몇 번을 얘기했는데… 아니, 이건 슬리퍼를 끄는 소리가 아니라 잠이 다가오는 소리다. 잠의 요정은 잠 가루만 뿌려주고 그냥 지나갈 것이다.

욕실로 멀어져가야 할 소리가 멈췄다. 멈출 리가 없는데… 설마 문 앞에 서 있을 리가… 없다.

달그락… 끼이….

이건 방문이 열리는 소리가 아니라 꿈의 문이 열리는….

딸깍, 문이 닫혔다.

익숙한 발소리가 대놓고 다가오고 있다.

'제발 멈춰.' 영주는 마음속으로 외쳤다.

이제는 내 몸 위에서 숨소리까지 내려온다.

"여보, 자는 거야?" 결국 가장 듣고 싶지 않은 말이 고막을 찔렀다.

이 인간이 미치지 않고서야.

너무 어이가 없어서 입술을 비집고 웃음이 새어 나왔다.

왼쪽으로 돌아누우며 영주는 눈을 가늘게 떴다. 어둠 속에 남편의 얼굴이 희부옇게 떠 있다.

영주는 이를 악물고 목소리를 낮췄다. "불 켜면 죽는다."

"안 켜." 남편이 침대 옆에 웅크리고 앉았다. 보아하니, 입이고 눈이고 모양새가 아무래도 웃는 것 같다. 잠을 깨운 거에 대한 미안함이라고는 털끝만큼도 느껴지지 않는다.

"당신, 미쳤어?" 영주는 분노를 듬뿍 담은 눈으로 잠의 훼방꾼을 쏘아보았다. "잠자는 거 방해하지 말라고 했지? 나, 지금 돌기 직전이거든."

남편이 이쪽으로 불쑥 얼굴을 들이밀었다. "미안, 미안." 말은 그렇게 하면서도 얼굴은 헤실헤실 웃고 있다. 싱싱한 당근을 눈앞에 둔 당나귀처럼 위아래 잇몸까지 드러내놓고 보란 듯이.

"이 인간이 정말 미쳤나 보네. 잠자는 거 방해하면 가만두지 않는다고 했지." 영주는 자꾸 커지려고 하는 목소리를 간신히 억눌렀다. 옆에서 자고 있는 아이들을 깨우면 일이 더 복잡해지기 때문이다. "당신은 택시 교대 시간에 맞춰서 잘 수나 있지. 그리고 운전하는데 졸면 안 되니까 내가 당신 안 깨우려고 얼마나 조심하는지 몰라."

"알아, 안다고. 그니까 미안하다고 했잖아."

"칼로 찌르고 미안하다고 해라. 나는 자고 싶어도 잘 시간이 없다고." 도저히 참을 수가 없어서 머리를 살짝 들고 오른손으로 베개를 집어 냅다 내던졌다. 그럴 줄 알았다는 듯 남편이 고개만 확 돌려 피해버렸다.

약이 오르고 분해서 머리맡을 더듬어 갑 티슈를 찾는데, 물컹한 것이 손에 잡혔다. 그런데 문제는 너무 세게 잡았다는 것이다.

"아야, 아파. 엄마, 왜…?" 얼른 머리를 들고 돌아보니 선미의 종아리였다.

너는 왜 뒤집어져서 자는 거야.

선미가 몸을 일으키려고 해서 재빨리 끌어안고 같이 누우며 머리를 쓰다듬고 등을 토닥거렸다. "선미야, 똑바로 누워서 자야지. 더 자. 자장자장 우리 딸. 자장자장 우리 예쁜 딸… 더 자. 자장자장…."

선미는 순식간에 잠에 빠져들었다. 게다가 작게 코까지 골고 있다.

너무 부럽다.

"여보, 잠깐만…." 그 소리에 눈을 돌리니 남편이 잠바 안주머니에서 뭔가를 꺼내 내밀었다. "이것 좀 봐." 남편이 어른 손바닥보다 조금 큰 지퍼 백을 흔들고 있다.

"이게 뭐라고 잠을 깨워?" 짜증이 치밀어서 지퍼 백을 잡아채고 일어나 앉았다. 손바닥에 익숙한 감촉이 느껴졌다. 종이 같은 느낌이지만 종이는 아니었다.

응? 내려다보니 지퍼 백 속에는 매우 낯익은 물건이 들어 있었다. 게다가 두툼하다. 어스름 속에서 신사임당과 눈이 마주쳤다. 잠이 홀딱 깼다.

"이게 뭐야?" 지퍼 백 안에 있던 것을 꺼내 대충 세어보았다. "100만 원?"

"이거 너 주려고." 남편이 빙글거리고 있다.

불타오르던 분노가 머리끝부터 발끝까지 흔적도 없이 사라졌다. 입매가 풀리는 것을 느끼며 영주는 소리 나지 않게 엉덩이를 미끄러뜨려 침대에 걸터앉았다.

"이 돈 어디서 났어? 어디 지방이라도 갔다 온 거야?"

"아니, 10분도 안 되는 거리였어." 남편은 복권이라도 당첨된 것 같은 표정을 짓고 있었다. 절로 고개가 끄덕여졌다. 하지만….

"10분도 안 되는 거리였다면서, 돈을 왜 이렇게 많이 준 건데? 설마 사기 친 건 아닐 테고?"

"사기는 무슨… 택시 기사가 사기 칠 일이 뭐가 있어?" 남편이 피식 웃음을 흘리며 말을 이었다. "특이한 손님을 태웠거든."

"특이한 손님?" 영주는 지폐 뭉치를 다시 세어보았다. 분명히 스무 장이다. 도저히 이해할 수 있는 상황이 아니었다. "10분도 안 되는 거리에, 왜 이렇게 많이 준 건데?"

"그래서 특이한 손님이라고 했잖아." 남편이 입꼬리를 귀에 걸고 말을 이어갔다. "암튼 새벽 2시 조금 넘은 시간이었는데 콜이 오길래 냉큼 잡았지. 30분 이상 빈 차로 돌아다니고 있었거든. 근데 네비로 보니까 양재천 뒷길이더라고. 거기, 낮에는 벚꽃 구경한다고 바글바글해도 새벽에는 차도 사람도 거의 안 다니는 길이거든. 급한 마음에 일단 잡긴 잡았는데, 솔직히 괜히 잡았나 싶기도 했어. 무서운 생각도 나고."

"그래서?" 영주는 재촉했다.

"그런데 전화가 온 거야."

"손님한테서?"

"응. 자기가 지금 많이 다친 상태라면서 빨리 좀 와달래. 그러고 보니까 도착지가 병원 응급실로 되어 있더라고. 도착해서 보니까 가드레일 위에 앉아 있던 남자가 걸어오는데 완전 까맣더라고."

"흑인이었단 말이야?"

"헤드라이트 불빛 안으로 들어오기 전까지는 나도 그런 줄 알았어. 그런데 자세히 보니까, 머리를 다친 건지 수건으로 머리를 칭칭 감고 있었는데 시커멓더라고. 입고 있던 셔츠까지 거의 다. 피투성이였던 거지!"

"살벌했겠는데…." 영주는 침을 꼴깍 삼키고 잠자코 남편의 입만 바라봤다.

"살벌했지. 게다가 시커먼 두 손으로 얼굴을 가리고 실내 등을 끄라는 거야."

"미쳤어. 미쳤어. 그래서 껐어?"

"끌 수밖에 없었어. 그 남자가 뒷문을 이미 연 상태였거든."

"도망쳐야지. 이 바보야!" 영주는 얼결에 소리를 높이고 말았다.

"진정해. 여보, 나 이렇게 멀쩡히 살아 있잖아. 암튼 온몸이 벌벌 떨리더라고, 조폭인가 싶기도 했고. 그래서 순간 당황하고 있는데 그 사람이 뒷좌석에서 불쑥…." 남편이 잠시 말을 멈추더니 지퍼 백을 가리켰다. "불쑥 이걸 내밀고는 세차비까지 넣었다는 거야. 대충 보니까 5만 원짜리가 한두 장이 아니라 꽤 많이 들어 있는 것 같더라고."

"조폭은 아니었나 보네? 피가 묻을까봐 돈을 지퍼 백에 넣어서 준비한 걸 보니까. 무슨 얘기 같은 건 안 했고?"

"말을 할 수 있는 상태이긴 했지만 심각해 보여서 그냥 달렸지. 내가 물어본다고 뭐 달라질 것도 아니고. 그런데 응급실 앞에 서니까 그 사람이 뒷문을 열더니 손짓을 하는 거야."

"손짓?"

"응. 이리 오라는 식으로 까닥까닥. 보니까 의사하고 간호사가 달려오더라고. 병원에 미리 연락을 했었나 봐. 암튼 그 손님은 걸어서 갔고."

"걸어서? 응급실까지 갔는데 걸어서 들어갔다고?"

"응. 걸어서. 정확하게 말하자면 약간 비틀거리면서."

"그래도 뒷좌석에 피가 묻어 있다면 세차비는 조금 들겠다. 시트나 바닥을 바꿔야 할 수도 있고. 세차는 했어?"

남편이 고개를 살래살래 저으며 씩 웃었다. "솔직히 걱정돼서 병원에서 나가자마자 길가에 주차해놓고, 물티슈 몇 장 뽑아 들고 뒷좌석을 열었는데 핏가루만 조금 떨어져 있더라고. 물티슈 한 장으로 세차 완료! 세차비 빵원! 시트도 바닥도 말짱!"

"핏가루?" 불현듯 어제 낮 아이들을 어린이집에서 데리고 올 때 봤던 벚꽃이 하늘하늘 흩날리는 광경이 떠올랐다. "핏가루라고?"

"응. 말라붙어 있던 피가 가루가 돼서 떨어진 거였어. 사실은 그제야 그 사람이 왜 시커멓게 보였는지 이해가 되더라고."

"피가 말라붙어 있을 정도였다면 다친 지 꽤 오래됐다는 거잖아? 그 사람 엄청 아팠겠다."

남편이 그때의 상황을 되짚어보는 듯 천장을 올려다봤다.

"왜?" 영주가 물었다.

"아프다는 소리는 못 들은 것 같아. 앓는 소리를 내지도 않은 것 같고…." 시선을 내린 남편이 소리죽여 말했다. "당신 말마따나 많이 아팠을 텐데 말이야."

"정말 특이한 손님이긴 하네." 이렇게밖엔 달리 표현할 수 있는 말이 없었다.

"여보, 오늘 우리 가족, 벚꽃놀이 갈까?" 남편이 지폐를 꼭 쥐고 있는 영주의 손을 살포시 잡았다. "아까 보니까 양재천에 벚꽃이 장난 아니더라."

"잠깐만." 영주는 잠시 머릿속을 더듬어봤다.

그러고 보니 가족끼리 어디 놀러 간 게 언제였는지 기억이 나지 않는다. 놀러 다니자고 캠핑 왜건까지 샀으면서. 애들이야 어린이집을 하루 안 보내면 된다지만, 슈퍼마켓 도우미 일을 갑자기 빼달라고 하면 영세 자영업자인 엄마도 아빠도 저항이 만만치 않을 텐데. 특히 엄마… 애들 좀 봐준다고 평소에도 아주 노골적으로 생색을 내는데….

"여보, 장모님한테는 내가 잘 얘기해볼게. 내가 쉬는 날 땜빵 뛴다고 말해볼게." 남편이 마음을 읽기라도 한 듯 말했다.

"그러든지." 말은 그렇게 했지만 영주는 왠지 모르게 꺼림칙한 기분을 떨칠 수가 없었다. "근데, 그 손님, 설마 조폭은 아니겠지?"

"아닐걸." 남편이 빠르게 덧붙였다. "내가 잘못한 건 없잖아? 세차비로 받은 건데 뭘. 내가 달라고 한 것도 아니고."

"그건 그러네."

조폭이라고 해서 택시에 태우면 안 되는 것도 아니고. 게다가 세차비 받은 게 불법도 아니고. 달라고 했다면 또 모를까 손님이 자진해서 준 거니까.

싹을 틔우려던 걱정을 떨쳐내고 영주는 가족 모두가 좋아하는 것을 입 밖으로 꺼냈다. "김밥 싸 갈까?"

"세차비도 굳었는데 사먹자."

남편의 제안에 영주는 기분 좋게 동의했다. "그러자! 사먹자!"

2_워리어

창문 너머로 노랗게 물들어가고 있는 은행나무 잎사귀들이 눈에 들어왔다. 언제까지고 푹푹 찌는 여름이 이어질 것 같았는데, 비가 몇 번 내리더니 기온이 뚝 떨어지고 가을이 와버렸다. 은행나무 가지와 잎으로 도려내진 하늘에는 두툼한 잿빛 구름이 아침 해를 가리고 있다. 당장이라도 비가 쏟아질 것 같은 끄물끄물한 날씨다.

창밖을 내다보던 현숙은 화장대의 거울로 시선을 되돌렸다. 거울 속에는 일주일 전에 만으로 쉰두 살이 된, 두꺼운 쌍꺼풀하고 날렵한 갈매기 눈썹을 제외하고는 자연산인 여자가 이쪽을 빤히 바라보고 있다. 현숙은 거울에 바짝 얼굴을 들이밀고 화장 상태를 체크했다.

"그 많던 주름 다 워디 간 겨? 숨은그림찾기네, 숨은그림찾기. 33년 장인의 기술이 이제 거의 마술의 경지에 도달했구면."

얼마 전까지만 해도 쌈닭의 열기를 뿜뿜 뿜어내던 여자가 많이도 변했다. 봉봉미용실 원장으로서 갈고 닦은 화장술이나 나이를 먹었기 때문만은 아니라는 것을 현숙은 알고 있다.

화장 속에 감춰진 주름들을 떠올리며 현숙은 중얼거렸다. "너도 이제 빼도 박도 못하고 가을 여자가 돼버렸구먼. 인정할 건 인정해야지."

화장대 위에 놔둔 핸드폰을 들어 시간을 확인했다. 9시 32분이다. 차를 타고 가면 5분쯤 걸리니까 약속 시간인 10시까지 아직 여유가 있다.

현숙은 화장대 거울을 향해 고쳐 앉아 고대기를 들고 머리의 볼륨을 살리는 데 집중했다. 이 고대기는 미용실에서 강제로 은퇴시켰다. 새 고대기를 샀기 때문이다.

"성호 엄마, 그렇게 변장하고 워디 가는 겨?" 잠이 덜 깬 걸걸한 목소리가 뒤통수를 두드렸다. 거울 속에서 남편이라는 작자가 늘어진 러닝셔츠에 헐렁한 사각팬티 차림으로 부스스한 머리를 긁적이고 있다. 앙상한 팔다리, 볼록한 아랫배, 헤싱헤싱한 윗머리.

'변장은 뭔 변장이여? 장인의 기술이지. 그건 그렇고 당신은 언제 겨울로 들어선 거? 늙다리가 다 돼뿌졌네. 염색 안 해줬으면 워쩔 뻔했어. 공짜로 염색해준 것만 해도 고마운 줄 알아.' 연달아 튀어나오려고 하는 쌈닭의 본능을 꿀꺽 삼키고 현숙은 화장대 거울을 바라본 채 대답했다. "어제 얘기했잖여. 성호 때문에 상담받으러 간다고." 암튼 당신이라는 인간은, 결혼하고 5년 만에 낳은 우리 보물 같은 아들놈한테 관심이 있는 겨 없는 겨, 라는 말도 마른침과 함께 삼키고 대신 이렇게 말했다. "당신은 워디 안 나가?"

"나가지. 군청에서 10시 반에 미팅 있어. 청년 창업에 대한 세미나라고나 할까. 아조 중요한 회의라고 할 수 있지."

"그럼 빨리 준비나 해. 샤워하고 나가. 냄새 나니께. 아, 그리고 비 올 것 같으니께 우산 들고 나가고."

대답이 돌아오지 않아 거울을 보니, 거울 속에서 게슴츠레한 눈으로 꼬나보고 있던 남편이 움찔거리던 입을 뗐다. "아! 그 뭐여? 집 마당 여기저기에 죄다 꽃을 심어놓은 그 비생산적인 인간, 그러니께 당신한테 이혼할라면 하라고 했던 그 상담사 놈 만나러 가는 겨?"

상담사 놈? 지금 이혼당하지 않고 따뜻한 밥 얻어먹고 있는 게 누구 덕분인지 이 인간은 아직도 모르고 있다.

윗머리의 볼륨을 살리는 데 집중하며 할 말을 찾고 있는데 남편의 말이 또 뒤통수를 강타했다. "내가 묻잖여. 꽃 좋아하는 그 상담사 놈 만나러 갈라고 변장하는 거냐고? 어제 보니께 그놈 집 앞마당에 코스모스가 아조 흐드러지게 피어 있더구먼. 상추나 고추를 심어야지 코스모스가 뭐여, 코스모스가!"

빈정거리는 말투에 손이 저절로 멈췄다. 현숙은 심호흡을 해서 숨을 가다듬었다. 화가 가라앉는 게 느껴졌다. 역시 상담사님의 조언은 효과가 있었다.

현숙은 살짝 올라갔던 눈꼬리를 늘어뜨리고 입을 크게 벌려 뺨의 긴장을 풀고 나서 입을 열었다. "여보, 내가 봉봉미용실의 원장이여. 마을 사람들은 날 보고 우리 미용실을 찾아오는 거라고. 그러니까 밖에 나갈 때는 최소한의 세팅은 하고 다녀야 돼야." 그러곤 다시 손을 움직이며 거울에 대고 말했다. "성호 아빠, 우리 성호가 아무 의미 없이 학교에 댕기면서 허송세월을 하느니 자퇴를 시키자고 한 건 동의하는 거 맞지?"

"동의하지."

거울에 비친 남편이 새끼손가락으로 콧구멍을 후비고 있다.

그래, 이왕 파는 거 시원하게 파버려라. 나도 남이 안 보는 데서는 파니께.

현숙은 억지로 입매를 당겨 웃어 보이며 티슈 한 장을 뽑아 등 뒤로 내밀었다.

"성호 아빠, 여기다가 모아서 버려. 아무 데나 튕기지 말고."

손을 쭉 뻗어 티슈를 받아 든 남편이 새끼손가락을 티슈에 문지르고 이번에는 반대편 콧구멍을 후벼대며 화장대 거울 옆쪽으로 시선을 옮겼다.

"그 상담사 놈 말이여. 좀 잘생긴 것 같더라고. 그래서 좀 신경이 쓰이네."

"참, 누가 들으면 내가 스무 살 새색시인 줄 알겠네." 현숙은 웃음을 흘리며 남편의 눈길을 좇았다. 화장대 옆 벽에는 나무 액자가 걸려 있다. 거기에는 올해 봄 오봉산 중턱에서 찍은 사진이 담겨 있다. 결혼한 지 22년이 된 우리 부부가 샛노란 개나리를 배경으로 똑같은 빨간색 윈드브레이커를 입고 하얀 이를 내보이며 웃고 있다. 이혼 직전까지 갔다가 화해 기념으로 찍은 사진이다. 이것도 상담사님이 권했던 것이다.

"상담사 만나면 안부나 좀 전해줘."라고 툭 내뱉더니 남편이 문을 닫고 사라졌다.

이 인간이 질투하는 거여, 뭐여?

치장을 마친 현숙은 위아래 연분홍색 바지 정장으로 차려입고 큼직한 악어 핸드백을 팔에 두르고 방을 나섰다. 구두를 신으려고 마루에 걸터앉아 내려다보는데, 반짝반짝 광이 나는 까만색 펌프스가 디딤돌 위에 가지런히 놓여 있었다. 성호가 구두를 닦아준 건 초등학교 5학년 때가 마지막이니까 아마도 남편이 닦아놓은 모양이다.

이걸 워떻게 해석해야 되는 겨? 이 인간, 또 무슨 사고 친 거 아녀? 그게 아니면 갱년긴가?

이런저런 생각을 하며 구두를 신고 마당을 가로질러 오른쪽으로 돌아 위쪽에 반투명 유리가 달린 알루미늄 새시 문을 당겨 열고 미용실로 들어갔다.

"원장님 나오셨어요?" 완벽한 서울말이 들려왔다.

바닥을 쓸던 한 실장이 허리를 펴고 활짝 웃었다.

상담사님을 소개해준 건 한 실장이다. 작년 가을이었으니까 1년쯤 전의 일이다. 그때까지만 해도 상담사님은 물론이고 복지회관에 상담실이라는 게 있다는 것도 몰랐다. 당시 현숙은 곯고 곯은 고름 덩어리를 짜내버리기로 마음먹었다. 10년 전부터 군의원이 되겠다며 생계는 나 몰라라 내팽개치고 밖으로만 나돌던 남편과 이혼을 결심했던 것이다.

자기 가정 하나도 건사 못 하는 인간이 정치는 무슨 정치를 혀.

일단 고름을 짜내기로 결심하고 나니 하루라도 빨리 짜내고 싶었던 것도 사실이지만 막상 이혼을 실행으로 옮기기란 그리 만만한 일이 아니었다. 무엇보다 아들 성호가 마음에 걸렸다. 남편이 하나밖에 없는 아들을 키우겠다고 나서면 어떻게 해야 하나. 오지랖 하나는 타고난 남편이 과연 아들을 양보할까.

그런 걱정을 털어놓자 한 실장이 대정리 복지회관에 가면 최재준이라는 상담사님이 계시니 그분께 상담을 받아보라고 했다. 솔직히 상담 같은 건 그다지 내키지 않다고 하자 한 실장이 자신의 경험담을 털어놓았다. 그녀가 상담을 권유하는 데는 그만한 설득력이 있었다.

서울 강남에서 잘나가는 미용실의 직원으로 일하던 한 실장이 고향인 대정리로 내려온 것은 재작년 봄이었고, 봉봉미용실에서 일하게 된 것은 그해 겨울부터였으니까 약 2년 전 일이다. 일을 할 수 있겠냐며 찾아온 그녀를 봤을 때의 첫인상은 지금도 또렷하게 기억하고 있다. 그날의 날씨처럼 맑고 투명함 그 자체였다. 서울 강남에서 일하던 헤어 메이크업 아티스트가 이런 시골에서 일을 하게 해달라니, 게다가 성격도 밝아 보여서 복덩이가 넝쿨째 굴러들어온 기분이었다. 그런데 그렇게 보였던 그녀에게도 세상을 등지고 싶었을 정도의 아픔이 있었다는 것이다.

서울 생활을 청산하고 고향에 내려왔을 무렵, 한 실장은 세상을 버릴 극단적인 생각만 했다고 한다. 괴로움에 시달리던 어느 날, 한 실장은 지푸라기라도 잡아본다는 심정으로 복지회관의 상담실을 찾았다가 하루, 이틀, 삶의 끈을 이어가게 되었고, 그해 가을 남자아이(밝고 건강하게 자라라고 태웅이라는 이름을 지어줬다고 한다)를 낳았다. 그리고 마침내 살아갈 결심을 굳히게 되었다는 것이다. 한 실장이 무엇 때문에 목숨을 버릴 생각까지 했었는지는 모른다. 홀로 키우고 있는 귀여운 태웅이가 해맑게 웃는 모습을 볼 때면, 이렇게 어린 생명을 품은 채로 어떻게 그런 가혹한 생각을 했을까 싶었다. 하지만 상상만 해도 가슴이 떨리고 두려워서 차마 물어볼 수가 없었다. 앞으로도 물어볼 생각은 없다.

한 실장의 권유가 아니었다면 상담을 받아볼 상상조차도 안 했을 것이다. 그만큼 그녀의 말에는 힘이 있었다.

상담 결과, 이혼은 일단 뒤로 미루기로 했다. 정확하게 말하자면 상담을 받기 시작하고 세 번째 상담을 이어갔을 때, 그렇게 하기로 마음먹었다. 이유는 단순했다. 남편이라는 인간한테 아예 기대를 안 하기로 한 것이다. 그 남자한테 남편으로서의 어떤 역할을 기대하기 때문에 괴로운 게 아니냐는 상담사님의 조언이 정곡을 찔렀고 그렇게 해서 뚫린 구멍으로 걱정거리가 하나둘 빠져나갔다. 그랬더니 정말 오랜만에 마음의 평화라는 게 찾아왔다. 물론 아직도 외나무다리를 건너듯 아슬아슬할 때도 있지만 워리어로서 걱정거리를 날려버리고 있다.

'워리어'.

상담사님을 생각하면 가장 먼저 떠오르는 단어다.

그가 하는 말에 따르면 영어로 '워리어'에는 '걱정을 많이 하는 사람'이라는 뜻과 '싸움을 하는 전사'라는 뜻이 있다고 한다. 영어 철자는 다르지만.

그 이야기를 할 때 상담사님은 완전히 딴사람이 돼버린 것 같았다. 평소에는 책상 너머에 앉아 조용히 귀 기울여주며 이따금 차분하게 말을 건네주던 사람이 갑자기 전혀 다른 인격체로 돌변해버렸다. 너무 진지해서 눈물이 핑 돌 만큼 우스꽝스러운 삐에로로.

"이리저리 휘둘리면서 걱정만 많이 하는 워리어가 되지 마시고요. 전사 워리어는요…"라며 자리에서 일어나 책상을 돌아 나온 상담사님이 술 취한 사람마냥 흐느적거리더니 별안간 허공에 대고 주먹을 휘둘러댔다. "장날에 술 마시고 이렇게 쌈박질이나 하는 그런 싸움꾼이 아니라…" 그러고는 우뚝 서더니 팔을 접어 알통을 보여주고 가슴과 배를 탁탁 치고 허벅지도 주무르고 종아리도 두드리고 두 손을 쫙 펴고 공기를 움켜잡듯이 까닥까닥 빠르게 움직여 보이며 "손가락 마디마디에도 근육이 울끈불끈할 정도로…" 하더니 그 대목에서 언제 준비했는지 뒷주머니에서 나무젓가락 하나를 꺼내 두 손끝으로 잡고 흔드는 것이었다. "이게 이렇게 보여도 사실은 제 키보다 두 배는 넘게 길고, 제 몸무게보다도 무거운 무쇠로 만든 창인데요. 이걸 이렇게…" 그러곤 나무젓가락을 허공에 대고 찌르고 베고 몸을 빙글 돌리며 마구 휘둘러댔다. 보이지 않는 거대한 용과 싸우기라도 하듯이. 그러다가 "…나무젓가락보다 가볍게 휘두르는 어마무시한 싸움꾼이 전사, 워리어입니다. 이해하시겠습니까?"라는 말을 마지막으로 원래의 차분한 상담사님으로 돌아왔고, 나무 젓가락을 이쪽으로 내밀며 온화한 미소를 지었다.

"신현숙 님, 이 무쇠 창을 받고 워리어가 된 자신의 모습을 한번 상상해보시겠습니까?"

나무젓가락을 받아 든 현숙은 상담사님을 보고 있다가는 웃음이 터져버릴 것 같아서 눈을 질끈 감고 상상했다. 걱정 거리에 쫓겨 다니는 지금의 내가 아닌, 걱정거리에 맞서서 길쭉한 무쇠 창을 휘두르고 있는 손가락마저 근육으로 울끈 불끈한 전사 신현숙의 모습을. 그런 모습을 상상하니 너무 웃기고 재밌어서 결국은 참고 참았던 웃음을 터뜨리고 말았 다. 눈을 뜨고 보니 상담사님도 활짝 웃고 있었다.

"신현숙 님은 이제부터 전사, 워리어가 되시는 겁니다."

"원장님. 원장님…."

한 실장이 부르는 소리에 현숙은 지난날을 더듬고 있던 의식을 미용실로 되돌렸다.

"상담사 선생님 뵈면 안부 좀 전해주세요." 한 실장이 환하 게 웃으며 말했다.

"으응, 안부 전할게. 늦어도 11시에는 올 거니까 그동안 잘 좀 부탁햐."

현숙은 쪽문에서 바로 오른편 구석에 있는 작은 냉장고에 서 500미리 베이지색 텀블러를 꺼내 들었다. 한 실장이 지 난주에 생일 선물로 준 것이다. 텀블러 안에는 아침 일찍 직 접 타놓은 아이스커피가 담겨 있었다.

"원장님, 근데요. 밖에 누가 원장님 차 앞에 주차를 해놨더라고요. 그래서 빼달라고 전화는 했는데. 아직 안 오네요. 10분쯤 된 것 같은데 다시 한번 걸어볼까요?"

"아녀, 내가 할게."

미용실 문을 열고 나가보니 검정색 벤츠 한 대가 현숙의 하얀색 스파크를 떡하니 가로막고 있었다. 대정리에도 외제차가 없는 건 아니라서 가만히 살펴보는데 처음 보는 차였다.

현숙은 차 앞창에 꽂혀 있는 전화번호로 전화를 걸었다. 처음 두 번은 통화 연결음이 열 번 울릴 때까지 안 받다가, 세 번째 걸었을 때 연결음이 일곱 번쯤 울릴 때 상대가 전화를 받았다.

"누구세요?" 젊은 아가씨였는데 목소리가 뾰족했다.

'여보세요'가 아니라 '누구세요?' 먼 전화를 이따구로 받는다?

순간 잘못 걸었나 싶어 전화번호를 확인해보니 잘못 건 것은 아니었다. 현숙은 작게 기침을 해서 목을 가다듬고 입을 열었다. "차를 좀 빼주셔야 되겠는데유."

핸드폰 너머로 한숨을 쉬는 기척이 느껴졌다. 잠자코 기다리고 있자니 차 주인의 목소리가 들려왔다. "서울에서 왔는데요, 지금 급한 일을 보고 있으니까 5분만 기다려주세요."

그렇게 5분이 지났는데도 차 주인은 나타나지 않았다. 다시 전화를 했더니 오고 있단다. 상담실이 있는 복지회관까지는 차로 5분 되는 거리다. 걸어가면 15분 정도 걸린다. 슬슬 고민이 되었다. 핸드폰을 들여다보니 벌써 9시 51분을 지나고 있었다.

걸어가야 되나? 아니지, 시간이 없으니께 달려가야 될 텐데. 그러려면 운동화로 갈아 신어야 되나? 이 인간은 왜 안 나타나는 겨?

또 전화를 걸었다. "워디쯤 오셨슈?"

1분이면 도착한단다. 도로까지 나가서 좌우를 둘러봤다. 밭일을 나가는, 봉봉미용실 단골손님인 마을 할머니 몇 명이 보일 뿐 차 주인으로 보이는 사람은커녕 그림자도 보이지 않았다.

차 주인이 나타난 것은 9시 58분이었다. 명품 브랜드로 몸을 휘감은, 얼굴 피부가 부자연스럽게 팽팽한 젊은 여자였다. 그 여자는 눈도 마주치지 않고, 미안하다는 소리 한마디 없이 일도 다 못 마치고 왔다는 둥, 자꾸 전화를 하는 탓에 전화 받느라 더 늦어졌다는 둥, 말도 안 되는 변명만 늘어놓으며 벤츠에 올라탔다.

1년 전이었다면 쌈닭의 기질을 발휘해서 머리끄덩이를 잡아끌고 몽창 뽑아서 대머리를 만들어버렸을 텐데.

현숙은 숨을 깊이 들이마셨다가 내뱉으며 올라오려고 하는 화를 밀어 내리고, 쌩하고 달려가는 벤츠의 뒤꽁무니에 대고 소금 대신, 마음속으로 찰진 욕 한 바가지를 퍼부었다.

아이구, 시원허다!

근데 이러고 있을 때가 아니지.

허둥지둥 차에 올라 핸드백은 조수석에 내려놓고 텀블러는 거치대에 꽂고 시동을 걸면서 계기판 옆 시계를 보니 10시였다. 하아, 한숨이 흘러나왔다.

늦는다고 전화라도 해야겠다 싶어 핸드백을 집어 드는 찰나, 핸드폰이 울렸다. 마침 상담사님으로부터 걸려온 전화였다.

"신현숙 님, 어디쯤 오셨나요? 제가 오늘은 30분에는 꼭 나가봐야 해서요." 상담사님의 목소리는 평소처럼 부드러웠다. 그래서 더 미안했다.

"정말 죄송해유. 지가 늦을라고 늦은 게 아니라유. 어떤 서울 여자가 제 차 앞에 떡하니 주차를 해놔서유. 차 좀 빼달라고 하다가. 차는 그냥 냅두고 달려갔어야 되는데 제가 잘못 생각했나 봐유. 죄송해유." 현숙은 머리까지 조아리며 지금의 심정을 토로했다.

상담사님은 괜찮다며 괜히 서두르다 사고 날 수도 있으니 천천히 오라고 했다. 그러면서 30분에는 꼭 나가봐야 한다며 오히려 양해를 구했다. 다시 한번 죄송하다며 전화를 끊고 현숙은 텀블러를 들고 커피 한 모금을 마셨다. 찬 기운이 목구멍을 지나 위까지 내려가는 게 느껴졌다. 어느새 화는 사라지고 없었다.

3_워리어

주차장에 차를 세운 현숙은 운전석 문을 열고 튕기듯 뛰어내려 복지회관 현관을 향해 내달렸다. 현관 유리문을 열어젖히고 복도를 뛰어 막다른 벽 모퉁이에서 오른쪽으로 돌아 달리다가, 또 막다른 벽까지 달려가서 모퉁이를 다시 오른쪽으로 돌아 가장 구석에 있는 방으로 걸음을 서둘렀다.

상담실이 이렇게 외진 곳에 있으니 알 턱이 있나.

문 앞에 서서 일단 숨을 고른 뒤 노크를 하려고 손을 드는데, 마치 기다리고 있었다는 듯 문이 열렸다. 문 너머에는 상담사님이 방긋 미소를 지으며 서 있었다. 하늘색 셔츠에 회색 면바지 차림의 늘씬한 체형, 약간 큰 키, 살짝 웨이브가 들어간 곱슬머리는 굳이 세팅을 하지 않고 슬쩍 손으로만 쓸어 넘겨도 될 만큼 축복받은 머릿결이다. 그리고 뿔테안경 너머의 눈은 언제나 그렇듯이 맑게 빛났다. 상담사님이 옆으로 비켜서며 문을 잡아주었다. 매너도 정말 좋다.

뺨이 후끈 달아오르며 문득 남편이 질투할 만하다는 생각이 머릿속을 스쳤다.

내가 지금 뭔 생각을 하는 겨?

두 손으로 뺨을 살짝 가린 채 고개 숙여 인사하고 상담실로 들어간 현숙은 책상 위에 놓여 있는 '심리 상담사 최재준'이라고 새겨진 작은 플라스틱 명판을 바라보며 주책바가지같이 떠오른 생각을 떨쳐내고, 손을 내려 가슴께에 모으곤 늦은 이유에 대해 다시 한번 늘어놓았다.

상담사님은 괜찮다며 하얀 김이 모락모락 피어오르는 커피포트를 손에 들었다.

"신현숙 님, 커피 맞으시죠?"

"네." 절로 미소가 지어졌다.

상담사님은 내 취향까지 알고 있다. 남편이라는 작자는 지금까지 한 번도 커피를 타준 적도 없는데.

"앉으세요." 책상 맞은편에 있는 철제 의자를 권하며 상담사님이 말을 이었다. "아까 전화로도 말씀드렸지만, 제가 30분에는 나가봐야 해서요. 같은 얘기 계속 하는 것 같아서 죄송합니다."

현숙은 어깨를 움츠리고 다시 한번 두 손을 가슴께에 모았다.

"그런 말씀 하지 마셔유. 지각한 제가 죄송하쥬."

상담사님이 빨간색 머그컵에 커피포트의 뜨거운 물을 붓고 티스푼으로 휘휘 저으며 현숙에게 건넸다.

"전화로는 아드님의 자퇴 문제라고만 들었는데, 구체적으로 어떤 고민이신지요?"

받아 든 머그컵을 책상 위에 내려놓은 현숙은 "그니까 아들놈을…"이라고 입을 뗐다가 그 전에 해야 할 말이 떠올라 그 말을 먼저 입에 담았다. "그 전에 저기, 한 실장이 아니, 한은주 씨가 안부 전해달라고 하더라고유."

"한은주 님은 잘 지내시죠?" 상담사님이 환하게 웃었다.

"덕분에 우리 미용실도 잘나가유. 손님층도 확 넓어졌고 유. 한 실장이 서울, 그것도 잘나가는 강남 미용실 출신이잖 아유. 한 실장 덕분에 헤어스타일에 대한 저의 고정관념이 랄까 가치관도 확 바뀌어버렸구먼유."

"정말 반가운 소식이네요. 한은주 님께 제 안부도 좀 전해 주세요."

"네. 그럴게유."

"그럼, 고민을 한번 들어볼까요? 평소처럼 편하게 말씀해 주시면 됩니다."

현숙은 어떤 얘기부터 꺼내야 할까 말을 고르면서 지금 은 내 방처럼 익숙해진 상담실 안을 둘러봤다. 오른쪽에 나 있는 창문 너머로 보이는, 도로 건너편에 줄지어 늘어선 은 행나무들은 노랗게 물들어가고 있는 이파리를 흔들고 있었 고, 잿빛 구름은 한층 더 내려앉아 당장이라도 비를 쏟아낼 것처럼 보였다. 창문 맞은편 벽으로 시선을 돌리니 괘종시 계가 걸려 있고, 그 옆에 '가족, 공주, 아빠'라는 제목을 적어 넣은, 상담사님의 딸아이가 초등학교 2학년 때 그렸다는 그 림 세 장만이 세 평 남짓한 이 작은 공간을 꾸미고 있었다. 언젠가 물어봤더니 상담사님은 이 그림이 가장 마음에 들어 서 걸어둔 거라며 어깨를 으쓱해 보였었다.

현숙은 두 손으로 머그컵을 감싸듯 들고 달달한 믹스커피

한 모금을 마시고 나서 말문을 열었다. "제가 상의드리고 싶은 건 다른 게 아니라, 제 아들놈을 자퇴시켜야 하나 말아야 하나 여쭤볼라고유."

"네? 자퇴를 시키신다고요?" 상담사님이 고개를 비스듬히 기울였다. 그러고는 "자퇴를 시키신다?" 하고 중얼거리며 책상을 돌아 자리에 앉더니 다이어리를 펼쳤다.

현숙은 한숨을 푹푹 내쉬며 아들과 남편에 대한 불평불만을 떠오르는 대로 마구 털어놨다. 그러는 동안 상담사님은 한 번도 말을 끊지 않고 묵묵히 들으면서 다이어리에 메모해나갔다.

상담사님이 책상 위에 있는 디지털시계를 힐끔 보기에 덩달아 얼굴을 쭉 내밀고 넘겨다보니 10시 23분이었다.

상담사님이 다이어리에서 눈을 들었다.

"제가 정리를 좀 해보겠습니다. 신현숙 님이 아드님 성호 군을 자퇴시키고 싶으신 이유가 성호 군이 지금 고2인데 공부 안 하겠다고 부모님과는 상의도 하지 않고 멋대로 학원까지 다 끊어버렸다. 그런데 어머님이 생각하시기에 고등학교를 다니는 이유는 대학에 들어가려는 건데 공부를 안 할 거면 자퇴시키는 게 낫다, 그렇게 생각하고 계시는 거, 맞나요?"

네, 하고 현숙은 끄덕였다.

"학교를 다니는 이유가 반드시 대학에 가기 위한 것만은 아닐 거라고 봅니다만 자퇴 얘기에서 아드님 성호 군의 의견은 반영이 안 된 것 같은데 그것도 맞나요?"

"네, 그래서 워떡하면 좋을지, 상담사 선생님한테 여쭤볼라고유. 대학 안 갈 거믄 자퇴를 시키자는 데 남편도 저랑 같은 의견이기도 하고유."

상담사님이 다이어리를 앞쪽으로 되돌려 보더니 몇 군데를 손가락으로 짚어가며 말했다. "얼마 전 상담 내용들을 살펴보니까, 아드님 성호 군이 비뚤어진 행동을 보이는 게 부모님의 불화가 원인인 것 같다고 하셨는데 이번에는 남편분과 의견의 일치를 보셨네요?"

"그라고 보니께, 그라네유." 현숙은 저도 모르게 웃음을 흘렸다. "선생님 덕분에 남편하고 사이는 간당간당하긴 해도 아주 최악은 아니구먼유."

"제가 질문 몇 가지를 드릴 텐데요. 정답이 있는 건 아니니까 떠오르는 대로 말씀해주시면 됩니다. 어머님은 아드님을 하나의 독립된 인격체라고 생각하시나요? 아니면 아직 돌봐줘야 하는 어린아이라고 생각하시나요?"

"그거야… 성호도 고2니께…."

성호가 독립된 인격체라? 그라고 보니께 덩치 큰 아이라고만 생각했구먼… 내가 고2 때는 워땠더라… 알 거 다 안다고 생각했었던 것 같은데… 인정하고 싶지는 않지만 발라당까지는 아니었어도 좀 까진 편이었지 아마….

현숙은 자신과 타협한 끝에 가장 근접한 대답을 골랐다.

"독립된 인격체에 가깝겠쥬?"

"그렇게 보신다면, 이게 아드님 본인의 뜻이 아닌 만큼 당분간 지켜봐주셨으면 합니다. 어차피 지금 자퇴를 하나 몇 달, 아니면 1년 후에 자퇴를 하나, 크게 달라질 것도 없고요.

그러다가 아드님의 생각이 바뀌기라도 하면, 또….”

그건 아니다 싶어 현숙은 의자를 바짝 당겨 앉으며 끼어들었다. “근데유, 시간 아깝게 그럴 필요까지 있겠슈? 대학에 안 갈라믄 기술이라도 배우는 게 낫쥬. 먹고는 살아야 하니께. 기술 배우는 것도 빠를수록 좋고유. 저도 고등학교 졸업하자마자 미용학원에 들어가서 지금까지….”

“신현숙 님, 잠깐만요.” 상담사님이 손을 들어 현숙의 발언을 제지하더니 말을 이었다. “제가 드리는 말씀을 한번 잘 생각해보세요. 신현숙 님뿐만이 아니라 저를 포함해서 누구나 자신의 눈이나 감각을 통해 보고 느끼면서 그것을 자신의 세상이라고 생각합니다. 쉽게 표현하자면, 사람들 모두 제각기 자신만의 세상이 있다는 뜻입니다. 제 말 이해되십니까?”

현숙은 말없이 수긍했다. 누구나 자신만의 세상이 있다… 충분히 납득이 가는 얘기였다.

“그러니까 사람들은 일반적으로 세상이, 정확하게는 자신이 바라보는 세상이 자신의 뜻대로 되지 않을 때는 불안감을 느끼거나 불만을 갖게 되고 원래대로 바로잡으려고 하는 경향을 보입니다. 신현숙 님의 경우에서 보자면 아드님 성호 군이 어머님 신현숙 님의 세상을 불편하게 만들고 있다고 느끼시는 겁니다.”

“네….”

“신현숙 님의 세상이 편안해지려면 아드님 성호 군이 어머님의 뜻을 따라 자퇴를 하면 간단하겠죠?”

“네! 그러니까 말이에유.” 역시 상담사님은 정곡을 찌른다 싶어 현숙은 짝 소리가 나게 손뼉을 마주치고 활짝 웃었다. "저랑 남편이 주장하는 바예유."

"그런데요, 아드님의 입장에서 한번 생각해볼까요. 아드님이 어머님의 뜻을 일방적으로 따랐을 때 아드님의 세상은 편할까요? 아니면 불편해질까요? 어떻게 생각하십니까? 한번 입장을 바꿔놓고 생각해보시는 겁니다."

입장을 바꿔놓고라….

"아들놈 입장에서야 안 편하겠쥬…." 인정할 수밖에 없었다.

"그렇겠죠. 나의 세상이 중요한 만큼 남의 세상도 중요한 겁니다. 내 세상을 인정받고 싶다면 남의 세상도 인정을 해야 한다는 뜻이기도 하죠." 상담사님이 다이어리를 펼치더니 그 위에 '모카신'이라고 쓰고 뭔가를 그리면서 말을 이어갔다. "모카신은 옛날 인디언들이 신던 사슴 가죽으로 만든 신발인데요. 인디언들 사이에 전해오는 이야기 가운데 '상대방의 모카신을 신고 1마일을 걷기 전에는 상대방을 판단하지 말라'라는 이야기가 있습니다." 그러고는 다이어리를 돌려 미끄러뜨리듯 이쪽으로 내밀었다. 다이어리에는 모카신이라는 글자와 신발 모양의 그림이 그려져 있었다.

"모카신이유?" 현숙이 고개를 갸웃거리자, 상담사님이 집게손가락으로 신발 모양의 그림 위에 동그라미를 그리며 말을 이었다. "쉽게 말씀드리자면요, 신현숙 님이 아드님 성호 군의 신발을 신고 반나절쯤 미용실에서 일을 하신다고 상상해보세요. 장을 보러 가신다거나 산책을 하는 상상을 하셔도 좋고요. 어떠세요?"

큼직하다 못해 헐렁한 아들놈 신발을 신고 어기적거리며 걷는 상상을 해보는 것만으로도 푸풋 웃음이 터져 나오는 바람에 얼른 손으로 입을 가리고 말했다. "질질 끌고 다니겠쥬, 성호 그놈이 공부는 안 해도 발은 지 아빠 닮아가지고 이백팔십이 넘으니께. 생각만 해도 피곤하네유."

"그렇죠? 바로 그겁니다. 아무리 가까운 사이라고 해도 상대방의 입장을 완전하게 이해하기는 어렵다는 뜻이기도 하고 또 상대방의 입장을 이해하기 위해서는 그만큼 많은 노력이 필요하다는 뜻이기도 합니다. 그럼, 정리해보겠습니다. 신현숙 님께서 아드님 성호 군을 정말로 독립된 인격체라고 생각하신다면요, 아드님에게 부모님의 뜻을 따르라고 강요하시기 전에 아드님께 충분한 시간을 주셔야 합니다. 신현숙 님은 성호 군을 사랑하시기 때문에 지금 여기 오신 거 아니겠습니까?"

"겁나 사랑하쥬!" 이 말만큼은 자신 있게 대답할 수 있었다.

그것만은 틀림없는 사실이다. 남편은 없어도 될 것 같지만 아들 없이 사는 건 상상해본 적도 없다.

"사랑하신다면 아드님만의 세상을 인정하고 기다려주셔야 합니다. 지금 제가 걱정하는 건요…."

'걱정'이라는 단어가 고막에 걸려 그다음 말이 귀에 들어오지 않았다.

"…는 겁니다. 쉽게 말씀드리자면 '똑바로 앉아라. 안 그러면 허리 아파.'라는 말을 들었을 때 이성은 '그렇겠다, 똑바로 앉는 게 맞겠어.'라고 생각하지만, 감정은 '아니, 싫은데!

내가 왜 그 말을 들어야 돼? 내 허리가 부모 당신들 거야!'라고 반응을 할 수 있다는 겁니다. 그런데 이것은 단순한 반항이 아니라, 아드님이 아드님만의 세상을 지키기 위한 자기방어 반응으로도 볼 수 있다는 말입니다."

"아….."

입장 바꾸기, 모카신, 성호의 세상, 이성과 감정, 자기방어 반응….

"그러니까 아드님의 이성과 감정이 충돌하지 않고 이성과 감정이 가능한 한 가까운 결론을 낼 수 있도록 아드님에게 시간을 주고 지켜봐주시는 게 지금 최상의 방법이라고 생각합니다. 기다려주는 것 또한 사랑이라고 생각하시면서요."

그때, 댕, 하고 울리는 소리에 너무 놀라서 현숙은 입으로 가져가던 머그컵을 떨어뜨릴 뻔했다. 조심스레 컵을 내려놓고 돌아보니 괘종시계의 바늘이 10시 30분을 막 지나고 있었다.

"웜마! 시간이 다 돼뿔졌네. 워떡한댜. 솔직히 말씀드려서 지켜본다는 게 워떡해야 되는 건지도 모르겠고 막막해서 말이쥬."

상담사님이 자신이 마시던 보라색 머그컵을 들어 보였다.

"신현숙 님, 이 컵이 지금 어머님께서 사랑하시는 아드님이라고 생각해보세요. '아드님의 자퇴'라는 고민거리라고 생각하셔도 좋고요."

"네?" 현숙은 보라색 머그컵을 쳐다봤다.

자리에서 일어난 상담사님이 문 쪽으로 걸어갔다. 그러고는 문 옆 서랍장 위에 머그컵을 내려놓고 돌아섰다.

"신현숙 님의 사랑하는 아드님 성호 군이 좀 멀리 와 있는데 그래도 보이시죠?"

"네." 현숙은 보라색 머그컵을 보며 성호의 얼굴을 떠올렸다.

상담사님이 머그컵을 다시 집어 들고 자신의 눈앞까지 들어 올리고는 말했다. "사랑하는 아드님과 고민거리를 이렇게 거리를 두고 바라보는 연습을 해보세요. 아드님에게 무슨 말인가 하고 싶어지시면 당장 말씀을 하시기 전에, 이만큼 거리를 두고 떨어져 있는 보라색 컵을 떠올려보세요." 거기서 말을 멈춘 상담사님이 왼손 집게손가락으로 보라색 컵을 톡톡 두드렸다. "그러면 어머님의 불안한 감정이 가라앉으면서 아드님이나 고민거리를 좀 더 객관적으로 보실 수 있을 겁니다."

현숙은 자신이 제대로 이해했는지 확인해야만 했다.

"그러니께 성호한테 무슨 말을 하고 싶어질 때마다, 일단 그 보라색 컵을 떠올리라는 말씀이시쥬? 성호라고 생각하고유?"

"네." 상담사님이 머그컵을 작게 흔들어 보였다.

현숙은 입을 꾹 다물고 보라색 머그컵에 시선을 고정한 채 다짐했다.

"해봐야겠구먼유."

괘종시계를 힐끔 돌아본 상담사님은 선약이 있어 그만 나가야 한다면서 내일이나 모레 다시 한번 시간을 내보겠다고 했다. 그러면서 상담 때문에 전화를 못 받을 수도 있으니 문자로 연락 달라고 덧붙였다. 현숙이 자기가 마신 컵이라도 씻어드리겠다고 하자 상담사님은 괜찮다며 머그컵을 받아 들더니 작은 서랍장 위에 올려놓았다. 그러고는 다이어리를 검정색 가방에 넣고 철제 의자에 걸어놨던 갈색 재킷을 챙겨 들었다. 미소는 짓고 있었지만 묘하게 긴장된 표정이었다. 상담사님의 그런 표정을 본 것은 처음이었다. 그래서 더욱 약속 시간에 늦은 게 미안했고 마지막까지 성심성의껏 대답을 해준 상담사님이 너무도 고마웠다.

4_상담사

대정리 복지회관을 나가려고 문 앞에 서니 굵은 빗방울이 유리문 아래쪽을 두드리고 있었다. 마파람이 강한 모양이었다. 재준은 왼쪽 어깨에 걸쳐 메고 있던 백팩을 등에 짊어지고 투명 비닐우산을 펴고 문을 밀어 열었다. 빗방울이 거세게 들이쳤다. 얼른 빠져나가 등 뒤로 문을 닫고 우산을 앞으로 기울였지만 그 짧은 사이에 회색 면바지 무릎 아래 까무잡잡한 점들이 수십 개는 생겼다.

바람의 방향을 알고 있으면서도 빗방울을 다 막을 수 없는데, 보이지 않는 인생의 흐름을 어찌 다 예측하고 또 어찌 완벽하게 대처할 수 있겠는가.

빗방울과 바람이 일깨워준 생각을 곱씹으며 재준은 우산을 오른쪽으로 비스듬히 기울여 비를 막으며 뛰다시피 발걸음을 서둘렀다. 멀리 신호등의 녹색 불이 깜박거리고 있기에 달려서 횡단보도를 건너갔다. 발을 내디딜 때마다 물방울이 튀어 바지 자락을 적셨다.

지금 향하고 있는 곳은 복지회관에서 걸어서 5분 정도 거리에 있는, '대은병원'이라는 붉은 벽돌로 지어진 3층짜리

낡은 건물이다. 우산을 왼손으로 고쳐 잡고 바지 주머니에서 핸드폰을 꺼내 시간을 확인해보니 10시 34분을 막 지났다. 달려온 덕분에 많이 늦지는 않을 것 같다. 대은병원 건물 뒤로 밭과 비닐하우스들이 보이고, 멀찌감치 보이는 논에서는 누르스름하게 익어가는 벼들이 물결처럼 일렁이고 있다.

대은병원의 처마 아래로 들어간 재준은 우산을 접어 물기를 탈탈 털어내고 유리문을 당겨 열고 들어섰다. 머리 위에서 딸랑하고 종소리가 났다. 안내데스크 너머에 앉아 있던 옅은 하늘색 유니폼 차림의 김순애 간호사가 일어서며 밝게 웃었다.

"선생님은 2층 회복실에서 기다리고 계세요. 오셨다고 전화드리겠습니다."

"고맙습니다." 재준도 미소 지어 인사하고 우산은 파란색 플라스틱 통에 꽂고, 대여섯 평 정도 되는 로비를 가로질러 안쪽 계단을 세 칸씩 뛰어 올라갔다. '회복실'은 2층 복도 끝에 있다.

회복실의 슬라이딩도어를 옆으로 밀자 하얀색 가운을 걸친 의사가 돌아보면서 "상담사님, 오셨네요." 하고 반갑게 맞아주었다. 대은병원의 원장 문경식이다. 화상 전문의이기도 하다.

눈인사로 답하고 가쁜 숨을 고르며 재준은 침대 쪽으로 시선을 옮겼다. 머리와 왼쪽 팔, 두 다리를 붕대로 감은 젊은 여성 환자가 창문 쪽으로 돌아누워 있었다. 그녀는 재준이 들어온 것을 모르는 건지 아니면 아예 관심이 없는 건지 등을 돌린 채 창밖만 바라보고 있다.

이 환자에 대한 자료는 어제저녁 문경식 원장으로부터 받았다. 이정희, 23세. 화재로 인해 거의 온몸에 3도 화상을 입었다. 목숨을 구한 것만 해도 기적이라고 할 수 있는 상태였다. 그녀의 머리는 왼쪽 뺨 일부와 입 부분만 남기고 대부분이 붕대로 감겨 있고 오른쪽 뺨과 목 부분에서는 붉고 누런 액체가 배어 나와 있다.

재준은 벽 쪽으로 눈길을 돌리고 눈을 크게 깜박거렸다. 그녀가 지금 느끼고 있을 고통과 고민, 번뇌가 떠올라 눈물이 맺히려고 했기 때문이다. 눈물을 보여서는 안 된다. 그렇게 많은 훈련을 했는데도 감정을 다스리기란 정말 쉽지가 않다. 상담사는 환자의 입장에 서서 그들이 느끼는 고통과 번뇌를 같이 느낄 수 있도록 최선을 다하되 그들을 동정하거나 연민의 눈빛으로 바라보는 것은 금물이다. 그는 조용히 눈물을 삼키고서 등지고 있는 환자에게로 시선을 되돌렸다.

심한 화상을 입은 피부를 완벽하게 원상태로 돌려놓는 것, 다시 말해서 완전한 물리적인 회복은 불가능하다. 그녀는 지금 사랑하는 누군가가 세상을 떠나버려서 다시는 만날 수 없는 상황과 흡사한 상실감을 느끼고 있을 것이다.

상상하고 싶지도 않은, 돌이킬 수 없는 상실감.

하지만 지금 그녀가 가장 간절히 원하고 있는 것은 완벽한 물리적인 회복이리라. 즉 그녀는 일어날 수 없는 기적, 불가능한 것에 매달리고 있다. 죽은 사람이 다시 살아나기를 기도하는 것처럼.

그렇다고 해서 그 누구도 그녀를 탓할 수는 없다. 상담사로 일하면서 그리고 평범한 한 인간으로 살아가면서 가장 어렵다고 여기는 건 '현실을 있는 그대로 받아들이는 것'이다. 하지만 그것 역시 지금 이 환자에게 강요할 수는 없다.

"이정희 님, 이분이 제가 말씀드렸던 심리 상담사입니다."

무거운 침묵을 깬 것은 화상 전문의였다.

재준은 환자를 향해 정중하게 고개를 숙였다.

"안녕하세요, 오늘부터 상담을 맡게 된 최재준이라고 합니다." 짐짓 밝은 어조로 인사를 건넸지만 피상담자는 멍하니 창밖만 바라볼 뿐 아무런 반응도 보이지 않았다.

그런 환자의 모습을 보고 있자니 이런 상태로는 상담이 불가능하다는 생각이 강하게 들었다. 환자가 상담을 신청한 경우라면 마음을 열 준비가 되었다고 볼 수 있지만, 이 환자는 본인이 아닌, 그녀의 정신 건강을 걱정한 의사가 보호자와 상의해서 상담을 신청한 경우다. 피상담자가 마음을 열지 않는 한 상담은 무의미하다.

"그러고 보니까 우리 최재준 상담사님이 오늘은 1분이나 지각을 하셨네요. 이거 뉴스에 나올 일인데요. 하하하…." 문 원장이 썰렁한 농담까지 하며 일부러 소리 내어 웃었지만 그녀는 미동도 하지 않았다.

"상담사님, 저는 다른 환자를 봐야 해서요…." 말끝을 흐리며 두 눈을 찡긋해 보인 문 원장은 "잘 부탁드립니다."라는 말을 남기고 도망치듯 회복실을 나갔다.

서서히 자동으로 닫히는 문에서 시선을 떼고 회복실 안을 한번 둘러본 뒤, 재준은 백팩을 간병인 의자 위에 내려놓고 창가로 다가가 그 아래 벽에 기대어져 있던 접이식 의자를 펴서 창문 쪽을 향하게 놓고 앉았다. 그러고는 여성 환자의 눈길이 향하는 곳을 묵묵히 바라보았다.

빗줄기가 연신 창문을 때리고 있고, 흐릿해진 유리창 너머, 도로를 따라 줄지어 서 있는 플라타너스의 갈색 이파리가 흔들리고 있다. 회복실 안에 무거운 적막이 내려앉았다. 들려오는 건 빗방울이 창문을 두드리는 소리와 두 사람이 가늘게 내쉬는 숨소리뿐이다.

옆에 있는 환자의 고통이 그대로 전해져와서 숨이 막힐 정도로 가슴이 아팠지만 그 마음을 전할 수는 없었다. '당신의 마음을 이해합니다.' '당신은 이 고통을 이겨낼 수 있습니다.' 지금은 그런 말을 할 수 없다. 지금은 기다려야만 한다. 현실을 있는 그대로 받아들이는 것 못지않게 힘든 일이 기다리는 것이다. 희망이 있기에 기다린다고들 한다. '그런데 과연 희망이 있을까?' 그런 의심을 하는 순간 인간은 절망의 구렁텅이로 내몰리고 만다. 언젠가… 그 언젠가는… 희망과 만날지도 모른다고 믿으며 기다려야만 그나마, 말 그대로 그나마 견딜 수 있다.

얼마나 시간이 지났을까. 왼쪽 뺨에 여성 환자의 시선이 느껴져서 슬쩍 눈길을 주니 그녀는 외면하듯 창밖으로 시선을 돌려버렸다.

지금 환자는 나의 존재를, 상담사의 존재를 의식하고 있다. 그것만으로도 마음속 깊이 감사했다.

어느덧 약속되었던 한 시간이 지났다. 재준은 일어나서 의자를 접어 원래 있던 창가 아래에 기대어놓았다. 그리고 간병인 의자 위에 놔뒀던 검정색 백팩을 메고 여성 환자에게 살짝 머리를 숙였다.

"이정희 님, 내일부터는 오전 9시에 오겠습니다."

그녀는 인사를 하려고도, 이쪽을 보려고 하지도 않았다. 재준은 문 쪽으로 다가가서 조용히 문을 열었다. 빗속을 헤치며 달리는 자동차 소리가 어렴풋이 들려왔다. 눈을 감고 잠시 그대로 서 있었다. 등 뒤에서 희미하게 옷이 스치는 소리가 났다.

재준은 복도 너머 창문을 바라본 채 "이정희 님, 또 뵙겠습니다."라고 말한 뒤 회복실을 나가 등 뒤로 문을 닫았다.

복도를 걸으면서 재준은 다시 한번 되새겼다. 조급해하지 말고 기다려야 한다. 환자가 마음을 여는 그 순간까지. 그런 의미에서 오늘은 절망의 벼랑 끝에 몰려 있는 이정희라는 여인이 최재준이라는 상담사의 존재를 의식한 날이다. 아주 작지만 큰 걸음을 내디딘 것이다. 그것만으로도 매우 소중한 날이라고 굳게 믿으며 재준은 이 병원에 입원 중인 또 한 명의 환자를 만나기 위해 걸음을 서둘렀다.

계단을 올라 오른쪽으로 돌아서 3층 복도 가장 안쪽의 2인용 병실 앞에 선 채 두 번 노크를 하자, 안에서 젊은 남성의 목소리가 들려왔다. "네, 들어오세요."

문을 옆으로 밀고 들어가니 침대에 걸터앉아서 TV를 보고 있던 젊은 남성 환자가 이쪽으로 돌아앉았다. 이 환자 역시 눈만 남겨놓고 머리 전체를 붕대로 칭칭 감은 상태다. 그가 손을 들어 가볍게 흔들었다.

"상담사님, 시간 참 빠르네요."

"그러게 말입니다. 얼마 안 있으면 첫눈 온다고 하고 또 크리스마스라고 시끌벅적하겠어요." 재준은 짐짓 웃음을 지어 보였다.

"첫눈 좋죠… 크리스마스도 좋고… 첫눈, 크리스마스….." 남성 환자가 혼잣말처럼 중얼거렸다. 붕대로 감겨 있어서 표정은 보이지 않았지만 첫눈과 크리스마스에 얽힌 추억을 떠올리며 흐뭇하게 웃고 있는 것 같았다.

그러던 그가 갑자기 무슨 생각이라도 났는지 침대에서 일어나 걸어가더니 냉장고 문을 열고 돌아봤다.

"상담사님, 오늘은 어떤 거 드실래요?"

냉장고 안에는 캔 커피와 콜라, 사이다 등 음료수가 가득했다. 마시고 싶은 음료를 고르는 것도 이 환자와 만날 때마다 꼭 치르게 되는 중요한 일과 가운데 하나다.

"저는 커피로 하겠습니다." 재준이 말했다.

남자가 캔 커피와 콜라를 꺼내 캔 커피는 재준에게 건네고 자신은 콜라를 따서 한 모금 마시고 침대에 걸터앉았다.

"고맙습니다." 캔 커피를 따서 한 모금 마신 재준은 캔을 침대 옆 테이블 위에 올려놓은 다음, 간병인용 의자에 앉아 백팩에서 다이어리를 꺼내 펼쳤다.

"그럼 이제 시작해볼까요?"

대은병원에서 상담을 마치고 나온 재준은 병원에서 50여 미터 떨어진 버스 정류장에서 시외버스 터미널행 마을버스를 기다리고 있었다. 하루 종일 내릴 것만 같았던 비는 어느새 그쳐 있었다. 마침 마을버스가 도착했다.

투명 비닐우산은 왼손에 들고 버스에 오르면서 재준은 오른손에 들고 있던 천 원짜리 지폐 두 장을 요금통에 넣었다. 덜컹거리는 소리를 내며 거스름돈이 나오자 동전을 집어 주머니에 넣고 뒷문 맞은편 창가 좌석으로 갔다.

흔들흔들 버스가 움직이기 시작했다. 재준은 자리에 앉아 등에 메고 있던 백팩을 풀어 가슴에 안았다. 왁자지껄한 소리에 돌아보니 장에 갔다가 돌아오는 길로 보이는 할머니 세 분이 뒷좌석에 모여 앉아 잡담을 나누고 있었다. 통로에는 큼직한 고무 대야 세 개가 놓여 있는데 곰취와 미나리, 감자가 담겨 있었다. 아마도 오늘 찬거리인 모양이다.

버스 안에서는 '추억의 팝송'이라는 라디오 프로그램이 흐르고 있었고 디제이의 멘트가 들려왔다.

"돌아오지 못할 것을 알고도 떠나는 여행, 어떻게 들으면 엄청 비장하게 들리지 않나요? 하지만 사실 청취자 여러분이나 저나 우리 모두는 시간이라는 열차의 편도 티켓을 끊은 승객들입니다. 우리 모두가 다시는 돌아오지 않을 여행을 하고 있는 겁니다. 오늘도 다시는 돌아오지 않을 시간을 뜻깊고 소중하게 보내자는 의미에서 이럽션의 「원웨이 티켓」을 보내드리겠습니다."

경쾌한 음악이 버스 안에 울렸다.

원웨이 티켓, 원웨이 티켓, 원웨이 티켓….

노래가 버스 안을 채우기 시작하자 버스 기사는 원래 잘 알고 있는 노래인 듯 가사를 흥얼거리면서 여유롭게 핸들을 돌렸다.

십여 분쯤 달렸을까. 차창 너머로 누르스름하게 익어가는 논이 흘러갔다.

아아아아 스테잉 얼라이브, 스테잉 얼라이브, …아아아아 스테잉 얼라이브, 스테잉 얼라이브….

라디오에서 흘러나오는 비지스의 노래를 따라 부르던 버스 기사는 한껏 흥이 올랐는지 어깨를 들썩이며 핸들을 잡은 손끝으로 장단까지 맞추고 있었다.

백팩을 가슴에 안고 창밖을 바라보던 재준은 핸드폰으로 시선을 옮겼다. 액정 화면에는 지금 만나러 가는 중인 환자와 관련된 글들이 떠 있었다.

'정순철한테 성폭행을 당했는데 왜 자살을 하나? 항소를 해야지. 쓰레기 같은 뇨언 ㅋㅋㅋ' 그 제목을 터치하자 '지은정'이라는 여성의 실명과 그녀의 가족이 살고 있는 '해피 빌리지'라는 아파트 단지 이름까지 거론하면서 그녀를 꽃뱀으로 몰아붙이고 조롱하는 장문의 글이 떠올랐다. 글 아래에는 야한 속옷 차림의 여성이 돈다발을 물고 있는 삽화가 붙어 있었는데, 다름 아닌 지은정을 노골적으로 희화한 것이었다. 엄지 끝으로 살짝살짝 터치하며 올려보다가 그 글을 닫고 다른 글을 열었다. 몇 개의 제목이 떴다. '개와 돼지의 공통점은 공돈을 바란다는 거!' '그렇게 떳떳하면 이름을 왜 숨기냐? 지모 씨야? 실명 대공개! ㅋㅋㅋ' '남편이란 작자도 딸 데리고 도망갔네, 도망갔어! 개돼지 같은 것들 ㅎㅎㅎ'

엄지로 화면을 계속 올려보는데 성폭행 피해자라고 주장하는 여성은 물론이고 그녀의 남편 그리고 딸아이까지 비방하는 글들이 끝도 없이 이어졌다.

그 글들을 모두 닫고 또 다른 이모티콘을 터치했다. '정순철 회장 성폭행이 무혐의라고? 지나가는 개가 웃겠다!'라는 제목의 블로그 글이 보였다. 제목을 클릭하자 '삭제되었다'는 메시지가 떴다.

'똑같은 수법의 똑같은 판결! 이게 말이 되냐?'라는 제목을 터치해보자 이 글 역시 삭제되어 있었고, '재벌과 법피아의 합작품! 그들만의 세상'이라는 글과 '이건 명백히 사법살인이다!'라는 글 역시 삭제가 된 상태였다.

스마트폰의 글들을 살펴보는 사이, 마을버스는 어느덧 시외버스 터미널에 도착했다. 재준은 서울남부터미널행 급행버스로 갈아탔다.

한 시간 반가량 흐른 뒤 급행 버스는 남부터미널에 도착했고, 버스에서 내린 재준은 택시 승차장으로 가서 택시를 잡아타고 기본요금 거리에 있는 신영종합병원으로 향했다.

5_나

새까맣다. 주위를 둘러보지만 앞도 뒤도 위도 아래도 나를 둘러싼 모든 것이 새까맣다. 거리감도 느껴지지 않는다. 두 손을 들어 내려다봤다. 손이 보이지 않는다. 손을 바로 눈앞에 갖다 댔지만 보이지 않는다.

왜지? 눈이 보이지 않는 건가?

기척이 느껴져 얼굴을 들었다. 시커먼 암흑 속에서 뭔가가 어른거리고 있다. 아주 작고 희미한 찌꺼기들이다. 푸르스름한 부스러기들이 깜박깜박 나타났다 사라졌다 하면서 먼지처럼 떠다니고 있다.

눈이 안 보이는 건 아니구나 하고 안도하는 찰나, 먼지들 사이에서 작은 불꽃이 튀는가 싶더니 확! 시야를 온통 가릴 만큼 거대한 불덩어리로 변해 어둠을 내쫓았다. 하지만 빛은 곧바로 사라져버렸다. 다시 암흑에 갇혔다. 떠다니던 푸르게 한 먼지조차 흔적도 없이 사라져버렸다. 지독한 어둠이다.

지금 어딘가에 갇혀 있는 건가? 불안과 공포가 점점 부풀어 올라 나를 지배하기 시작했다. 심장은 요동치고 있는 것 같은데 아무 소리도 들리지 않는다.

조금 전 불덩어리가 있었던 곳에 또 뭔가가 나타났다. 아주 작은 새하얀 빛 알갱이가 마치 내게 오라고 손짓을 하듯 오르락내리락하고 있다. 그 빛 알갱이가, 아니 새하얀 빙산이 다가오고 있다는 것을 깨달은 순간, 갑자기 살을 에는 추위가 온몸을 저며왔다. 너무 춥다. 온몸이 바들바들 떨리고 턱이 떨린다. 뇌까지 흔들려 정신을 잃을 것만 같다.

"아악!" 젊은 여자의 날카로운 비명 소리가 고막을 파고들었다. "꺄악!" 어린 여자아이의 찢어질 듯한 비명이 정수리를 꿰뚫었다. 날 선 비명 소리는 빠져나갈 틈이라고는 없는지 암흑 공간 안에서 서로 부딪히고 튕겨내며 증폭되어갔다.

벗어나기 위해 몸을 움직여보려고 하지만 발바닥이 달라붙어 있어서 꼼짝도 할 수가 없다. 손도 말을 듣지 않아 귀를 막을 수조차 없다. 달그락거리며 바퀴가 굴러가는 소리, 우드득우드득 뭔가를 거칠게 자르는 것 같은 소리, 콸콸콸 물 흐르는 소리, 온갖 잡음이 날 선 비명 소리에 뒤엉키며 머릿속에서 울려댔다. 머리가 깨질 것만 같다.

눈을 감았다. 빙산이 사라졌다. 눈꺼풀만 움직일 수 있는 건가? 하지만 시각이 사라지자 청각이 더 예민해진 탓인지 머리가 터져버릴 것 같아 나도 모르게 눈을 뜨고 말았다. 앗! 어마어마하게 커다란 빙산이 바로 눈앞에 있다. 얼음송곳들이 온몸을 꿰뚫는 것만 같다. 미칠 듯이 춥다.

"제발 여기서 날 내보내줘." 소리쳐보지만 말이 되어 나오지 않는다.

으으으… 신음 소리가 귓가에 울린다.

어? 이건 내 입에서 나는 소리인가? 멀리서 들려오는 것 같은데?

벼락같이 빙산이 덮쳐왔다. 피할 수가 없다. 새하얗던 빙산이 핏빛으로 물들고 내 것인지 다른 누군가의 것인지 분간이 되지 않는 신음 소리도 점점 커져갔다.

이렇게 죽는다고 생각했을 때였다. 한순간에 모든 것이 사라졌다. 거대한 빙산도 시끄럽던 소음도 살갗을 파고들던 한기도. 모든 감각이 사라져버렸다. 딱 하나의 감각만 빼고. 촉각. 머리로 전해져오는 촉각만 빼고.

무언가가 내 머리를 쿡쿡 누르고 있다. 차갑지 않고 시원하다. 이따금 달각달각 금속이 부딪치는 소리가 들리고 코의 점막을 자극하는 냄새가 난다. 익숙한 듯하면서도 낯선 냄새. 뭐지? 이 냄새?

"환자의 의식이 돌아오는 것 같은데요…." 여자의 목소리다.

나는 번쩍 눈을 떴다. 부릅뜬 눈으로 빠르게 주변을 훑었다. 처음에는 초점이 맞지 않아 흐릿했지만 시간이 지나면서 주변 상황이 점점 또렷하게 보이기 시작했다. 옆에 있는 젊은 여자가 핀셋 같은 기구를 금속 트레이에 놓고 있다. 연분홍색 옷을 입고 있다.

숨소리가 들려 올려다보니 어떤 남자가 나를 내려다보고 있다. 흰 가운을 걸치고 있다. 그와 눈이 마주쳤다.

의사인가? 옆에 있는 여자는 간호사고. 병원이구나. 악몽을 꾼 거였어.

하아, 뱃속 깊은 곳에서부터 한숨이 터져 나왔다.

긴장이 풀려서 잠깐 잠이 들었던 걸까. 몸이 작게 흔들리고 바퀴 굴러가는 소리에 다시 정신이 들었다.

감고 있는 눈앞이 검붉은색에서 환한 오렌지색으로 바뀌었다. 뜨겁지는 않지만 거북해져서 눈을 가늘게 떴다. 왼쪽에 있는 창문을 통해 햇살이 쏟아져 들어오고 있다. 창문 옆에는 간이 옷장이 있다.

어디 병실 같은데? 근데 왜 내가 여기 있지? 사고를 당했나?

오른쪽 위에서 인기척이 느껴져 시선을 올렸더니, 조금 전에 봤던 간호사와 의사가 내려다보고 있었다. 그들을 찬찬히 뜯어봤다. 두터운 입술 언저리로 시뻘건 립스틱이 번져 있는 간호사는 적어도 백 킬로그램은 넘어 보였고, 중년의 남자 의사는 실핏줄이 보이는 주먹코에 한쪽 입꼬리가 비틀어져 올라가 있어서 마치 비웃고 있는 듯한 인상이었다. 이상하게도 두 사람 모두 첫인상부터 거슬려, 눈길을 주거나 말을 섞고 싶은 마음이 전혀 들지 않았지만 어쩔 수 없이 입을 열었다.

"내가 왜 여기 있죠?" 목이 바짝 말라 있어서 목소리가 갈라져 나왔다.

"정신이 드세요?" 마스카라로 검게 떡 진 간호사의 속눈썹이 시커먼 반달을 그렸다.

"수술 경과가 좋아서 금방 회복되실 겁니다." 내려다보는 의사의 오른쪽 입꼬리가 한껏 비틀어져 올라갔다.

간호사나 의사가 왜 웃고 있는지도 궁금했지만 더 궁금한 게 있었다.

"근데… 왜 아무것도 기억이 안 나죠?"

어떤 기억이라도 떠올려보려고 나는 미간을 찡그렸다.

나를 빤히 내려다보고 있던 의사가 두툼하고 번들거리는 입술을 굼실거리다가 입을 뗐다. "마취에서 풀려날 때 흔히 있는 현상입니다. 조금만 지나면 괜찮아질 테니까, 너무 걱정 안 하셔도 됩니다."

아무것도 기억이 안 나는데, 낯선 이들로부터 조롱당하는 것 같아서 화가 치밀어 올랐다.

"근데 왜 웃으세요? 지금 내가 웃깁니까?"

"아닙니다. 오해하지 마세요. 수술에서 깨어나실 때마다 항상 똑같은 질문을 하시기에… 저도 모르게 그만… 죄송합니다."

의사는 웃음기를 싹 지운 얼굴로 쩔쩔매며 거듭 허리를 숙였다. 그의 야비해 보이는 인상과 비굴하리만치 굼실거리는 태도는 전혀 어울리지 않았다.

"내가요? 내가 수술을 여러 번 받았나 보네요?"

뇌수술을 받은 건가? 그래서 기억이 안 나나?

나는 눈을 크게 뜨고 의사를 바라보았다. 의사는 간호사와 슬쩍 마주 보더니 나를 똑바로 쳐다보며 대답했다. "네."

"그런데… 왜 내 이름도 기억이 안 나지?" 이름이라도 기억해내려고 미간에 힘을 주자 얼굴 근육이 파르르 떨려왔다. "선생님…." 의사를 쳐다봤다. 눈동자가 심하게 흔들리고 있다는 것을 스스로도 느낄 수 있었다.

이미 질문을 알고 있다는 듯 의사는 담담하게 말했다. "얼굴 근육이 떨리는 건요, 신경 세포가 되살아나는 과정에서 일어날 수 있는 자연스러운 현상이니까 너무 걱정하실 필요 없습니다. 처음보다 정말 많이 좋아지셨고요. 떨리는 현상은 조만간 사라질 겁니다."

"아… 네…."

괜찮다는 말을 들으니 약간 안심이 되었다. 하지만 곧 다른 궁금증이 일어서 다시 의사를 바라보았다.

내 시선을 의식했는지 의사가 간호사에게 내가 앉을 수 있도록 도와주라 지시하고 나서, 환자 식사용 테이블(내 다리 위에 펼쳐져 있던) 위에 놓여 있는 노트북 모니터를 이쪽으로 돌리더니 무선 마우스를 클릭했다.

"여기 한번 보시죠."

모니터에는 내 두뇌를 촬영한 것으로 보이는 흑백 사진이 떠 있었다.

"보시다시피, 두뇌에는 전혀 문제가 없습니다. 아주 깨끗합니다!"

나는 눈을 부릅뜨고 모니터를 바라보았다. 확실한 좌우대칭이었고 희미하거나 특별히 두드러지는 부분도 눈에 띄지 않았다. 의사가 말한 대로 두뇌에는 전혀 문제가 없어 보였다.

그때, 똑똑똑 노크 소리가 들리고 슬라이딩도어가 천천히 열렸다.

"수고 많으셨습니다."

뿔테안경을 쓰고 짙은 갈색 재킷을 걸친 날씬한 체격의 남자가 의사와 간호사에게 허리 숙여 인사하며 들어왔다.

온화한 인상이었고, 나이는 많아야 40대 초반으로 보였다.

의사는 수술 경과가 매우 좋다며 오른쪽 입매를 비틀어 활짝 웃어 보였고 간호사도 검은 반달 눈웃음을 지으며 병실을 나갔다. 갈색 재킷을 입은 남자는 의사와 간호사의 등 뒤에 대고 고맙다며 감사의 뜻을 전했다.

왜 처음 보는 저 남자가 의사한테 고맙다고 하는 거지? 게다가 저렇게 허물없이 인사 나누는 것을 보면 저 세 사람은 서로 아주 잘 아는 사이인 것 같은데. 불현듯 나만 남들과는 완전히 동떨어진 다른 세상에 갇혀버린 것 같은 불안과 두려움에 휩싸였다.

온화한 인상의 남자는 등에 메고 있던 검정색 작은 배낭을 내리더니 그 안에서 천으로 만들어진 노란색 작은 가방을 꺼내 간이 옷장 쪽으로 걸어갔다. 그리고 그 옆에 웅크리고 앉았다. 무슨 짓을 하나 지켜보고 있자니, 그가 향한 곳은 옷장이 아니라 그 옆에 있는 작은 냉장고였던 모양이다. 그는 냉장고 문을 열고 노란색 가방을 그 안에 넣었다. 이 병실의 구조를 잘 아는 듯 매우 익숙한 몸놀림이었다.

병실 창문 아래 놓여 있던 접이식 의자를 가지고 와서 내가 앉아 있는 침대 발치 너머에 놓고 앉으며 그 남자가 말을 걸어왔다. "저, 기억 안 나세요?"

자기를 아느냐고? 전혀 기억에 없다. 처음 보는 사람이다.

"저, 전혀요… 우리가 아는 사입니까?" 순간 목이 메어서 침을 삼키려고 했지만 바짝 말라 있어서 공기만 한 모금 삼켰다.

그걸 눈치챘는지 갈색 재킷 남자가 냉장고로 가더니 생수병을 꺼내 마개를 따서 내게 내밀었다.

나는 생수를 받아 들고 마셨다. 목 상태가 한결 나아졌다. 음흠, 헛기침을 해보고 다시 물었다. "우리가 아는 사인가요?"

"아주 잘 아는 사이죠. 최근에는 매일 만나는 사이니까요." 온화한 인상의 남자 대답은 거침이 없었고 따뜻한 미소를 머금고 있었다.

"매일요? 우리가요? …그쪽은 뭐 하시는 분인데요?"

미칠 노릇이었다. 이 사람은 누구지? 기억이 통째로 날아가버렸다는 것만은 분명했다.

"김동현 님의 기억 찾기를 도와드리고 있는 심리 상담사, 최재준입니다."

"김동현이요? 제 이름이 김동현입니까? 김.동.현… 김동현…." 나는 몇 번이고 이름을 되뇌어보았다.

내 이름이 김동현이라고? 하지만 기억에 없다. 게다가 내가 기억 찾는 것을 도와주는 상담사라고? 그렇다면 내가 기억을 잃어버렸다는 말인가? 그래서 아무런 기억이 안 나는 건가?

내가 불안해하는 것을 알아챘는지 "잠깐만요." 하며 상담사라는 남자가 일어나더니 옷장으로 가서 옷걸이에 걸려 있던 베이지색 바탕에 울긋불긋 체크무늬가 들어 있는 면 잠바를 가지고 왔다. 처음 보는 옷이다. 기억을 잃었으니 당연한 건가?

"신분증을 보시면 더 빨리 알 수 있을 겁니다. 거기 안주머니에."

"아! 그렇겠네요."

나는 잠바를 받아 들고 안주머니에 손을 넣었다. 두툼한 게 잡혀서 꺼내보니 검정색 가죽 반지갑이었다. 얼른 지갑을 열어 내용물을 살폈다. 20만 원 정도의 현금이 들어 있었고 카드를 넣는 곳에 운전면허증이 들어 있었다. 손가락을 집어넣어 운전면허증을 꺼내 들고 사진을 내려다봤다.

숱이 많은 짙은 눈썹, 반듯하고 오뚝한 코, 얇은 입술.

하지만 지금 나에게는 내 얼굴에 대한 기억도 없다.

"김동현 님, 여기요." 상담사가 화장실 문 옆 벽에 달린 거울을 가리키고 있었다.

상담사가 가지런히 놓아주는 슬리퍼를 신고 침대에서 내려가 거울 앞에 섰다. 거울에 내 얼굴이 비쳤다. 운전면허증에 있는 바로 그 얼굴이었다.

들고 있던 면허증을 내려다봤다. 그리고 이름을 보는 순간, 탄성이 섞인 말이 튀어나왔다. "김동현!" 갑자기 정신이 아득해지며 머리가 핑 돌았다.

"김동현 님, 괜찮으세요?" 상담사가 재빨리 내 왼팔을 잡고 부축해줘서 넘어지지는 않았지만 머리에는 어지럼증이 남아 있었다.

현기증이 잦아들기를 기다렸다가, 바깥 공기를 쐬는 게 좋겠다는 상담사의 제안을 받아들여 병실을 나섰다. 나는 그가 해주는 얘기를 들으며 병원 안의 산책로를 천천히 걸었다. 머리를 제외하면 몸에는 별다른 이상이 없는 것 같아 그나마 다행이라는 생각이 들었다.

그러다가 방금 들은 상담사의 말에 몸이 먼저 반응한 것처럼 휘청거렸다.

"김동현 님!"

나를 부른다고 느꼈을 때는 이미 그가 나를 부축하고 있었다.

"괜찮으시겠어요?"

상담사가 내 겨드랑이에 팔을 넣어 부축해서 근처 벤치로 이끌었다. 나는 벤치 등받이를 붙잡은 채 간신히 몸을 지탱하며 방금 들었던 얘기를 되물었다.

"기억을 한번 찾았다가 다시 잃어버린 거라고요?"

"네." 상담사는 안타깝다는 듯 고개를 잘게 까닥였다. "김동현 님, 앉아서 얘기 나누시죠." 그의 부축을 받으며 나는 벤치에 앉았다.

"왜죠? 그럴 수도 있는 거예요? 이유가 뭐죠?"

뭐가 뭔지 도무지 이해할 수가 없었다. 하지만 분명한 것은 내 기억이 사라졌다는 것이다.

"좀 독특한 경우이긴 합니다."

"김동현, 김동현, 김동현…" 다시는 절대로 잊어버리지 않겠다는 심정으로 나는 이름을 되뇌며 뿔테안경 너머 상담사의 눈을 바라보았다.

"나는 원래 뭐 하는 사람이었나요? 가족은요? 나, 혹시 결혼은 했나요? 애는요?" 떠오르는 대로 마구 질문을 쏟아냈다.

그러다가 운전면허증이 있었다는 게 떠올라 환자복 주머니에서 운전면허증을 꺼내 유심히 살펴봤다. 송파구 백제고분로 167길로 시작되는 주소가 적혀 있었다.

"여기가 내 집인가요?"

입을 꾹 다물고 물끄러미 바라보고 있던 상담사가 고개를 가로저었다.

"이미 확인해봤는데요, 이사를 하셨더라고요. 그곳은 이제 김동현 님의 집이 아닙니다."

"이사요? 어디로요?"

나는 멀리 허공의 한 점을 바라보며 눈을 깜박거렸다.

이제 겨우 이름 하나 기억해냈단 말인가? 아니지, 이름도 운전면허증을 보고 안 거니까. 기억해낸 거라고 할 수는 없다.

하아, 한숨이 터져 나왔다.

"잠깐만요, 지금 중요한 건 김동현 님이 어디 사셨냐가 아닙니다. 김동현 님은 그때도 많이 궁금해하셨죠. 그때도 김동현 님은 자신과 관련된 모든 정보를 한꺼번에 받아들이려고 하셨어요. 그러다가⋯." 거기까지 말하더니 상담사가 입을 다물어버렸다. 뒷말을 기다렸지만 이어지지 않았다.

"그러다가, 그러다가 뭐요?"

내 목소리도 시야도 심하게 흔들렸다.

주먹으로 입을 가리고 으흠 하고 헛기침을 하더니 상담사가 힘겹게 입을 뗐다. "김동현 님이 기억을 잃게 된 가장 큰 원인은 정신적인 충격이었습니다."

"정신적인 충격이요? 무슨 충격이요?"

"무엇 때문에 충격을 받았는지 그 구체적인 기억에 대해서는 저도 잘 모릅니다. 하지만 또다시 충격을 받으면 김동현 님은 기억을 영원히 잃어버릴 수도 있습니다."

"네? 기억을 영원히 잃어버린다고요?"

나 자신보다 내 기억에 대해 더 많이 알고 있는 것 같은 최재준이라고 하는 상담사가 하는 말이 어떤 뜻인지 가늠조차 할 수가 없었다.

정신적인 충격은 또 뭐고 다시 충격을 받으면 기억을 영원히 잃어버린다니. 그럼 계속 이런 상태로 살아야 한다는 말인가? 아니, 처음 수술에서 깨어났을 때의 상태가 된다는 말인가?

극심한 혼란 속에서 헤매고 있는데 상담사가 손을 내밀더니 내 두 손을 꼭 감싸 잡았다. 상담사의 손은 따뜻했다. 그의 마음을 고스란히 느낄 수 있었다.

"이제부터 김동현 님은 떠오르는 기억들을 있는 그대로 받아들여야 합니다. 이번에는 잘 해내실 거라고 믿습니다."

상담사의 목소리는 곤혹스러움에 빠져 있는 내 마음을 어루만지듯 다정하고 부드러웠다.

"충격을 완화시키기 위해서 먼저 말씀드려둬야 할 게 있습니다."

"뭔데요?"

나는 벌어진 입을 다물지 못한 채 눈을 부릅뜨고 상담사의 입을 응시했다.

으흠으흠, 두세 번 헛기침을 하며 잠시 틈을 두더니 상담사가 말을 꺼냈다. "김동현 님은 아내와 따님을 모두 잃으셨습니다."

"네? 내, 내 아내와 딸이 죽었다고요? 왜, 왜요? 사, 사고가 있었나요?"

심장이 거칠게 요동치기 시작했다.

상담사가 눈을 감고 숨을 깊이 들이마셨다가 내쉬고 나서 꾹 다물고 있던 입을 어렵사리 열었다. "두 분 모두 살해당했습니다. 제가 이 사실을 알려드리는 것은 앞으로 떠오르는 기억들에 다시는 지배받지 말라는 뜻에서입니다."

"내, 내 아내와 내 딸이 사, 살해당했다고요?" 심장은 당장이라도 뚫고 나올 것처럼 가슴을 두드려댔고 뇌는 얼어붙어버린 듯 시야가 까맣게 좁아지며 의식이 혼미해졌다.

나도 모르는 사이에 휘청거렸는지 상담사가 재빨리 두 손을 뻗어 부축해줬다. "괜찮으시겠어요?"

"…네…." 애써 손을 내저었지만 다리가 풀려버려서 앉아 있는 것조차 힘들었다. 빠져나간 영혼이 위에서 나를 내려다보는 듯한 착각마저 들었다.

아내와 딸이 살해당했다니. 사고로 세상을 떠났다고 해도 받아들이기 어려울 판인데 살해당했다는 사실을 감당해야 한다니. 받아들이기에는 너무도 가혹한 현실이었다. 아니 현실감이 없는 남의 얘기 같았다. 게다가 아내와 딸이 살해당했다는 사실을, 충격을 완화시키기 위해 알려주는 거라고? 가족이 살해당한 것보다 더 큰 충격이 있다는 뜻인가? 조금 전에 상담사도 그 충격에 대해서는 모른다고 했었다. 도대체 어떤 충격이 나를 기다리고 있다는 말인가?

나는 기억을 잃게 한 '정신적인 충격'의 실체가 궁금하다기보다 두려웠다. 너무도 무서웠다.

그날 저녁, 환자용 식사를 앞에 두고 침대 위에 멍하니 앉아 있는데 문득 상담사의 말이 떠올랐다.

"제가 냉장고에 카레를 넣어놨는데요, 저녁 드실 때 같이 드세요."

왜냐고 물으니 기억을 찾는 데 도움이 될 거라고만 하고, 병실까지 바래다주면서 전자레인지가 있는 곳도 알려주었지만 그 이상의 얘기는 해주지 않았다.

나는 침대에서 내려가 슬리퍼를 꿰어 신고 냉장고로 갔다. 냉장고 문을 여니 천으로 만든 노란색 작은 가방이 있었다. 그러고 보니 상담사가 여기 왔을 때 이 가방을 넣어두었던 기억이 떠올랐다. 바로 그때 어떤 감정 하나가 꿈틀거리며 존재감을 드러냈다. 가슴이 밝아지는 듯한….

오늘 있었던 일은 기억하고 있다. 그래, 기억하고 있어. 이제 잊어버린 기억만 되찾으면 된다.

노란색 가방의 지퍼를 열어보니, 납작한 정사각형 밀폐용 유리용기가 들어 있었고 그 안에는 상담사가 말한 대로 황갈색 카레가 담겨 있었다. 유리용기를 꺼내 들고 병실을 나가 다용도실로 가서 전자레인지에 넣고 데웠다.

다시 병실로 돌아와서 침대 위로 올라가 식판을 마주하고 앉자마자 유리용기를 열었다. 향긋한 카레 냄새에 군침이

고였다. 구체적으로 기억이 나는 것은 아니지만 언젠가 맡았던 냄새라는 느낌이 강하게 들었다. 나는 흰쌀밥 위에 카레를 붓고 숟가락으로 듬뿍 떠서 입에 넣었다.

정말 맛있다. 나는 카레를 또 한 숟가락 떠서 입에 넣은 다음 미역국을 한 숟가락 입안에 흘려 넣고 꼭꼭 씹었다.

기억을 되찾기 위해서는 아내와 딸이 살해당했다는 사실을 억지로라도 받아들여야만 한다.

"받아들여야 해… 받아들여야 해…." 주문처럼 중얼거리고 있자니 가슴 밑바닥에 억눌려 있던 어떤 응어리 같은 것이 치고 올라왔고 이내 그것이 눈물이 되어 뺨을 타고 흘러내렸다. 눈물은 미역국으로도, 카레 위로도 떨어져 내렸다. 어깨가 심하게 들썩였지만 어금니를 꽉 깨물고 숟가락으로 밥을 크게 떠서 입에 넣고 또 미역국을 떠서 욱여넣었다.

"사랑하는 아내와 따님을 잃은 김동현 님의 마음을 그 누가 상상이나 할 수 있겠습니까? 하지만 먼저 가신 가족들을 위해서라도 꼭 이겨내실 거라고 믿습니다. 김동현 님, 이제부터는 기억들이 하나하나 떠오를 겁니다." 상담사의 마지막 당부가 귓가에 맴돌았다.

나는 숟가락으로 카레를 그러모아 밥을 크게 떠서 입에 쑤셔 넣고, 눈물과 함께 꾸역꾸역 삼켰다.

우물우물 씹고 있자니 지금 맞닥뜨리고 있는 상황과는 전혀 어울리지 않는 장면 하나가 머릿속에 펼쳐졌다. 온몸이 탄탄한 근육으로 뒤덮인 내가, 내 키보다 훨씬 큰 무쇠 창을 휘두르며 걱정거리와 싸우고 있는 모습이었다.

기운 내라고 한 농담이었겠지만, 상담사의 '워리어' 이야기는 부정적인 기운에 에워싸인 지금의 내게 있어서는 그 어떤 것보다 필요한 이야기일지도 모른다.

그래, 워리어가 되는 거다.

그 어떤 고민, 그 어떤 두려움과도 싸워서 이기는 워리어가 되고 말겠다고 나는 굳게 마음먹었다.

6_나

눈이 부셨다. 유리통창을 뚫고 들어온 화사한 햇살이 바닥에 내려앉아 반짝이고 있다.

어? 어디 아파트 같은데? 내가 왜 여기 있지?

뒤에서 까르르 자지러지는 웃음소리가 들려왔다. 나는 재빨리 그쪽으로 시선을 돌렸다. 아일랜드 식탁이 보이고 어떤 젊은 여자와 일고여덟 살쯤 돼 보이는 어린 여자아이가 나란히 앉아 밥을 먹고 있다. 얼굴은 희뿌연 막 같은 거에 둘러싸여 일그러져 보이지만 두 사람의 웃음소리는 또렷하게 들렸다.

"오빠, 난 우리가 이렇게 빨리, 이렇게 좋은 집에서 살지 몰랐어."

젊은 여자가 누군가에게 말을 하고 있다.

나는 빠르게 주위를 살폈다. 새로 분양받아 입주한 신축 아파트 같았다. TV도 냉장고도 소파도 탁자도 모든 게 새거였다.

"그러게 말이야." 어떤 남자의 목소리가 귓가에 울렸다.

얼른 그 목소리가 들려온 곳으로 눈길을 돌렸다. 식탁을 사이에 두고 젊은 여자와 어린 여자아이의 맞은편에 어떤 남자가 아니, 내가 앉아 있었다.

저건 난데… 그렇다면… 저 여자하고 아이가 내 아내와 딸인가?

나는 세 가족을 유심히 바라보았다.

"아빠, 난 아빠가 해주는 요리가 더 맛있는데, 왜 월요일에만 해줘?"

딸아이가 식탁 맞은편의 나를 보며 웃고 있는 것 같지만 얼굴이 보이지 않으니 답답할 뿐이다.

나는 식탁으로 다가가서 아내와 딸아이의 얼굴 앞에 내 얼굴을 쭉 들이밀었다. 그들의 얼굴이 바로 눈앞에 있다. 하지만 눈, 코, 입 모두 희뿌연 안개에 가려 흐릿하게 어른거릴 뿐 어느 것 하나 제대로 윤곽을 드러내지 않았다.

분명히 아내와 딸인 것 같은데….

"아빠가 무슨 일 하는지 알지?" 아내가 말했다.

"요리사!" 딸아이가 유쾌하게 큰 소리로 대답했다.

내가 요리사라고?

"그래, 아빠는 매일 가게에서 요리를 하셔야 하니까, 쉬는 날에만 만들어주실 수 있는 거야."

"그래도 난 엄마보다 아빠가 해주는 요리가 더 맛있어!"

요리사, 요리사… 나는 입속으로 되뇌었다.

딸아이가 식탁 맞은편에서 밥을 먹고 있는 또 다른 나를 보며 엄지척을 하고 있다. 하지만 여전히 딸아이의 얼굴은 희뿌연 막에 가려져 있다. 분명히 웃고 있는 것 같은데.

"오빠, 오빠 딸, 나한테 너무하는 거 아냐?"

아내의 목소리에 웃음이 섞여 있다. 행복해하는 감정이 고스란히 전해져와서 가슴이 벅차올랐다.

"아빠는 엄마가 해주는 카레가 제일 맛있는데." 그렇게 말하며 식탁 앞에 앉아 있는 또 다른 내가 노란색 밥을 입에 넣었다. 활짝 웃고 있는 내 얼굴만큼은 또렷하게 보였다.

그제야 깨달았다. 우리 가족은 지금 카레를 먹고 있다. 아내가 만든 카레를.

"오케이! 내일 아침에는 아빠가 계란말이 해줄게. 어때?" 식탁 맞은편의 내가 새끼손가락을 내밀자 딸아이도 새끼손가락을 내밀더니 걸고 흔든다. 약속을 하는 내가 환하게 웃고 있다.

딸하고 약속을 했었구나. 내가 약속을 했었어.

그때, 딩동, 초인종 소리가 울렸다. 딸아이가 벌떡 일어나더니 내 곁을 지나 달려갔다. 나도 재빨리 걸음을 옮겨 딸아이를 따라갔다. 방문 옆 벽에 있는 인터폰 모니터에 사람들의 모습이 어른거렸다.

"경찰입니다! 김동현 씨, 명예훼손죄 및 무고죄로 고소되었습니다. 문 좀 열어주세요!"

경찰? 경찰이 왜? 명예훼손죄? 무고죄?

가슴이 철렁 내려앉았다.

모니터에 비친 사람들은 분명히 경찰관 제복을 입고 경찰관 모자를 쓰고 있었지만 얼굴이 이상했다. 아니 괴상했다. 흰자위가 보이지 않는 탁한 잿빛 눈알을 희번덕거리며 뾰족한 이빨 사이로 침을 뚝뚝 흘리고 있다.

"김동현 씨, 경찰입니다! 당장 열지 않으면 문을 부술 겁니다!"

괴물같이 생긴 경찰관들이 괴성을 질러대며 문을 거칠게 두드려댔다. 그것도 잠시, 쫘광! 천둥 치는 소리가 사방에서 울리며 현관문이 넘어지고 괴물들이 들이닥쳤다. 도망치려고 했지만 발이 떨어지질 않았다. 내려다보니 다리가 정강이까지 바닥에 파묻혀 있었다. 괴물들은 입을 쩍쩍 벌리고 검회색 눈알을 희번덕거리며 나를 덮쳐왔다. 나는 외마디 비명을 내지르고 괴물들에게 밀려 엉덩방아를 찧고 말았다.

별안간 주위가 짙은 어둠에 휩싸였다.

어? 갑자기 어떻게 된 거지?

나는 재빨리 주변을 둘러보았다. 괴물들도 자취를 감췄고 바로 앞에 서 있던 딸아이도 식탁에 있던 아내도 그리고 카레를 먹고 있던 나도 온데간데없이 사라졌다. 거실은 언제 그랬냐는 듯 커튼도 내려져 있고 조명도 꺼져 있다. 커튼 사이로 들어오는 가느다란 빛만이 어슴푸레 내부를 비추고 있다. 식탁 위에는 먹음직스러운 요리 대신 빈 소주병들과 먹다 남은 컵라면 용기들만이 지저분하게 널브러져 있다.

눈을 번쩍 떴다. 천장이 보였다. 기억에 있는 곳이다. 그래, 나는 병실에 있다.

꿈을 꾼 거야. 하지만 너무도 생생한 꿈이었다.

침대 난간을 잡고 몸을 일으켰다. 관자놀이에서 핏줄이 움찔거리고 있는 게 느껴졌다. 두 손을 들어 양쪽 관자놀이를 지그시 눌렀다. 손끝에 요동치는 맥박이 전해져왔다. 심장이 뛰는 소리가 귓가에 울렸다. 언제부터였는지 오른쪽 뺨이 실룩거리고 있었다.

하아, 하아, 거칠게 숨을 내쉬며 양손으로 마른세수를 했다. 하지만 얼굴 경련은 좀처럼 잦아들지 않고 오히려 더 심해지는 것만 같다.

그때였다. 병실 문 쪽에서 기척이 느껴졌다. 재빨리 돌아보니 살짝 열려 있는 문틈 사이로 빨간색 야구 모자를 푹 눌러쓴 누군가의 새까만 눈동자가 보였다. 나는 침대에서 뛰어내려 맨발로 달려가 병실 문을 열어젖히고 내다봤다. 빨간 야구 모자를 눌러쓴 남자가 헐레벌떡 복도 모퉁이를 돌아서 사라졌다. 나는 모퉁이까지 내달렸고 그 수상한 남자를 찾아봤다. 하지만 그는 이미 사라지고 없었다. 그 남자는 환자복을 입고 있었다.

그럼 환자인가? 그런데 왜?

꿈도 뒤숭숭하고 조금 전 나를 엿보다가 달아난 수상한 남자의 정체도 두렵고 당혹스러웠다.

병실로 돌아가자마자 나는 호출 버튼을 눌러서 담당 간호사를 불렀다. 그리고 물어볼 게 있으니 담당 의사를 데리고 오라고 다그쳤다. 내 표정으로 사태가 심각하다는 것을 알아차렸는지 간호사가 쩔쩔매며 지금 회진 중이시니 마치는 대로 전하겠다고 했다. 기다리고 있자니 20분쯤 지나서 담당 의사와 간호사가 병실로 들어왔다. 나는 빨간 모자를 쓴 환자가 병실을 엿보고 있었던 것에 대해서 얘기했다.

"죄송합니다, 옆 동 환자 같은데요…." 의사가 자기 발치를 내려다보며 집게손가락으로 실핏줄이 드러난 주먹코를 긁적였다.

"옆 동 환자가 왜 내 병실 안을 기웃거리는데요? 그게 이유가 됩니까?" 안 그래도 자꾸 비웃는 것 같아서 신경에 거슬렸던 의사의 불성실한 변명에 언성이 절로 높아졌다.

거대한 체구의 간호사가 의사를 힐끔 보더니 끼어들었다. "정신병동하고 이어져 있는데요, 가끔 이런 일이…."

"그렇게 말씀드리면 더 걱정하실 거 아니에요?" 의사가 간호사를 노려보며 짜증 섞인 말투로 쏘아붙였다.

"죄송합니다, 죄송합니다…." 간호사는 어쩔 줄 몰라하며 둔중한 체구를 연거푸 접어가면서 의사에게도 나에게도 죄송하다는 말만 되풀이했다.

"남들에게 해를 끼치고 그런 환자들은 아니지만요, 앞으로 더 철저하게 관리하겠습니다. 죄송합니다." 의사가 깊숙이 허리를 숙였다.

하지만 그건 내 질문에 대한 속 시원한 답이 아니었다. 지금 이 자리를 모면하기 위한 핑계일 뿐.

참다못해 나는 소리를 질렀다. "정신병동 환자가 왜 내 병실 안을 엿보느냐고요!"

"죄송합니다. 더 철저하게 관리하겠습니다. 정말 죄송합니다." 의사는 또 허리를 깊숙이 숙였다. 간호사도 덩달아 머리를 조아렸다. 하지만 이런 과도한 사과 행태가 마음을 달래주기는커녕 무엇인가를 의도적으로 감추고 있는 것 같아서 불안감은 더 커졌고 눈살이 절로 찌푸려졌다.

"사과만 한다고 해결될 일은 아니지 않습니까?" 나는 버럭 소리를 질렀다.

그때, 똑똑똑, 다급한 노크 소리가 들리더니 대답도 기다리지 않고 병실 문이 벌컥 열렸다. 얼굴을 들이민, 처음 보는 간호사가 황급히 말을 쏟아냈다. "선생님, 빨리 와보셔야 될 것 같은데요."

"왜?" 의사가 간호사 쪽으로 몸을 틀었다.

"진영임 환자의 혈압이 너무 떨어졌습니다. 빨리 좀!" 간호사가 눈을 심하게 깜박이며 말했다.

의사와 간호사는 죄송하지만 가봐야 될 것 같다며 다시 한번 허리를 깊숙이 접고는 달아나듯 병실을 나가버렸다. 도망쳐버렸다.

황당할 따름이었다. 기억이 사라져버린 지금의 상황에서 내가 믿을 수 있는 사람은 상담사밖에 없다. 그가 있었다면 알아봐달라고 부탁했을 텐데.

벽시계를 봤다. 10시 40분을 지나고 있었다. 오늘 상담사하고 약속한 시간은 12시 30분이니까 두 시간 가까이 기다려야 한다.

정신병동의 환자가 어떻게 여기까지 왔는지 직접 알아보지 않고는 견딜 수가 없었다. 그래서 먼저 정신병동의 위치를 알아보기로 했다. 로비로 내려가서 병원 안내도를 살펴봤다. 정신병동은 서관이라는 건물의 10층부터 12층에 있었다. 그 가운데는 격리 병동도 있는 모양이었다. 정신병동에서 내가 입원해 있는 병실이 있는 본관 건물로 오려면 서관에서 나와 본관 건물로 들어오거나 8층에 있는 본관과 서관을 잇는 구름다리를 통해 올 수 있었다. 한마디로 마음만 먹으면 올 수 있는 구조였다. 막상 알고 나니 더 불안해졌다.

"뭘 어떻게 조치한다는 거야?" 탄식이 흘러나왔다.

일단 상담사를 만나면 부탁하기로 하고 본관 엘리베이터에 올랐다. 12층에서 내려 병실 복도를 걸어가는데 어디선가 수군거리는 소리가 들려왔다. 소리를 따라가 보니 처치실이라는 곳이 보였다.

"아무튼 정씨… 정상이 아냐…." 항상 화장이 번져 있는 담당 간호사의 목소리가 분명했다.

나는 처치실 문에 귀를 바짝 갖다 댔다.

"…옆 동… 아냐… 정씬가 그 사람…."

"…피곤하겠다… 정말…."

"…정씨… 싸고도니까… 더 난리야…."

뚝뚝 끊겨서 들리긴 했지만 옆 동이라면 정신병동을 말하는 것 같았고, 아마도 '정씨'라는 사람에 대해 험담을 늘어놓는 모양이었다.

병실을 엿보던, 정신병동에 있다는 그 남자가 정씨라는 말인가?

하지만 어디까지나 추측일 뿐이니 직접 확인해보고자 처치실 문을 노크했다. 그 순간, 수군거림이 멈췄다. 다시 한번 노크를 했다. 아무런 반응이 없기에 문을 열어젖혔다. 하지만 눈에 들어온 것은 열려 있는 맞은편 문이었다. 잡담을 나누던 간호사들은 사라지고 없었다. 쓸데없는 말을 했다는 것을 들키지 않으려고 도망친 게 분명했다.

상담사는 오늘 병원 1층에 있는 편의점 옆 휴게실에서 만나자고 했었다.

12시 30분이 조금 안 됐을 때 유리문을 열고 들어가니 상담사는 이미 와서 창가 쪽 테이블에 앉아 있었다. 나는 그의 맞은편에 앉았다. 내 얼굴이 잔뜩 굳어 있는 것을 알아차리고 상담사가 무슨 일 있었냐고 물어왔다. 나는 아침에 있었던 일을 모두 털어놓았다. 빨간 모자를 쓴 남자가 병실을 엿보고 있었다는 얘기부터 의사와 간호사가 했던 변명 그리고 간호사 휴게실에서 엿듣게 된 '정씨'라는 남자의 얘기까지.

"옆 동이라고도 했고 정씨라고 했는데, 내 방을 엿보던 빨간 모자 쓴 남자를 얘기하는 것 같았어요. 정씨라고 한 건 분명해요." 나는 정씨를 힘주어 말했다.

"정씨라고 했단 말이죠? 정신병동의 환자고요?" 기분 탓인지 상담사의 말투도 나만큼 당황한 것처럼 들렸다. 그는 다이어리를 펼치고 메모를 시작했다.

"네, 나중에 담당 간호사를 만나서 물어보니까 자기는 그런 말 한 적이 없다고 딱 잡아떼더라고요! 아 참, 분명히 그 여자 목소리였는데."

주먹코 의사도 마음에 안 들지만 화장을 떡칠한 간호사하고도 체질적으로 안 맞는다고 생각하고 있어서인지 그녀의 얼굴이 떠오르자 절로 눈살이 찡그려졌다.

"김동현 님이 두 간호사가 말하고 있는 걸 직접 보신 건 아니니까, 다른 간호사들이었을 수도 있지 않을까요?"

상담사의 말투는 평소와 같이 차분했지만 내가 착각을 하고 있는 게 아니냐는 뉘앙스가 담겨 있는 것 같아서 내심 불쾌했다.

"분명히 그 간호사였어요. 틀림없어요!" 나도 모르게 목청이 높아졌다. 언뜻 신경이 쓰여 주위를 둘러봤다. 다행히 우리에게 신경을 쓰는 사람은 아무도 없었다.

"정씨라고요?" 상담사가 팔짱을 끼고 고개를 기울였다.

"네, 내 두 귀로 분명히 들었어요. 정씨라고 했어요." 나는 테이블 위로 상체를 내밀고 상담사의 눈을 똑바로 쳐다봤다.

"그럼, 제가 옆 동에도 가보고 그 환자가 누구인지 직접 확인해보겠습니다. 정씨라는 성은 알았으니 찾기에도 어렵지는 않을 것 같네요."

상담사가 다이어리를 덮었다. 그러고는 잠시 머뭇거리다가 겸연쩍은 듯한 얼굴로 조심스레 말을 꺼냈다. "김동현 님, 정말 죄송한데요, 제가 아침부터 아무것도 못 먹어 그러는데 편의점에 가서 뭘 좀 사와 가지고 먹어도 될까요? 김동현 님도 드시고 싶으신 거 있으면 말씀하세요. 제가 사오겠습니다."

나는 흔쾌히 허락했다. 그리고 나도 아침을 건너뛰었다고 솔직하게 말했다. 상담사는 잠깐만 기다려달라며 편의점으로 갔고 5분쯤 지나서 뜨거운 물을 부은 컵라면 두 개와 삼각김밥 두 개를 들고 돌아왔다.

상담사가 마음에 드는 것을 고르라고 해서 나는 '참치마요'라는 삼각김밥을 골랐다. 삼각김밥을 들고 비닐 같은 포장용지를 벗겨보려고 하는데, 전체적으로 확 펼쳐져서 세모난 하얀 밥 덩어리하고 비닐에 싸인 김이 분리되어버렸다. 포장용지를 어떻게 벗겨내야 하는지 몰라 비닐을 펼쳤다 오므렸다 이리저리 돌려보며 쩔쩔매고 있자, 상담사가 달라고 하더니 대신 포장용지를 벗기기 시작했다.

"별걸 다 잊어버렸네요. 이거 먹는 법도 까먹었나 봐요." 하도 어이가 없어서 나는 피식 웃음을 흘리고 머리를 긁적였다.

"저도 삼각김밥을 처음 먹을 땐 한참 헤맸습니다. 결국 김도 다 찢어졌고요." 몇 초도 지나지 않은 사이에 포장용지를 벗기고 깔끔하게 김으로 감싼 삼각김밥을 건네주며 상담사가 미소를 지었다. 바로 눈앞에서 마술을 보는 것 같았다.

그리고 우리는 한동안 묵묵히 컵라면과 삼각김밥을 먹었다.

후루룩 국물을 마시고 컵라면을 테이블 위에 내려놓는 순간, 어젯밤 꾼 꿈이 스멀스멀 머릿속에 되살아났다.

"어제 꿈에서도 이걸 봤는데. 아! 그리고 카레도 나왔어요!"

"꿈을 꾸셨습니까?"

상담사가 컵라면을 옆으로 치워놓고 다이어리를 펼쳤다.

"무엇을 보았는지 기억나십니까?"

"정말 생생했는데… 무슨 얘기부터 해야 할지….."

나는 눈을 감고 어젯밤 꿈을 곱씹어보다가 생각나는 것부터 말해보기로 하고 눈을 떴다.

"어쩌면 내 직업이 요리사인 것 같습니다. 요리사!"

"기억해내셨군요." 상담사의 말투는 의외로 담담했다.

"알고 계셨어요?" 목소리가 뒤집어져 나왔다.

"네, 얼마 전, 처음으로 김동현 님의 기억이 돌아왔을 때요."

"그럼, 상담사님은 내가 이사 간 집도 알고 있는 거 아녜요?"

"네. 알고 있습니다."

아무렇지도 않게 대답하는 상담사의 태도에 더욱 조바심이 일었다.

내 직업도 알고 있고 집도 어딘지 알고 있다고?

나는 의자를 바짝 당겨 앉으며 불쑥 머리에 떠오른 것을 물어봤다. "그럼, 혹시 어제 카레를 갖다준 것도 내 기억을 되찾기 위한 거였나요? 왜냐면 언제 먹어본 것 같은 느낌이 들었거든요."

상담사는 대답 대신 다이어리의 커버를 펼치더니 그 안에 끼워져 있던 손바닥 반만 한 크기로 접혀 있는 종이를 내게 내밀었다.

"이게 뭔데요?"

"보시면 아실 겁니다."

나는 종이를 펼치고 들여다보았다. 깨알같이 작은 글씨가 종이 가득 적혀 있었다. 감자, 양파, 카레 루, 당근, 소고기 안심 등의 식재료와 그것을 손질하는 법, 볶는 시간, 조미료 등이 적힌 카레 레시피였다.

"김동현 님이 제게 적어주신 레시피입니다."

"내가요? 내가 적었다고요?"

"네, 김동현 님이 가장 좋아하는 요리는 아내가 만들어주는 카레라면서 레시피를 적어봤다고 제게 주셨던 겁니다. 그래서 혹시 기억을 찾는 데 도움이 될까 하여 제가 만들어본 겁니다. 그대로 만들어본다고 했는데 맛은 어땠는지 모르겠네요."

갑자기 시야가 뿌옇게 흐려졌다. 눈물이 쏟아질 것 같아 눈을 위로 치켜뜨고 이를 꽉 깨물었다.

"김동현 님, 참지 마세요. 감정도 느껴지는 그대로 받아들이는 게 기억 찾기에 도움이 되실 겁니다."

그렇게 말하며 내미는 상담사의 손수건을 받아 들고 나는 눈물을 꾹꾹 찍어냈다. 공기를 깊이 들이마시고 숨을 가다듬고 나서 물었다. "상담사님께서 그때의 얘기를 해주시면 더 빨리 기억을 찾을 수 있지 않을까요?"

"아뇨! 기억은 자연스럽게 떠올라야 합니다!" 상담사의 말투는 이것만큼은 절대로 용납할 수 없다는 듯 단호했다. "안 그러면 진짜 기억과 상상이 섞여서 뒤죽박죽이 돼버릴 위험성이 있거든요. 그렇게 되면 기억을 찾는 데 훨씬 더 많은 시간이 걸리게 될 거고요. 잘못하면, 기억을 영원히 잃어버릴 수도 있습니다!" 그러곤 잠시 틈을 두고 덧붙였다. "그래서 김동현 님 아내분의 레시피로 만든 카레를 드리면서도 아무런 설명을 하지 않은 겁니다."

"아, 그럴 수도 있는 거군요…. 알겠습니다."

충분히 납득할 수 있는 얘기라 수긍할 수밖에 없었다.

"기억은 천천히 자연스럽게 떠올라야 하니까, 조금 답답하시더라도 참으셔야 합니다." 조금 전의 딱딱했던 말투가 미안했는지 상담사는 어느새 온화한 표정으로 돌아와 있었다.

나는 계속 마음에 담아뒀던 얘기를 꺼냈다.

"가끔 어지럽기는 해도 움직이는 데는 별문제가 없는데, 퇴원하면 안 될까요? 아까 그 모자 쓴 남자도 괜히 신경이 쓰이고."

"조금 전에 편의점 갔을 때 의사 선생님하고도 통화했는데요, 병실을 엿보던 그 환자가 누군지 알아보고 있다고 하시네요. 다시는 그런 일이 없도록 주의하겠다고도 하시더라고요. 간호사들에게도 김동현 님의 병실을 특별히 주의해서 지켜보라고 했다니까 너무 크게 신경 쓰지 않으셔도 될 것 같습니다. 그러니까 기억이 어느 정도 돌아오면 퇴원은 그때 하시는 게 좋을 것 같습니다. 건강도 회복하고 푹 쉬시면서."

상담사가 하는 말에 고개를 끄덕이곤 있었지만, 내가 퇴원을 생각하는 데는 또 다른 이유가 있었다. "1인 병실이면 입원비도 꽤 비쌀 거고… 요리사였다는데 돈도 별로 없었을 것 같고…."

"저번에 기억이 돌아왔을 때 이미 납부하셨다고 들었습니다."

이건 또 무슨 소리란 말인가? 벌써 병원비를 냈다고?

"누가요? 내가요?"

너무 뜻밖의 대답이어서 무척 당황스러웠지만 결코 나쁜 소식은 아니었다.

"네, 저는 그랬다고만 들었지, 자세한 건 잘⋯."

상담사가 다른 건 다 알면서도 돈과 관련해서는 모른다고? 아니지, 돈 문제라면 상담사가 모르는 게 어쩌면 당연할 수도 있다. 그럼 저번에 기억이 돌아왔을 때 내가 직접 냈다는 건가? 어찌 됐건 이건 그냥 넘어갈 수 있는 문제가 아니다.

"자, 잠깐만요. 아무리 생각해도 적은 돈이 아닐 텐데⋯ 이건 중요한 문제라서 내가 직접 확인을 좀 해봐야 할 것 같은데요."

내가 일어서려고 하자, 상담사가 손을 들어 나를 불러 세웠다. "김동현 님, 그 전에 드릴 얘기 하나가 있습니다."

나는 다시 자리에 앉았다.

문이 열리고 주먹코 의사가 들어온 것은 담당 간호사가 안내해준 의사의 사무실에서 기다린 지 10분쯤 지나서였다.

"저를 보자고 하셨다고요?"

네, 대답하고 나는 단도직입적으로 본론으로 들어갔다. "내가 병원비를 이미 냈다고 하던데?" 질문을 던지고 의사의 삐뚜름한 입을 주목했다.

의사는 책상을 돌아 자리에 앉으며 입을 뗐다. "내셨죠. 그 것도 현금으로요."

"현금이요?"

전혀 예상치 못했던 말을 듣고 나니 다음에 할 말이 떠오르지 않았다.

그 순간, 기억의 한 조각이 눈앞을 스쳐갔다.

내 시선은 발치에 머물러 있었다. 바닥에 놓인 여행용 캐리어가 반쯤 열린 채 보였다. 그 안에는 5만 원권 지폐 뭉치가 수북이 쌓여 있었다. 잠시 뒤, 시선이 천천히 위로 올라갔다. 책상 건너편에 앉아 있던 의사는 오른쪽 입꼬리를 한껏 비틀어 올린 채 기분 나쁘게 웃고 있다.

떠오른 기억은 거기까지였다.

"이 사무실에서였던 것 같은데….” 무심코 혼잣말이 튀어나왔다.

"네, 맞습니다."

"아….”

무엇보다 방금 떠오른 기억이 정확했다는 게 기뻤다. 어제 이상한 꿈을 꾸었고 내 직업이 요리사라는 것을 알아냈지만, 꿈이 아닌 상태에서 처음으로 떠오른 기억이었기 때문이다. 기억이 정확하다면 기억 속에서 봤던 여행용 캐리어에는 상당히 많은 돈이 들어 있었다.

문득 궁금해졌다.

"그런데… 혹시 남은 돈은 있나요?” 나는 의사에게 의심의 눈초리를 보냈다. 왠지 이 주먹코 의사라면 남은 돈은 없다고 할 것만 같아서였다.

"꽤 될 겁니다."

나는 의식적으로 눈매를 풀고 물었다. "그럼, 퇴원할 때 가져가도?"

"당연하죠! 주인이 가져가신다는데." 의사가 피식 웃음을 터뜨렸다.

이 주먹코 의사가 웃을 때면 항상 조롱당하는 기분이 들었는데 이번만큼은 그런 느낌이 들지 않았다.

휴게실로 돌아가니 아까 앉았던 테이블 위에 캔 커피 하나가 놓여 있었고, 커피를 마시고 있던 상담사가 내 쪽으로 몸을 돌렸다.

"내셨다고 하죠?"

"네! 남은 돈도 꽤 된다던데요." 나는 씩 웃어 보이며 의자에 앉았다.

"김동현 님, 웃는 모습이 참 보기 좋네요."

상담사가 흐뭇한 눈빛으로 나를 바라보았다.

오랜만에 아니, 기억이 돌아오고 처음으로 느껴본 희망이라는 감정이 얼굴에 드러난 모양이었다. 돈이 꽤 많이 남아 있다는 사실과 기억이 되살아나고 있다는 사실 때문이었을 것이다.

기쁜 마음으로 캔 커피를 따서 한 모금 마셨다. 달콤했다.

"그럼, 어제 꿈 얘기를 좀 해주세요."

상담사가 재킷 주머니에서 핸드폰을 꺼내 시간을 확인하고 다이어리를 펼쳤다.

"네, 어디 새로 분양받은 아파트 같았어요. 30평 정도? 좀 더 넓은 것 같기도 하고…."

나는 어젯밤 꾸었던 꿈 얘기를 이어갔고, 상담사는 귀 기울여 들으며 하나도 놓치지 않으려는 듯 빠짐없이 다이어리에 적어나갔다.

"아내와 딸 같은데, 분명히 아내와 딸인 것 같은데… 얼굴은 보이지 않았어요. 바로 내 눈앞에 있었는데 희뿌연 안개 같은 거에 가려서 보이지 않았어요."

나는 큼직한 한숨을 내쉬었다.

"서서히 보이게 될 테니까, 너무 걱정하지 않으셔도 될 겁니다." 그냥 위로 차원에서 하는 말이 아니라 반드시 그렇게 될 거라고 확신하는 말투였다.

"상담사님 말씀처럼 정말로 아내와 딸의 얼굴을 떠올릴 수 있을까요?"

미소를 지으며 상담사가 말을 이었다. "김동현 님의 꿈속에서 확실하게 보였던 것만 말씀해주세요. 지금 단계에서는 확실한 이미지가 아닌 건 신경 쓰지 않으셔도 됩니다. 그것이 진짜 기억이라면 언젠가는 결국 확실한 이미지로 나타날 테니까요."

나는 눈을 감았다. 그리고 어제 꾼 꿈을 곰곰이 돌이켜보다가 문득 궁금한 게 떠올라 눈을 떴다.

"경찰관들이 찾아와서 내가 무고죄하고 명예훼손죄로 고소됐다고 하더라고요. 그냥 꿈인지 기억인지는 잘 모르겠지만요… 그런데 경찰관들 얼굴이 무슨 괴물 같은 게 그냥 꿈 같기도 하고…." 막상 말을 꺼내고 보니 자신이 없어졌다.

괴물 모습을 한 경찰관이 현실에 존재할 리 없지 않은가.

"꿈속의 이미지가 생생했다면 기억의 일부일 가능성이 높습니다. 상대의 얼굴이 괴물처럼 보이는 것은 김동현 님의 감정이 개입돼서 그렇게 나타났을 가능성이 크고요. 평소 경찰에 대한 거부감이 있었다거나 경찰과 관련된 나쁜 경험이 잠재의식 속에 자리 잡고 있었다거나 그런 부정적인 감정이 개입되었을 가능성도 배제할 수 없거든요." 상담사는 캔 커피를 한 모금 마시고 나서 말 한마디 한마디에 힘을 주었다. "앞으로도 꿈속에서 과거의 기억을 보게 되실 겁니다. 물론 현실에서 갑자기 떠오를 수도 있고요. 충격적인 기억이 떠오르더라도 절대로 김동현 님 '자신'을 놓치면 안 됩니다! 하나하나 있는 그대로 받아들여야 합니다! 아시겠죠?"

나는 입을 굳게 다문 채 고개를 끄덕였다.

7_나

그날 밤, 나는 조금이라도 빨리 잠이 들고 싶어서 병실 창문의 블라인드를 끝까지 내리고 슬랫의 각도를 조절하여 바깥의 빛을 완전히 차단했다. 그러고 나서 침대 머리맡에 있는 스위치를 누르자 병실 안의 모든 전등이 꺼졌다. 침대로 올라가 누워서 둘러보는데 병실 안이 빛 하나 없이 너무 어두웠다.

깜깜한 병실 안을 물끄러미 바라보고 있자니 어둠 속에 뭔가가 꾸물꾸물 움직이고 있는 것만 같았다. 돌연 왠지 모를 두려움이 밀려들었다. 다 큰 어른이 어두운 방에 혼자 있는 걸 겁내서야 되겠냐고 자신을 나무랐지만 한번 들러붙은 공포는 좀처럼 사라지지 않고 마음속에서 자꾸 커져만 갔다.

나는 몸을 일으켜 다시 창문 쪽으로 가서 바깥의 빛이 조금은 들어오게끔 블라인드 슬랫의 각도를 조절했다. 비스듬히 달빛이 들어왔다. 슬랫의 틈 사이로 새어 들어온 달빛으로 인해 어둠과 빛이 일정한 간격을 두고 병실 안에 펼쳐졌다. 빛이 들어오니 똬리를 틀려고 하던 두려움이 차츰 물러가는 게 느껴졌다.

지금 눈앞에 펼쳐진 어둠이 꿈일지도 모른다는 인식은 있었다.

앞으로 무슨 일이 일어날까?

어둠이 서서히 물러가며 어떤 형체를 만들어내기 시작했다. 두런두런 속삭이는 것 같기도 하고 벌레 울음소리 같기도 한 종잡을 수 없는 잡음 속에서 문득 묘한 위화감이 느껴졌다. 나쁘지 않은 느낌이었다. 상쾌하다고 할까. 상큼하다고 할까. 꽃이나 과일의 향기 같은 냄새가 풍겨오는 것 같았다.

그 순간, 바로 눈앞에서 아내와 딸아이의 얼굴이 어른거렸다. 아주 얇은 희부연 막이 두 사람의 얼굴 앞에서 하늘하늘 움직이고 있었다. 여전히 알아볼 수 없지만 그들의 웃음소리는 또렷하게 들렸다.

활짝 웃고 있는 것 같은 아내와 딸아이의 뒤에서 뭔가 긁히는 듯한 둔탁한 소리가 들려와 시선을 옮기니 사다리차가 아파트 5층에 짐들을 올리고 있었다. 문득 깨닫고 보니 내가 왼팔로 아내와 딸을 감싸 안고 오른손에 든 핸드폰으로 셀카를 찍고 있었다. 찰칵하고 소리가 울린 다음 순간, 기분 좋은 향기가 코끝을 스쳤다.

나는 핸드폰에 찍힌 사진을 내려다봤다. 사진에는 사다리차를 배경으로 행복하게 웃고 있는 세 가족의 모습이 담겨 있었다.

어! 아내와 딸아이의 얼굴이 보인다!

아내는 갈색빛이 감도는 긴 머리를 뒤로 묶었다. 가느다랗고 단정한 눈썹에 동그랗고 반짝이는 눈, 작지만 오뚝한 코,

자그마한 분홍색 입술, 빙긋 웃고 있는 입술 사이로 하얀 앞니 두 개가 도드라져 보인다. 예쁜 다람쥐를 연상시키는 얼굴이다. 딸아이는 머리를 양 갈래로 묶었다. 눈하고 입은 엄마를 닮아서 동그랗고 자그마했다. 눈썹은 나를 닮았는지 숱이 많고 검었다. 젖살이 남아 있는 통통한 볼, 활짝 웃고 있는 입술 사이로 보이는 하얀 치아도 엄마를 꼭 빼닮았다. 귀여운 아기다람쥐 같은 얼굴이다.

돌연 가슴 한구석이 아려왔다. 날카로운 무언가로 찔린 듯한 아픔이었다. 통증을 참으며 나는 아내와 딸의 얼굴을 더 자세히 보기 위해 엄지와 검지로 핸드폰의 화면을 확대하려고 했다. 하지만 확대가 되지 않았다. 어쩔 줄 몰라 당황하고 있는데 내 손에 있던 핸드폰이 먼지가 되어 흩어져버렸다.

주변에 형형색색의 빛이 넘실거리기 시작했다. 나는 황급히 주위를 둘러봤다. 눈부신 낮이었고 저 멀리 잔잔한 강물이 햇빛을 받아 은빛으로 반짝였다. 뒤돌아보니 공원 산책로가 눈앞에 펼쳐졌다. 휴일의 오후를 즐기는 듯 많은 사람이 오가고 있었다. 포근한 바람이 불어왔다. 따스한 공기 중에 기분 좋은 냄새가 떠돌고 있다. 숨을 깊숙이 들이마셔서 향기를 온몸으로 받아들이자 내 시야에 정겨운 사람들이 모습을 드러냈다.

우리 가족이다! 딸아이를 사이에 두고 나와 아내가 걷고 있다.

그런데 내 가슴이 왜 이러지? 조금 전 아내와 딸아이의 얼굴을 보기 시작한 다음부터 가슴이, 아니 심장이 자꾸 꽉 조여오는 것만 같다. 가슴이 미어진다는 게 이런 느낌인가?

아내와 내가 딸아이의 양쪽에서 아이의 손을 잡고 하나, 둘, 셋에 붕~ 공중에 띄운 채, 몇 걸음 걷다가 땅에 내려놓고, 또 몇 걸음 걸어가다가 하나, 둘, 셋에, 공중에 붕~ 띄우고 걸어가는 놀이를 하고 있다. 딸아이는 신이 나서 깔깔거리고 아내와 나도 활짝 웃음 짓고 있다.

이제 선명하게 보인다. 아내와 딸이 환하게 웃고 있다!

나는 벅찬 가슴을 안고 그들에게 달려갔다. 그러고는 그들의 얼굴 앞까지 바짝 다가섰다. 아내와 딸아이의 눈, 코, 입까지 모두 생생하게 보였다. 그런데 선명하게 보일수록 가슴이 더욱 아려왔다.

아내와 딸아이 머리 위로 눈부신 햇살이 내려앉았다. 밝은 빛 속에서 그들은 행복하게 웃고 있다. 하지만 내 가슴은 견디기 힘들 정도로 아파왔다. 눈물이 날 것만 같다. 나는 눈물을 삼키며 아내와 딸을 바라봤다. 조금이라도 더 그들의 모습을 눈에 담고 싶은 마음밖에 없었다. 하지만 그 염원은 이루어지지 않았다. 금속판을 날붙이로 긁는 듯한 기묘한 소리가 귓속에 울리는가 싶더니 또 다른 기억의 파편이 모습을 드러냈다.

어? 너무 낯선 공간이다. 법정 같은데?

까만 법복을 입은 판사들과 검사로 짐작되는 남자가 보이고, 피고인이라고 적힌 팻말 건너에 60대로 보이는 노년의 남자가 앉아 있다. 옆에서 흐느끼는 소리가 들려와서 돌아보니 아내가 굳게 다문 입술을 실룩이며 서럽게 울고 있다.

아내는 눈물을 닦으려고 하지도 않고 하염없이 눈물을 흘리고 있다.

왜 우는 거지? 그것도 법정에서? 그런데….

아내에게 다가갈수록 기분 좋은 향기가 짙어졌다.

너무도 어울리지 않은 상황에, 나는 눈을 번쩍 뜨고 꿈에서 깨어났다. 벌떡 몸을 일으켰다. 그리고 반사적으로 여기저기 코끝을 돌려가면서 킁킁거리며 냄새를 맡아봤다. 소독약 냄새 말고는 아무런 냄새도 맡을 수 없었다.

이튿날, 오후 1시가 조금 넘은 시각, 나는 상담사와 나란히 병원의 산책로(길 양옆으로 상록수가 심어진)를 걷고 있었다. 초록색으로 둘러싸인 길을 걷고 있자니 가끔 불어오는 서늘한 바람만이 가을이 깊어가고 있다는 것을 깨닫게 해주었다.

"정말 생생한 꿈이었는데, 아내와 딸의 얼굴도 정말 생생했어요. 그런데…." 이해할 수 없는 꿈의 한 장면이 떠올라 혀가 굳어버렸다.

"그런데 왜요?"

상담사도 걸음을 멈추고 내 쪽으로 몸을 돌렸다.

"법정에서 아내가 울고 있었어요…. 왜죠?" 나는 안경 너머 상담사의 눈을 똑바로 쳐다봤다.

상담사는 알고 있을지도 모른다. 아내가 왜 법정에서 울고 있었는지를. 하지만 알려달라고 하면 자연스럽게 떠올려야 한다고 할 것이다.

그런 생각을 하고 있는데, 상담사가 메고 있던 검정색 작은 배낭을 바닥에 내려놓고 웅크리고 앉아 그 안에서 핸드폰 하나를 꺼내더니 화면 위에 'ㄱ'자 패턴을 그리고 나서 또다시 화면을 몇 번 터치하고는 내 눈앞에 내밀었다.

"꿈속에서 보신 아내와 따님이 이분들인가요?"

나는 핸드폰을 받아 들고 내려다봤다. 화면에는 회전목마를 배경으로 활짝 웃고 있는 아내와 딸아이의 모습이 떠 있었다. 꿈속에서 본 아내와 딸이었다. 손이 부르르 떨렸다. 하마터면 핸드폰을 떨어뜨릴 뻔해서 꽉 움켜쥐었다.

"네! 맞아요! 내 아내와 딸입니다!" 목소리도 떨렸다.

손끝에 힘을 주고 갤러리에서 다른 사진들도 열어봤다. 새싹 유치원이라는 간판 옆에서 찍은 아내와 딸의 사진도 있었고, 유치원 졸업식 때 찍은 듯한, 학사모를 쓰고 있는 딸아이의 독사진도 있었다.

"내 딸이 맞습니다! 내 딸이에요. 어제 꿈속에서 봤던 내 딸입니다." 시야가 흐려져왔다.

한동안 사진들을 넘겨보며 눈을 떼지 못했다. 잃어버렸던 아내와 딸을 다시 찾은 것 같아서 기뻤다. 동시에 심장이 미어지는 통증이 밀려오는 바람에 나도 모르게 핸드폰을 쥔 손을 가슴에 갖다 댔다. 으으… 잇새로 신음 소리가 새어 나왔다.

"괜찮으세요?"

상담사가 걱정스러운 듯 내 팔을 붙잡고 내 안색을 살폈다.

나는 빈손을 살짝 들어 보였다.

"괜찮습니다. 어제 꿈속에서 아내와 딸의 얼굴을 봤을 때도 가슴이 아팠었는데 지금도 약간 그런 것 같아서요."

"많이 아프시면 의사 선생님께 얘기해서 검진 한번 받아보시겠습니까?"

상담사는 여전히 걱정스러운 눈빛으로 날 바라보았다.

"아뇨, 그런 식으로 아픈 건 아닌 것 같고요. 가슴이 저리다고나 할까 조금 이상한 느낌이⋯." 나는 괜찮다는 의미로 이를 내보이며 웃어 보였다.

내 안색을 살피던 상담사의 입가에도 흐뭇한 미소가 맺혔다.

"제가 보기에는 아내분과 따님의 얼굴을 기억해내시면서 그동안 잊고 있었던 감정도 되살아나고 있는 것 같습니다."

"감정이요?"

감정이 되살아난다는 것은 무슨 뜻이지? 감정도 기억처럼 잊어버릴 수 있다는 말인가? 그 의미가 금방 마음에 와닿지 않았다.

"이런 말씀을 드리는 건 유감입니다만, 유대감이 강한 사이일수록 감정의 연결고리도 강해서 그 고리가 끊어져버린 것에 대한 상실감이 가슴의 통증으로 나타났을 거라고 여겨집니다. 김동현 님께서는 그만큼 아내분과 따님을 아주 많이 사랑하셨다는 의미일 겁니다."

"아⋯."

아내와 딸이 해맑게 웃고 있던 얼굴이 떠오르자 또 가슴이 뭉근하게 아파왔다.

"상담사님의 말씀이 맞는 것 같네요. 우린 참 행복한 가족이었던 것 같은데…." 가족에 대한 그리움이 눈물이 되어 쏟아질 것 같아 나는 한참 동안 말을 이을 수가 없었다.

핸드폰 속의 아내와 딸의 모습을 바라보고 있자니 문득 이런 생각이 들었다.

기억을 찾으려면 상담사의 말을 따르는 게 맞겠지만 처음부터 아내와 딸의 얼굴을 알고 있었다면 기억을 훨씬 빨리 되찾을 수 있지 않았을까? 상담사는 말버릇처럼 기억과 상상이 뒤섞이면 기억을 영원히 잃어버릴 수 있다고 경고하지만 어차피 아내와 딸의 얼굴은 상상한다고 해서 바뀔 수 있는 게 아니지 않은가. 그러니까 미리 보여줬어도 되는 거 아닌가. 그편이 기억을 찾는 데 훨씬 도움이 됐을 것 같은데…. 생각이 거기에 미치자 아내와 딸의 사진이 저장되어 있는 핸드폰이 있으면서도 굳이 지금까지 보여주지 않은 상담사의 태도가 이해도 되지 않고 솔직히 야속하게 여겨졌다.

갑자기 품게 된 상담사에 대한 불만이 드러나지 않도록 조심하면서 나는 말문을 열었다. "상담사님, 이 핸드폰, 잠깐 내가 가지고 있어도 될까요?"

"물론입니다. 김동현 님께서 아내분과 따님의 얼굴을 선명하게 기억해내시면 드리려고 했습니다. 그 전에 드리면 거짓 기억을 만들어낼 위험성이 있어서요."

"네? 거짓 기억이라면?"

"거짓 기억이라는 건… 예를 들자면요. 아내분과 따님의 얼굴이 자연스럽게 떠오르지 않은 상태에서 두 분의 사진을 보여드렸다면 김동현 님이 진짜 기억일 수도 있고 상상일 수도 있는 어떤 장면에 아내분과 따님의 얼굴을 본의 아니게 주입해버릴 위험성이 있다는 뜻입니다. 쉽게 설명드리자면 실제 기억이 아닌 곳에 두 분을 등장시키는 우를 범할 수 있다는 의미입니다."

"아! 그런 뜻이 있었군요."

그제야 나는 상담사가 아내와 딸의 사진을 미리 보여주지 않은 이유를 이해할 수 있었다. 조금 전에 하마터면 불만을 터뜨릴 뻔했는데, 입 밖으로 말을 꺼내지 않은 게 천만다행이었다.

마음속으로 수긍하던 차에, 불쑥 또 하나의 의문이 일었다

"그런데 혹시 이 핸드폰, 내 건가요?"

"아뇨, 김동현 님의 핸드폰은 찾을 수가 없어서 김동현 님하고 제가 새로 준비했던 폰입니다."

"우리 둘이요?" 나는 눈을 부릅뜨고 핸드폰을 내려다봤다.

"네, 거기 있는 사진하고 동영상들은 김동현 님이 저한테 보내주신 겁니다. 거기, 발신내역을 보시면…."

"내가 보낸 거라고요?"

나는 재빨리 발신내역을 확인했다. 사진과 동영상을 숫자 '1'에게 보낸 내역이 쭉 이어져 있었다.

"'1(일)'에게 보낸 거로 되어 있는데요?"

"'1(하나)', 그게 접니다. 상담사 최재준, 일이 아니라 하나입니다."라며 상담사가 입매를 부드럽게 끌어올렸다.

"하나요? 근데 왜 하나죠?"

"저번에 기억이 돌아왔을 때, 김동현 님이 하나로 하자고 하셔서 그렇게 한 겁니다."

"내가 그랬다고요? 무슨 이유라도?"

"김동현 님의 기억 찾기를 위해서는 김동현 님과 제가 하나가 돼야 한다면서. 제 이름이나 상담사 대신에 숫자 '하나'로 하자고 그러셨어요. 마음에 안 드시면 제 이름이나 상담사로, 아니면 원하시는 대로 바꾸셔도 됩니다."

상담사가 원하는 대로 하라는 듯 손바닥을 내 쪽으로 내밀었다.

"아뇨, 하나로 할게요. 내 기억 찾기를 위해서 우린 하나가 돼야 하니까요."

나는 '하나'라는 말 그대로 기억을 되찾을 때까지 상담사 최재준과 하나가 돼야겠다고 다시 한번 굳게 다짐했다.

상담사가 으흠 헛기침을 하고 화제를 돌렸다. "그럼 다시 어제 꾸신 꿈 얘기를 해볼까요? 김동현 님이 어제 꾸신 꿈은 단순한 꿈이 아니라, 김동현 님 기억의 일부인 것으로 보입니다. 떠오르는 기억들을 가능하면 모두 기록해두세요."

상담사가 웅크리고 앉아 바닥에 놓아두었던 작은 배낭의 옆 주머니를 열더니 작게 접힌 종이를 꺼내 들고 일어섰다. 그러고는 그 종이를 내게 내밀었다.

"가끔 저하고 통화가 안 될 수도 있으니까, 이번에는 핸드폰의 녹음 기능을 이용해보시죠. 그러면 저나 김동현 님도 떠오른 기억을 몇 번이고 다시 들어볼 수 있고 녹음한 파일을 저한테 보내주시면 제가 분석도 해보고 확인할 수 있는 부분은 최대한 확인해보겠습니다. 모든 기억은 시간의 순서대로 떠오르지 않고 시간과 상관없이 갑자기 떠오를 테니까, 그때그때 녹음하시고요. 저한테도 보내주세요."

그렇게 하겠다고 대답하며 접힌 종이를 펴보니 핸드폰의 녹음 기능 사용법이 적혀 있었다. 이렇게 사소한 부분까지 챙기다니. 역시 이 상담사는 사소한 것 하나도 놓치지 않는다 싶어 솔직히 감탄했다. 그리고 이런 조력자가 내 곁에 있다는 게 무엇보다 마음 든든했다.

"그리고 기억이라고 하는 건 두뇌로만 하는 게 아닙니다."

나는 종이에서 얼굴을 들고 상담사를 바라봤다.

"네? 그게 무슨 말씀인지?"

"몸이나 감각으로 하는 기억도 있다는 의미입니다. 예를 들어 춤이나 운동처럼 오랜 시간 반복된 행동의 경우는 시간이 많이 지나도 근육이나 감각이 저절로 기억하고 있을 수 있다는 뜻이기도 합니다. 김동현 님의 경우에는 요리일 수도 있겠네요."

"아! 카레처럼요?" 충분히 이해할 수 있는 얘기였다. 내 몸이나 감각이 무엇을 기억하고 있는지 아직은 알 수 없지만.

"그러니까 그런 기억도 떠오르는 대로 잘 기록해두시는 거 잊지 마시고요."

"네." 하고 대답하다가 문득 떠오르는 게 있어서 물었다. "상담사님, 혹시 꿈꾸면서 냄새를 맡을 수도 있는 건가요?"

"냄새요?" 상담사가 잠시 입을 다물고 생각에 잠기는 듯했다. "어떻게 설명을 드려야 할까요… 냄새 같은 경우는 잠을

자는 환경에서 발생한 냄새가 후각을 자극하는 경우….”

나는 상담사의 말을 끊고 재빨리 말을 보탰다. “그런 경우가 아니라요. 꿈속에서 똑같은 냄새를 맡은 것 같아서요. 갑자기 바람에 실려오듯이 훅하고 났던 것 같거든요.”

“가능합니다.” 상담사가 딱 자르듯 말했다. “그건 김동현 님의 무의식 속에 잠재되어 있던 후각의 기억이 되살아나고 있다고 볼 수 있을 것 같습니다. 어떤 냄새였나요?”

나는 눈을 감고 그 냄새를 표현할 만한 단어들을 나열했다. “꽃 같기도 하고 과일 같기도 하고 그냥 상쾌한 바람 같기도 한 그런 냄새였어요.”

눈을 뜨자 상담사가 흐뭇하게 웃고 있었다.

“아주 좋습니다. 김동현 님 본인을 믿으세요. 그러면 모든 기억이 자연스럽게 김동현 님을 찾아갈 겁니다. 아시겠죠?”

“네, 알겠습니다.” 상담사가 말한 대로 지금까지 그랬던 것처럼 기억은 반드시 나를 찾아올 것이다.

“김동현 님, 핸드폰의 착발신 내역을 한번 보시겠어요? 저번에 기억을 찾아가는 과정에서도 저하고 정말 많은 통화를 했었습니다.”

나는 착발신 내역을 찾아봤다. 착신도 발신도 모두 숫자 ‘1’로 되어 액정 화면 전체를 꽉 채우고 있었다. 숫자 ‘1’밖에 없었다. “그러네요.”

상담사가 바지 주머니에서 자신의 핸드폰을 꺼내 들어 보이며 말했다. “한번 걸어보시겠어요. 제 핸드폰으로 연결이 될 겁니다.”

착발신 내역 가운데 중간쯤에 있는 '1'을 눌렀다. 그러자 이내 상담사의 핸드폰이 우웅우웅 진동했다. 핸드폰 화면을 터치한 상담사가 받아보라는 듯 손을 내밀었다.

나는 핸드폰을 귀에 댔다.

상담사가 핸드폰에 대고 말했다. "김동현 님, 제 말 잘 들리시죠?"

"네." 나는 뿔테안경 너머 맑게 빛나는 그의 눈을 마주 보았다.

상담사와 헤어지고 병실로 돌아온 나는 침대에 걸터앉아 시간 가는 줄도 모르고 핸드폰 갤러리에 있는 가족의 사진과 동영상을 보고 또 보았다.

거기에는 나와 아내의 결혼식 사진도 있었다. 아내는 새하얀 웨딩드레스를 입고 밝은 미소를 머금고 있었다. 붉은 입술 사이로 보이는 귀여운 앞니가 내 눈을 사로잡았다. 아름답고 사랑스러운 내 아내. 사진 속의 아내는 꿈속에서 봤던 아내보다 젊었다. 나와 아내가 여행 가서 찍은 사진도 있었다. 어딘지는 모르지만 바닷가에서 찍은 사진이었다. 우리는 손을 잡은 양팔을 하늘 높이 쳐들고 둘 다 입을 크게 벌리고 있었다. 뭐라고 크게 외치는 것 같았다. 뭐라고 외쳤을까? 잘 살자 아니면 행복하자 그런 말이었을 것이다. 아이가 없는 거로 봐서 딸이 태어나기 전에 찍은 사진인 것 같았다. 신혼여행이었을까?

딸이 막 태어났을 때 찍은 사진도 있었다. 아주 작은 입으로 하품하는 아기. 화장기 없이 부은 얼굴의 아내가 두부처럼 말랑말랑해 보이는 아이를 품에 안고 있었다. 아기는 머리숱도 별로 없었고 눈을 감은 채 아주 자그마한 손으로 아내의 집게손가락을 꼭 감싸 잡고 있었다. 인간의 손이 이렇게 작을 수가 있다니.

기억이 날 듯 말 듯 한 사진들을 보고 있자니 반가웠다. 진심으로 반갑고 기뻤다. 저절로 미소가 지어졌다. 하지만 지금은 아내도 딸도 이 세상에 없다는 사실이 머릿속에서 고개를 쳐들자 걷잡을 수 없는 상실감이 밀려와 가슴이 미어졌다.

뭉게뭉게 부풀어 오르는 상실감을 떨쳐버리려고 머리를 세차게 흔들고 다시 핸드폰을 내려다봤다. 수많은 썸네일들 가운데 내가 고깔모자를 쓰고 있는 모습의 썸네일이 눈길을 끌었다. 그곳을 터치하자 동영상이 재생되었다. 케이크에는 '38'이라는 숫자 모양의 촛불이 켜져 있고 고깔모자를 쓰고 있는 내 옆에서 딸아이가 박수를 치며 자그마한 입에 웃음을 듬뿍 머금고 생일 축하 노래를 부르고 있다. 영상에는 아내의 목소리도 섞여 있다. "사랑하는 아빠의 생일 축하합니다." 노래가 끝나자 동영상 속의 내가 케이크 위의 초를 훅, 불어 껐다. 곧이어 "아빠, 생일 축하해." "아빠, 사랑해." 하는 딸과 아내의 목소리와 함께 박수 소리가 들리며 셀카 화면이 홱 돌아갔고 동영상을 찍고 있던 아내도 화면으로 들어와서 딸아이와 함께 내 양쪽 볼에 쪽쪽, 뽀뽀를 했다. 동영상 속의 내가 "고마워, 우리 가족." 하며 아내와 딸에게 쪽 소리가 나게 입맞춤을 했다. 우리 가족 모두 해맑게 웃고 있다.

아내와 딸로부터 사랑을 듬뿍 받았다고 생각하니 가슴이 벅차오르면서 동영상 화면이 초점이 나간 듯 흐릿해졌다. 나는 쏟아져 흐르는 눈물을 소매로 훔치고 침대에서 일어났다. 가슴이 아파서 더 이상 보고 있을 수가 없었다.

잠시 뒤, 베이지색 바탕에 체크무늬 면 잠바와 남색 면바지로 갈아입은 나는 병원을 나가 근처 주택가를 터벅터벅 걸었다. 어디 갈 곳이 있었던 것은 아니었다. 집이 어딘지도 모르는데 갈 곳이 있을 리가 있겠는가.

나는 눈길이 가는 대로 지나치는 사람들을 좇으며 천천히 걸어갔다. 오른편 대각선에 있는 슈퍼마켓에서 한 가족으로 보이는 사람들이 나왔다. 유모차를 밀고 나오는 아빠와 서너 살쯤으로 보이는 어린 여자아이의 손을 잡고 있는 엄마. 아이는 우윳빛 아이스크림을 핥아 먹고 있었다. 엄마의 손을 잡고 아장아장 걷는 어린아이의 얼굴을 무심코 바라보고 있자니 동영상 속에서 생일 축하 노래를 불러주던 딸아이의 얼굴이 겹쳐 보였다.

다시는 저런 날로 돌아갈 수 없다.

눈 안쪽이 뜨거워져서 나는 하늘을 올려다보며 눈물을 삼켰다. 별도 달도 보이지 않는 거무튀튀한 밤하늘이 마치 내 신세를 말해주는 것 같았다.

내가 병원 로비로 들어선 것은 자정이 약간 지난 무렵이었다. 인적이 드문 로비를 터덜터덜 가로지르고 있는데, 시야 가장자리에 뭔가가 들어왔다. 누군가가 흘린 건지 바닥에 우편물이 떨어져 있었다. 발걸음을 멈추고 허리를 숙여 우편물을 집어 들었다. 무심코 내려다보고 있자니 불현듯 기억의 한 조각이 눈앞으로 흘러갔다.

우편함 같은데…?

나는 눈을 감았다. 눈꺼풀 안쪽에 반짝이는 은색 우편함이 모습을 드러냈다. 우편함 바로 위에 검정색 글씨로 502호라고 적혀 있다. 누군가의 손이 우편함에서 우편물을 꺼내고 있다. 시선이 우편물로 행했다. 주소가 보인다. '경기도 아남시, 새미동 해피 빌리지 1202동 502호.'

서둘러 핸드폰을 꺼내 녹음 기능을 켜고 녹음을 시작했다. "경기도 아남시, 새미동 해피 빌리지 1202동 502호, 우리 집 주소가 기억이 납니다! 해피 빌리지 1202동 502호. 여기가 우리 집입니다!"

녹음을 마치고 전송 버튼을 눌렀다. 잠바 안주머니를 뒤져 볼펜을 꺼내 들고 주소를 되뇌며 손등에 써넣었다.

다음 날, 나는 병실에서 점심을 후딱 먹어 치우고 평소보다 10분 일찍 오전 12시 20분부터 산책로(초록빛 상록수 사이로 나 있는) 옆 벤치에 앉아서 상담사를 기다렸다. 주소를 기억해냈다는 사실에 무척 들떠 있었다. 게다가 순간적으로 떠올랐다는 것은 기억이 되살아나고 있다는 긍정적인 신호라는 상담사의 말에 한껏 고무돼 있었다.

상담사가 산책로로 들어오는 게 보였다. 그도 흐뭇한 미소를 머금고 있었다. 잠깐의 시간도 아까워서 나는 벌떡 일어나 성큼성큼 다가가며 물었다. "어땠습니까? 직접 가보신다고 했는데?"

"보내주신 주소가 김동현 님의 아파트가 맞습니다. 잘 기억해내셨습니다."

상담사가 핸드폰을 내밀었다. 받아서 보니 액정 화면에 우편함을 찍은 사진이 있었다. 기억 속에서 봤던 바로 그 반짝이는 은색 우편함이었다.

"그렇죠? 이 우편함이었어요! 이젠 아파트 안도 구석구석 다 기억이 나는 것 같아요. 상담사님이 어제 곧바로 대답을 해주시지 않은 게 정답이었어요. 아파트에 대한 기억이 계속 떠오르더라고요."

어제 상담사와 통화했을 때, 그는 우편함의 기억이 그다음 기억을 불러올 수 있는 방아쇠가 될 수 있다고 하면서 그곳이 내 집인지 아닌지는 만나서 알려준다고 했었다. 상담사의 말이 정답이었다.

기억이 돌아오고 있다는 사실이 기뻤다. 그런데 함께 웃고 있던 상담사의 눈에서 웃음기가 사라졌다.

"김동현 님, 한 가지 꼭 명심하셔야 할 게 있습니다."

명심하라고? 마른침을 꿀꺽 삼키고 상담사의 다음 말을 기다렸다. 얼굴이 팽팽하게 굳는 게 느껴졌다.

"떠오른 기억들이 계속 남아 있지 않고 사라질 수도 있습니다."

"네?"

당황하지 않을 수 없었다. 기껏 하나둘 기억이 돌아오고 있는데 또 사라질 수 있다니. 상담사의 입에서 그다음 어떤 말이 튀어나올지 덜컥 겁이 났다.

"요점은요, 혹시 떠올랐던 기억 가운데 한두 가지 잊어버리더라도 너무 개의치 말라는 것입니다. 기억이 돌아오는 과정에서 얼마든지 일어날 수 있는 일이니까요."

그 말의 의미가 정확하게 와닿지 않았다. 뭘 명심하라는 거지? 그 말의 진의를 확인해야만 했다.

"그, 그럼… 혹시 다시 잊어버려도 괜찮다는 말인가요?"

"네. 한두 개의 기억을 잃었다고 괜히 심각하게 걱정하실 것 같아서 미리 말씀드리는 겁니다. 불안해지면 기억 찾기에 방해가 되니까 가급적 마음은 편하게 가지셔야 됩니다. 쓸데없는 걱정은 하지 않으셔도 된다는 뜻입니다."

"난 또 뭐라고." 하아, 폐 안에 억눌려 있던 공기가 한꺼번에 빠져나오는 것 같은 긴 한숨이 터져 나왔다. 팽팽했던 얼굴이 풀리고 입가에 미소가 돌아왔다.

상담사도 웃음 지어 보이곤 내 어깨를 톡톡 다독이며 말했다. "이제부터는 집에 계시는 편이 기억을 되찾는 데 도움이 될 것 같으니까 퇴원해도 되는지 알아보도록 하시죠."

나는 당장 담당 의사를 만나러 사무실로 찾아갔다. 하지만 의사는 자리에 없었다. 하기야 의사가 사무실에 있는 시간이 많지는 않을 테니 어찌 보면 당연한 일이었다. 12층 간호 스테이션으로 가서 담당 간호사를 찾아보고 나서야 두 사람 모두 수술실에 있다는 것을 알았다. 두 시간은 기다려야 한다기에 상담사에게 그 사실을 전하고 지금까지 떠오른 아파트의 기억들에 대해서 얘기를 나눴다. 얘기를 나눴다기보다는 내가 거의 일방적으로 떠들어댔다.

병원에서 만나는 건 오늘이 마지막이 될 거라며 상담사는 앞으로는 통화하면서 떠오르는 기억을 공유하기로 했다. 그와 헤어지고 따로 할 일도 없고 해서, 나는 의사의 사무실에서 의사가 돌아오길 마냥 기다렸다.

수술이 길어졌는지 세 시간이 조금 지났을 무렵, 마침내 사무실 문이 열렸다. 묵직해 보이는 여행용 캐리어를 끌고 들어온 의사는 내가 앉아 있는 의자 바로 옆에 캐리어를 세워두고 "이건 병원비 지불하시고 남은 금액입니다."라며 책상을 돌아 자신의 자리로 가서 앉았다.

생각보다 묵직해 보이는 가방이 솔직히 싫지 않았다. 당장 열어서 얼마나 들어 있는지 확인해보고 싶었지만 숨을 깊이 들이마시고 꾹 참았다.

의사가 담담한 표정으로 입을 열었다. "퇴원하셔도 됩니다."

"고맙습니다." 퇴원해도 된다는 말을 듣자 그동안 채워져 있던 족쇄가 풀린 것처럼 몸이 한결 가벼워졌다.

나는 여행용 캐리어의 손잡이를 잡고 일어서다가 잠시 망설였다. 입원해 있는 동안 아니, 정확하게 말하자면 기억이 돌아오면서 지금 바로 눈앞에 있는, 실핏줄이 보이는 주먹코 의사에 대한 감정이 좋았던 적은 거의 없었다. 이 의사는 한마디로 괜스레 꼴 보기 싫은 '밉상' 그 자체였다. 하지만 퇴원을 하면 다시는 볼 일 없을 것이고 상담사가 알아봐준 바에 의하면 병원비 이외 단 한 푼도 줄어든 건 없다고 했다. 어찌 됐건 이 의사가 내 돈을 지켜줬다. 그런 의미에서 인사는 해야 할 것 같아 손을 내밀어 악수를 청했다.

"그동안 고마웠습니다."

"혹시 문제가 있거나 불편한 곳이 있으면 언제든지 다시 오세요." 손을 맞잡은 의사가 입매를 비틀어 올리며 기분 나쁘게 웃었다. 한번 밉상은 영원한 밉상인 모양이었다.

8_나

여행용 캐리어를 끌고 해피 빌리지 아파트 1202동 입구 앞에 선 것은 오후 5시 30분을 조금 넘은 시각이었다.

막 입구의 인터폰 버튼을 누르려는 찰나, "저기요." 뒤에서 누군가가 부르는 소리가 들려와 뒤돌아보니 60대 중반쯤 되어 보이는 경비원이 모자를 벗고 허리를 깊숙이 숙여 인사를 해왔다. "안녕하셨어요?"

나는 반사적으로 살짝 고개만 까닥이고 경비원을 자세히 살펴봤다. 약간 작은 키에 좁은 어깨, 머리숱은 많은 편이었지만 염색은 안 했는지 흰머리가 더 많았다. 얼굴은 까무잡잡했고 눈매가 약간 처진 수더분한 인상의 아저씨였다.

경비원은 주먹을 쥔 오른손을 입에 대고 큼큼 몇 번 헛기침을 하더니 조심스럽게 말을 걸어왔다. "정말 오랜만에 뵙네요. 설마설마하면서 정말 걱정 많이 했습니다." 경비원의 눈빛에는 경계심이나 악의 같은 건 전혀 담겨 있지 않았다.

하지만 아직 이 경비원 아저씨에 대해 떠오르는 기억은 없었다. 그래서 나는 "나, 나를 잘 아세요?" 그렇게 물어볼 수밖에 없었다.

경비원으로서는 내 반응이 전혀 뜻밖이었는지 어쩔 줄 몰라하며 말까지 더듬거렸다. "네? 네… 아, 아내분하고 따, 따, 따님도 항상…." 그러다가 말실수라도 했다는 듯 손으로 입을 가렸다. "죄, 죄송합니다… 하, 항상 잘 대해주셨는데… 고맙다는 말씀도 못 드렸는데…." 경비원은 나를 똑바로 쳐다보지도 못하고 안절부절못했다.

하지만 그에 대한 기억이 전혀 없었기에, 나는 이 아저씨가 무슨 말을 하고 있는지 제대로 알아들을 수가 없었다.

아내와 딸하고도 사이가 좋았다는 건가?

어색한 분위기에 주눅이 든 듯 경비원은 거듭 죄송하다는 말만 되풀이하더니 깊숙이 허리를 숙이고 종종걸음으로 멀어져갔다.

점점 작아지는 구부정한 경비원의 뒷모습을 바라보고 있다가, 나는 1202동 입구 쪽으로 발길을 돌렸다. 아직 기억에는 없는 사람이지만 나와 가족들에 대해서 좋게 생각하고 있다는 사실은 그래도 작은 위로가 되었다.

아파트 동 입구 인터폰의 버튼을 눌렀다. 502를 누르고 열쇠 그림을 터치하고 1111을 누르고 마지막으로 종 그림을 눌렀다. 문이 열렸다. 이것은 상담사가 미리 알려주었다.

"김동현 님이 충분히 기억해낼 수 있을 거라고 믿지만요, 입구에는 주민들의 왕래가 잦기 때문에 사람들을 의식하다 보면 당황해서 기억이 안 날 수도 있고 그러다가 못 들어가고 있으면 괜한 오해를 부를 수도 있어 미리 알려드리는 겁니다."

그렇게 말하며 상담사는 인터폰 버튼을 누르는 순서가 적힌 쪽지를 내 손에 쥐여주었다.

나는 여행용 캐리어를 끌고 우편함으로 가서 502호 우편함에 쌓여 있는 우편물들을 왼손 가득 챙겨 들고 엘리베이터로 향했다. 엘리베이터는 1층에 멈춰 있었다.

엘리베이터에서 내려 502호 문 옆에 여행용 캐리어를 세워놓고 도어록을 노려보며 소리 내어 중얼거려보았다. "비밀번호?"

현관 비밀번호는 상담사가 알려주지 않았다. 아니, 그건 모른다고 했다. 아파트 안은 어디까지나 사적인 공간이므로. 그렇지만 기억해낼 수 있을 거라며 응원해주었다. 그의 말을 믿어보기로 했다. 그는 기억이란 두뇌로만 하는 게 아니라 몸으로도 기억하는 게 있다고 했다. 이 집에서 얼마나 살았는지 아직 정확하게는 모르지만 수십 번 아니 수백 번은 비밀번호를 눌렀을 것이다. 그만큼 반복된 행동이었다면 손이 기억하고 있을 거라고 믿으며 두 눈을 감고 오른손 끝을 도어록에 가져다 댔다.

그 순간, 삑삑삑… 비밀번호를 누르는 소리가 들리는가 싶더니 눈앞에 또렷한 영상 하나가 펼쳐졌다. 누군가의 손이 비밀번호를 누르고 있다. '0529*'

"0529? 5월 29일? 생일인가? …생일 같은데 …내 생일인가?"

나는 잠바 안주머니에서 운전면허증을 꺼내 봤다. 내 생일은 8월 16일이었다.

"아닌데… 그래! 딸의 생일이다! 딸의 생일이야." 근거는 없었지만 왠지 그런 느낌이 강하게 들었다.

딸의 생일일 거라고 중얼거리며 0529*을 눌렀다. 띠리리리… 문이 열렸다. 입가에 미소가 번졌다. 역시 손이 기억하고 있었다.

여행용 캐리어를 끌고 아파트 현관으로 들어서자 거실로 통하는 중문 앞에 아내의 검정색 로퍼 구두와 딸아이의 하얀색 운동화 그리고 자그마한 핑크색 에나멜 구두가 가지런히 놓여 있었다. 웅크리고 앉아 핑크색 구두를 들고 살펴봤다. 구두 표면을 엷게 코팅한 것처럼 먼지가 내려앉아 있었다. 순간 울컥했지만 구두를 바지에 문질러서 반짝이게 닦아 원래 있던 곳에 가지런히 내려놓고 이를 악물고 일어서서 중문을 열었다. 상쾌하고 달콤한 향기가 코를 스쳤다. 매우 익숙한 냄새였다. 거실로 들어서서 킁킁거리며 그 향기가 나는 곳을 찾아봤다. 안방 바로 옆 장식장 위에 놓여 있는 디퓨저에서 나는 향기였다. 디퓨저에는 'sandalwood(백단향)'이라고 적혀 있었다.

"그래, 내가 여기 살았구나. 이제는 냄새까지 기억난다. 냄새까지." 탄성이 섞인 혼잣말이 튀어나왔다.

주위를 둘러봤다. 꿈에서 봤던 것처럼 빈 소주병하고 컵라면 용기들이 나뒹굴고 있으면 어쩌나 하고 걱정했는데 말끔하게 정돈된 상태였다. 안방 옆 벽에는 TV가 걸려 있고 맞은편 벽에 짙은 갈색 가죽 소파가 있고 그 앞에는 좌식 목제 테이블이 있고 그 위에 노트북이 놓여 있었다. 전체적으로 먼지가 약간 쌓여 있긴 했지만 비교적 깨끗했다. 최근 떠오른 기억 속에서 본 그대로였다. 쌓여 있는 먼지가 내 부재의 시간을 알려주는 듯했다.

여행용 캐리어는 거실 유리통창 앞에 세워두고 거실 여기저기를 둘러보기 시작했다. 이미 핸드폰 갤러리에서 보았던, 우리 세 가족의 사진과 결혼사진이 벽에도 걸려 있고 장식장 안에도 놓여 있었다. 장식장 안에 놓여 있는 액자 하나가 내 눈길을 끌었다. 이사하는 날 사다리차를 배경으로 핸드폰으로 찍었던 사진이 들어 있었다. 장식장 문을 열고 그 액자를 꺼내 물끄러미 바라보았다. 가슴이 아려오며 아픔이 느껴졌다. 심호흡을 해서 통증을 가라앉히고 액자를 쓰다듬었다. 손끝에 먼지가 묻어나왔다. 재빨리 주위를 살폈다. 아일랜드 식탁 위에 물티슈가 놓여 있기에 티슈 몇 장을 뽑아서 가족사진의 유리와 액자 틀을 닦고 또 닦으며 사진 속의 아내와 딸을 가만히 바라보았다. 가슴을 조이는 통증이 느껴질 때마다 숨을 깊이 들이마시며 아픔을 견뎌냈다.

액자 유리에 남은 물기를 셔츠 자락으로 문질러 닦아내고 장식장 안 원래 있던 자리로 돌려놓는데 바로 옆에 물방울 모양의 노란색 작은 병 하나가 시신경을 자극했다. 어떤 예감 같은 것에 가슴이 두근거렸다. 그 병 안에는 액체가 반쯤 차 있었다. 브랜드는 기억이 나지 않지만 향수라는 것은 금방 알 수 있었다. 뚜껑을 열고 냄새를 맡아봤다.

예감이 적중했다. 꿈속에서 맡았던 바로 그 냄새였다. 꿈속에서 아내와 딸을 만났을 때 바람에 실려오던 그 향기였다. 여성용이니 아내가 쓰던 향수였으리라.

익숙한 향기에 푹 빠져 아내와 딸의 얼굴을 떠올리다가 불현듯 생각나는 게 있어서 벌떡 일어나 식탁으로 달려갔다. 그리고 그 위에 던져놓았던 우편물을 살펴보기 시작했다. 광고 전단지들과 나한테 온 우편물들은 일단 제쳐두고 아내와 딸아이에게 온 우편물부터 찾기 시작했다. 카드회사에서 온 우편물 하나가 눈길을 붙들었다. 겉봉투에 '지은정'이라는 이름이 인쇄되어 있었다.

아내의 이름은 지은정이었다.

나는 아내에게 온 우편물들을 하나하나 그러모아 두 손으로 꼭 쥐었다.

"은정아, 이제 기억난다. 난 널 은정이라고 불렀었어."

그리고 혹시나 하는 마음에 딸아이 앞으로 왔을 수도 있는 우편물을 찾기 시작했다. 우편물 더미 속에 김동현도 지은정도 아닌 수취인의 이름이 다른 우편물 하나가 끼어 있었다. 그거 딱 하나였다.

그 우편물이 당장이라도 날개를 퍼덕이며 날아가버릴지도 모른다는 막연한 두려움에, 나는 두 손으로 꼭 쥐고 조심스레 펼쳐보았다. 초등학교에서 딸에게 보내온 것이었다.

'김수아!' 딸의 이름은 수아였다.

"그래, 수아였어! 이제 기억이 난다. 미안하다, 수아야, 아빠가 미안하다." 목소리가 가늘게 떨렸다.

숨을 깊숙이 들이마시고 천천히 내뱉으며 감정을 추스른 뒤 핸드폰을 꺼내 들고 녹음을 시작했다. "이제 아내와 딸의 이름이 기억납니다. 그럼 지금부터 아내와 딸이 왜 죽었는지 경찰서에 가서 알아보겠습니다. 상담사님의 말씀 명심하면서 있는 그대로 받아들이겠습니다."

녹음을 마치자마자 파일을 상담사에게 전송했다.

아내와 딸에게 온 우편물을 손에 쥔 채 거실을 가로질러 현관으로 가서 중문을 열고 막 구두를 신고 있는데 부르르 핸드폰이 진동했다. 확인해보니 '1'(상담사)로부터 걸려온 전화였다.

"네, 상담사님?"

"저번에 김동현 님이 꿈 얘기를 하셨을 때 경찰관들이 찾아왔고 무고죄와 명예훼손죄로 고소를 당했다고 하신 것으로 알고 있는데요. 아직 그 고소가 유효하다면 지금 경찰서에 가신다는 게 좀 마음에 걸려서 전화드렸습니다."

등줄기가 서늘해지며 식은땀이 왈칵 솟았다.

"아차! 그렇겠네요! 하마터면 큰일 날 뻔했습니다. 고맙습니다!" 가슴을 쓸어내리고 안도의 숨을 내쉬었다.

상담사가 녹음 파일을 늦게 확인했다면 정말 큰일 날 뻔했다. 기억을 완벽하게 되찾을 때까지는 조심 또 조심해야겠다고 나는 다짐하고 또 다짐했다.

거실 유리통창 너머로 어스름이 깔리고 있을 즈음, 나는 거실 바닥에 앉아 테이블 위에 놓여 있는 노트북 화면을 뚫어져라 보고 있었다. 긴장해서인지 얼굴 근육이 실룩거렸다. 경련을 진정시켜보려고 두 손으로 거칠게 뺨을 문지르자 얼굴 떨림이 약간 잦아드는 것 같았다. 나는 노트북 모니터로 시선을 되돌렸다. 모니터에 있는 '우리 가족'이라는 폴더가 시신경을 자극했다. 마우스 커서를 조심스레 폴더 위에 올리고 클릭했다. 그 폴더 안에는 사진들과 동영상들이 들어 있었다. 사진 몇 장을 클릭해봤다. 핸드폰 갤러리에 있던 사진과 동영상들이었다. 하나같이 행복한 모습이었고 생기가 가득했다.

커서를 옮겨서 내가 고깔모자를 쓰고 있는 동영상 옆, 하얀 눈사람이 찍혀 있는 썸네일을 클릭했다.

노트북 화면 속에서는 눈이 펄펄 내리고 있고, 주위가 온통 하얗게 눈으로 덮여 있다. 아내와 딸이 깔깔깔 웃으며 눈사람을 만들고 있다. 앙상한 나뭇가지로 팔을 만들고 빨간색 털모자를 씌워주고 자그마한 당근으로 코를 만들고 방울토마토로 입을 만들었다. "선글라스, 선글라스."라며 수아가 홍합 껍데기로 눈을 만들었다. 하하하 웃음을 터뜨린 내가 아내와 딸 사이로 들어가서 손으로 브이 자를 만들어 흔들며 환하게 웃고 있다.

가슴 한구석이 진하게 아려오면서 심장이 빠르게 뛰었다.

"여기 있었구나… 이걸 내가 상담사한테 보냈던 거야."

심호흡을 해서 심장의 두근거림을 진정시키며 펼쳐놓은 사진과 동영상들을 모두 닫고 혹시 아직 못 보고 놓쳤던 사진이나 동영상이 있지 않을까 해서 '우리 가족' 폴더 안을 유심히 살폈다. 폴더 한구석에 사진도 동영상도 아닌, '사랑하는 아내'라는 압축된 폴더가 눈길을 사로잡았다.

"응?" 마우스를 클릭해서 폴더의 압축을 풀었다. 꽤 많은 파일이 들어 있었다. 그 가운데 맨 위에 있는 파일 하나를 클릭했다. 예상치도 못했던 첫 번째 충격이 나를 덮쳤다.

그대로 있다가는 미쳐버릴 것 같아서 무작정 밖으로 나갔다. 퍼뜩 정신을 차리고 보니 해피 빌리지 아파트 단지 옆으로 나 있는 길을 따라서 터벅터벅 걷고 있었다. 왼쪽으로 초등학교가 점점 다가왔다. 수아가 다니던 학교다. 고개를 오른쪽으로 비스듬히 돌린 채 애써 외면하며 초등학교를 지나갔다. 조금 더 걸어가자 왼쪽에 중학교가 있었고 공이 튀는 소리가 들려왔다. 힐끗 곁눈질해보니 어둑어둑한 농구장에서 어렴풋한 달빛에 의지해 학생들이 농구를 하고 있었다.

계속 걸었다. 왕복 6차선 도로를 사이에 두고 왼쪽으로도 오른쪽으로도 아파트 단지 신축 공사장이 쭉 이어져 있었다. 대부분 20층을 훌쩍 넘어 보였다. 아파트 신축 공사장과 인도는 금속판으로 만든 높은 벽으로 가로막혀 있었다. 그 벽을 따라서 정처 없이 걸었다.

아파트 내부 공사가 진행되는 곳에만 불이 켜져 있었고 외부 공사는 어두워지면서 종료한 상태인지 전등이 띄엄띄엄 공사장 곳곳을 밝히고 있었지만 인적은 거의 느껴지지 않았고 전반적으로 어두컴컴했다. 가면 갈수록 주위는 점점 더 어둠이 깊어져갔다. 나는 아랑곳하지 않고 걸었다.

내 두 눈에는 어둠으로 이어진 길이 비치고 있었지만, 의식은 줄곧 머릿속을 더듬고 있었다. 조금 전, '사랑하는 아내'라는 파일을 클릭하자 언론에서 낸 기사들이 쏟아져 나왔다.

'성폭행을 주장했던 지모 씨, 투신자살!' '지모 씨의 주장을 뒷받침하는 증거는 찾을 수 없어!' '정순철 회장 변호인 측, 고소인인 지모 씨의 남편 김모 씨를 상대로 무고죄와 명예훼손죄 혐의로 고소!' '지모 씨의 남편과 딸 역시 행방불명, 동반 자살 가능성도 있어!' 등등 참혹하기 그지없는 제목의 기사들이었다.

처벅처벅… 물웅덩이를 밟는 소리가 어둠 속에 울려 퍼졌다. 그 소리에 질퍽한 진창 위를 걷고 있었다는 것을 깨닫고 나는 걸음을 멈췄다. 나도 모르는 사이 공사장 안에 들어와 있었다.

핸드폰을 꺼내 들고 착발신 내역에 줄지어 떠 있는 '1'가운데 엄지손가락 끝이 가는 대로 하나를 눌렀다. 신호는 가지만 웬일인지 상담사가 받지 않았다. 잠시 멀거니 핸드폰을 내려다보다가 잠바 주머니에 넣고 해피 빌리지 쪽으로 발길을 돌렸다.

아파트 단지 정문까지 왔지만 집으로 돌아갈 생각은 들지 않았다. 나는 주변을 둘러보았다. 단지 입구를 중심으로 좌우로 편의점도 있고 부동산도 있고 무인 아이스크림 가게, 테이크아웃 카페도 영업 중이었고 단지 입구에는 떡볶이와 순대, 어묵, 튀김 등 분식을 파는 푸드 트럭이 유모차를 끌고 나온 젊은 엄마와 체육복 차림의 여중생 두 명을 손님으로 맞고 있었다. 어둠에 묻혀 있던 공사장과는 달리 확실히 밝고 활기찬 기운이 느껴졌다.

나는 발길을 돌려 아파트를 둘러싸고 있는 군청색 금속

울타리를 따라서 걷기 시작했다. 발길이 향하는 20여 미터 앞에 버스 정류장이 보였다.

정류장에 도착해서 벤치에 앉으려고 하는데 마침 버스 한 대가 다가왔다. 무작정 올라탔다. 승객은 서너 명 정도, 한산했다. 뒷문 근처 빈자리로 가고 있는데, "손님, 차비 내셔야죠!" 버스 기사의 신경질적인 목소리가 나를 붙잡았다.

상념에 빠져 있던 탓에 차비 내는 것을 깜빡했다. 돈을 안 내고 탈 생각은 없었기에 기사에게 다가가서 얼마냐고 물었다. 기사는 인상을 구기고 카드 없냐고 퉁명스럽게 되물었다. 카드는 없다고 대답하자 기사는 귀찮다는 듯 눈살을 찌푸리더니 카드 단말기 옆에 붙어 있는 요금표를 손으로 가리키고는 액셀을 밟았다.

갑작스러운 출발에 하마터면 넘어질 뻔했다. 반사적으로 내뻗은 손으로 간신히 좌석 손잡이를 붙잡아 버티고 선 채 잠바의 안주머니와 바깥 주머니를 뒤져봤다. 그때서야 잠바를 갈아입고 나왔다는 것을 깨달았다. 난감해하며 바지 주머니에 손을 넣어보니 다행히도 5만 원짜리 지폐 두 장이 나왔다.

5만 원짜리 한 장을 요금통에 넣으려고 하자, 곁눈질로 힐끔거리던 버스 기사가 버럭 소리를 질렀다. "이 사람이 지금 장난하나? 다음 정류장에 내려요!"

다음 정류장에서 내팽개쳐지듯 내린 나는 주변을 둘러봤다. '새미산 공원 입구'라는 나무로 만들어진 푯말이 보였다.

잠시 뒤, 나는 새미산 공원 안, 벤치에 앉아서 지나가는 사람들을 멍하니 바라보고 있었다. 등산복 차림의 중년 남자가 지나갔고, 개를 산책시키는 아가씨가 지나갔고, 젊은 커플이 지나갔다.

그때 불꽃이 튀듯 얼마 전에 꿨던 꿈이 떠올랐다. 희뿌연 막 같은 것에 가려 있어서 또렷하게는 보이지 않았지만 무덤덤해 보이는 판사의 얼굴, 헤실헤실 웃고 있는 듯한 검사의 얼굴, 피고인석에 앉아 있던 60대 초로의 남자 얼굴 그리고 유일하게 선명히 보였던, 하염없이 눈물을 흘리며 흐느끼던 아내의 얼굴.

나는 양손 끝으로 관자놀이를 누르며 정신을 집중했다. 짙은 안개에 싸인 듯 어렴풋했던 당시 재판정의 모습이 아주 천천히 그렇지만 점점 뚜렷해져왔다. 숫자가 보이기 시작했다. 팻말이다. 2…? 2… 3… 5… 235!

235호 법정이다!

판사와 검사, 60대 노년 남성을 가리고 있던 희뿌연 막이 바람에 흔들리듯 살랑거리더니 서서히 걷히면서 그들의 얼굴까지 선명하게 드러났다. 판사는 이 대 팔로 단정하게 빗어 넘긴 머리에 뿔테안경을 쓰고 있었다. 도수가 높은 안경인지 렌즈 너머의 눈은 자세히 보이지 않았다. 뭉툭한 코끝, 유달리 각진 턱, 전체적으로 각이 진 느낌의, 표정을 읽을 수 없는 가면을 쓴 것 같은 인상의 남자였다. 그의 양옆에도 판사가 있었지만 웬일인지 그들의 얼굴은 여전히 희뿌연 안개에 가려져 있어서 보이지 않았다.

검사의 새까만 머리는 뭔가를 바른 듯 전등 빛을 받아 반짝거렸다. 은테안경을 쓰고 있었고 안경 너머로 보이는 가늘게 뜬 눈꼬리는 치켜 올라가 있고 턱이 뾰족해서 여우나 족제비를 연상케 하는 얼굴이었다.

피고인석에 앉아 있는 60대 노년의 남자는 흰 머리카락이 한 올도 없는 짙은 갈색 머리칼이 인상적이었다. 넙데데한 얼굴에 번들거리는 피부, 땀구멍이 보이는 큼직한 코, 약간 비틀어진 입매, 어울리지 않을 정도로 새하얀 치아, 거대한 너구리를 보는 것 같았다.

시선이 아래로 향했다. 책상 위에 놓여 있는 서류가 눈에 들어왔다. 재판 관련 서류였다. 중부지방법원, 피고 정순철, 판사 이기우, 검사 '최'까지 보이는데, 검사의 이름 위에 은색 볼펜이 놓여 있어서 검사의 이름은 다 보이지 않았다.

법정 안을 훑던 시선이 한 남자의 얼굴로 빨려 들어갔다. 아내의 어깨를 다독이고 있는 남자는 바로 '나'였다.

"그래 내가 고소했어! 내가 고소했던 거야!"

나는 벤치에서 벌떡 일어섰다.

"잊으면 안 돼. 잊으면 안 돼." 주문처럼 되뇌며 핸드폰을 꺼내 전화를 걸었다. 통화음이 세 번쯤 울리고 나서 상담사와 연결이 되었다. 나는 방금 기억해낸 법정 안의 모습을 하나도 빼놓지 않고 전했고 상담사는 묵묵히 내 말을 들어주었다.

내가 말을 마치자 기다렸다는 듯이 상담사가 입을 열었다. "기억해내셨군요? 저번에도 이 고비는 잘 넘기셨으니까, 이번에도 잘 넘기실 거라고 믿습니다! 김동현 님, 견디기 힘들다고 느껴지실 때는 저번에도 말씀드렸듯이 눈을 감고 심호흡을 하세요. 그러면 안정을 찾는 데 도움이 되실 겁니다. 그리고 이 말만은 꼭 명심하세요. 기억은 하나하나 서서히 떠오를 테니까, 절대로 조급하게 생각하시면 안 됩니다. 그리고 김동현 님은 다른 그 누구도 아닌 본인 자신을 믿으셔야 합니다. 그럼 또 연락 기다리겠습니다."

네, 대답하고 나는 전화를 끊었다. 눈을 감고 심호흡을 하며 방금 상담사가 했던 말을 되새겼다.

"나는 나를 믿어야 한다. 나를 믿어야 한다. 나를 믿어야 한다."

아파트 거실로 들어서자마자 들끓는 감정을 억누르려고 냉장고 문부터 열었다. 찬물이라도 있으면 마실 참이었다. 그런데 바로 눈앞에 소주가 놓여 있었다. 생각할 틈도 없이 소주를 꺼내서 뚜껑을 열고 병째로 벌컥벌컥 단숨에 반병 넘게 들이켰다. 시원하게 목구멍을 타고 넘어간 알코올에 가슴이 뜨거워졌다. 살짝 취기가 돌자 그래도 견딜 만했다.

남은 소주를 입에 다 털어 넣고 휘적휘적 소파로 걸어갔다. 빈 소주병을 테이블에 내려놓고 소파에 몸을 파묻었다. 양손으로 머리를 감싸 쥐고 눈을 감았다. 미간에 깊은 주름이 파이는 게 느껴졌다.

2부 _ 복수

9_나

열어놓은 창문으로 흘러들어온 후텁지근한 공기가 살갗에 달라붙는 어느 여름날 아침이었다. 아내와 나는 출근 준비를 하고 있었다. 거울을 보며 옷매무새를 매만지던 아내가 보라색 블라우스 소매로 연거푸 이마에 맺힌 땀을 찍어냈다.

"은정아, 왜 그래? 어디 아파?"

나는 아내의 얼굴빛을 살피며 다가갔다.

돌연 아내가 아랫배를 움켜잡고 침실 바닥에 주저앉았다. 어디 아프냐고 다시 물었지만 아내는 대답도 못 하고 도저히 견디기 어렵다는 듯 신음만 토해낼 뿐이었다. 나는 아내를 부축해서 차에 태우고 아파트 근처 내과로 갔다.

진료실에서 뛰어나온 의사가 구급차를 불러야 한다며 다급하게 외쳤다. 유산을 한 것으로 보이는데 산모라도 살리려면 빨리 산부인과로 옮겨야 한다는 것이었다.

구급차? 유산?

나는 진료실로 달려 들어갔다. 아내의 얼굴은 입술이 하얘질 정도로 창백했고 쏟아지는 땀 때문에 앞머리가 이마에 들러붙어 있었다.

다행히도 구급차는 금방 도착했고 구급대원이 알아봐준 덕분에 가장 가까운 산부인과로 갈 수 있었다. 병원에 도착하자마자 곧바로 응급수술을 받았고 아내만은 무사할 수 있었다.

"안타깝게도 아이는 유산되었습니다. 심한 스트레스가 원인인 것 같습니다."

산부인과 의사가 아내와 내게 한 말이었다.

며칠 후, 아내를 퇴원시키고 병원 근처 삼계탕 전문 식당으로 가는 내내 아내는 눈물 콧물을 흘리며 훌쩍였다. 찍어내는 손수건이 다 젖을 정도였다. 너무 울어서 눈은 새빨갛게 충혈되어 있었다.

나는 아내의 어깨를 감싸 안고 토닥이며 조심스레 말을 건넸다. "괜찮아, 은정아. 네 몸이 더 중요하지… 아이는 또 가지면 되는 거고… 근데 임신했다는 얘기는 왜 안 했어?"

그런데… 아내가 무너져 내리듯 주저앉더니 서럽게 울기 시작했다.

내가 무슨 말을 잘못했나? 아내의 예기치 못한 반응에 당혹스러웠지만 그저 곁에 웅크리고 앉아 어깨를 다독이는 것 말고는 해줄 수 있는 게 아무것도 없었다.

"어쩔 수 없는 일이잖아? 이제 그만 울고 힘내자."

하지만 아내의 울음은 그치기는커녕 오히려 점점 더 격해지더니 오열로 바뀌어갔다. 식당으로 들어가는 사람들도 나오는 사람들도 '무슨 일이지?' 하는 눈빛으로 우리를 힐끔거리며 지나갔다.

"사람들이 보잖아. 진정해. 어쩔 수 없는 일이잖아? 어디 아파서 그러는 거야? 다시 병원에 갈까?"

목 놓아 우는 아내도 걱정이었지만, 지나가는 사람들의 호기심 가득한 불쾌한 눈빛도, 그들의 수군거리는 소리도 신경이 거슬렸다.

얼마나 그러고 있었을까. 숨이 넘어갈 듯 오열하던 아내가 얼굴을 들어 새빨개진 눈으로 나를 바라봤다.

"오빠… 오빠… 나… 성폭행당했어…."

"뭐?"

순간, 머릿속이 새하얘지며 아무 생각도 나지 않았다. 어깨를 다독거리던 내 손도 얼어붙어버렸다. 입속으로 '성폭행'이라는 단어만 우물거렸다. 현실감 없는 단어라는 생각뿐이었다.

"왜, 왜 얘기 안 했어?"

"얘기할 수가 없었어…."

아내는 울음을 참아보려는 듯 숨을 크게 몰아쉬었다. 하지만 그럴수록 그녀의 어깨는 더욱 크게 들썩였다.

머릿속에서 아내에게 벌어진 상황이 펼쳐졌다. 뱃속 깊은 곳에서 억제할 수 없는 뜨거운 것이 솟구쳐 올라왔다. 격한 감정이 내 모든 것을 지배하기 시작했다. 부들부들 온몸이 떨리고 이빨이 위아래로 맞부딪치며 소리를 냈다.

"누구야? 어떤 놈이야?" 내가 아닌 다른 사람의 목소리를 듣는 것만 같았다.

나는 아내와 식탁을 사이에 두고 마주 앉아 인상을 찌푸린 채 소주를 병째 들이켰고, 아내는 마치 대역죄라도 저지른 사람처럼 고개를 떨구고 있었다.

아내가 힘겹게 입을 뗐다. "회식 끝나고 회장님이 술 깨는 약이라고 줬는데…."

"회장님은 지랄! 그런 개 같은 새끼가 무슨 회장님이야!" 나는 악을 썼다.

등 뒤에서 문이 열리는 소리에 돌아보니 핑크색 리본을 단 하얀색 곰 인형을 안은 수아가 살짝 열린 방문 사이로 얼굴을 내밀고 있었다.

"엄마랑 아빠 싸우는 거야?"

나는 얼른 고개를 돌려 딸을 등졌다. 잔뜩 굳어 있는 얼굴을 보여주고 싶지 않았다.

"수아야, 아빠랑 엄마, 지금 중요한 얘기 중이니까 수아는 곰진이랑 일찍 자라." 말투는 그럭저럭 억누를 수 있었다.

"곰진이가 그러는데, 아빠랑 엄마 싸우는 것 같대."

"싸우는 거 아니라니까! 곰진이 데리고 들어가서 빨리 자!" 애꿎은 딸아이에게 언성을 높이고 말았다.

아차 싶어 돌아봤다. 수아가 불안한 눈빛으로 하얀 곰 인형의 얼굴에 뺨을 비비고 있었다. 그런데 한 손에 빨대가 꽂힌 오렌지색 페트병을 들고 있었다.

나는 벌떡 일어나 수아에게 다가가서 음료수병을 낚아챘다.

"아빠가 이런 거, 마시지 말라고 했잖아. 몸에 안 좋다고!"

"아빠, 미워." 수아가 아랫입술을 삐죽 내밀고 문을 닫았다.

나는 아내를 향해 오렌지색 병을 들어 보였다. "이거, 당신이 준 거야?"

"응, 하루에 하나 정도는 괜찮을 것 같아서…."

"하나 정도면 괜찮다고? 그래서 당신도 아무거나 받아먹은 거야?" 나는 자리로 돌아가 앉으며 날카로운 혀끝을 다시 아내에게 돌렸다. "당신이 애야? 아무거나 받아먹게! 하나 정도면 괜찮을 줄 알고?"

"오빠…" 아내는 뭔가 얘기를 하려고 했다가 숨을 삼키더니 짐짓 밝은 목소리를 냈다. "오빠, 가게 안 나가봐도 돼?"

"지금 가게가 문제야? 왜 임신한 것도 얘기를 안 했느냐 말이야? 회장인지 뭔지 이 개새끼, 내가 죽여버릴 거야!"

나는 분노에 치를 떨며 소주를 들이켰다. 가해자라는 회장 놈한테 화를 내고 있다고 생각하고 있었지만, 내 분노의 칼끝은 분명히 피해자인 아내에게 향하고 있었다. 머리로는 아내가 피해자라는 것을 알고 있으면서도.

10_나

눈이 번쩍 떠졌다. 꿈을 꾼 것 같지는 않았다. 분명히 기억이 떠오른 것이다. 내 의지로 기억을 떠올렸던 것이다.

"그래, 떠올려보자."

나는 조금 전에 그랬던 것처럼 양손으로 머리를 감싸 쥐고 두 눈을 감았다. 하지만 가슴만 술렁거릴 뿐 기억이 떠오르기는커녕 좀처럼 안정을 찾을 수가 없었다.

"그래, 그 전에 술을 마셨었지…."

소파에서 일어난 나는 거실을 가로질러 냉장고로 걸어갔다. 그때 문득 내 눈길을 잡아끄는 것이 있었다. 장식장 안, 우리 가족사진 옆에 있는 아내의 향수.

나는 향수병 뚜껑을 열고 폐 속 깊숙이 향기를 들이마시며 마음속으로 간절하게 되뇌었다. "은정아, 도와줘. 은정아, 제발… 제발…."

아내의 웃는 얼굴을 또렷하게 떠올릴 수 있었다.

"은정아, 그다음엔 어떻게 됐지? 은정아, 알려줘… 제발…."

아내의 얼굴이 사라지고 흐릿했던 이미지가 선명하게 형체를 갖추기 시작했다.

11_나

　은테안경 속의 찢어진 눈. 이름 모를 검사가 책상을 사이에 두고 마주앉아 있었다.

　검사는 삐딱하게 다리를 꼬고 앉아서 그냥 웃는 건지 비웃는 건지 모를 표정으로 말을 던져왔다. 그는 하는 말마다 말꼬리를 흐렸기에 반말로 들렸다.

　"고소인은 아내를 많이 믿나 보네…?"

　"네, 믿습니다."

　검사가 다리를 풀고 책상 위에 팔꿈치를 얹더니 얼굴을 바짝 들이댔다. "피고와 얘기가 많이 다르던데…."

　"네, 무슨 말씀이신지?"

　"고소인, 무고죄라고 들어봤지…?"

　검사는 은테안경 너머 찢어진 두 눈을 치뜨고 있었다.

　"무, 무고죄요?" 목소리가 떨려 나왔다.

　"들어보니 고소인은 고소인의 아내가 하는 말을 100퍼센트 신뢰하고 있는 것 같은데 강간이 아니라 화간이면 고소인 그러니까 그쪽이 엄청나게 피곤해진다는 얘기지…! 화간이라면 말이야!" 검사는 '화간'이라는 단어를 힘주어 말했다. "김동현 씨, 정말로 당신 아내, 지은정이 성폭행을 당한 게 맞을까…? 혹시 당신 아내가 거짓말을 하는 거라면…."

그다음부터 검사는 다시 다리를 꼬고 팔짱을 낀 채 마치 내가 무고죄의 피고인인 양 윽박지르기 시작했다. 가끔 서류를 책상 위에 내리치기도 했다. 없는 말을 만들려고 하지 말고 있는 그대로 똑바로 말하라면서.

검사의 말투는 점차 거칠어지고 언성은 높아져갔다. 내가 성폭행 고소인으로서 조사를 해달라고 항의하자, 그는 코웃음만 칠 뿐이었다. 그러면서 피해자는 약을 먹었다고 주장하지만 그런 흔적은 찾을 수도 없어 증거가 미약할 뿐만 아니라 오히려 반대 증거와 증인이 차고 넘칠 정도로 많다는 말만 되풀이했다. 그의 일방적이고 고압적인 태도에 처음에는 반감을 가졌지만 그것은 잠깐이었고 시간이 지나면서 내 마음속의 무언가가 빠져나가고 있는 게 확실하게 느껴졌다. 그리고 그 빈 공간을 불안과 공포가 메워갔다. 나는 점점 움츠러들었다.

고소인 조사를 마치고 나온 나는 머릿속이 극도로 혼란스러웠다. 검사의 말은 일고의 가치조차 없다고 생각했지만, 동물에게 먹이를 던져주듯 툭툭 내던진 검사의 말이 머릿속에 낙인처럼 들러붙어 좀처럼 떨쳐낼 수가 없었다.

"양심에 따라 숨김과 보탬이 없이 사실 그대로 말하고 만일 거짓말이 있으면 위증의 벌을 받기로 맹세합니다."

황토색 면 잠바와 청바지로 수수하게 차려입은 키가 크고 체격이 좋은 남자가 증인선서를 했다. 정순철의 변호인 측에서 내세운 증인이었다. 그는 자신을 편의점 아르바이트생이라고 밝혔다.

누군가의 질문과 증인의 대답이 이어졌다.

"피고인 정순철과 성폭행 피해를 주장하는 지은정이 만나고 있는 것을 목격했다고 했는데요. 그 장소와 시간을 알려주시겠습니까?"

"서래마을에 있는 파리지엥이라는 프랑스요리 전문점이었고요, 시간은 오후 8시 반쯤이었던 것으로 기억합니다."

"무엇을 목격했나요?"

"여자가⋯."

"여자라면 성폭행 피해를 주장하는 지은정이 맞습니까?"

"네, 지은정 씨가 피고인의 볼에 뽀뽀를 하고 있었습니다."

"뽀뽀요? 지은정이 피고인의 볼에 뽀뽀를 한 게 맞습니까?"

"네, 지은정이 피고인의 목을 안고 뽀뽀를 했습니다. 분명히 봤습니다."

'그럴 리가 없어. 은정이가 그럴 리가 없어.' 이 말이 머릿속에서는 빙글빙글 맴도는데, 쇠망치로 뒤통수를 맞은 듯한 충격에 소리가 되어 나오지 않았다.

"증인이 판단하기에 지은정은 의식이 없는 상태였습니까?"

"아닙니다. 술에 취해 있는 것 같았지만 제가 보기에는 분명히 의식이 있는 상태였습니다."

"증인, 거짓을 말하면 위증의 벌을 받게 됩니다. 다시 한번 묻겠습니다. 지은정이 의식이 있었던 것이 확실합니까?"

"네, 확실합니다."

이 증언이 가까스로 버티고 있던 나의 심지를 완전히 뒤흔들어버렸다.

"와서 이거 좀 봐!" 설거지를 하고 있는 아내의 등에 대고 소리를 지르며 나는 서류봉투 두 개를 식탁 위에 내던졌다. 당황한 얼굴로 돌아본 아내가 고무장갑을 벗고 다가와 봉투 하나를 열어 서류를 꺼냈다. 고소장이었다. 나, 김동현을 상대로 발행한 것이었고 죄명은 무고죄와 명예훼손죄였다.

"이게 뭐야?" 아내는 눈을 동그랗게 뜨고 고소장과 나를 번갈아 보았다.

"그것도 한번 봐봐!" 딱딱하게 내뱉으며 나는 다른 봉투 하나도 가리켰다.

아내가 봉투에서 서류를 꺼냈다. 그 서류 역시 나, 김동현을 상대로 발행된 것이었고 명예훼손에 따른 피해에 대한 손해배상 관련 서류였다.

"50억 원? …이게 뭐야?" 아내가 입을 다물지 못한 채 나를 돌아봤다.

"50억! 씨발. 그 회장 새끼가 나한테 손해배상을 하란다! 50억 원! 은정이 너 정말 떳떳한 거 맞아?" 나는 눈을 부릅뜨고 아내의 눈을 똑바로 노려봤다.

"그게 무슨 말이야? 내가 오빠한테 거짓말이라도 한다는 거야?"

아내의 턱이 덜덜 떨리고 있었다.

"검사 말이… 그 회장 개새끼 주장이! 네가 먼저 꼬리를 쳤다는 증거도 있고, 증인들도 있다고 했다는데?" 증인의 증언을 들었다는 말만은 하지 않은 게 그나마 아내에 대한 배려라고 생각하며 쏟아부었다. 그러는 동안, 아내는 빤히 내 눈을 처다보고 있었다. 눈 한번 깜박이지 않고.

"증거? 무슨 증거? 내가 꼬리를 쳐? 임신한 여자가 꼬리를 쳤다고? 그래서 오빠는 그놈들 말을 믿고 날 의심하는 거야? 그래서 유산된 아이의 유전자 검사도 부탁한 거고?" 아내의 얼굴에서 표정이 사라졌다. 그리고 아주 천천히 머리를 내저었다. 모든 것을 부정한다는 듯이.

아내의 말이 백 번이고 백만 번이고 옳았다. 임신한 여자가 꼬리를 친다고? 조금만 생각해봐도 누구의 말이 옳은지 알 수 있는 너무나 뻔한 상황이었다. 아니 들을 말을 들었어야지. 믿을 말을 믿었어야지. 50억 원 손해배상 소송 때문에 정신이 어떻게 돼버린 모양이었다.

"아, 아니, 그건… 모든 증거가 필요하다고 해서…." 말을 내뱉고 나서야 이건 변명조차 될 수 없다는 것을 깨달았다.

아내는 아무런 대꾸도 하지 않고 안방으로 들어가더니 문을 걸어 잠가버렸다. 그 순간 나를 향한 그녀의 마음도 닫힌 것 같았다.

내 시선이 법정 안을 훑고 있다. 피고인석에 고급정장을 차려입고 다리를 쫙 벌리고 앉아 있는 정순철의 모습이 시야에 걸렸다. 그는 기름기 번들거리는 얼굴로 등받이에 몸을 기댄 채 턱을 쳐들고 있다. 역겨운 얼굴이 자기는 떳떳하다고 말하고 있다.

뿔테안경을 쓴 각진 얼굴의 판사가 판결문을 낭독하고 있다. 어려운 법률 용어들이 계속 이어져서 드문드문 알아들을 수밖에 없었지만, 우리 부부에게 그다지 좋은 내용은 아닌 것 같았다. "…피고인의 변호인 측이 제시한 증거와 증언이… 다퉈볼 여지가 있으며… 증언에 설득력이 있어… 검사 측 역시 혐의를… 불충분의 사유가 인정되며…."

마지막 판결 부분만 확실하게 알아들을 수 있었다.

"주문, 피고인 정순철에게 무죄를 선고한다."

탕탕탕! 판사가 판사 봉을 내리쳤다.

흐느끼고 있던 아내가 벌떡 일어나서 소리쳤다. "이게 재판이야? 이게 어떻게 무죄야?"

"법정에서는 조용히 해주세요!"

탕탕탕, 판사 봉을 내리친 판사가 서류를 챙겨 들고 태연하게 자리에서 일어났다. 턱이 뾰족한 검사는 서류들을 이미 정리했는지 매듭을 지은 얄팍한 보자기를 들고 일어났다. 퇴정하면서 모두가 홀가분한 듯 웃고 있었다. 퇴근하는 회사원들의 표정이었다.

정순철이 지독하게 새하얀 이빨을 드러내고 웃으며 검사와 판사에게 눈인사를 건네는 것을 나는 놓치지 않았다.

아내는 판사와 검사를 향해 서류를 집어 던지며 목이 터져라 외쳤다. "이 악마 같은 놈들아! 이게 무슨 재판이야!" 비명에 가까운 아내의 절규가 법정 안에 울려 퍼졌다.

그들을 향해 날아가던 서류들이 나풀거리며 힘없이 바닥에 떨어졌다.

일순 판사와 검사가 아내 쪽을 돌아봤다. 하지만 그들은 투명인간이라도 본 듯 무시하고 법정을 나갔다.

법원 계단을 내려가면서 나는 아내의 어깨를 감싸 안았다.

"재판 아직 끝난 거 아니니까, 우리 힘내자." 하얀 입김이 아내의 얼굴을 가렸다가 공기 중으로 흩어졌다.

아내는 내 말이 들리지 않는지 넋이 나간 얼굴로 웅얼거렸다. "이게 무슨 재판이야. 악마 같은 놈들… 악마 같은 놈들…."

"은정아, 너 먼저 집에 가 있어. 일 마무리하고 갈게."

아내가 아무런 대꾸도 하지 않았지만, 나는 그녀를 홀로 남겨두고 주차장으로 발걸음을 옮겼다. 그러다가 왠지 신경이 쓰여 돌아봤다. 아내는 그냥 멍하니 그 자리에 우뚝 서 있었다. 하지만 나는 차를 향해 걸음을 서둘렀다.

일을 마치고 아파트로 돌아온 내가 현관의 중문을 연 것은 자정이 지난 무렵이었다. 수아 혼자 하얀 곰 인형 곰진이를 안고 나를 맞았다. 울고 있었는지 눈두덩이 발갛게 부어 있었다.

"수아야, 아직 안 자고 뭐해? 일찍 자야지. 엄마는?"

그렇게 물으며 나는 수아의 머리를 쓰다듬었다.

"엄마… 어디 갔다 온다고 했는데, 아직 안 왔어." 수아가 울먹이며 소매로 눈물을 훔쳤다.

"어디?"

"몰라." 수아가 자그마한 입술을 삐죽거리며 고개를 가로 저었다.

나는 아내에게 전화를 걸었다. 하지만 받지 않았다. 혹시 친정에 가 있나? 하는 생각이 들었지만 장모님께 전화드리기엔 너무 늦은 시간이었다. 친정에 간 게 아니라면 괜스레 장모님한테까지 걱정 끼치게 될 것 같아서 그만두었다. 다시 아내에게 전화를 걸어봤지만 역시 받지 않았다. 나는 애써 아무렇지도 않은 척하며 수아에게 엄마가 일하느라 늦어진다고 했었는데 내가 깜박했다고 둘러댔다.

수아는 엄마가 올 때까지 기다리겠다고 했지만, 나는 일찍 자고 일찍 일어나야 키가 큰다며 딸아이의 옆에 누워 아이의 가슴을 토닥거리면서 자장가를 불러주었다. 안 자겠다고 칭얼거리던 수아는 새벽 2시 반이 지나서야 하얀 곰 인형을 꼭 안고 잠이 들었다. 잠이 든 딸아이의 옆얼굴을 물끄러미 바라보고 있던 나도 어느새 까무룩 잠이 들고 말았다.

나를 깨운 건 핸드폰 벨 소리였다. 창문 너머로 푸르스름하게 동이 터오고 있었다. 핸드폰 화면에는 입력되지 않은 번호가 떠 있었다. 수런거리는 심장의 고동 소리를 들으며 나는 서둘러 전화를 받았다. 낯선 남자의 높낮이가 없는 목소리가 들려왔다. "김동현 씨세요?"

"네…."

"지은정 씨가 아내 되시죠?"

"네… 그, 그, 그런데요…." 난데없이 엄습해오는 두려움에 온몸의 피가 모두 빠져나가버리는 것만 같았다. 주체할 수 없을 정도로 손발이 떨려왔다.

"주소는 문자로 보내드릴 테니까, 지금 여기로 좀 와주셔야겠습니다."

나는 말문이 막혀서 아무 말도 할 수가 없었다. 침을 삼키려고 했지만 입안이 바짝 말라 있어서 삼켜지지 않았다. 한동안 침묵이 이어지자 이내 다급한 목소리가 들려왔다. "여보세요? 여보세요? 제 말 듣고 계세요?"

안치실은 지하에 있었다. 그 철문 앞에 서 있던 가죽 잠바 차림의 중년 남자가 이쪽으로 돌아서더니 말을 건넸다. "지은정 씨 남편이세요?" 아무런 감정이 실려 있지 않은 목소리였다.

"제… 제가… 지… 지은정의 남편입니다…." 택시에서 내려 안치실을 찾느라 너무 급하게 달렸는지 심장은 터질 것만 같았고 가쁜 숨은 멈출 기미조차 없었다.

형사가 묵직해 보이는 철문을 열었다. 나는 쿵쾅거리는 가슴을 부여잡고 형사를 따라 안치실 안으로 들어갔다. 빈 창고처럼 썰렁한 공간 한구석에 철제 침대가 놓여 있었다.

"확인해주십시오." 철제 침대 쪽으로 성큼성큼 걸어간 형사가 누군가의 시체를 덮고 있던 흰 시트의 끝을 잡았다.

제발 은정이가 아니기를….

온몸이 부들부들 떨렸다. 발걸음을 옮기는데 공중에 붕 뜨기라도 한 듯 발바닥에 아무런 감각도 느껴지지 않았다.

무표정의 형사가 시트를 걷으며 말했다. "상가 건물 옥상에서 투신한 것으로 보이는데요, 지면과 충돌하면서 얼굴 등 신체의 일부가 훼손된 것 같습니다."

그토록 아니기를 바랐건만 그런 바람은 이루어지지 않았다. 아내의 얼굴 반쪽이 날아가고 없었다. 핏기 하나 없이 검푸르게 변해버린 은정이의 반쪽 얼굴이 나를 보고 있었다. 아니, 초점을 잃어버린 그녀의 눈동자가 더 이상 나를 볼 수 없다는 현실을 받아들일 수 없었다.

아내의 볼을 만져봤다. 차갑고 딱딱했다. 무릎이 덜컥 꺾여 그 자리에 주저앉고 말았다. 나는 손을 뻗어 아내의 손을 부여잡았다.

"아냐, 아냐, 아냐… 이건 아냐… 은정아, 은정아… 이건 아냐…."

아무리 부정해보려고 했지만 지금 내 눈앞에는 이 세상에서 가장 친숙했던 사람이 너무나도 낯선 얼굴을 한 채 차디찬 철제 침대 위에 누워 있었다.

얼마나 괴로웠을까, 얼마나 외로웠을까. 새하얀 웨딩드레스를 입고 환하게 웃고 있던 아내의 얼굴, 신혼여행에서 행복한 미래를 꿈꾸던 아내의 얼굴, 새집으로 이사 왔다고 기뻐하던 아내의 얼굴, 아내와 함께했던 행복한 순간들이 다시는 붙잡을 수 없는 바람이 되어 내 손을 빠져나갔다.

그리고 한순간이나마 아내를 의심했던 한심하기 그지없는 나 자신의 말과 행동이 머릿속에서 소용돌이쳤다. 은정이를 죽음으로 내몬 건 바로 나였다. 그녀가 죽은 건 나 때문이라는 자책감이 나를 다시는 헤어 나올 수 없는 끝없는 구렁텅이 속으로 집어던졌다.

아내의 사인은 자살로 결론 내려졌고 비로소 장례식을 치를 수 있게 되었다. 하지만 은정이가 자살을 했다는 것만큼은 도저히 사실 그대로 받아들일 수 없었다. 아무리 생각해봐도, 한심하고 아무짝에도 도움이 안 되는 나라면 몰라도, 수아를 내버려둔 채 죽음을 택할 리가 없다는 결론뿐이었다. 차분하고 사려 깊은 성격의 아내가 스스로 목숨을 끊다니, 도저히 이해할 수 없는 일이었다.

장례식장에서 나는 아내의 영정사진만 멍하니 바라보고 있었고, 수아는 울다가 지쳐버린 듯 내 팔에 기댄 채 엄마, 엄마, 힘없이 부르며 훌쩍이고 있었다.

내가 일어서자 수아가 내 손을 잡고 끌어당겼다.

"아빠, 가지 마."

딸아이의 말이 내 가슴을 후벼 팠다.

"아빠, 화장실 갔다 올게. 금방 올 거야…." '우리 수아가 엄마 지켜줄 수 있지?'라는 말은 이를 악물고 꾹 삼켰다. 입 밖으로 냈다가는 그대로 무너져버릴 것만 같았기 때문이다.

응, 하고 고개를 까닥인 수아가 꼭 잡고 있던 내 손을 놓아주었다.

나만의 공간이 필요했다. 어린 딸아이 앞에서 눈물을 흘리는 약해빠진 아빠의 모습을 보여주고 싶지 않았다. 나는 급히 화장실을 찾아 들어가 문을 걸어 잠갔다. 순간, 참고 참았던 눈물이 봇물 터지듯 한꺼번에 쏟아져 나왔다. 나는 양변기에 앉아서 소리 죽여 한참을 울었다.

사랑한다고 더 많이 말했어야 했는데… 아니, 미안하다고 말했어야 했는데… 그리고 옆에 있어줘야 했는데… 후회가 밀물이 되어 들이닥쳤다.

눈물과 콧물 범벅이 된 소매가 차갑다고 느껴졌을 때, 다시는 아내를 만날 수 없다는 사실이 뼛속까지 사무쳤다. 불현듯 수아가 걱정되었다. 여기 숨어서 울고 있는 것도 내게는 사치였다.

나가려고 막 일어서는 찰나, 밖에서 무슨 소리가 들려왔다.

"지 팀장이 회사에 찾아와서 난리 치고 간 그날 밤 자살했다는 거잖아? 다시 올 거라고 소리 지르고 난리도 아니었는데, 그게 말이 돼?"

"말조심해! 괜히 쓸데없는 소리 하지 마. 우린 아무것도 못 보고 못 들은 거야… 어! 누구 있는데!"

"아이 씨, 쉬쉬…."

이내 다급한 발소리에 이어 문이 닫히는 소리가 들렸다.

지 팀장… 그날 밤… 다시 올 거라고 했다고?

아내의 회사 사람들이 틀림없었다. 방금 얘기를 나눴던 그들은 죽기 전의 아내를 기억하고 있는 게 분명했다. 나는 황급히 화장실을 뛰쳐나가 두리번거리며 방금 대화를 나눴던 사람들을 찾아봤다. 검은 상복 차림의 사람들… 저 안에 그 사람들이 섞여 있을 텐데… 그들은 뭔가를 알고 있는 듯했는데… 도저히 그들을 찾을 수가 없었다.

"정순철. 이 개자식 나오라고 해!"

아내의 장례식이 끝난 다음 날, 나는 정순철의 회사, 대망 그룹 본사 로비 한가운데에서 세 명의 경비원들에 의해 바닥에 눌려 엎어진 채 몸부림치고 있었다. 때마침 게이트가 열리고 정순철과 수행원들이 로비로 나왔다.

"뭐야? 왜 이렇게 시끄러워?"

정순철이 오만상을 찌푸리며 소리치자 나를 제압하고 있던 경비원 가운데 한 명이 잔뜩 주눅 든 목소리로 보고를 했다. "지, 지은정 씨 남편이라는데요."

입을 막고 있던 경비원의 팔을 밀쳐내고 나는 소리쳤다. "은정이는 절대로 자살 같은 거 안 해!" 경비원들이 손을 뻗치고 달려들었지만 나는 머리를 격렬하게 흔들며 저항했다. "은정이는 절대로 나랑 수아를 두고 죽을 사람이 아냐!"

나를 찬찬히 위아래로 훑어보던 정순철이 이죽거리며 입을 열었다. "아아! 내가 성폭행했다고 한 그 여직원? 사람들이 좀 정직하게 살아야지. 나한테 돈 좀 받아내겠다고 없었던 일로 협박하고 그러면 안 되지." 징그러운 벌레라도 보는 듯한 눈빛으로 그가 혀를 끌끌 찼다.

입을 막으려는 경비원들의 손을 뿌리치며 나는 발악했다. "은정이는 네가 죽인 거야! 사실대로 말해! 이 개새끼야!" 몸을 뒤틀어 경비원 한 명을 밀쳐냈다. 순간 빈틈이 생겼다. 내가 무릎을 꿇고 일어나려고 하자 정순철은 잽싸게 수행원들 뒤로 숨었고 거의 동시에 경비원들이 몸을 날려 나를 덮쳤다. 나는 쓰러져 바닥에 나뒹굴었다.

수행원들 뒤에서 눈만 내밀고 있던 정순철이 내가 움직일 수 없다는 것을 확인하고는 수행원들을 밀치고 나오더니 가슴을 쫙 펴고 침이라도 내뱉듯이 말했다. "별 미친놈이 다 있네. 내가 그년을 왜 죽여? 그 불여우 같은 년 때문에 내 회사가 입은 손해가 얼만데?" 그러고는 옆에 있던 수행원을 돌아보며 비아냥거렸다. "손해배상 소송은 잘 진행되고 있나?"

"네! 50억 원으로…." 수행원이 대답했다.

"그거 가지고 되겠어? 내 회사가 입은 손해가 얼만데!" 정순철이 나를 곁눈질로 흘기며 말을 이었다. "너는 나한테 손해배상할 돈이나 만들어놔! 너 같은 건 네 말대로 죽여버릴 수도 있으니까. 개돼지 같은 것들이 어디서 감히!"

내가 용을 쓰며 몸을 비틀자 경비원 한 명이 떨어져 나가 바닥에 뒹굴었다.

"나도 죽여봐! 이 개새…." 순간 또 다른 경비원의 손에 입이 막혔다.

"지금 뭐 하는 거야? 당신들 미쳤어?" 어떤 젊은 남자의 목소리가 로비에 울려 퍼졌다. 그게 신호라도 되듯 구경하고 있던 다른 직원들까지 합세해서 나를 제압하기 시작했다. 나는 발버둥 쳤지만 십여 명의 사람들에게 온몸을 붙잡히고 눌려서 손가락 하나 꼼짝할 수가 없었다.

"부부가 쌍으로 미쳤구먼!" 또 그놈의 목소리가 로비에 울렸다.

"이 개…." 십여 개의 손이 달려들어 내 코와 입을 틀어막았다. 숨이 막혔다.

그래, 죽여라 죽여!

　차라리 죽고 싶었다. 그러다가 문득 수아의 얼굴이 떠올라 죽고 싶어도 죽을 수 없는 신세라는 것을 깨달았다. 나는 숨을 쉬기 위해 필사적으로 몸을 꿈틀거렸다. 그들 앞에서 나는 한 마리 벌레에 지나지 않았다.

12_나

내가 눈을 뜬 건 유리통창으로 들어오는 아침 햇살 때문이었다. 분명히 기억을 떠올리고 있었는데, 그러다가 나도 모르게 소파에서 잠이 든 모양이었다. 몸을 일으키고 앉아 두 손끝을 머리카락 속에 넣고 지그시 누르며 떠올랐던 장면을 하나하나 곱씹었다. 성폭행당한 아내, 윽박지르던 검사, 무고죄와 명예훼손죄, 성폭행범에게 내려진 무죄 선고, 도저히 납득할 수 없는 아내의 죽음, 불쌍한 수아, 화장실에서 들었던 대화, 비아냥거리던 정순철, 손해배상금 50억 원.

이전처럼 이것도 생생한 기억의 조각들이라는 확신이 들었다.

기름기 번들번들한 얼굴로 히죽거리는 정순철이 바로 눈앞에 서 있는 것만 같았다. 그 성폭행범은 지금 어떤 모습으로 살고 있는지 확인해보고 싶어졌다. 핸드폰으로 대망그룹 본사를 검색했다. 회사는 서울 여의도 한복판에 있었다.

나는 샤워를 하고 옷장에서 회색 양복을 꺼내 입었다. 마음고생을 많이 해서 살이 빠졌는지 양복이 조금 헐렁했다.

아파트를 나서서 택시를 잡아타고 대망그룹 본사 건너편

에 내렸다. 양복 상의 안주머니에서 검은색 마스크를 꺼내 쓰고 횡단보도를 건너 대망그룹 본사 앞으로 갔다. 으리으리한 회전문 앞을 천천히 지나치면서 유리벽 너머로 시선을 던졌다. 불쾌하리만치 생생한 낯익은 공간이었다.

로비를 바라보며 느릿느릿 걷고 있자니 뒤에서 기척이 느껴졌다. 슬쩍 뒤를 돌아보니 검정색 제복 차림의 경비원이 빠른 걸음으로 다가오고 있었다. 나는 고개를 되돌려 정면을 응시한 채 걸음을 서둘렀다. 경비원들이 외부인의 접근을 경계하고 있음에 틀림없었다.

몇 시간쯤 지났을까. 나는 경비원들의 눈길이 닿지 않을 만한 골목(대망그룹 본사 정문에서 도로 건너 왼쪽 대각선에 있는)에서 눈만 살짝 내밀고 대망그룹 정문을 지켜보고 있었다. 얼굴 근육이 심하게 떨려왔다. 두 손바닥으로 얼굴을 문질러봤지만 좀처럼 떨림이 잦아들지 않아서 손끝으로 꼬집듯이 거칠게 뺨을 문질렀다.

그때였다. 반짝반짝 광이 나는 검은색 고급 승용차가 회사 정문 앞에 섰다. 이내 회전문 옆에 있는 통유리 문이 양쪽에서 활짝 열리고 마침내 그 성폭행범이 수행원들에게 둘러싸여 나왔다. 고급 승용차 조수석에서 내린, 짙은 남색 양복 차림에 키가 큰 남자가 종종걸음으로 뒷좌석 쪽으로 가서 문을 열자 정순철이 껄껄껄 웃어젖히며 승용차에 올라탔고 그렇게 수행원들의 배웅을 받으며 떠나갔다.

기억 속에서 봤던 바로 그 성폭행범이었다. 기름기로 번들거리는 역겨운 놈!

정순철이 탄 승용차를 눈으로 좇고 있는데 핸드폰이 진동했다. '1'(상담사)이었다. 잠깐 망설였지만 전화를 받았다. "네, 상담사님….."

"김동현 님, 전화 연결이 잘 안 됐죠? 미안합니다. 실은 제 개인적인 일 때문에 연락이 힘들었는데요, 그동안 혹시 뭐 떠오르는 기억은 있었나요? 보내주신 녹음 파일도 없고 해서요."

나는 성폭행범을 태우고 떠나가는 차를 눈으로 좇으며, 그 놈이 어떻게 살고 있는지 확인해보려 왔다고 했다가는 괜히 말이 길어질 것 같아, 너무 답답해서 잠깐 산책을 나왔고 아직은 특별히 기억나는 게 없다고 얼버무렸다.

"지금은 기억이 조각 나 있지만 서서히 맞춰질 겁니다. 그러니 너무 조급히 생각하실 필요는 없습니다."

상담사의 목소리는 차분했지만 앞으로 다가올 일에 대해 염려하는 듯했다. 그리고 무슨 생각을 하고 있는지 잠시 말이 없었다. 그사이 성폭행범이 탄 승용차는 교차로에서 우회전하더니 사라졌다. 골목길 안으로 들어가며 잠자코 기다리고 있자니 이윽고 상담사가 말을 이었다.

"김동현 님, 지금부터 제가 하는 얘기를 잘 들으셔야 합니다." 알겠다고 대답하며 나는 이를 악물고 상담사의 말에 귀를 기울였다.

"먼저 김동현 님이 어떤 사람이었는지, 누구였는지를 기억해내는 데 집중하는 겁니다. 일단 맥으로 가십시오. 가서서 김동현 님을 알 수 있는 게 있다면 작은 거 하나라도 찾아보세요. 모든 건 하나부터 시작되는 거니까요!" 상담사의 말 한마디 한마디에 힘이 실려 있었다.

서둘러 아파트로 돌아온 나는 회색 양복 상의를 벗어 식 탁 의자 등받이에 걸어놓고 식탁 위에 펼쳐져 있는 우편물 들을 유심히 살펴보기 시작했다. 수신자가 '태평양' 실장 김 동현, 태평양 실장님, 일식 태평양 김동현 실장 등으로 되어 있는 우편물이 많았다.

"태평양? 실장? 일식?"

반복되는 단어를 되뇌어보며 핸드폰 검색창에 '일식 태평 양'을 입력하고 검색 버튼을 터치했다. 액정 화면에 태평양 이라는 이름의 일식집들이 떴다. 서울 종로구 내자동에 하 나, 서울 송파구 방이동 먹자골목 근처에 하나 그리고 부산 과 목포에도 하나씩 있었다.

아파트에서 가장 가까운 방이동으로 가보기로 하고, 의자 에 걸어놨던 양복 상의를 챙겨 들고 아파트를 나섰다. 이번 에는 버스와 지하철을 타고 가볼까 생각하다가 신용카드가 없다는 것을 깨닫고 택시를 잡아탔다. 방이시장 건너편 방 이동 먹자골목 입구에 도착한 것은 그로부터 20분쯤 지나서 였다.

거리를 비추는 햇빛에 붉은빛이 섞여 있었다. 하늘을 올려 다보니 해는 건물에 가려 보이지 않았다. 걸어가는 방향으 로 내 그림자가 거무칙칙한 아스팔트 바닥에 왼쪽으로 비스 듬히 길게 늘어졌다.

여기에 내가 일하던 가게가 있을지도 모른단 말이지. 어떤 가게일까? 아직 기억에는 없지만 직접 보면 떠오를까?

그런 생각을 하며 먹자골목으로 들어갔다. 식당과 카페, 술집이 즐비하게 늘어서 있었다. 언젠가 와본 것 같은 기분이 들었다. 몸으로 기억하는 부분도 있다고 했던 상담사의 말이 떠올랐다. 하지만 그렇게 강렬한 인상까지는 아니었다.

이 길로는 자주 지나다니지 않았기 때문일까?

스마트폰에 떠 있는 지도를 내려다보았다. '태평양'은 송파구청 방향으로 이어진 큰 도로에서 왼쪽 골목으로 들어간 곳에 위치가 표시되어 있었다. 그 골목을 찾아 들어갔다. 큰 도로 뒤편이라서 작은 가게일 거라고 생각했는데 그곳에는 의외로 고급 술집과 식당들이 줄줄이 늘어서 있었다. 이 정도로 큰 가게에서 요리사를 했다면 30평이 넘는 아파트에서 사는 것도, 병원비를 현금으로 낸 것도 어느 정도 납득이 갔다. 얼마 전에 버스를 타고 허둥대던 모습이 떠올라 무심코 웃음을 흘렸다.

버스 타고 다니지 않을 정도로 잘살았는지도 모르겠다. 그렇다면 그나마 다행이고.

멀찌감치 가로로 큼직한 목제 간판이 유독 눈에 띄었다. '태평양'이라고 검정색 붓글씨체로 새겨진 고급스러운 간판이었다. 가게 입구 양쪽에는 무슨 나무인지는 모르겠지만 아름드리나무도 심어져 있었다.

상담사의 말대로 내가 어떤 사람이었는지를 알아보려면 현실과 부딪혀야 한다는 각오로 숨을 깊이 들이마시고 나무로 만들어진 문을 잡아당겼다. 달그랑, 문 위에 매달린 황금색 종에서 경쾌한 소리가 울렸다.

카운터에 있던 젊은 여자 종업원이 이쪽을 보고 '어서 오세요'라고 했다가 놀란 토끼 눈이 되어 움직임을 멈췄다.

나를 아는 건가?

여자 종업원이 입을 뗐다. "실장님!" 새된 목소리였다.

보통 키에 갈색 커트 머리가 아주 잘 어울리는 둥그스름한 얼굴의, 이목구비가 오밀조밀한 귀여운 인상의 여자였다. 20대 중반 정도. 약간 오동통한 체형에 비해 허리는 잘록했다. 무엇보다 그녀가 입고 있는 붉은색 옷이 낯익었다. 짐작이나 추측이 아니라 분명하게 기억하고 있는 옷이었다. 태평양의 유니폼.

찾았다! 여기가 내가 일하던 태평양이라는 가게다. 하지만 아직 이 여성에 대한 기억은 없다.

"그동안 어디 계셨었어요? 연락도 안 되고…." 그녀의 긴 속눈썹이 파르르 떨리며 금세 붉어진 눈시울에 눈물까지 맺혔다.

하지만 그녀의 행동을 이해할 수 없었다.

왜 울려고 하는 거지? 나하고 친한 사이였나?

나는 한 걸음 다가서며 물었다. "나를 잘 아세요?"

"그게 무슨 말씀이세요? 실장님…." 그녀의 눈에서 왈칵 눈물이 쏟아졌다.

누구보다 내가 더 당황하고 있다는 것을 그녀는 눈치채지 못한 것 같았다. 어떻게 말을 꺼내야 하나, 기다려야 하나 고민하고 있을 때 손님들 대여섯 명이 왁자지껄 떠들며 카운터로 다가왔다. 그녀는 몸을 돌리고 재빨리 앞치마로 눈물을 찍어내고는 한 손님이 내민 카드를 받아 계산하기 시작했지만 눈동자는 여전히 힐끔힐끔 나를 좇고 있었다.

계산을 마친 그녀는 손님들이 모두 나가고 문이 닫히는 것까지 확인한 다음 앞치마를 벗어 카운터 아래쪽에 던져 넣고 홀 쪽에 대고 외쳤다. "이모, 카운터 잠깐만 봐주세요!"

홀 쪽에서 대답이 들리지도 않았는데, 카운터를 돌아 뛰어나온 여종업원이 내 소맷자락을 덥석 붙잡았다.

"실장님, 우리 나가서 얘기해요."

"왜요?"

무언가로부터 급히 도망치는 것 같은 느낌이 들어 너무 당황스러웠다.

그녀가 홀 쪽을 힐끔거리며 재촉했다. "실장님, 빨리요!"

갑자기 왜 이러나 당혹스러웠지만, 그럴만한 이유가 있을 거라고 여기며 잠자코 따라갔다. 그녀가 나를 데리고 간 곳은 '태평양'을 나와 왼쪽으로 20여 미터쯤 가서 막 모퉁이를 돌면 나오는 '커피 플래닛'이라는 작은 카페였다.

그녀는 나에게 물어보지도 않고 아이스 아메리카노 두 잔을 주문한 뒤 내 팔을 잡고 가장 구석 자리로 갔다. 그리고 의자에 앉자마자 고개를 깊숙이 숙이더니 말문을 열었다.

"실장님, 정말 죄송해요. 언니를 자살하게 만든 회사 회장이 우리 가게까지 인수했지만, 저야 어디 당장 갈 데도 없고 해서요. 정말 죄송합니다."

언니라는 사람은 내 아내 은정이를 말하는 거 같고 회장이라는 사람은 정순철. 그렇다면 그 인간이 태평양을 인수했다는 말인 것 같은데… 그렇다고 나한테 이렇게까지 미안해할 필요가 있나?

"거기 태평양인가 하는 가게 사장이 혹시 나랑 잘 아는 사람인가요?"

"그게 무슨 말씀이세요? 실장님 가게잖아요!" 그녀는 흰자위가 훤히 드러날 정도로 눈을 크게 떴다.

내 가게였다고? 우편물에는 실장이라고 되어 있었는데. 실장이 사장이라고?

제대로 들은 건지 확인해야 했기에 나는 떠오르는 대로 물었다. "내 가게였다고요? 그런데 내 가게를 어떻게 그 회장이?"

그 순간, 머릿속에서 또 하나의 퍼즐이 맞춰지는 게 느껴졌다. 기억 속의 정순철이라면 충분히 그러고도 남을 인간이었다.

나를 물끄러미 바라보던 그녀가 의아하다는 표정으로 입을 열었다.

"근데 실장님 목소리가 좀…?"

나는 반사적으로 큼큼큼, 몇 번 헛기침을 하고 입을 열었다. "목감기에 걸린 건지 요즘 계속 목이 아프네요." 실은 기억이 돌아오기 시작하면서부터 목이 칼칼하고 답답한 느낌이 좀처럼 가시질 않았다.

눈앞의 이 여자는 내 평소 목소리까지 알고 있다는 건가? 그렇다면 그만큼 가까운 사이였다는 말인데. 눈물은 또 뭐고?

그녀는 약은 꼭 챙겨 먹으라면서 서둘러 말을 이었다. "오래 자리를 비울 수가 없어서 그러는데요. 실장님이 술 드시고 회장님을 죽이겠다고 난리 치셨던 그날 있잖아요…."

'그날!'이라는 말에, 순간적으로 기억의 파편 하나가 눈앞에 펼쳐졌다.

점멸하는 붉은빛과 푸른빛이 유리벽에 비치고 있다. 그 너머로 휘청거리는 내가 사시미칼을 들고 허공에 휘두르며 "그 새끼는 내가 죽여버릴 거야!"라고 고함치고 있다. 비틀거리는 모양새나 눈을 껌벅거리는 것으로 봐서 술에 취한 모양이다.

"그래요, 기억이 나요." 나는 그녀의 눈을 바라보며 말했다.

"아이스 아메리카노 두 잔 나왔습니다!"

소리가 들려온 곳을 보니 카운터 뒤에 있는 카페 점원이 이쪽을 보고 있었다.

"실장님, 잠깐만요."

그녀는 잰걸음으로 커피 두 잔이 담긴 쟁반을 들고 와서 하나는 내 앞에 놓고, 나머지 하나를 들더니 목이 타는지 빨대를 빼고 몇 모금 들이켜고는 말을 이어갔다. "실장님이 갑자기 사라지고 나서 얼마 지나지 않아 경숙이 이모한테 연락이 왔어요. 회장님이 가게를 인수했다면서, 다시 와서 일하라고요. 다른 종업원들은 거의 다 바뀌었는데 저하고 주방 경숙이 이모 둘만 남았어요. 죄송합니다." 하고 고개를 숙이던 여종업원이 갑자기 얼굴을 들었다. 뭔가 생각났다는 표정으로, "실장님, 수아는요? 수아는 잘 있어요?"

그녀의 입에서 딸아이의 이름이 나왔다. 아직 이 여자에 대한 기억은 떠오르지 않지만 이 여자는 수아도 알고 있다. 그렇다는 것은 이 여자와 내가 분명히 아주 가까운 사이라는 뜻이다. 그것도 좋은 의미에서.

나는 조금 더 솔직해지기로 했다. 내 가게를 빼앗아 간 정순철에 대한 정보를 얻기 위해서라도.

"나, 기억을 잃어버렸어요. 아주 조금씩 기억이 돌아오고는 있지만…."

"아, 그래서 아까부터 계속 이상한 말씀을 하신 거군요? 난 실장님이 왜 그러시나 했어요." 그녀는 안도하는 것 같기도 하고 안쓰러워하는 것 같기도 했다.

나는 상체를 약간 앞으로 기울였다.

"그럼, 태평양이라는 가게가 원래는 내 거고, 지금은 그 회장이 가져갔다?"

그녀는 말없이 턱을 까닥이더니 창가 쪽 테이블의 커플과 카페 점원들을 돌아본 뒤, 의자를 바짝 당기고 얼굴을 내밀며 목소리를 낮췄다. "실장님, 아무튼 조심하세요. 회장님도 그렇지만, 권력 쪽에 아는 사람들도 많은 것 같더라고요. 검사나 판사, 국회의원이나 정부 쪽 고위층 사람들하고도 친한 것 같아요. 조심하시라고 이 말만은 꼭 드리고 싶었어요. 실장님, 아무래도 저는 이만 가봐야 될 것 같아요. 죄송합니다." 고개를 깊숙이 숙이더니 그녀는 일어나려고 했다.

나는 재빨리 손을 뻗어 그녀의 손목을 잡았다. "잠깐만요. 궁금한 게 있는데." 다시 앉은 그녀와 눈이 마주쳤다.

"네? 말씀하세요."

나는 그녀의 두 눈을 빤히 바라보며 물었다. "그쪽하고 나는 무슨 관계죠?"

"네?" 그녀는 질문이 이해되지 않는다는 듯 눈을 똥그랗게 떴다.

"아까 처음 만났을 때, 나를 보고 울기도 하고 나한테 이렇게 친절하게 대해주고… 우리 혹시 연인 사이, 뭐 그런 관계였나요?"

나는 그녀의 입술을 주목했다.

그녀는 손사래까지 치며 "어머, 어머, 실장님, 무슨 말씀이세요? 연인 사이라뇨? 말도 안 되는…." 하며 허리를 곧추세웠다.

"그럼 나한테 왜 이렇게 잘해주는 건데요?"

그녀의 눈시울이 금세 붉어졌다. "우리 실장님, 어떡해…." 그녀는 소매로 눈물을 훔치고 말을 이었다. "실장님이 저 말고도 직원들한테 얼마나 잘해주셨는데요. 기억을 찾으시면, 제가 왜 이렇게 실장님을 걱정하는지 아시게 될 테니까요. 빨리 기억을 찾으세요. 맞다. 그리고 수아한테도 희야 이모가 보고 싶어한다고 꼭 좀 전해주세요."

수아를 마지막으로 본 게 언제였는지 물어보고 싶었지만 말을 삼키고 더 이상 캐묻지 않기로 했다. 그녀는 수아가 죽은 것을 모르고 있었기 때문이다.

말을 마친 그녀는 이마가 테이블에 닿을 정도로 머리를 숙이고 일어서더니 문 쪽으로 뛰듯이 걸어갔다.

카페를 나간 그녀가 유리벽 너머 오른쪽으로 사라질 때까지 나는 시선을 뗄 수가 없었다. 뜻밖의 사람을 만나서 잊고 있었던 많은 것을 알게 되었지만 뒷맛은 씁쓸했다.

앞에 놓인 유리잔을 들어 커피를 마셨다. 얼음은 녹아버렸지만 차가운 기운이 목을 타고 넘어가자 답답하고 칼칼했던 목구멍의 통증이 살짝 가라앉았다.

20분쯤 멀거니 앉아 있다가 카페를 나가서 번화가 뒷골목으로 접어들었다. 발길이 닿는 대로 걸으면서 입속으로 내 딸의 이름 '수아'를 되뇌었다. 인터넷 검색으로 아내의 죽음에 대한 기사는 찾을 수 있었지만 딸도 나도 실종 상태라는 게 마지막 기사였다.

조금 전에 만났던 그 종업원은, 나는 물론이고 아내와 딸하고도 정말 친한 사이였던 건 분명했지만 수아의 죽음은 모르고 있었다.

수아는 왜 죽은 걸까? 그리고 지금 어디 있는 걸까?

나는 딸의 죽음과 관련된, 어딘가에 숨어 있을 기억의 퍼즐 조각을 간절하게 찾고 싶었다. 하지만 기억은 원한다고 떠올릴 수 있는 것이 아니었다. 아내의 향수 냄새를 맡으며 몇 번이고 수아와의 기억을 되살려보려고 했지만, 아내의 경우하고는 달리 지금까지 떠올랐던 기억들 말고 새로운 기억은 하나도 떠오르지 않았다.

나는 머릿속을 헤집어가며 발길이 닿는 대로 걷고 또 걸었다. 한강이 가로막기에 다리도 건넜다. 그러고도 한참을 걷다가 하늘을 올려다보니 어느새 해는 사라지고 없었다.

핸드폰을 꺼내 봤다. 오후 7시 38분이었다. 주위를 둘러봤다. 전혀 낯선 곳에 와 있었다. 나는 건대입구역이라는 지하철역 옆에 서 있었다. 문득 다리가 아프다는 사실을 깨달았다. 퇴원한 지도 얼마 안 됐는데 너무 많이 걸은 모양이었다.

집으로 돌아가 봐야 누가 기다리고 있는 것도 아니고, 다리도 쉬어 갈 겸 근처 골목으로 들어갔다. 대학 근처라서 그런지 저렴한 안주의 술집이 즐비했다. 술집 몇 군데를 둘러보다가 가장 한산해 보이는 '형제 호프'라는 술집으로 들어갔다. 열 개 정도의 테이블 가운데 세 개의 테이블에만 손님이 있었다. 나는 구석 창문 옆 테이블에 자리를 잡았다.

두 시간쯤 지났을까. 창문 너머로 뭐가 그리도 즐거운지 깔깔거리며 지나가는 한 무리의 젊은이들이 보였다. 대학생으로 보이는 그들을 눈으로 좇으며 나는 500cc 생맥주를 벌컥벌컥 들이켰다. 마른안주를 시켜놨지만 거의 손도 대지 않았다. 취기로 달아오른 오른쪽 뺨이 이따금 실룩일 때마다 주먹으로 문질렀다. 풋, 잇새로 웃음이 흘러나왔다. 웃고 있다는 사실이 하도 어이가 없어서 왜 웃음이 나온 건지 생각해봤지만 이유는 알 수 없었다.

그때, 부르르 핸드폰이 진동했다. '1'(상담사)로부터 걸려온 전화였다.

지금 내가 이 세상에서 유일하게 기댈 수 있는 사람이었다.

"상담사님~?" 반가운 마음에 목소리가 한 톤 높아졌다.

"김동현 님, 술 드셨습니까?" 상담사의 목소리는 평소와 달리 차가웠다.

"네, 생맥주 몇 잔이요. 근데요, 정신은 멀쩡합니다." 흐흐흐, 배시시 웃음이 새어 나왔다.

"술은 너무 많이 드시면 안 됩니다. 지금 김동현 님의 상태에서는 현실과 상상을 구별할 수 없게 될 수도 있습니다."

아무리 좋은 말도 자꾸 들으면…. 얼굴이 일그러지는 게 느껴졌다. 전화를 끊고 싶어져서 대충 내뱉듯이 말했다. "적당히 마시고 잠이나 자려고요."

"김동현 님, 제가 술을 너무 많이 마시지 말라고 하는 이유는요, 술을 마신 상태에서는 같은 충격에도 쉽게 무너질 수 있기 때문입니다. 그러니까 특히 술은 주의해야 합니다."

잔소리처럼 들렸다. 술을 매일 마시는 것도 아니고 어쩌다 한잔한 건데. 그리고 아내와 딸이 모두 비참하게 살해당했다는데. 하물며 딸이 왜 그리고 어떻게 죽었는지도 모르는 아빠의 마음을 상담사라는 양반이 알기나 하고 떠드는 건지 갑자기 짜증이 밀려왔다.

"네…네… 딱 한 잔만 마시면 되잖아요? 앞으로는 딱 한 잔만 마실게요! 딱 한 잔만!… 네… 네… 네, 알겠습니다…."

상담사의 말을 한 귀로 흘려들으며 건성으로 대답하다가 핸드폰을 귀에서 떼어 내려다보곤 소리 없는 웃음을 흘렸다. 그러고는 손을 치켜들고 카운터를 향해 큰 소리로 외쳤다. "여기요. 생맥주 500 하나요! 딱 하나만 주세요!"

솔직히 들을 테면 들으라는 마음이었다. 크게 콧숨을 내뿜고 통화종료 버튼을 누른 뒤 핸드폰을 팽개치듯 테이블 위에 던져버렸다. 그리고 500cc 잔을 들어 남은 맥주를 입에

다 쏟아부은 다음 맥주잔을 탕 소리가 나게 내려놓았다. 꺼억, 트림이 올라왔다.

정체를 알 수 없는 덩어리가 가슴 한구석에서 꿈틀거리는 것을 느끼며 입술 위에 묻은 거품을 손등으로 쓰윽 닦았다.

창밖으로 눈길을 돌리니 건너편 술집의 문이 열리는 게 보였다. 술에 취한 젊은이들이 비틀거리며 와자지껄 떠들면서 나오고 있었다.

술에 취해 비틀거리는 한 청년에게 눈길이 머무는 순간, 그 위로 내 모습이 겹쳐 보이는가 싶더니 순식간에 과거의 한 장면이 되살아났다.

오늘 만난 그녀가 말했던 그날의 기억이었다!

경찰차의 사이렌 소리가 들리는 가운데 유리벽을 통해 들어온 붉고 푸른 경광등 불빛이 태평양 홀 안을 쓸어내리듯 점멸하고 있었고, 나는 사시미칼을 허공에 휘두르며 난동을 부리고 있었다. 제복 차림의 경찰관들이 다가오자 나는 칼을 바닥에 내던졌다. 그런데도 불구하고 경찰관들은 내게 달려들어 뒷목을 우악스럽게 누르며 바닥에 엎어뜨리고 거칠게 제압했다. 나는 절규했다. "여긴 내 가게고, 짐승만도 못한 놈에게 화가 나서 소리 좀 친 건데 왜 이러는 거예요?"

경찰관의 손이 우악스럽게 내 얼굴을 짓누르자 나는 몸부림치며 소리쳤다. "그냥 나 좀 내버려두라고요! 제발!"

"김동현 씨, 당신을 폭행죄로 체포합니다. 당신은 변호사를 선임할 수 있고 묵비권을 행사할 수도 있습니다." 등 뒤로 틀어 올려진 내 두 손에 수갑이 채워졌다.

"이거 놔! 난 아무도 해친 적이 없어! 이거 놔!"

내 두 눈은 분노로 일그러졌고 입에서는 끈적끈적한 침이 튀어나와 턱을 타고 흘러내렸다.

술집에서 나온 나는 큰길로 나가서 택시를 잡아탔다. 택시를 타고 가는 내내 조금 전에 떠올랐던 기억의 다음 부분을 떠올려보려고 애썼다. 하지만 취기 때문인지 기억은 분노로 부릅뜬 눈 부분에서 끊겨 그다음으로 이어지지 않았다.

차창 너머로 멀리 15단지가 다가오고 있었다. 속이 메슥거려 찬 바람이나 쐬면서 걸어가려고 세워달라고 했다. 15단지 정문 앞에 택시가 섰다. 5만 원짜리 한 장을 택시 기사에게 건네고 뒷문을 열었다. 거스름돈을 주기에 받아서 양복바지 주머니에 쑤셔 넣는데 천 원짜리 한 장이 삐져나와 길 위에 떨어졌다.

내가 내리자 택시는 떠나갔다. 떨어진 천 원짜리 지폐를 주우려고 허리를 숙이다가 휘청 중심을 잃고 엉덩방아를 찧었다. 크크크… 허탈한 웃음이 입술을 비집고 새어 나왔다.

그대로 앉은 채 15단지 정문을 올려다보았다. 왠지 낯이 익었다. 여기는 살지 않으면서도 자주 왔었나? 우리 아파트 정문하고 비슷하게 생기지도 않았는데….

눈에 힘을 주고 15단지 안을 둘러봤다. 다른 가게들은 모두 문을 닫았는데 딱 한 곳만 전등을 밝히고 있었다. 마트였다. 나는 일어나서 엉덩이를 탁탁 털고 무언가에 이끌리듯 그 가게로 비척비척 다가갔다. 가게 앞 진열대에 과일들이 놓여 있었다. 나는 길게 한숨을 내쉬고 진열대 앞에 웅크리고 앉아서 빨간색 플라스틱 바구니에 담겨 있는 먹음직스러운 과일들을 바라보았다. 그 가운데 큼지막한 사과가 유난히 탐스럽게 보였다.

가만히 있으려고 해도 자꾸만 흔들거리는 몸을 굽힌 채 도어록에 눈을 들이밀고 0⋯5⋯2⋯9⋯*을 어렵사리 눌렀다. 띠리리리 문이 열렸다. 피식피식 웃음을 흘리며 집 안으로 들어섰다. 한 손에는 묵직한 검은색 비닐봉지를 들고 있었다.

휘적휘적 복도를 따라 걸어가서 거실 모퉁이의 스위치를 누르자 주방 안쪽의 불이 켜졌다. 비척비척 주방 쪽으로 가서 비닐봉지를 식탁 위에 내려놓고 양복 상의를 벗어 식탁 위에 던졌다. 그러고 나서 봉지 안에서 큼지막한 사과 한 알을 꺼내 들었다. 입을 쩍 벌리고 크게 한번 베어 물려다가 '아차, 깎아 먹어야지.' 하고는 입을 다물고 씽크대 앞에 웅크리고 앉았다.

씽크대 아래 수납장을 열자 문 안쪽 칼꽂이에 꽂혀 있는 다양한 칼들이 보였다. 사과 껍질을 깎기에 적당한 칼을 찾고 있는데, 10센티 정도 되는 칼날 부분만 알루미늄 호일로 싸인 작은 칼이 유달리 눈에 띄었다.

"응?"

그 작은 칼을 꺼내 들고 내려다보고 있자니 불현듯 '내 손이 이 칼의 칼날을 호일로 둘둘 감던 모습'이 머릿속을 스쳤다.

"어? ⋯왜?"

허리를 세우고 눈을 끔벅이며 자문해봤지만 기억나는 건 그게 전부였다.

"뭐야? 씨⋯."

술 때문인지 머리도 멍한 것 같아서 오늘 기억 찾기는 여기서 끝내기로 했다.

나는 사과 한 알과 호일로 싼 칼을 들고 거실로 걸어가서 소파에 엉덩이를 걸친 채 칼날을 감은 호일을 벗겨냈다. 칼날의 모양이 조금 독특했다. 칼끝은 뾰족하고 칼등의 두께가 3밀리 정도로 두꺼운 편이었다. 잘 벼려진 칼날이 전등빛을 반사해 새하얗게 빛났다.

왼팔과 오른팔 와이셔츠 소매를 걷어붙이고 사과 껍질을 깎다 보니 괜히 일식 요리사가 아니구나 하는 생각이 들 정도로 칼날이 잘 나갔다.

소파에 몸을 파묻고 사과를 베어 물었다. 정말 말로 표현할 수 없을 만큼 상큼했다. 아삭아삭 아삭⋯ 입 한번 쉬지 않고 다 먹은 다음 남은 심지를 눈앞의 탁자 위로 툭 던졌다. 사과 심지가 호일이 벗겨진 작은 칼 쪽으로 굴러갔다.

13_나

우웅우웅 진동음이 들려왔다. 눈을 들어보니 바로 앞 나무 선반 위에서 핸드폰이 진동하고 있었다.

직사각형 나무 접시 위에 참치 살점을 가지런하게 올려놓고 있던 나는 핸드타월로 손을 훔치고 전화를 받았다.

"네, 태평양 김동현입니다."

핸드폰 너머에서 다짜고짜 반말이 날아들었다. "김동현, 너 이 새끼, 왜 자꾸 징징거리면서 귀찮게 하는 거야?"

나도 물러서지 않고 맞받았다. "뭐? 내가 귀찮게 한다고? 내 아내를 죽인 놈들을 내가 그냥 둘 것 같아!"

"이 새끼가 아직도 상황 파악이 안 되는 모양이네! 크크 크…." 그놈은 나를 비웃고 있었다.

"난 네놈들한테 내 아내를 죽인 벌을 받게 할 거야. 이 개 자식들아!" 핸드폰을 쥔 손에 저절로 힘이 들어갔다.

"빙신 같은 새끼가 주제 파악도 못 하고. 너 같은 새끼들은 항상 더 잃어봐야 정신을 차리더라고." 악마의 목소리는 예리한 날을 품고 있었다.

"뭐? 방금 뭐라고 했어!"

버럭 소리를 질렀지만 전화는 이미 끊긴 상태였다.

"왜요? 엄청 잘나가는 거로 알고 있는데? 이참에 아예 강남 한복판으로 진출하시려고요?" 부동산 중개인이 웃으며 말했다.

악마 놈한테 전화를 받은 그날, 브레이크타임 때 나는 가게 근처에 있는 부동산을 찾았다.

부동산 중개인은 큰 건을 물었다는 듯 광대를 치켜올리며 함박웃음을 지었다. 내 아내의 죽음에 대해 모르는 눈치였다. 내심 다행이라고 생각했다.

"아뇨, 당분간 일을 하기가 좀 어려워서요. 어디로 옮기는 건 아니고 가게만 내놓으려고요. 알아봐주세요."

내 말에 중개인의 얼굴에서 웃음기가 사라졌고 도저히 이해가 안 된다는 눈빛으로 이유를 물어왔다. 나는 일을 할 수가 없는 개인적인 사정이 있어서 그렇다며 에둘러 말했다. 한참 의미 없는 실랑이 끝에 중개인이 고개를 까닥였다.

"그래요. 제가 열심히 알아보고 잘 받아드릴게요. 워낙 장사가 잘되는 집으로 소문이 나서 권리금도 쏠쏠할 겁니다." 그렇게 말하며 중개인은 컴퓨터에 관련 정보를 입력하기 시작했다.

가게가 나가는 날까지는 영업을 해야 했기에 나는 밤늦게까지 일하고 아파트로 돌아갔다.

도어록에 비밀번호를 입력하고 현관문을 열고 들어서는데

이상하리만치 너무 조용했다. 중문을 열고 거실 안쪽을 살폈다. 그럴 리가 없는데 전등이 모두 꺼져 있어서 깜깜했다.

"수아야! 수아야!" 딸아이의 이름을 부르면서 아이의 방부터 안방, 놀이방, 욕실 그리고 베란다실까지 문이라는 문은 모두 다 열어봤지만 수아가 보이지 않았다. 심장이 비정상적으로 거칠게 뛰었다. 관자놀이 부근에서 핏줄이 움찔대는 게 느껴졌다.

아까 장모님이랑 통화했을 때 9시에 데려다주셨다고 했는데. 이 늦은 시간에 어디 간 거지? 갈 데가 없는데….

극도로 당황한 나는 떨려오는 손으로 핸드폰을 꺼내 '천사 수아'를 찾아 통화 버튼을 눌렀다. 전원이 꺼져 있다는 음성이 흘러나왔다.

"어?!"

부들부들 떨리는 손으로 착신 내역에서 '악마'로 저장되어 있는 번호를 찾아 그 번호로 전화를 걸었다. 이내 '귀하가 거신 전화번호는 없는 번호'라는 음성이 들려왔다.

"어?!!"

통화종료 버튼을 누르자마자 핸드폰이 진동했다. 입력되어 있지 않은 번호였다. 혹시나 하는 마음에 통화 버튼을 누르고 핸드폰을 귀에 갖다 댔다.

"어때? 잃을 게 또 있었다는 걸 알겠어?" 주방에서 통화했던 바로 그놈의 목소리였다.

"수아, 지금 어디 있어?" 내 목소리도 핸드폰을 들고 있는 손도 주체할 수 없을 만큼 떨리고 있었다.

"가게 내놨다면서? 그 대금 받으면 바로 보내. 그럼 네 딸은 보내줄게."

악마가 내 딸 수아로 흥정을 해왔다.

"이 사이코패스 새끼야! 수아는 건들지 마!"

크크크… 잠시 구역질 나는 웃음이 이어지더니 악마가 입을 열었다. "잠깐만, 참고로 나 사이코패스 아니야. 음식이나 만들고 칼질이나 하니까 대가리에 든 게 없어서 기본적인 상식도 없는 모양인데, 사이코패스는 말이야. 남, 그러니까 제삼자의 감정을 전혀 느낄 수 없는 사람을 말하는 거거든. 그런데 난 네놈 마음을 아주 잘 알 것 같아. 마누라도 죽었고 까딱 잘못하면 딸내미까지 죽을 수도 있다고 생각하니까 얼마나 분하고 억울하겠어. 어때? 내 말 맞지? 미쳐버릴 것 같지 않아? 나 같으면 못 참지! 크크크…." 악마는 이 상황을 마음껏 즐기고 있었다.

"이 개자식… 수아 손끝 하나라도 건들면 죽여버릴 거야!"

턱이 덜덜덜 떨리며 치아가 부딪히는 소리가 귓가에 울렸다.

"그래. 그건 네가 알아서 하고, 가게 빨리 팔고, 그 돈이나 보내. 어디로 보낼지는 돈 만들면 그때 알려줄 테니까, 그렇게 알고 있고. 근데 말이야, 시간이 별로 없어. 내일까지야! 내일! 딱 하루 줄 거야. 난 세상 물정 모르고 날뛰는 네놈의 시건방진 태도가 정말로 맘에 안 들거든."

"내일? 그게 말이 돼?"

"말이 안 되면 말고! 이 벌레 같은 새끼야!"

그 말을 마지막으로 전화가 끊겼다.

"오늘 안으로만 팔아주시면 됩니다. 제발 부탁입니다."

다음 날 아침, 나는 어제 방문했던 그 부동산으로 달려갔다.

"그래도 그게 가능할까 모르겠네. 아무리 잘나가는 가게 라고는 해도…."

확신하지 못하는 듯한 중개인의 태도에 한숨이 터져 나왔다.

"팔아만 주세요. 제발 팔아만 주세요! 오늘 안으로 꼭!"

"가격을 후려치면, 뭐 가능하긴 하겠지만…." 중개인은 말 끝을 흐리며 도무지 이해가 되지 않는다는 눈빛으로 내 얼 굴을 들여다봤다.

"얼마라도 상관없으니까, 오늘 안으로만 팔아주세요!"

"생각하시는 것보다 많이 후려쳐야 할 텐데…." 중개인은 여전히 미심쩍은 듯 혼잣말처럼 내뱉고 컴퓨터에 입력된 정 보에 '급매'라는 단어를 입력하면서 관심이 있을 만한 돈 많 은 부자들한테도 연락해보겠다고 했다.

태평양 홀의 벽시계가 오후 5시 50분을 지나고 있었다. 종업원들도 다 떠나버린 홀 안에는 정적만이 남아 있었다. 나는 문 바로 옆 테이블에 앉아 부동산 중개인의 전화가 오 기만을 기다렸다.

"오늘 안에 나가야 되는데…." 불쑥 내뱉은 혼잣말에 짙은 한숨이 묻어나왔다. 마냥 기다리고만 있을 수 없어 핸드폰 연락처에서 '부동산 사장님'을 찾았다. 그리고 막 통화 버튼 을 누르려고 하는 찰나, 전화벨이 울렸다. 중개인이었다. 나 는 얼른 통화 버튼을 눌렀다. "네, 김동현입니다."

"사장님, 다행히도 사겠다는 사람이 나타나긴 했어요. 그런데 시세보다 많이 적은데 괜찮겠어요? 현금으로 부탁한다니까 금방 가져왔더라고요. 그런데 이러면 사장님이 너무 많이 손해 보는 건데 정말 괜찮겠어요? 이건 아니다 싶어서 말이에요…." 중개인은 이 거래가 아무래도 합당하지 않다고 생각하는 모양이었지만 나는 괜찮다고 대답하고 금방 가겠다고 했다.

차르륵, 나는 가게 앞 셔터를 내렸다. 그리고 그 앞에 웅크리고 앉아 두 손으로 자물쇠를 꼭 감싸 쥐었다. 헤아릴 수 없는 상념이 머릿속에서 휘몰아쳤다. 지금의 태평양을 만들기 위해 보내온 세월, 요리에 바친 인생, 철들기 시작하면서부터 꿈꿔왔던 내 가게. 하지만 그 무엇도 내 딸 수아를 대신할 수는 없다. 나는 머리를 세차게 흔들어 들끓는 상념들을 떨쳐내고 자물쇠를 채웠다.

아파트로 돌아온 나는 소파에 걸터앉아 초조하고 불안한 마음을 달래며 핸드폰만 뚫어져라 바라보고 있었다. 마침내 전화벨이 울렸다. 떨리는 손끝으로 통화 버튼을 눌렀다.

"돈은?" 악마였다.

나는 침을 삼키고 최대한 목소리를 가다듬었다. "어디로 가져가면 되는데?"

"새벽 1시. 네가 사는 아파트 12단지. 네 아파트 502호가 있는 1202동 쓰레기 수거장, 고철 버리는 곳 옆에 놔둬."

"수아는?"

"아이는 1시 5분, 15단지 1505동 쓰레기 수거장에 둘 거야. 김동현, 1시 정각이야! 1시 전에 약속 장소에 들어와서 어슬렁거리면 우리 예쁜 수아하고 두 번 다시는 못 만나! 1시 정각! 그리고 네가 좀 멍청한 것 같아서 미리 말해두겠는데 경찰에 연락 안 하는 편이 좋을 거야."

"경찰? 씨발, 이제 아무도 안 믿어!"

"그래 그거야. 벌레가 이제야 세상을 좀 알기 시작한 모양이네. 진즉에 이렇게 나왔어야지. 빙신 같은 새끼! 크크크….." 악마는 마지막까지 비아냥거리며 나를 조롱했다.

나는 검정색 트레이닝복으로 갈아입은 뒤 짙은 감색 윈드브레이커를 걸치고 기다렸다. 나를 둘러싸고 있는 모든 세상이 더디게 움직이는 것만 같았다. 한 시간 같은 일 분이 흘러갔다. 그렇게 아주 천천히 밤은 깊어갔다. 자정이 넘자 창문 너머로 보이는 아파트 마당에도 인적이 뚝 끊겼다.

나는 주방으로 가서 싱크대 아래 문을 열고 칼꽂이에서 발골용 칼을 뽑았다. 그리고 호일로 칼날을 둘둘 감아서 윈드브레이커 주머니에 넣었다. 핸드폰 화면을 봤다. 새벽 12시 55분을 막 지나고 있었다. 현금다발을 담은 묵직한 스포츠 가방을 둘러멨다. 현관문을 열고 나가서 엘리베이터의 내려가는 버튼을 눌렀다. 엘리베이터는 1층에 서 있었다. 엘리베이터가 움직이는 기미가 없어서 버튼을 또 눌렀다.

고장인가? 설마하며 헉, 숨을 들이켜는데 엘리베이터가 움직이기 시작했다. 엘리베이터 문이 열리자마자 재빨리 1층 버튼부터 누르고 몸을 실었다. 엘리베이터에서 내린 나는 핸드폰을 꺼내 시간을 확인했다. 12시 57분이었다.

1202동 쓰레기 수거장은 동 입구에서 20미터 정도 떨어진 곳에 있었다. 무거운 가방을 메고는 있지만 달려가면 10초도 안 되는 거리다. 나는 "20초? 10초?" 중얼거리면서 시간을 따져봤다. 1시 전에는 나타나지 말라고 했던 그놈의 목소리가 계속 신경에 거슬렸다. 그렇다면 12시 59분 50초를 확인하고 나가야 정각에 가깝게 도착할 수 있다. 아니! 59분 52초나 53초가 더 맞을 것 같다.

나는 1202동 입구에서 핸드폰을 곁눈질하며 12시 59분 53초가 되기를 기다렸다.

12시 59분 53초!

스포츠 가방을 고쳐메고 쓰레기 수거장을 향해 쉼 없이 발걸음을 놀리며 시간을 확인했다. 59분 57초! 1시까지 3초 남았다. 바로 5미터쯤 앞, 쓰레기 수거장이 시야에 들어왔다. 일부러 천천히 걸으면서 조용히 숫자를 셌다. "하나 둘 셋." 정각 새벽 1시가 되는 것을 확인하면서 수거장 안으로 발을 디밀었다. 고철이 담겨 있는 마대자루 바로 옆에 스포츠 가방을 내려놓고 재빨리 주위를 살폈다. 깜깜했다. 그제야 센서 등이 들어오지 않았다는 것을 깨달았다.

고장 난 건가 아니면 그놈이 끊어놓은 건가? 아무려면 어떠랴.

수거장 밖으로 시선을 던졌다. 그 어떤 기척도 느껴지지 않았다. 나는 뛰어나가 12단지 정문을 향해 내달렸다. 정문을 지나 50여 미터 달리자 왼쪽으로 수아가 다니고 있는 초등학교가 시야에 잡혔다. 처음부터 너무 빨리 달려서 그런지 금방 숨이 찼다. 가쁜 숨을 몰아쉬며 초등학교를 지나쳤고 이어서 중학교를 지나쳤다. 다리에 힘이 들어가지 않아 심하게 후들거렸다. 이윽고 15단지 정문 옆 상가를 돌아 단지 안으로 들어섰다.

"1505동?"

문제는 1505동이 어디에 있는지 알 수가 없다는 거였다. 나는 재빨리 아파트 벽에 그려진 숫자를 찾았다. 정면으로 보이는 아파트 동의 벽에는 1501이 있었고 비스듬히 그 뒤로 1502가 보였다. 그럼 1505동은 그 뒤 어딘가에 있겠지?

그렇게 믿을 수밖에 없었다. 여유롭게 찾아볼 만한 시간은 없었다. 약간 경사진 오르막길이었다. 너무 긴장한 탓인지 온몸이 뻣뻣했고 산소가 부족하다고 폐가 비명을 질러댔다.

1503동을 지나치자 건물 벽면에 '1505'라는 숫자가 보이기 시작했고, 1505동 쓰레기 수거장이 저 멀리 시야에 들어왔다. 1초라도 빨리 도착하고 싶었지만 심장은 터져라 두방망이질을 해댔고 다리는 모래주머니라도 찬 듯 무거웠다.

마침내 쓰레기 수거장에 도착했다. 거친 숨을 내뿜으며 수거장 안으로 들어갔다. 핸드폰 화면을 내려다봤다. 새벽 1시 4분 30초를 막 지나고 있었다.

"수아야, 수아야, 수아야…."

딸의 이름을 부르면서 수거장 안, 구석구석을 뒤져봤지만 간절하게 기다리는 대답은 돌아오지 않았다. 높게 쌓여 있는 스티로폼 박스가 눈에 거슬려서 밀어 넘어뜨리고 헤쳐봤지만 거기에도 없었다.

악마가 돈 가방을 고철 옆에 두라고 했었다.

그렇다면 수아도?

"고철? 고철?" 중얼거리며 나는 고철 버리는 마대자루가 있는 곳으로 달려갔다. 마대자루 바로 뒤편 어둠 속에 뭔가가 있었다. 무릎 정도까지 오는 크기의 여행용 캐리어였다. 캐리어의 손잡이를 잡고 끌어봤다. 묵직했다.

일단 수거장 한가운데로 끌고 나오면서 주변을 둘러봤다. 그나마 달빛이 들어오는 곳으로 캐리어를 끌고 가서 조심스럽게 두 손으로 감싸 안고 바닥에 눕혔다. 손바닥에 온기가 전해져왔다. 나는 머릿속에 떠오르는 모든 것을 떨쳐버리려고 머리를 세차게 흔들었다. 그러고는 양손 엄지로 잠금 레버를 바깥쪽으로 밀었다. 비밀번호가 걸려 있는지 열리지 않았다.

"어?" 회색 여행용 캐리어 겉면에 '0529'라고 적혀 있는 빨간색 글자로 시선이 빨려 들어갔다.

"수, 수아 생일?"

빨간색 숫자로 향해 있던 내 눈동자가 갈 곳을 잃고 허우적거리기 시작했고 심장은 당장이라도 갈비뼈를 부러뜨리고 튀어나올 것처럼 격하게 요동쳤다. 끄아아아… 죽어가는 짐승이 낼 법한 소리가 입 밖으로 새어 나왔다.

나는 바들바들 떨리는 손으로 잠금 다이얼을 '0529'에 맞췄다. 그리고 양손 엄지를 잠금 레버로 가지고 갔다. 와들와들 떨리는 엄지로 잠금 레버를 바깥쪽으로 밀었다. 덜컹, 열렸다.

캐리어 안을 들여다봤다. 시신경이 거부한 탓일까 수아 같은데 아닌 것 같았다. 나는 여행용 가방 안으로 서서히 두 손을 뻗었다. 물컹한 게 만져졌다.

"수아야…."

수아 같은데 왜 대답을 안 하지?

녹슨 쇠 냄새가 났다. 나는 두 손을 빼서 내려다봤다. 손바닥에 붉은 액체가 흥건하게 묻어 있었다. 순간 눈앞이 캄캄해지더니 의식이 아득히 멀어져갔다.

14_나

번쩍 눈을 떴다.

나는 소파에 몸을 파묻고 앉아 있었다. 눈을 빠르게 깜박이며 주변을 둘러봤다. 아무리 생각해봐도 잠이 든 것 같지는 않았다. 분명히 깨어 있었다.

땀으로 축축하게 젖은 와이셔츠가 가슴팍과 등짝에 찰싹 달라붙어 있었다. 나는 등을 펴고 앉았다. 당황하면 심호흡을 하라는 상담사의 말을 떠올리며 심호흡을 하기 시작했다. 얼굴 양쪽 볼이 심하게 움찔거렸다. 모든 것을 부정하고 싶었지만 그러기에는 너무도 생생한 기억이었다.

"수아야… 수아야… 수아야…."

나는 딸의 이름을 중얼거리며 소파에서 벌떡 일어나 욕실로 달려갔다. 찬물을 틀어놓고 거칠게 세수를 했다. 얼굴 근육의 경련이 좀처럼 진정되지 않아서 샤워기를 틀어 쏟아지는 찬물을 머리에 뿌려댔다. 와이셔츠까지 흠뻑 젖자 차디찬 한기까지 더해져서 온몸의 떨림이 멈추지 않았다. 그래도 정신을 차리려면 추운 게 나을 것 같아 이를 꽉 깨물고 견뎠다. 나는 워리어(전사)라고 되뇌면서.

상담사를 처음 만났을 때, 그는 '정신적인 충격' 때문에 내가 기억을 잃었다고 했었다. 지금까지 되찾았던 모든 기억을 잃을 것만 같아 너무 두려웠다.

"그래, 이래서 기억을 잃었던 거야. 하지만 안 돼… 이번에는 안 돼… 다시 잊어버려서는 안 돼… 안 돼… 안 돼…." 일부러 소리 내어 웅얼거리며 머리를 세차게 내젓고 욕실에서 뛰쳐나가 핸드폰을 찾아 두리번거렸다.

핸드폰은 소파 앞 테이블 위에 있었다. 연신 심호흡을 하고 숨을 고르면서 벌벌 떨리는 두 손으로 핸드폰을 부여잡고 녹음하기 시작했다.

"그, 그놈들이 수, 수아를 내 딸 수아를…." 충격 때문인지 갑자기 목이 잠겨서 목소리가 나오지 않았다. 큼큼, 헛기침을 하고 깊이 숨을 들이마셨다가 천천히 내뱉은 다음 핸드폰을 입에 갖다 대고 목소리를 쥐어짜냈다. "그, 그놈들이 내, 내 딸, 내 딸 수아를… 그놈들이… 토, 토, 토막을…." 녹음을 잠시 멈추고 정신을 차리려고 눈을 크게 껌벅거리고 심호흡을 몇 번 반복하고 나서 다시 녹음을 이어갔다. "나, 나, 김동현은 이것을 꼭 기억할 겁니다. 다시는 잊어버리지 않을 겁니다. 무슨 일이 있어도 내 딸, 수아와 내 아내, 은정이를 기억할 겁니다! 다시는 잊어버리지 않을 겁니다!"

그때였다! "이 악마 같은 놈들아!" 법정에서 외치던 아내의 절규가 귓가에서 되살아났다. 곧이어 금속판을 송곳으로 긁는 듯한 기괴한 소리가 뇌수를 울리며 기억의 파편들이 정수리를 꿰뚫고 들어왔다.

법정 안이었다. 퇴정하던 사각턱의 판사가 이쪽을 돌아봤다. 그런데 투명인간이라도 대하듯 무시하고 눈도 마주치지 않던 그가 정순철을 보더니 한쪽 입꼬리를 올리고 씨익 웃어 보였다.

법정은 순식간에 사라지고 '조사실'이라는 명판이 나타났다. 큭큭거리는 웃음소리가 가까워지더니 문이 열리고 핸드폰을 귀에 댄 은테안경을 쓴 검사가 나왔다. 뾰족한 턱을 쳐들고 낄낄거리고 있다. 그 뒤로 따라 나온 아내가 서류봉투를 검사에게 건넸다. 하지만 그는 통화에만 집중할 뿐 건성으로 서류봉투를 받아 옆구리에 낀 채 아내한테는 눈길 한 번 주지 않고 키득키득 웃어젖히며 성큼성큼 멀어져갔다.

복도의 모양과 색깔이 바뀌며 대망그룹 본사 로비가 나를 둘러쌌다. 조롱 섞인 웃음소리가 위에서 내려왔다. 올려다보니 얼굴에 기름기가 번들거리는 정순철이 새하얀 이빨을 드러내고 내려다보면서 히죽거리고 있다. 마치 하찮은 벌레라도 보듯이.

회사 로비를 비추고 있던 햇살이 순식간에 사라지고 어두침침한 공간이 나를 가로막았다. 안치실이었다. 누군가의 손이 하얀 시트를 걷어내자 얼굴의 반쪽이 날아가고 없는, 핏기 하나 없이 잿빛으로 변해버린 아내의 얼굴이 드러났다. 나는 손을 뻗어 그녀의 뺨을 만졌다.

차갑고 딱딱한 감촉이 손끝에서 되살아났다.

"은정아, 은정아…." 어금니를 악물고 주먹을 불끈 쥐었다. "이 개자식들…."

나는 녹음 파일을 전송하려던 손을 멈췄다. 그리고 파일 '삭제' 버튼을 눌렀다. '삭제하시겠습니까?'라는 메시지가 뜨자 '확인' 버튼을 눌렀다.

나는 주방으로 달려가 식탁 위에 던져놓던 양복 상의 안주머니에서 볼펜을 꺼내고, 아무렇게나 굴러다니는 우편물 몇 장을 손에 쥔 채 안방으로 달려 들어갔다. 아내의 화장대 앞에 앉아 스탠드 등불을 켜고 한 손으로 머리카락을 쥐어뜯으며 떠오르는 이름들을 하나씩 우편물 가장자리 빈 곳에 적어나갔다.

'이기우, 최00, 정순철, 정순철 비서?'

볼펜을 내려놓는 순간, 금속을 긁는 듯한 기괴한 환청이 고막을 파고들었다. 머리가 깨질 것 같아 신음을 내뱉으며 두 손으로 머리를 감싸 잡았다. 날카롭게 날이 선 기억의 파편들이 머릿속에서 소용돌이를 일으켰다.

희끄무레한 파편 하나가 망막에 맺혔다.

핑크색 리본을 단 하얀 곰 인형, 수아가 가장 좋아하는 인형이었다. 손을 내밀면 잡을 수 있을 듯이 생생했다. 곰 인형 위로 걸려 있는 옷들이 시야 가장자리에 걸렸다. 작은 옷들이. 수아의 옷이었다. 그 옷들 사이로 보일 듯 말 듯 사진 같은 게 어른거렸다.

"응?"

나는 수아의 방 안으로 달려 들어가서 전등을 켜고 딸아이의 옷장 문을 열어젖혔다. 핑크색 리본을 단 하얀 곰 인형이 서랍(무릎 정도 높이의) 바로 위에 놓여 있었다. 곰 인형을 들어 가슴에 꼭 끌어안았다. 그 순간 길쭉하고 날카로운 날붙이가 등을 파고들어 심장을 꿰뚫고 나가는 듯한 통증이 치달렸다. 지금까지 한 번도 느껴보지 못한 아픔이었다. 가슴을 움켜잡았다. 왈칵 눈물이 솟았다. 흐려진 시야로 어두운 옷장 안, 걸려 있는 작은 옷들 사이로 얼핏 사진 같은 게 보였다.

나는 수아의 옷들을 손에 잡히는 대로 걷어내서 아이의 꽃무늬 침대 시트 위에 던져놓았다. 그러고 나서 옷장 안을 살폈다. 그 안쪽에는 화이트보드가 세워져 있었는데, 그 위에 이기우, 최00, 정순철, 정순철의 비서로 보이는 남자의 얼굴 사진과 프린트된 성폭행 사건 관련 기사들, 딸아이의 시신이 들어 있던, 군데군데 검붉은 핏자국이 묻어 있는 여행용 캐리어 사진과 빨간색 매직펜으로 '0529'라고 적힌 트렁크 겉면 사진 그리고 뭔가를 손으로 그린 듯한 그림이 붙어 있었다. 그 그림은 언뜻 보기에 무슨 설계도처럼도 보였다.

얼굴 근육이 심하게 떨리고 있다는 게 느껴졌지만, 이를 악물고 신음을 토해냈다.

"저번에도 여기까지는 왔었구나! 여기까지는 왔었어. 이번에는 절대로 실패하지 않을 거다! 이 악마 놈들아!"

심장이 목구멍으로 튀어나올 듯 펄떡거렸다. 쏟아져 흐르는 눈물을 참으려고 눈을 꼭 감았지만 눈물은 눈꺼풀을 비집고 흘러내렸다.

"흔들려서는 안 돼!" 머리를 천천히 내저으며 주문처럼 되뇌었다. "흔들려서는 안 돼! 흔들려서는 안 돼!…."

눈을 감고 숨을 고르며 심장의 고동이 가라앉기를 기다렸다. 몇 분이나 그러고 있었을까. 한참이 지나서야 눈물이 멈췄다. 눈을 뜨고 화이트보드에 붙어 있는 악마들의 사진을 바라보았다. 그리고 보이지 않는 조각칼로 한 명 한 명의 얼굴을 머릿속에 새겨 넣었다. 내게서 모든 것을 앗아간 악마들의 얼굴을.

별안간 웩웩, 토악질이 올라왔다. 손으로 입을 막았다. 시큼한 냄새가 목구멍을 타고 올라왔다. 속이 울렁거리고 머리가 지끈거렸다. 조금 전의 통증과는 또 다른 느낌이었다. 그제야 내가 과음을 했었고 숙취가 남아 있다는 것을 깨달았다.

그 순간, 상담가가 했던 말들이 또렷하게 귓가에 울렸다. 찾았던 기억의 일부도 잃을 수가 있다고 했었다. 특히 어제는, 술을 많이 마시면 같은 충격에도 쉽게 무너질 수가 있다고도 했었다. 만에 하나 방금 떠올랐던 내 딸 수아의 비참한 죽음에 대한 기억을 잃어버리고 다시 마주하게 된다면 그때는 과연 이겨낼 수 있을까? 이겨낼 수 있다고 자신할 수 있을까? 돌이켜 보건대 정말 간신히 버텨냈다.

나는 거실로 달려 나갔다. 냉장고 문을 열고 그 안에 있던 소주를 모두 꺼내 뚜껑을 따고 싱크대에 부어버렸다. 닥치는 대로 캔 맥주도 꺼내서 따고 싱크대에 부어버린 뒤 와작와작 캔을 구겨버렸다. 빈 병과 찌그러진 캔들을 모아 쓰레기통에 버리고 거실 쪽으로 시선을 돌렸다. 소파 앞 테이블 위에 호일이 벗겨진 발골용 칼이 놓여 있었다.

그래, 가축의 뼈를 바르는 발골용 칼이었어.

성큼성큼 걸어가서 그 칼을 집어 들었다. 예리하게 날 선 칼날이 전등 빛에 닿아 반짝반짝 빛났다.

칼날을 내려다보며 생각을 정리해보았다.

지난번 기억을 잃기 전의 나는 내 딸 수아의 비참한 죽음이라는 충격을 이겨내고 악마들에 대한 복수까지 준비했었다. 그런데 결국 모든 기억을 잃었다. 왜? 무엇 때문에? 내 딸의 비참한 죽음보다 더 큰 충격이 있었던 걸까? 물론 그럴 수도 있을 것이다. 하지만 도저히 그 이상의 충격은 상상할 수도 없을 것 같았다. 어떤 충격이 또 나를 기다리고 있다는 걸까?

그 어떤 충격이 기다리고 있든 이번에는 복수해야 한다. 반드시! 다시 기억을 잃기 전에!

나는 수아의 방으로 돌아가서 옷장 속의 화이트보드를 응시했다. 화이트보드에 붙어 있는, 손으로 그린 그림이 시신경을 자극했다. 그림을 떼어내서 유심히 살펴봤다. 그림의 각 부분에 각각의 명칭도 적혀 있었다. 건물 천장을 가로지르는 평행한 두 개의 철제 빔 아래로 작두가 거꾸로 매달려 있고, 작두 아래에 가느다란 낚싯줄이 그려져 있고, 그 낚싯줄을 따라가보면 날카로운 끝을 아래로 해서 매달린 20킬로그램짜리 쇠말뚝이 있고, 그 아래 사람의 머리 모양이 그려져 있고 거기에 악마라고 적혀 있었다.

처형대라는 느낌이 강하게 들었다. 한번 올라서면 되살아나갈 수 없는 그런 처형대!

그림에는 명칭뿐만이 아니라, 이 덫을 만들기 위해 필요한 도구들과 그 도구들을 구입할 수 있는 전문 조리기구 판매점, 철공소, 낚시용품 전문점 등 구입처 그리고 중고 트럭 전문 매장, 임대 창고의 연락처와 주소까지 상세하게 적혀 있었다.

그림을 접어 바지 주머니에 넣고 화이트보드에 붙어 있는 네 악마의 얼굴을 하나하나 노려보았다. 웩, 또 구역질이 올라왔다. 식도를 타고 올라온 쓰고 시큼한 액체를 꿀꺽 삼켰다. 거칠게 실룩이던 뺨의 경련은 어느새 사라지고 없었다.

15_나

이른 아침부터 움직였다. 오늘 할 작업을 생각해서 주머니가 많이 달린 카키색 카고 바지에 검정색 긴팔 폴로셔츠를 입고 그 위에 회색 면 잠바를 걸치고 집을 나섰다. 아파트를 둘러싸고 있는 군청색 금속 울타리를 따라 걷다가 택시를 잡아타고, 가장 먼저 중고 트럭 전문 매장으로 가서 1.5톤 중고 냉동 탑차를 현금으로 구입한 뒤 그 차를 운전해서 전문 조리기구 판매점으로 향했다.

매장 카운터 위에 사시미칼 두 자루와 고기를 다질 때 쓰는 큼직한 쇠망치, 아이스 픽, 참치 등 대형 어류 운반용 대형포대, 비닐 앞치마, 비닐 토시, 고글 등을 올려놓고 주인에게 현금을 건넸다.

얼굴 근육의 실룩거림도 전혀 없었다. 스스로 생각해도 놀라우리만치 차분했고 어떠한 동요도 느껴지지 않았다.

"손님, 물건 볼 줄 아시네. 경력이 좀 되시나 봐요?"

판매점 사장이 넉살 좋게 말을 걸어왔지만, 나는 구입한 물건들에 시선을 못 박은 채 아무런 대꾸도 하지 않았다.

"10년? 20년? 손님이 동안이시라 감을 못 잡겠네. 참치 가게 하시나 봐요?"

"물건이나 싸주세요." 나는 퉁명스럽게 대꾸했다. 그 누구와도 말을 섞고 싶지 않았다.

다음으로 찾은 곳은 낚시용품 전문점이었다. 거기서는 상어나 다랑어를 잡을 때 쓰는 대형 어류용 낚싯줄과 슬리브, 대형 어류용 낚싯바늘, 조업용 가죽장갑, 그리고 황금색 낚시 방울 두 개를 샀고 역시 현금으로 계산을 했다.

설계도에 적혀 있는 철공소는 충청북도 청명읍에 있었기 때문에 조금 멀리 이동해야 했다. 하지만 멀리 간 보람이 있었다. 딱 알맞은 크기와 모양의 쇠말뚝, 작두, 바이스, 철사, 전동 톱을 구입할 수 있었다.

철공소를 뒤로하고 임대한 창고로 올라가는 길에 가구 전문점에 들러 원목 테이블, 철제 의자 세 개, 야전용 간이침대, 편백나무 목침을 구입하고, 잡화점에서 전동드릴과 검정색 케이블 타이 스무 개, 10개들이 수건 한 세트를 사는 것으로 쇼핑을 마쳤다.

어스름이 깔리기 시작할 무렵, 나는 사방이 콘크리트 벽으로 막히고 대형 냉동고 두 대가 있는 스무 평 남짓한 그다지 크지 않은 창고 안에 있었다. 이 창고는 3개월 동안 쓰기로 하고 임대료를 선불로 지급했다.

가장 첫 작업으로, 창고 문 옆에 놓여 있던 철제 선반을 밀어서 창고를 두 개의 공간으로 나누었다. 손님들을 맞을 넓은 공간과 나 자신만의 좁은 공간으로.

그러고 나서 구입해 온 도구들을 철제 선반에 가지런히

정리했다. 도구 정리를 마치고 화이트보드에 붙어 있던 처형대의 설계도를 보면서 순서대로 작업을 진행해나갔다.

날을 아래로 향하게 하여 작두를 천장 한가운데 매달아야 했기에 웬만한 충격에는 닫히지 않도록 작두 손잡이를 최대한 활짝 벌리고, 있는 힘껏 발로 밟아 벌린 상태에서 작두를 뒤집어놓고, 칼날과 나무 받침대가 맞물린 곳의 받침대 쪽에 전동드릴로 작은 구멍을 뚫었다. 그리고 그 구멍에 손가락을 넣어 들어보았다. 나무 받침대 쪽이 너무 무거운지 균형이 맞지 않았다. 그제야 전동 톱이 왜 준비물에 포함되어 있었는지 알 것 같았다. 나는 선반에 놔뒀던 전동 톱을 가지고 와서 나무 받침대 부분을 몇 번이고 잘라내며 균형을 맞춰나갔다. 마침내 작두날이 ㅅ 자 형태로 벌어진 채 균형을 이루었다.

전동드릴로 뚫은 구멍에 낚싯줄 하나는 오른쪽에서 끼우고, 다른 하나는 왼쪽에서 구멍에 끼워 넣어 풀리지 않도록 꽁꽁 묶었다. 그리고 황금색 낚시 방울 두 개를 철사로 묶고 드릴로 뚫은 구멍에 매달았다. 이것으로 작두 부분은 완성이 됐다. 다음으로 작두에 묶은 낚싯줄을, 창고의 천장 한가운데를 평행으로 가로지르고 있는 두 개의 철제 빔 너머로 넘겨, 작두를 허공에 매다는 작업으로 옮겨갔다.

낚싯줄 끝에 낚싯바늘을 연결하고, 바늘에 고글(낚싯줄로 칭칭 감아 공 모양으로 만든)을 매달아 평행한 두 개의 철제 빔 가운데 문 쪽에 가까운 빔과 천장 사이로 던져 걸었다. 빔과 천장 사이의 좁은 틈으로 정확하게 던져 넣어야 했기에 열

번 넘게 실패한 끝에 간신히 걸 수 있었다. 마찬가지로 같은 작업을 되풀이하여 문 쪽에서 먼 빔에도 낚싯줄을 걸었다.

그런 다음 한쪽 낚싯줄을 쇠말뚝에 묶어 고정하고, 다른 한쪽 낚싯줄을 잡아당겨(낚싯줄이 미끄러질 수 있어서 당길 때는 조업용 장갑을 꼈다) 어느 정도 작두를 허공에 띄우고, 이번에는 잡아당겼던 낚싯줄을 또 다른 쇠말뚝에 고정하고 다른 쪽 낚싯줄을 당기는 식으로 위치를 바꾸어가며, 마침내 뒤집어진 작두를 천장 가운데 매다는 데 성공했다.

온몸이 땀범벅이 되고 진이 다 빠졌지만 작업을 멈추지 않았다. 이제 쇠말뚝만 매달면 된다.

쇠말뚝을 매달아야 하는 철제 빔(문 쪽과 문 맞은편 쪽에 있는 두 개의 빔)은 작두를 매단 철제 빔들과 평행하지만 천장에서 훨씬 낮은 위치에 있었기 때문에 빔에 낚싯줄을 거는 건 그다지 어렵지 않았다.

조업용 장갑을 낀 나는 창고 벽으로부터 2미터가량 떨어진 곳에서 벽을 등지고 서서 맞은편을 바라보았다. 맞은편 벽으로부터 2미터쯤 떨어진 곳에 놓아둔 철제 의자 위에 쇠말뚝을 올려놓은 상태였다.

나는 천장에서 아래로 수직으로 늘어뜨려진 낚싯줄(천장을 횡으로 가로지르는 철제 빔에 걸려 있는)을 오른손으로 세 번 휘감고 왼손은 거들면서 힘껏 낚싯줄을 수직으로 잡아당겨 내렸다. 팔뚝에 힘줄이 불거졌다. 중력을 거스르는 방향으로 끌어당기는 낚싯줄은 천장 아래 있는 철제 빔에 걸려 맞은편으로 팽팽하게 이어졌고, 맞은편 철제 빔 너머에 매달려 있는 20킬로그램짜리 쇠말뚝을 끌어올렸다. 쇠말뚝이 철제 의자를 떠나 허공으로 올라가기 시작했다.

나는 있는 힘껏 낚싯줄을 당겼다. 당기는 만큼 쇠말뚝은 공중으로 올라갔다. 그리고 당길 때마다 투둑투둑 낚싯줄이 쓸리며 철제 빔에서 미세한 먼지가 일었다. 쇠말뚝이 철제 의자에서 2미터쯤 올라갔다 싶던 순간, 뚝 낚싯줄이 끊어졌고, 쇠말뚝의 날카로운 끝이 철제 의자를 뚫어버렸다.

"한 가닥으로는 못 버티네⋯."

허탈한 마음을 달래며 나는 낚싯줄을 거둬들였다. 결국 낚싯줄 두 개를 꼬아서 쇠말뚝을 공중에 매달았다. 아주 작은 자극에도 끊어질 듯 낚싯줄은 쇠말뚝의 무게를 간신히 버텨내고 있었다.

우여곡절 끝에, 처형대는 자정이 한참 지나서야 완성할 수 있었다.

나는 철제 의자에 앉아 고개를 뒤로 젖히고 공중에 매달려 있는 쇠말뚝을 올려다보았다. 내 시선 끝과 쇠말뚝의 뾰족한 끝이 맞닿았다. 쇠말뚝 아래에서 벗어나, 들고 있던 설계도를 다시 한번 펼쳐봤다. 그림을 잡고 있는 손끝에 힘이 들어갔다.

앞으로 이 그림은 복수를 완수하기 위한 부적이 되어줄 것이다. 그렇게 각오를 다지며 그림을 곱게 접어 회색 면 잠바 안 주머니에 넣고 가슴을 탁탁 두드렸다. 마지막으로 창고 안을 깨끗이 치워 손님 맞을 준비를 마치고 창고를 나섰다.

아파트에 도착했을 때는 새벽 3시를 조금 넘은 시간이었다. 눈꺼풀이 무거워져왔지만, 옷장에서 아내의 장례식 때 입었던 검은 양복을 꺼냈다. 그리고 옷장 옆 수납장의 가장 아래 서랍에서 다리미를 꺼내 출정을 앞둔 병사의 심정으로 상복을 다렸다.

다음 날 아침, 나는 검은 양복을 입고 아파트를 나섰다. 정문 쪽으로 걸어가고 있자니 경비원이 아파트 주민으로 보이는 아주머니와 얘기를 나누고 있었다. 퇴원하고 아파트로 돌아왔을 때 인사했던 그 나이 지긋한 경비원이었다. 나는 아파트 뒷문 쪽으로 발길을 돌렸다.

나는 지금 복수를 실행하려 하고 있다. 복수를 실행한다는 것은 범죄를 저지른다는 의미이기도 하다. 그러니 가급적 사람들의 눈을 피해야만 한다. 특히 나를 알아보는 사람의 눈이라면 더욱.

어쩌면 죄책감이나 양심이라는 것이 내 복수를 방해할지 모른다는 생각을 했던 것도 사실이다. 그런데 신기하리만큼 일말의 가책도 느껴지지 않았다. 그 대신이라고 할까 다시 기억을 잃기 전에 복수를 마쳐야 한다는 조바심만이 마음 한구석에 무겁게 똬리를 틀고 있었다.

마음속으로 복수의 칼을 갈며 아파트 후문을 나가다가 무심코 하늘을 올려다봤다. 해가 떠 있는 반대편 쪽으로 두툼한 먹구름이 하늘을 뒤덮고 있었다. 비가 올 것 같은 칙칙한 하늘이 왠지 내 마음을 닮은 것 같았다.

우산을 가지러 돌아가야 하나 잠깐 망설이는데 빈 택시가 보이기에 손을 흔들어 택시를 세웠다. 일단 올림픽공원까지 갔다. 그리고 거기에 내려 횡단보도를 건너가서 다시 택시를 잡아탔다. 오늘부터 복수를 완수할 때까지 동선에 흔적을 남기지 않도록 가급적 여러 번 이동 수단을 바꿔 탈 생각이다.

최종 목적지는 중부지방법원이었다. 법원 주차장을 가로질러서 아내와 마지막으로 헤어졌던 계단 아래로 갔다. 그날, 나는 일을 봐야 한다며 이곳에 아내만 홀로 남겨두고 떠났었다. 무슨 대단한 일을 한다고.

문득 돌아봤을 때 아내는 넋이 나간 얼굴로 그 자리에 우뚝 서 있었다. 그것이 내가 기억하는, 살아 있는 아내의 마지막 모습이었다.

그때 아내에게 돌아갔었다면… 곁에 있어줬더라면….

그날의 기억이 날카로운 면도칼이 되어 심장을 저며왔다.

나는 중부지방법원 안 이곳저곳을 기웃거리며 기억 속에서 봤던 235호 법정을 찾아봤다. 하지만 관계자 외 출입금지라서 법정에는 들어갈 수가 없었다. 바지 주머니에서 핸드폰을 꺼내 사진을 찾았다. 수아의 옷장 안 화이트보드에 붙어 있던 네 명의 사진 가운데 한 명인 '판사 이기우'를 찍은 사진이었다. 그의 얼굴을 다시 한번 망막에 각인시키고 나서 핸드폰을 주머니에 넣었다.

한 시간째, 법원 안을 서성거리고 있자니 자꾸 경비원들과 눈이 마주치는 기분이 들었다. 그들의 눈이 나를 따라다니는 것 같기도 했다.

저번에 기억이 돌아왔을 때 처형대를 만드는 것까지 생각했으면서 그다음 계획은 없었나? 네 명의 악마들이 멀쩡하게 돌아다니고 있다는 건 실패를 했거나 시도도 하지 못했다는 의미일 것이다. 막막하다. 그때 그놈들의 주소라도 알아냈었다면 수월할 것 같은데. 제로에서 시작해야 하는 상황이다. 그렇다고 포기할 생각은 눈곱만큼도 없다. 훌륭한 처형대를 만들 수 있었다는 것만으로도 만족해야 한다.

다시 시작하는 거다! 처음부터.

뺨에 차가운 기운이 느껴져서 번쩍 정신이 들었다. 하늘을 올려다보니 어느새 먹물을 풀어놓은 것 같은 구름이 하늘을 온통 뒤덮고 있었다. 금세 빗방울이 굵어지기 시작했다.

내 앞날을 예견하는 건가? 아니, 그 악마 놈들이 맞이할 운명이다! 그렇게 마음을 달래며 생각을 가다듬었다. 이대로는 더 이상 법원 안을 돌아다닐 수도 없다. 청승맞게 비를 맞고 돌아다니는 사람을 경비원이 의심하지 않을 리가 없다. 나는 지금 정말 하등의 의미 없는 행동을 하고 있었던 것이다.

그래서 일단 법원을 빠져나갔다. 긴장을 너무 많이 한 탓인지 한동안 잠잠했던 얼굴 근육이 다시 움찔거렸다. 손끝에 힘을 주어 뺨을 꼬집고 손바닥으로 비벼댔다. 경련이 조금은 진정되는 듯했지만 빗방울은 점점 기세를 더해갔다.

우산을 사러 가며 곰곰이 생각했다. 그러고 보니 너무 무작정 왔다. 235호 법정으로 들어가본다고 한들 그리고 설령 법원 어딘가에서 이기우와 마주쳤다고 한들 그다음은? 뭐라고 말을 걸 것이며 어떻게 납치를 한단 말인가. 아무런 대책도 없지 않은가.

머리가 복잡해져왔다. 최대한 그 누구의 눈에도 띄지 않고 이기우를 찾아내야 하는데 멍청한 짓을 하고 있었던 것이다. 처형대를 생각해냈을 때처럼 치밀하고 정교한 계획을 세워야 한다.

얼굴을 때리는 빗줄기에 문득 정신을 차리고 보니 어느새 편의점 앞에 와 있었다. 유리문을 열고 들어가서 가장 먼저 검정색 접이식 우산 하나를 골라 들고, 음료 냉장고로 갔다. 거기서 캔 커피 하나를 꺼내 카운터로 가고 있는데 어떤 남자의 목소리가 들려왔다.

"홍 변, 아주 잘나간다고 이 바닥에 소문 쫙 깔렸던데?"

홍 변이라고 불린 짙은 회색 양복을 입은 남자가 점원에게 카드를 내민 채, 고개를 절레절레 저으며 옆에 있는 남자를 쳐다봤다.

"돈 좀 벌 줄 알고 법복 벗었는데, 변호사는 퇴근 시간이라는 게 없잖아. 오히려 퇴근 시간 다음이 더 바빠. 정말 힘들어 죽겠다. 농담 아니야! 송 변 쪽 수입이 더 안정적인 거 아냐? 우리나라 국민들이 이혼을 꾸준히 해주잖아."

옅은 회색 양복 차림의 송 변이라고 불린 남자가 쓴웃음을 지으며 대꾸했다.

"푼돈 벌이야. 부자들이 이혼을 많이 해줘야 돈이 되지. 근데 또 따지고 보면 부자들이 더 짜게 군다니까. 경쟁은 또 얼마나 심한데. 요즘 고민이 많아. 종목을 바꿔야 하나 말아야 하나. 그렇다고 형사는 하기 싫고 말이야."

"다른 건 몰라도 판사는 퇴근 시간이라는 게 있잖아. 그때가 그립다. 농담 아니라니까." 전직 판사였던 모양인 홍 변이 카운터 위에 놓여 있던 작은 음료수병을 들고 뚜껑을 돌려 땄다.

"잘나가는 사람들이 원하는 게 더 많다니까. 정말 너무들 한다."

송 변이 음료수를 마시며 부럽다는 눈으로 전직 판사의 옆얼굴을 바라보고 있다. 이어 두 남자는 다 마신 음료수병을 카운터에 내려놓고 유리문으로 향했다.

나는 캔 커피와 접이식 우산을 카운터에 내려놓으면서도 뭔가에 이끌리듯 눈으로 그들의 뒷모습을 좇았다. 딸랑, 소리를 남기고 그들이 유리문 너머로 사라지는 순간, 머릿속에 걸려 있던 홍 변이라는 남자의 말이 내 입 밖으로 튀어나왔다. "퇴근 시간?"

"7천 6백 원입니다." 편의점 직원의 목소리에 나는 눈길을 되돌리고 만 원짜리 지폐 한 장을 내밀었다.

편의점을 나가 접이식 우산을 펴고 법원 방향으로 발걸음을 내디디며 생각했다. 막연하지만 이기우가 퇴근하기를 기다려볼까? 지금 당장은 그게 유일한 방법인 것 같은데….

법원 정문이 가까워질수록 가슴의 술렁거림이 더해갔다. 뭔가 빠진 것 같은 이 허전한 느낌은 뭐지?

정문을 5미터가량 눈앞에 두고 나는 발걸음을 멈췄다. 불쑥 고개를 치켜든 생각이 내 발목을 잡았기 때문이었다.

그것은 창고까지 손님을 데리고 가는 구체적인 방법에 있어서는 실질적인 계획이 하나도 준비되어 있지 않다는 사실이었다. 누구의 도움도 받을 수 없고 모든 걸 혼자서 해결해야만 한다. 제 발로 순순히 따라오지는 않을 테니 손님들을 창고로 데리고 가려면 무엇보다 그들을 저항할 수 없는 상태로 만들어야만 한다. 그렇게 하려면….

나는 법원 정문을 그대로 지나쳐 발걸음을 서둘렀다. 첫 번째 나오는 횡단보도를 건너 가장 먼저 눈에 들어온, 유리문이 열려 있는 빌딩 안으로 들어갔다. 우산을 접어 발 옆에 내려놓고 바지 주머니에서 핸드폰을 꺼내 마취제와 관련된 검색어를 입력하고 검색해봤다. 하지만 아무리 찾아봐도 개인이 시중에서 구입할 수 있는 마취제는 없었다. 방향을 바꿔서 마취제의 구입 방법과 관련된 글들을 찾아봤지만 대부분 불가능하다는 둥 불법이라는 둥 신통찮은 글들이었다. 그러다가 문득 한 블로그의 글에 눈길이 머물렀다.

'구하기 힘든 약품을 구입하는 방법'이라는 식으로 에둘러 표현된 글에는 다크웹을 통하면 가능하다는 내용이 적혀 있었다. 그래서 다크웹을 검색해봤는데 범죄 관련 기사들이 제법 실려 있었고 그 가운데 피시방 컴퓨터를 사용했다는 내용이 눈에 들어왔다.

유리문 너머로 좌우를 살피니, 마침 빈 택시 한 대가 신호에 걸려 있었다. 나는 바닥에 내려놓았던 우산을 집어 들고 빌딩을 뛰어나가 큰 소리로 "택시!"를 외치며 양손을 크게 흔들었다.

택시를 잡아타고 나는 기사에게 젊은 친구들이 가장 많이 모이는 곳으로 가달라고 했다. 택시는 30분쯤 달려서 홍대입구에 도착했다. 내려서 걷다 보니 카페와 식당, 클럽, 술집, 액세서리 가게 등이 즐비하게 늘어서 있었고, 비가 오는 우중충한 날인데도 오가는 사람들로 넘쳐났다. 말 그대로 젊은이들의 거리였다.

나는 핸드폰을 꺼내 피시방을 검색하고 행인들이 드문 골목에 있는 피시방으로 들어갔다. 그리고 벽을 등진 구석 자리에 앉아 가장 먼저 다크웹 접속 방법을 검색해서 하라는 대로 브라우저를 깔고 실행했다. 다크웹에 접속한 다음에는 구입 방법을 찾아나갔다. 판매자는 의외로 가까운 곳에 있었다. 판매자와 접촉하기 위해서는 또 비밀이 보장되는 메신저를 설치해야 했기에 시간이 걸리긴 했지만 마침내 접촉할 수 있었다.

그 사람이 지정하는 곳에 돈을 먼저 갖다놓으면 확인한 다음, 한 시간 뒤에 물건을 놔둔 장소를 알려주겠다고 했다. 그 순간, 수아로 흥정을 해오던 악마의 목소리가 되살아나서 피가 끓어올랐지만 이를 악물고 평정심을 유지하며 판매자가 지시하는 대로 따랐다.

그가 지정한 곳은 피시방에서 도보로 20분쯤 떨어진, 번화가에서 한참 들어간 뒷골목 허름한 연립주택 307동 입구에서 오른쪽으로 세 번째에 있는, 도자기 재질의 모서리가 깨진 하얀색 화분 밑이었다. 그의 요구대로 그곳에 현금을 놔두고 왔다.

약속했던 한 시간이 지나고 급기야 한 시간 반이 지나자 속았다는 생각이 들어 다른 판매자를 찾으려고 하는데 핸드폰에 메시지가 도착했다. 물건을 둔 장소의 약도가 그려진 그림이었다.

다음 날, 내가 탄 택시가 법원 건너편에 선 것은 오후 5시 27분을 막 지났을 즈음이었다. 서쪽 고층 건물들 사이로 얼굴을 내민 태양의 주위가 주홍색으로 번져 있었다.

오늘도 아내의 장례식에서 입었던 상복을 입었다. 마음을 다잡기 위해서라도 당분간은 이 옷을 입을 생각이다.

한 시간 반가량이 지나 짙은 어둠이 깔리기 시작한 오후 7시, 법원을 등지고 십여 분가량 걸어가서 택시를 잡아타고 떠났다.

다음 날, 그다음 날, 그리고 또 그다음 날도 나는 오후 5시 30분경 법원 건너편에서 택시에서 내렸고, 오후 7시가 되면 법원을 등지고 걷다가 택시를 타고 떠났다. 그렇게 며칠이 지나갔다.

이토록 한심할 수가 있나 싶어 나 자신에게 진저리가 쳐졌지만 다른 뾰족한 수가 없어서 계속할 수밖에 없었다.

오늘도 오후 5시 30분, 택시에서 내리며 5만 원짜리 지폐 다섯 장을 기사에게 건네고는 말했다. "기사님, 아까 말씀드린 사정 때문에 급하게 택시 잡기가 힘들어서 그러는데요, 저기 골목 바로 앞에 추어탕 집 보이시죠? 추어탕 안 좋아하시면 삼계탕도 하더라고요. 거기서 식사하시고 주차하고 계시다가 전화드리면 제가 와달라는 곳으로 당장 와주세요. 7시까지만 기다려주시면 됩니다."

누런색 지폐를 손가방에 넣으며 택시 기사는 "걱정하지 마이소." 하고는 눈을 돌려 추어탕 집의 위치를 확인하더니 택시를 출발시켰다.

시간이 흐르고 어스름한 저녁 빛이 하늘을 검푸르게 물들여가고 있을 무렵, 나는 법원 건너편 샛길 모퉁이에서 법원을 빠져나가는 차량의 뒷좌석을 유심히 지켜보고 있었다. 핸드폰을 꺼내 봤다. 6시 57분이었다. 오늘도 허탕을 쳤다는 생각에 폐 속 깊은 곳에서부터 한숨이 터져 나왔다.

7시는 너무 빠른가? 철수 시간을 8시로 늘려야 하나?

나는 입술을 깨물고 근처 편의점으로 향했다. 캔 콜라 하나를 카운터에 놓으면서도 유리벽 밖을 주시하고 있던 내 눈에 마침내 그 얼굴이 잡혔다. 이기우다!

유리문으로 달려가며 나는 다급하게 전화를 걸었다. 통화음이 한 번 울리기도 전해 상대가 전화를 받았다.

나는 외쳤다. "기사님, 그 사기꾼 나왔어요! 빨리요!"

"저누마 어디까지 가나 한번 보입시다. 내한테 걸리마 도망 못 갑니데이. 손님은 걱정 붙들어 매고 구경이나 하이소! 내도 아는 친구 놈한테 사기를 당해가 탈탈 털렸다 아입니까! 잠깐 들어보실랍니까? 그누마 힘들다고 할 때 내는 쌔가 빠지게 일해가 모은 돈을 빌려주고도 암 말 안 했거든예. 그래가 이 자슥이 내를 호구로 봤는지, 갑자기 나타나가 은혜를 갚는다 카믄서 내 돈을 불려준다 카는 기라예⋯."

택시 기사는 추격의 흥분을 주체할 수 없었는지 아니면 동병상련이라며 공감을 표시하고 싶었는지 검은 승용차의 뒤꽁무니를 쫓아가며 사기 친 친구를 소환해내서 울분을 토해냈다.

나는 택시 기사의 끝없이 이어지는 수다가 신경에 거슬렸지만 도로 한가운데에서 택시를 갈아탈 수도 없는 노릇이고, 조용히 하라고 했다가 괜스레 기사의 기분을 잡치게 해서 모처럼 잡은 기회를 날려버릴 수도 있기에 목구멍까지 올라온 말을, "조용히 좀 하고 쫓아가세요."라는 말을 몇 번이고 집어삼켰다. 지금 내가 할 수 있는 것이라고는 검은 승용차에서 시선을 떼지 않는 것뿐이다.

다행히도 택시 기사는 거침없는 수다만큼 운전 실력도 뛰어나서 타깃을 놓치지 않고 잘 따라갔다. 묻지도 않았는데 군대에서 수송대의 운전병이었다며 '운전 하면 나팔성이었다 아입니까!'라거나(덕분에 기사의 이름까지 알게 되었다), 사격 잘해서 포상 휴가도 여러 번 나왔다는 둥 자랑을 늘어놓더니 끝내 자기는 군대 체질이라 군대에 말뚝을 박았어야 했다는 푸념까지 이어졌다.

30분쯤 지났을까, 검은 승용차는 강남의 무시무시한 교통 정체 구간으로 들어섰고, 택시는 자동차 두 대를 사이에 끼고 뒤따랐다.

"저누마 저거, 집에 안 가고, 어디 술 빨러 가는 거 아입니까?"

"글쎄요⋯ 내가 그걸 알았다면, 진즉에 잡았겠죠."

그렇겠다며 택시 기사가 호쾌하게 웃음을 터뜨렸다.

또 30여 분이 지났을 즈음, 검은 승용차는 왕복 10차선이면서도 주차장을 방불케 하는 도로에서 벗어나더니, 완만하게 경사진 언덕길을 오르기 시작했다. 넓은 도로에서 멀어질수록 신기하게도 더 근사하고 더 화려한 빌라와 저택들이 차창 밖으로 흘러갔다. 한눈에 보기에도 부자들이 사는 동네라는 것을 알 수 있었다.

택시는 차량 간의 거리를 30미터 정도로 유지하면서 따라갔다.

"사기 친 돈으로 좋은 데 사네. 사기꾼 노무 시키! 도둑노무 시키들이 더 잘 산다는 게 말이 됩니까? 더러븐 노무 세상!" 투덜거리며 택시 기사는 연신 혀를 끌끌 차댔다.

앞창 너머로 검은 승용차가 언덕길 중간쯤에 있는 골목 안으로 접어드는 게 보였다.

"기사님, 저기요, 골목으로 들어가는데요!" 저절로 목소리가 높아졌다.

"거기 막힌는데…" 내비게이션을 보던 기사가 택시의 속도를 늦추며 말했다. "다 왔는갑네에."

"일단 지나가면서 한번 보죠. 멈추지는 마시고요." 내가 말했다.

골목을 천천히 지나치면서 검은 승용차의 행방을 찾는데 골목에서 오른쪽, 언뜻 보기에도 반질반질하고 화려한 암석으로 외관을 감싼 3층짜리 단독 주택 앞에 그 차가 정차돼 있었다. 뒷좌석에서 짙은 회색 양복 차림의 남자가 내렸다.

"기사님, 여기 내려주세요!" 나는 이미 꺼내 들고 있던 5만 원짜리 지폐 두 장을 택시 기사에게 건네고 검은색 마스크를 쓰면서 서둘러 내렸다.

"사기꾼 노무 짜슥, 콱 마 잡아뿌소! 파이팅!"

기사가 주먹을 불끈 쥐어 보이고는 택시를 출발시켰다.

발을 빠르게 놀려 막 골목 안으로 들어서는 찰나, 언제 방향을 돌렸는지 검은 승용차가 골목을 나오고 있었다. 돌발 상황에 깜짝 놀란 나는 차를 피하는 척 몸을 돌려 골목 돌벽에 양손을 짚고 가슴이 닿을 만큼 바짝 붙어 섰다. 그러고는 잽싸게 승용차 안을 곁눈질했다. 뒷좌석은 비어 있었다.

그렇다면 이기우는 지금 저 집 안에 있을 것이다. 마침내 첫 번째 손님이 사는 집을 찾아냈다.

검은 승용차가 사라진 것을 확인하고 돌벽에서 벗어나 이기우의 저택을 바라보며 걸음을 옮겼다. 마침 그때 저택 2층에 불이 들어왔다.

저기가 그놈의 방인가? 하지만 당장 확인해볼 방법은 없다.

둘러보니 곳곳에 CCTV가 설치되어 있었다. 이기우의 저택 쪽으로 천천히 걸어가면서 CCTV의 위치를 확인했다. 방범 카메라의 렌즈를 피할 곳은 아무 데도 없다는 것만은 확실하게 알 수 있었다. 마스크로 얼굴을 가렸으니 CCTV에 찍혀도 내가 누군지 알 수 없을 것이다.

그렇게 마음을 다잡으며 저택 담을 따라 천천히 걸으면서 저택 쪽으로 힐끔힐끔 시선을 던졌다. 반짝반짝 광택이 날 정도로 매끈한 검회색 돌담이 쭉 이어져 있었다. 슬쩍 올려다보니 담장 높이가 3미터는 넘어 보였다. 이 반질거리는 벽을 넘어 들어가는 건 고려 대상에서 제외했다.

비스듬히 오른쪽으로 대문이 보였다. 부자연스러울 수 있겠다고 생각하면서도 걸음 속도를 늦췄다. 힐끗 보니 대문은 은빛 창살로 만들어져 있어서 창살 틈새로 그 안쪽이 보였다. 초록색 잔디가 깔려 있고, 대문에서 건물 쪽으로 징검다리처럼 널찍한 포석이 깔려 있었다. 그 끝에 계단이 있고 현관은 보이지 않았지만 아마도 그 근처 어디에 현관이 있을 것 같은 구조였다.

이기우의 저택을 지나치고 나서 비슷비슷한 저택들 몇 채를 지나 막다른 곳까지 걸어갔다. 그리고 괜히 길을 잘못 들어선 척하느라 머리를 긁적이고 돌아서서 다시 걷기 시작했다.

그놈의 집은 알아냈다.

그다음 단계를 더듬으며 이기우의 저택 대문 앞을 지나치는 순간, 노란색 아니면 하얀색? 시야 왼쪽 끄트머리에 움직임이 잡혔다. 누군가 나오고 있었다.

멈춰야 되나? 도망가야 되나?

아직 다음 단계 준비가 되어 있지 않으니 일단 천천히 도망가는 쪽을 선택했다.

"여보, 오늘 비 올지도 모른다는데, 우산 들고 가요! 비 오면 하루쯤 안 가도 되는 거 아니에요?" 등 뒤 저택 너머에서 중년 여자의 목소리가 들려왔다.

"무슨 소리야. 하루라도 빼먹으면 의미가 없지." 왠지 들어본 적이 있는 것 같은 중년 남자의 목소리였다.

이기우?

나는 핸드폰을 꺼내 들고 "응? 알았어. 금방 갈게."라고 거짓 통화를 하며 재빨리 발을 놀려 오른쪽으로 골목을 돌아나가, 5미터 정도 앞에 서 있는 가로수의 그림자 속으로 들어갔다. 골목 입구를 주시하고 있자니 오른손에 우산을 든 베이지색 운동복 차림의 이기우가 왼쪽 어깨를 빙빙 돌리며 골목을 빠져나왔다.

이대로 숨어 있다가 눈에 띄면 곤란해질 것 같아서, 나는 내리막길로 걸음을 내디디며 거짓 통화를 이어갔다. "그래, 금방 도착해…."

점점 속도를 늦추다가 최대한 자연스럽게 걸음을 멈추고 슬며시 돌아봤다. 이기우는 경사진 언덕길을 올라가고 있었다. 나는 숨을 깊이 들이마셨다가 천천히 내뱉고 발길을 돌려 그놈의 뒤를 밟기 시작했다. 다음 단계를 어떻게 세팅해야 하나 머리를 굴리면서.

16_나

동그란 망원 렌즈 안에 이기우가 들어왔다. 어제와 똑같은 모양새로 걸어오고 있다. 어깨를 빙빙 돌리면서.

핸드폰을 꺼내 시간을 확인했다. 오후 9시 15분.

시간 개념 하나는 정확한 놈인 모양이다.

나는 검정색 트레이닝복에 검정색 헬멧을 쓰고, 비탈진 산기슭 굵은 나무 뒤에서 미니 망원경으로 산책로를 내려다보고 있었다.

산책로를 따라 일정 간격으로 늘어선 가로등들이 주위를 환하게 밝히고 있어서 이기우가 눈치채기 전에 일을 마쳐야 한다. 나는 미니 망원경을 바지 주머니에 집어넣고 미끄럼틀을 타듯 산기슭을 내려갔다.

발걸음을 서둘러서 산책로 쌍갈랫길의 왼쪽 길을 막고 있던 트래픽 콘과 연두색 빛을 발하는 야광 로프(하얀색 바탕에 빨간색 글씨로 '공사중 출입금지'라고 큼직하게 적은 코팅지를 1미터 간격으로 매달아놓은)를 거둬들이고, 오른쪽 길 입구로 가서 트래픽 콘을 길 양쪽에 세워놓고 야광 로프를 트래픽 콘에 걸었다. 그러고는 재빨리 오른쪽으로 돌아 허리께 높이의 난간을 넘어 잡목이 우거진 어둠 속으로 들어갔다.

잠시 뒤, 가로등 불빛이 초록색 운동복 차림의 이기우를 비췄다. 그가 성큼성큼 넓은 보폭으로 다가오고 있다.

"날씨 좋다!"

멀리서도 그의 목소리가 들려왔다.

가로수와 잡목림의 그림자 속에서 바짝 엎드린 채, 나는 이기우가 지나가는 모습을 눈으로 좇았다. 양팔을 쫙 폈다 오므렸다 하는 가운데 밤공기를 깊이 들이마셨다 내뱉으며 걷고 있던 이기우가 양 갈래로 갈라진 길목에서 발걸음을 멈췄다. 그런데 예상과 달리 오른쪽을 가로막고 있는 로프를 내려다보기만 할 뿐 왼쪽 길로 선뜻 들어서려고 하지 않았다.

설마 이기우의 루틴? 오른쪽 길로만 다녔던 거야?

예상치 못한 상황이었다. 왼쪽 길로 지나가는 사람들이 적은 것 같아서 별생각 없이 그쪽을 작업장소로 고른 것인데 치명적인 실수였단 말인가.

나는 마른침을 꼴깍 삼켰다. 그가 산책을 포기하고 돌아선다면 첫 번째 손님을 모시려던 오늘의 계획은 물거품이 되고 만다.

터져 나오려는 한숨을 가까스로 삼키고 있는데, 왼쪽에서 기척이 느껴져 돌아보니 자전거 한 대가 다가오고 있었다. 상하의 검정색 바탕에 파란색 사각형 무늬가 들어간 사이클 복장의 젊은 여자가 탄 마운틴 자전거가 어둠 속에 숨어 있는 내 앞을 지나치더니 이기우의 옆에 섰다. 자전거에서 내린 여자가 자전거를 끌고 로프 쪽으로 다가가더니 로프에 매달려 있는 '공사중 출입금지'라는 코팅지 쪽을 내려다보고 고개를 갸우뚱했다. 그러고는 이내 안장에 올라 엉덩이를 들어 올리고 페달을 힘껏 밟으며 왼쪽 길로 들어섰다. 점점 멀어져가는 젊은 여자와 코팅지를 번갈아 바라보던 이기우도 어깨를 빙글빙글 돌리며 왼쪽 길로 걸음을 내디뎠다.

멀찌감치 걸어가고 있는 이기우를 확인하고, 나는 난간을 넘어 오른쪽 길로 달려가서 길을 가로막고 있던 트래픽 콘과 야광 로프로 이번에는 왼쪽 길을 막았다. 그러고는 다시 오른쪽 길로 가서 가로등과 가로등 사이 비교적 어두운 곳에 세워뒀던 검정색 스쿠터에 올라 시동을 걸었다. 스쿠터의 뒤에는 접이식 밀차를 로프로 매달아놓은 상태였다.

이기우는 어깨를 앞으로 돌렸다 뒤로 돌렸다 해가면서 빠른 걸음으로 걸어가고 있었다.

나는 그의 속도에 맞춰 따라갔다. 스쿠터 뒤에 매달아놓은 밀차의 바퀴가 아스팔트 위를 구르며 내는 달그락거리는 소리가 생각보다 컸다.

슬쩍 돌아보며 얼굴을 찌푸린 이기우가 걸어가던 방향으로 시선을 되돌렸다.

"여기서 오토바이를 타면 어떡해! 이런 몰상식한 인간 같으니라고!" 들을 테면 들으라는 듯 당당한 말투였다.

나는 스쿠터의 속도를 줄였다. 엔진 소리가 묻힐 정도로 밀차의 바퀴 굴러가는 소리는 너무 컸다. 헬멧 속 정수리에서 식은땀이 솟았다.

걸음을 멈춘 이기우가 산책로 돌벽 쪽으로 비켜서더니 먼저 지나가라고 손을 팔랑팔랑 내젓고 있다.

하지만 앞서갈 수는 없다. 그건 계획에 없는 일이다.

황급히 브레이크를 잡자 스쿠터는 이기우와 5미터 정도 거리를 두고 멈춰 섰다. 나는 주머니에서 핸드폰을 꺼내 괜히 버튼을 누르는 척했다. 몇 초 정도 그러고 있다가 슬쩍 눈을 들어보니 이기우가 걸어가던 방향을 쳐다보고 있었다. 덩달아 나도 그곳을 바라보았다. 띄엄띄엄 가로등이 길을 환하게 밝히고는 있었지만, 인적이 뚝 끊긴 산책로는 까만 어둠으로 이어져 있었다.

이기우가 다시 걷기 시작했다. 그의 걸음이 점점 빨라졌다.

나를 의식하고 있는 게 분명했다.

이기우의 신경을 최대한 자극하지 않기 위해 스쿠터의 속도를 조절해가며 따라갔다. 그러면서도 그의 손에서 눈을 떼지 않았다. 만약에 핸드폰을 꺼내면 물불 안 가리고 그냥 덮칠 작정이다. 이때를 놓치면 기회는 다시 오지 않으리라.

간과한 게 있다면 밀차의 바퀴에서 나는 소리가 예상보다 너무 크다는 것이었다. 인적이 끊긴 적막한 공간이다 보니 밀차 바퀴 소리가 탱크 굴러가는 소리처럼 크게 들렸다. 내 귀에조차 거슬릴 정도니 손님한테 어떻게 들릴지는 상상해보고 싶지도 않다. 손님을 쉽게 운반하기 위해 준비했던 건데 밀차가 발목을 잡고 있다. 안일한 생각이 내 목을 조르고 있는 것이다. 그렇다고 지금 밀차를 풀어놓으면 더 의심받을 게 틀림없다.

산책로 입구에서 막 500미터 지점을 넘어섰을 때였다. 수상한 낌새를 느꼈는지 이기우가 경보선수처럼 발을 놀리기 시작했다.

산책로의 출구는 앞으로 1.5킬로 정도 더 가야 나온다. 그곳도 이미 막아놓았다. 누가 신고하지 않았다면 반대쪽에서 올 사람은 없다. 지금 이 산책로에는 우리 둘뿐이다. 가장 이상적인 상황은 저 앞에서 빨빨거리며 걸어가고 있는 저놈이 어디에도 전화를 하지 않고 앞으로 500미터쯤 더 걸어가주기만 하면 된다. 그곳에 냉동 탑차를 세워두었다.

겨드랑이에서 땀이 줄줄 흘러내리는 게 느껴졌다.

이기우가 가볍게 뛰는 척하는가 싶더니 점점 빨리 달리기 시작했다. 다리가 후들거리는 게 눈에 들어왔다. 가쁜 숨소리도 들려왔다. 겁을 먹은 게 분명했다.

더 이상 자극하면 경찰에 전화를 할지도 모른다. 경찰이 아니라 다른 사람에게 전화를 해도 모든 게 꼬이고 만다. 전화하는 것만은 막아야 한다.

나는 결단을 내려야만 했다. 스쿠터를 세우고 잽싸게 뛰어내려 산책로 오른쪽에 있는 난간을 넘어 잡목림 숲으로 들어가서 난간을 따라 달렸다. 최대한 소리를 내지 않으려고 뒤꿈치를 들었다.

얼마나 달렸을까. 멈춰 서는 이기우가 시야 가장자리에 잡혔다. 두 손으로 무릎을 짚은 채 숨을 몰아쉬면서 뒤돌아보고 있다. 스쿠터를 보고 있는 모양이다.

그래 스쿠터만 보고 있어주라.

나는 조심조심 난간을 넘었다. 발소리를 죽여 이기우의 뒤로 다가가며 바지 주머니에서 지퍼 백을 꺼내, 그 안에 들어 있던 축축한 하얀색 손수건을 쥐었다.

허리를 쭉 편 이기우가 초록색 운동복 상의 주머니에 손을 넣었다 뺐다. 이제 그의 손에는 핸드폰이 들려 있다. 나는 전속력으로 달려가 등 뒤에서 덮쳤다. 왼쪽 팔뚝으로 목을 조르고 오른손에 쥐고 있던 손수건으로 그의 코와 입을 막았다. 왼쪽 팔뚝에서 힘을 빼 순간적으로 풀어주자 이기우가 헉, 숨을 들이켰다. 하지만 그는 벗어나려는 저항을 멈추질 않았다. 격하게 몸을 비틀고 양팔을 들어 등 뒤의 나를 잡으려고 허우적댔다. 그의 두 손이 내 헬멧을 붙들고 당겼다. 끅, 내 입에서 괴상한 소리가 새어 나오며 목이 꺾이는 느낌이 들었다. 순간 당황했지만 목에 힘을 주고 헬멧을 그의 뒤통수에 밀착시켰다. 동시에 왼쪽 팔뚝으로 목을 졸랐다가 풀어주길 반복했다. 그럴 때마다 이기우는 헉, 헉, 숨을 들이켰다. 실질적으로는 몇십 초… 그리 긴 시간이 아니었을 테지만 엄청나게 길게만 느껴졌다.

이 방법을 선택한 나 자신을 탓하는 수밖에 없었다.

도대체 언제까지 버틸 거야? 효과가 없는 거 아냐? 너무 많이 흡입하면 죽을 수도 있다고 했는데? 온갖 부정적인 생각이 부풀어 올라 내 머릿속을 꽉 채워갔다.

뿜어져 나오는 뜨거운 숨결과 뺨을 타고 줄줄 흐르는 땀 때문에 시야가 흐려져왔다.

이렇게 죽이고 싶진 않다. 아니 이렇게 죽일 생각은 없다.

이렇게 허무하게 죽어버리면 복수에 나선 의미가 없다. 처형대가 있는 곳까지 데리고 가야만 한다. 아직 세 명의 악마가 남아 있다.

자꾸 커져가는 조바심을 달래며 왼쪽 팔뚝에 힘을 주었다. 그렇게 10초 정도 버티다가 풀어줬다. 허억, 이기우가 가슴을 쫙 펴고 숨을 크게 들이쉬었다. 헬멧을 잡고 있던 그의 손에서 힘이 빠져나가는 게 느껴졌다. 이윽고 손이 헬멧에서 스르르 미끄러졌다. 덜컥 그의 무릎이 꺾였다.

나는 이기우를 바닥에 내려놓고 헬멧 고글을 올려 시야를 확보했다. 상쾌한 공기가 목구멍을 넘어 폐 속 깊숙이 들어왔다. 허리를 숙이고 이기우의 눈을 뒤집어봤다. 눈동자가 돌아가 있었다. 나는 오른손에 쥐고 있던 클로로포름이 묻어 있는 흰색 손수건을 지퍼 백에 넣어 단단히 밀봉한 다음, 바지 주머니에 쑤셔 넣고 스쿠터 쪽으로 달려갔다.

아니지! 나는 발길을 돌려 다시 이기우 쪽으로 달려갔다. 아스팔트 바닥에 널브러져 있는 그의 몸을 돌려 엎어진 상태로 만들고 트레이닝복 상의 주머니에서 청테이프를 꺼내 그의 두 팔을 뒤로 오게 해서 손목을 감고 다리를 뒤로 접어 발목도 칭칭 감았다. 의식을 잃은 사람의 몸은 너무도 무거웠다. 팔과 다리가 부들부들 떨리고 온몸의 땀구멍에서 땀이 솟구쳤다.

"헬멧을 벗어버릴 수도 없고. 마스크만 할걸. 범죄를 저지르겠다고 작정한 마당에 무슨 교통법규를 지키겠다고. 멍청하기는."

진저리를 치며 나는 이기우의 입을 벌리고 청테이프를 물려 절대로 소리를 낼 수 없도록 머리 자체를 다섯 번 둘둘 휘감았다. 그러는 사이 그의 뿔테안경이 벗겨지며 바닥에 떨어졌다. 안경을 집다 보니 그의 핸드폰도 바닥에 나뒹굴고 있기에 그것도 집어 안경과 함께 상의 주머니에 쑤셔 넣고 일어났다.

혹시나 깨어나도 약간의 시간을 벌 수 있다.

나는 다시 스쿠터 쪽으로 내달렸다.

스쿠터를 타고 냉동 탑차까지 갔다가 차를 몰고 다시 여기로 돌아와서 이기우를 탑차 안에 실어야 한다. 일단 이번 계획의 최대 실수인 밀차는 풀어놓기로 했다.

스쿠터의 시동을 걸면서 이기우를 바라봤다. 그는 축 늘어진 채 미동도 없었다. 제발 죽지만 말아달라고 빌며 나는 액셀을 당겼다.

17_피랍자

목이 답답했다. 뭔가가 조르고 있는 듯한 느낌이었다. 어디선가 얕은 신음 소리 같은 게 들려왔다. 그 소리가 아주 천천히 다가오더니 이윽고 귓가에서 들리기 시작했다. 그런데 불현듯 그 신음 소리가 자신의 입에서 새어 나오고 있다는 것을 깨달았다.

기우는 눈을 떴다. 칠흑같이 어두웠다. 눈을 가늘게 뜨고 주위를 둘러보았다. 모든 게 뿌옇게 보였다. 뭔가 있기는 있는 것 같은데 윤곽마저 알아볼 수가 없었다.

여긴 어디지? 어? 안경? 그러고 보니 안경을 쓰고 있지 않다.

눅눅한 공기 속에 곰팡내 같은 것도, 비릿한 쇠 냄새 같은 것도 섞여 있는 것 같다.

미간을 모으고 기억을 되짚었다.

스쿠터… 검정색 스쿠터가 따라왔고… 그리고… 갑자기 누군가가 뒤에서 덮쳐왔다. 한참 실랑이를 한 것 같기는 한데 어느 순간 기억이 끊겼다.

몸을 움직여보려고 하는데 움직일 수가 없었다. 두 손목은 꽉 묶여 있어서 손가락만 까닥거릴 수 있는 정도였고 발도 묶여 있는지 꼼짝할 수가 없었다. 무엇보다 목이 갑갑했다. 숨도 제대로 쉬어지지 않는다. 이러다가 숨이 막히는 게 아닐까 덜컥 겁이 나서 힘주어 몸을 비틀자 딸랑딸랑… 방울 소리 같은 게 들려왔다.

"움직이지 마! 그러다가 죽어!" 어떤 남자의 고함 소리가 들리며 불이 켜졌다.

갑자기 밝아진 탓에 너무 눈이 부셔서 실눈을 뜨고 소리가 들려온 곳으로 천천히 고개를 돌렸다. 검정색 운동복 차림의 남자가 다가오고 있었다. 검정색 비닐 앞치마와 양팔에는 검정색 비닐 토시 같은 것을 착용하고, 고글과 검정색 마스크를 쓴 채여서 얼굴은 알아볼 수 없었지만 산책로에서 스쿠터를 타고 따라오던 남자라는 것만은 직감적으로 알 수 있었다.

기우는 전등 빛에 의지해 자신의 상태를 살폈다. 두 손 두 발, 모두 검정색 플라스틱 끈 같은 거로 묶여 있었고, 몸통 부분은 앉아 있는 의자 등받이와 함께 밧줄로 묶여 있는 모양이었다. 그리고 목은 수건 같은 것으로 감겨 있는데 팽팽하게 뭔가에 의해 잡아당겨지고 있어서 숨을 쉬기가 어려웠다. 어느새 다가왔는지 그 남자의 실루엣이 눈앞에 어른거렸다.

기우는 어떻게 반응해야 좋을지 잠시 생각해봤다.

내가 누군지 모르고 한 짓일 테니까 일단 당당하게 나가는 거다. 그래, 그렇게 하는 게 지금으로서는 가장 현명한 판단임에 틀림없다. 절대로 기죽은 모습을 보여서는 안 된다.

그러면 지는 거다. 겁먹지 말고 재판에 임하듯 당당하게 맞서야 한다.

피고인을 상대한다는 마음가짐으로 기우는 눈과 목에 잔뜩 힘을 주고 외쳤다.

"뭐야? 너, 뭐 하는 놈이야? 내가 누군지 알아? 너, 사람 잘못 골랐어!"

남자가 이쪽을 빤히 쳐다보면서 웅크리고 앉았다.

얼굴을 가리고 있어서 남자의 표정을 읽을 수는 없지만, 내가 왜 이렇게 큰소리를 치는지 궁금해하고 있을 것이다. 내가 누군지 빨리 알려줘야 기선을 제압할 수 있다.

"내가 누군지 알…." 말을 채 마치기도 전에 남자가 끼어들었다. "알아, 중부지원 판사 이기우."

누군지 알고 납치한 거라고?

기우는 눈을 부릅뜨고 남자의 얼굴을 똑바로 쳐다봤다. 고글 속 남자의 눈이 어렴풋이 보였다. 하지만 흔들리는 기색은 없는 것 같았다.

순간 당황했지만 빠르게 사고회로를 돌렸다. 재판을 하면서 겪어본 수많은 판례를 떠올렸다. 공갈 협박 범죄들의 판례를. 피해자가 약한 모습을 보이면 협박범들은 더 짓밟으려 들고 더 많은 것을 요구하는 공통된 경향이 있었다.

그렇다면 답은 간단하다.

기우는 짐짓 눈매와 입매에 힘을 주고 남자를 노려보며 목소리에도 힘을 실었다. "너 말이야. 대한민국 판사한테 이런 짓 하면…." 이번에도 채 말을 마치기도 전에 남자가 "그러기에 왜 그랬어?"라며 오른손을 치켜드는가 싶더니 그대로 어깨를 내리찍었다.

악! 입 밖으로 외마디 비명이 터져 나왔고, 극심한 통증이 순식간에 온몸으로 퍼져나갔다. 태어난 이후로 한 번도 경험해본 적 없는 통증이었다. 도저히 견딜 수 없어서 몸을 뒤틀자 딸랑딸랑… 방울 소리가 울렸다.

"이기우, 당신 찾느라고 내가 시간을 얼마나 많이 허비했는지 알아? 그러니까 당신은 내가 시키는 대로만 해."

그제야 어깨에서 미지근한 액체가 팔을 타고 흘러내리고 있다는 것을 깨달았다.

피? 칼로 찌른 건가?

본능적으로 고개가 숙여졌다.

눈앞에 있는 이 남자는 일반적인 협박범들보다 훨씬 흉악하고 지독한 놈이라는 것만은 분명했다. 강하게 나갔다가는 정말로 죽일지도 모른다. 일단 꼬리를 내리는 수밖에 없을 것 같다.

"잠깐만요. 목이 너무 졸려서 그러는데, 이것 좀 풀어주면 안 될까요? 숨을 쉬기가 힘들어서…."

양쪽 눈썹을 한껏 끌어내리고 애처로운 눈빛으로 남자를 올려다보며 기우는 수건으로 감겨 있는 목을 좌우로 흔들어보였다. 딸랑딸랑 딸랑… 방울 소리가 좀 더 크게 들려왔다.

"죽는다고 했잖아!" 남자가 손을 번쩍 들어 허공을 가리켰다. 그의 손끝 언저리가 희부옇게 빛났다. 칼을 들고 있는 게 확실했다. 그리고 남자의 손이 천장 쪽을 가리키고 있는데 아무리 눈에 힘을 주어봐도 천장 가운데쯤에 반짝이는 뭔가가 있는 것 같기는 했지만, 도저히 모르겠다.

"뭘 보라는 건지…? 제가 눈이 많이 나빠서….”

남자가 앞치마 주머니에 손을 넣어 뭔가 꺼내는 듯싶더니 내게 씌워주었다. 안경이었다.

그제야 모든 게 선명하게 보이기 시작했다. 마침내 남자가 가리키고 있던 것도 볼 수 있었다. 천장 가까이 공중에는 입을 쩍 벌린 쇠붙이 같은 게 매달려 있었고 전등 불빛을 받은 황금색 방울들이 미세하게 흔들리고 있었다. 저 위에 매달려 있는 게 그냥 쇠붙이가 아니라 작두라는 것을 깨닫기까지 몇 초 정도 걸렸다.

"응?"

작두랑 방울만 보이는 게 아니었다. 거미줄도 아니, 실도 있었다. 작두 바로 아래, 팽팽하게 당겨진 가느다란 실이 전등 빛을 반사하고 있었다. 그 실은 이쪽으로 이어져 있었다. 내 머리 위까지.

눈을 홉뜨고 그 물체를 본 순간 심장이 멎을 뻔했다. 바로 머리 위 공중에 매달린 쇠말뚝의 뾰족한 끝이 겨누고 있는 것은 다름 아닌 내 정수리였다.

기우는 너무 놀라서 헉 숨을 들이켜고 재빨리 눈알만 돌려 목 뒤에서 비스듬하게 앞으로 뻗어나간 가느다란 실을 좇았다. 그 실은 작두하고 연결되어 있었다. 이 구조는 그러니까… 내 목하고 연결되어 있는 가늘디가는 실이 작두와 이어져 있는데, 만약에 그 실이 끊어지면, 작두는 바로 아래에 있는 실을 끊을 것이고 그렇게 되면, 쇠말뚝은 내 머리 위로 떨어질 것이다. 생각이 거기까지 미치자 실을 좇던 시선은 작두에 달린 금색 방울에 꽂힌 채 멈춰버렸다.

"풀면, 당신 머리, 이렇게 돼!"

남자가 고함치는 소리와 함께 뭔가를 탁탁 내리치는 소리가 들렸다. 눈앞에서 갑자기 소리를 지르는 바람에 목을 움찔할 뻔했지만 가까스로 버텨내고 남자가 두드린 곳을 힐끔 곁눈질했다. 거기 철제 의자가 있었는데 앉는 곳 한가운데에 커다란 구멍이 뻥 뚫려 있었다.

흑, 절로 절망스러운 탄식이 흘러나왔다.

완전히 미친놈한테 걸렸다.

남자가 앞치마에서 뭔가를 꺼냈다. 슬쩍 보아하니 내 핸드폰이었다.

"당신 아내한테 걸어." 남자가 플라스틱 끈으로 꽁꽁 묶여 있는 양손에 핸드폰을 끼워주며 말했다.

기우는 떨리는 손끝으로 잠김 패턴을 풀고, 착발신 내역에서 '와이프'를 찾아 통화 버튼을 눌렀다. "걸었어요."라고 하자 남자가 핸드폰을 낚아채더니 귀에 대주었다. 두 번째 통화음이 울리고 나서 아내의 목소리가 들려왔다. "집에 안 오고 뭐 해?"

"여보, 난데… 그게 말이야…." 목이 바짝 말라 있어서 목소리가 갈라져 나왔다.

남자가 얼굴을 들이밀더니 귀에 대고 속삭였다. "오늘 못 들어간다고 해."

기우는 마른침을 꿀꺽 삼키고 알았다는 뜻을 담아 눈썹을 위아래로 움직여 보였다.

"오늘 못 들어갈 것 같아서 전화했어. 그니까 내 말은 갑자기 일이 생겨서 그래… 내일 법원 갔다가 집에 갈 거야…."

"당신 혹시 또 그 술집 여자하고 같이 있는 거야? 운동하러 나간다면서 그 여자 만나고 다닌 거 아냐? 당신 또 바람 피우면 그땐 나도 가만 안 있을 거야!"

아내가 가시 돋친 말투로 쏘아대며 3년이나 지간 과거를 들춰냈다.

멍청하기는! 당장 죽을지도 모르는 남편 속도 모르고!

생각 같아서는 소리를 버럭 내지르고 싶었지만 꾹 참고 자상하게 말을 이었다.

"여보, 갑자기 그 얘기는 왜 꺼내는데? 그런 거 아니야, 그리고 그 여자는 외국 나가서 지금 한국에 없어."

"그걸 당신이 왜 알고 있어! 또 바람피우면 그때는 당신하고 끝이야! 아빠한테도 다 이를 거고!" 오히려 아내가 버럭버럭 소리를 질러댔다.

"바쁘니까 끊는다고 해." 남자의 목소리가 조용히 왼쪽 귀로 흘러들어왔다.

기우는 눈썹을 꿈틀하는 것으로 대답을 대신하고 핸드폰에 대고 "여보, 바쁘니까 끊어야 할 것 같아."라고 했다. 핸드폰을 낚아챈 남자가 통화종료 버튼을 눌렀다.

기우는 고개를 숙인 채 물었다. "정말 내일 보내주는 거죠?"

"하는 거 봐서."

"왜, 왜 이러는지 정말 모르겠지만, 살려주세요…." 기우는 울먹였다. 이제 머릿속에는 살아야겠다는 생각밖에 남아 있지 않았다.

남자가 코앞까지 얼굴을 들이밀었다.

"정순철!"

기우는 고글 너머 남자의 눈과 마주치지 않도록 눈알을 최대한 오른쪽 아래로 돌린 채 얼버무렸다. "저, 정순철? 그, 그게 누군데요?"

"그렇게 대답할 줄 알았어!"

남자가 고글과 마스크를 벗기 시작했다. 그의 얼굴을 보고 싶지 않아서 기우는 일부러 안 보려고 눈동자를 좌우로 굴렸다가 위로 뒤집었다가 결국 눈을 감아버렸다. 범인이 얼굴을 보여준다는 것은 피해자한테 그리 달가운 일이 아니라는 게 많은 형사 사건을 통해 익히 알고 있는 사실이었기 때문이다.

그의 얼굴을 보게 된다면, '내 얼굴을 본 이상 그냥 돌려보내줄 수는 없다'라는 범인 나름의 이유가 만들어지고 만다.

눈을 꽉 감은 채 그런 상념에 빠져 있는데 갑자기 턱이 조여왔다. 남자가 움켜잡은 모양이다.

"눈 뜨고 나를 봐. 나, 기억 안 나?" 남자가 내뱉는 뜨거운 숨결이 얼굴 전체에 확 끼쳐왔다.

도저히 눈을 뜰 수가 없어서 그대로 버티고 있자, 턱을 움켜잡고 있던 남자의 손이 좌우로 움직였다.

딸랑딸랑… 방울 소리가 울렸다.

"이대로 계속 어둠 속에 있고 싶지 않으면 눈 떠!"

계속 어둠 속에 있다는 건… 죽인다는 말인가?

어쩔 수 없이 기우는 눈을 가늘게 떴다. 남자의 얼굴이 바로 앞에 있었다.

"이기우, 나 기억 안 나?"

"저, 정말로… 누, 누군지 모르겠는데요….” 빈말이 아니라 남자에 대한 기억이 없었다.

"나를 못 알아본다? 그래. 그럴 수도 있겠지. 당신 입장에서야 모두 기억하긴 어려울 테니까. 나도 충분히 이해할 수 있을 것 같아.” 남자가 납득한다는 듯 턱을 까닥였다.

"고맙습니다….” 기우는 궁지에 몰린 작고 귀여운 동물의 모습을 떠올리며 눈꼬리와 입꼬리를 한껏 내려 애처로운 표정을 지어 보였다.

"당신한테는 어떤 판결을 내릴까, 고민을 좀 해봤는데, 판결부터 내리고 시작해야 할 것 같아.” 남자가 말했다.

판결? 무슨 판결?

저도 모르게 남자의 눈을 쳐다봤다가 아차 싶어 눈동자를 오른쪽으로 홱 돌려버렸다. 머릿속이 복잡해졌다.

잘못 들은 건가? 아닌데… 분명히 판결이라고 한 거 같은데….

남자가 일어나서 멀어지더니 철제 선반 뒤쪽으로 사라졌다.

"파, 판결이요? 무, 무슨….” 목소리를 쥐어짜냈지만 목이 막혀 말끝은 소리가 되어 나오지 않았다.

"당신은 판사 봉 칠 때, 오른손으로 쳐? 왼손으로 쳐?"

철제 선반을 돌아 나오는 남자의 손에는 고기를 다질 때 쓰는 것 같은 큼직한 쇠망치와 나무로 만든 베개, 목침 같은 것이 들려 있었다.

"왜, 왜 이러세요…." 목소리가 뒤집히고 시야가 격하게 흔들렸다.

남자는 아랑곳하지 않고 쇠뭉치 장비가 장착되어 있는 탁자를 질질 끌고 와서 바로 앞에 놓더니, 플라스틱 끈으로 묶여 있는 기우의 손목을 잡아당겼다. 버티자 몸이 흔들렸고 딸랑딸랑… 방울 소리가 들려왔다.

"맘대로 해! 지금 죽든지!"

남자는 꽁꽁 묶여 있는 기우의 손목을 힘껏 잡아당겨서 오른쪽 손목만 쇠뭉치 장비의 벌어진 틈 사이에 끼우더니 동그란 핸들을 돌리기 시작했다. 이명이 울리며 영혼이 빠져나가는 것만 같았다. 벌어진 틈이 점점 좁아지며 손목을 압박해왔다.

아아아… 짤막한 소리가 점점 빨라지며 기다란 신음이 되어갔다. 하지만 남자는 거기서 멈추지 않았다. 아악! 비명이 터져 나왔다. 상상조차 해본 적 없는 고통이 온몸으로 내달렸다.

쇠뭉치의 틈에 꽉 고정된 오른손 밑에 직육면체 나무토막을 받쳐놓으며 남자가 담담하게 말문을 열었다. "판결하겠습니다! 피고 이기우는 진실과 다른 판결을 하였으므로 판사 봉을 치는 손을 못 쓰게 만드는 벌에 처한다!"

"네? 자, 잠깐만요…." 가까스로 밀어낸 말은 연거푸 내리치는 쇠망치 소리에 흩어져버렸고, 흐릿해져가는 시야 한가운데 작두가 반 뼘 정도 위로 올라가는 게 보였다. 딸랑딸랑… 방울 소리가 아득히 멀어져갔다.

얼음처럼 차가운 한기가 얼굴을 덮쳤다. 누군가 찬물을 뿌린 모양이었다. 누구지? 하는 별 의미 없는 의문은 짓이겨진 오른손의 격한 통증에 날아가버리고 덜덜덜 떨리는 잇새로 신음이 흘러나왔다.

"다시 시작하자, 정순철!"

이쪽을 보고 있던 남자의 눈동자가 아래로 향했다. 얼결에 따라가 보니 그의 시선은 내 멀쩡한 왼손에 꽂혀 있었다.

"힌트를 줬는데도 아직 기억이 안 나나 보네?"

남자가 탁자 위에 놓여 있던 피 묻은 쇠망치의 손잡이를 움켜쥐었다. 이놈은 폭력에 익숙해 있다. 타협의 여지도 없다. 소위 말하는 프로다. 목적을 달성할 때까지 절대로 멈추지 않을 것이다. 항복만이 살길이다.

"자, 자, 잠깐만요…." 기우는 자포자기하고 알고 있는 모든 것을 털어놓기로 했다. 버티면 상처만 늘어날 뿐. 미리 털어놓는 게 상책이다. "알아요, 알아요. 정순철 회장, 압니다. 잘 압니다. 잘못했어요. 정말이에요. 내가 다시 바로잡을게요. 내가 바로잡을 수 있어요. 약속할게요. 나 살려주면 당신한테 이 일 시킨 사람들, 그 사람들 회사도 다시 찾게 해줄 수 있어요. 진짜 약속할게요."

아무런 표정도 없이 빤히 쳐다보고 있던 남자의 얼굴에 웃음기가 돌았다.

"어떤 회사?"

이자가 날 떠보려 하고 있다. 이렇게 된 이상 숨기고 말고 할 것도 없다. 그 건은 변호사 선배님의 전관예우 차원에서 어쩔 수 없이 판결을 내린 거였다. 일반인들이야 잘 모르겠지만 파워 게임에서 정말 어쩔 수 없는 일이었다. 그러니 2심에서 이길 수 있는 방법을 알려주면 된다. 돈이 조금 들겠지만 전관예우는 전관예우로 누르면 된다. 소개해줄 수도 있다. 아니지. 반드시 소개해줘야 한다. 상대 변호사를 이길 수 있는 변호사를 소개하는 건 일도 아니다. 깐깐하고 꽉 막힌 판사를 피하는 것도 조언해줄 수 있다. 그러면 나는 이 구렁텅이에서 빠져나갈 수 있다. 해답은 의외로 간단한 곳에 있었다. 진즉에 불었어야 했는데… 아니, 지금은 후회나 하고 있을 때가 아니다. 지나간 일은 잊자. 지금도 늦지 않았다.

기우는 자신 있게 입을 열었다. "임정덕 대표가 보낸 거죠? 정덕물산에서? 그 건은 제가 이길 수 있는 방법을…."

"잠깐!" 남자가 끼어드는 바람에 더 이상 말을 이을 수가 없었다.

"무슨 물산? 난 회사 같은 거 없는데, 가게는 있었지만." 남자는 처음 듣는 얘기라는 듯 고개를 갸우뚱했다.

정덕물산이 보낸 사람이 아니라고? 정순철 회장하고 관련된 사건이라면 이것밖에는 없는데… 온몸에 소름이 돋고 아랫배가 저릿저릿했다. 남자를 향해 있던 동공이 갈 길을 잃고 허공을 방황했다. 남자가 흥, 코웃음을 쳤다.

"이기우 판사, 딱 한 번에 기억을 못 하는 거 보니까, 나쁜 짓 많이 했나 보네."

"그, 그럼 무슨 일인데요?" 눈물이 나오려고 했다. "저, 정말로 몰라서 그럽니다."

"네놈들이 내 아내를 죽였어!" 남자가 이를 악문 채 말했다.

"뭔가 잘못 알고 계시는 것 같은데요. 저는 누구를 죽일 수 있는 그런 입장이 아니에요. 사형을 선고한 적도 없고요."

남자가 분명히 뭔가 크게 오해를 하고 있다는 확신이 들었다. 판사는 정해진 법률에 따라 판결을 내릴 뿐, 사람을 죽이다니 무슨 말도 안 되는 소리란 말인가.

"아니! 네놈들이 죽인 거야. 모두 힘을 합쳐서."

네놈들? 모두? 남자의 칼끝이 향하고 있는 건 나 혼자만이 아니라는 뜻이다. 정순철 회장하고 또 누군가가 있다는 말인가? 다시 생각해보자.

정순철과 관련된 사건이라고 한다면 성폭행 사건이 있기는 했지만 유죄를 선고하기에는 검찰 측이 제시한 증거가 불충분했고 정 회장의 변호인 측이 확보한 증인들의 증언을 고려해봤을 때, 피고인으로서도 다퉈볼 여지가 충분했기에 아무런 문제 없이 마무리된 사건이었다. 게다가 1심 아닌가.

"무슨 사건인지라도 알려주셔야…?"

남자는 콧숨을 내쉬고 입매를 풀었다. "정말로 기억을 못 하는 것 같으니까, 얘기해주지. 정순철 회장 성폭행 사건. 피해자 지은정, 고소한 사람은 지은정의 남편, 나! 김동현. 판

사 이기우, 검사… 최, 최… 최 뭔지가 기억이 안 난단 말이
야." 거기서 말을 끊더니 남자는 눈매를 일그러뜨리고 천장
을 올려다보았다. 당시의 기억을 떠올려보는 모양이었다.

"그 사건이라면 증거 불충분을 검사 측도 인정했고 변호
인 측 증인들의 증언도 무시할 수 없었고…." 이자가 재판에
불만이 있는 거라면 설득할 수 있을 거라는 막연한 자신감
이 샘솟았다. 늘 하던 일이라 말이 술술 흘러나왔다. "…판사
는 일체의 개인적인 감정을 배제하고 제시된 증거와 증언만
을 근거로 판결해야 되거든요. 그러니까 저는 판사로서 법
과 원칙에 근거해서 판결을 한 것이고 무죄라고는 해도 다
툼의 여지가 있다고 했었던 것도 같고, 그 의미는 말 그대로
상급심의 판단에 따라…."

"법과 원칙?" 남자가 끼어들었다. "내 아내는 유산을 했어.
다시 말하면 임신 중이었던 아내를 그놈이 유린한 거야! 증
거? 유산했다는 진단서도 제출했는데 증거가 없었다고?"

재판과 관련해서라면 남자가 무슨 오해를 하고 있건 간에
내가 한 수 아니 백 수 위다. 법리로 따지면 이길 수 있다. 법
이란 일반인들이 생각할 수 있을 만큼 그렇게 만만한 게 아
니니까. 침착해야 한다. 지금 재판을 하고 있다고 생각해야
한다. 그러면 이길 수 있다.

기우는 판사석에 앉아 있는 자신의 당당한 모습을 떠올리
며 차분하게 입을 열었다. "이런 말씀 드리기 죄송하지만, 그
건 직접적인 증거로는 효력이 없습니다. 설령 검사 측에서
제출을 했다고 해도…."

"잠깐." 남자가 칼을 든 손을 들어 말을 가로막았다. "효력이 있든 없든 그런 게 있는지는 알았다는 거네?"

효력이 있든 없든?… 그 말 한 방에 말문이 막혀버렸다.

이 남자는 귀를 막고 있다. 남의 말을 들으려고 하지 않는다. 이놈은 법으로 따지는 게 아니라 이미 결론을 정해놓고 무작정 밀어붙이려 하고 있는 것이다. 판사와 검사의 개념도 모른다. 검사가 제출 안 한 것을 가지고, 게다가 판사인 내가 직접적인 증거가 될 수 없다고 했는데도 판사를 겁박하려 들다니. 이건 법률에 대한 지식과 기본적인 소양이 있는 지식인들의 법리를 바탕으로 한 논쟁이 아니라, 시정잡배의 단순한 생트집일 뿐이다.

"제출했는지 안 했는지 그건 검사한테 물어보면 되겠네. 최 뭐 검사지? 어떤 새끼가 거기 볼펜을 놔둬서 그 검사 새끼 이름만 안 보인단 말이야."

"얘기해드리면 살려주실 겁니까?" 생존본능이 말이 되어 나와버렸다.

"법원에 가면 기록이 있을 텐데, 뭐. 얘기 안 해도 돼!"

"최진열! 최진열 검사입니다." 생존본능이 폭주했다. "솔직히 말씀드리면 물론 확실한 건 아니지만 정 회장이 최 검사한테 청탁을 한 모양이에요. 저는 어디까지나 법과 원칙에 따라서…."

눈앞이 새하얘지는 충격과 함께 정신이 아득해지며 뜬금없이 어린 시절 비 오는 날 철봉에서 매달려 놀던 기억이 떠올랐다가 지독한 철봉 비린내 때문에 퍼뜩 정신이 들었다.

딸랑딸랑… 방울 소리가 창고 안에 울려 퍼지고 있었다. 혀 끝에 까끌까끌한 게 걸렸다. 이가 부러진 모양이었다. 적어도 세 개는. 터진 입술에서 피가 뚝뚝 떨어졌다. 남자가 들고 있는 칼의 손잡이 끝에도 피가 묻어 있었다.

"네놈들의 그 법과 원칙이 내 아내를 죽였어!" 남자가 광견병에 걸린 개처럼 이빨을 드러내고 으르렁댔다.

"…잘못했습니다… 살려주세요…." 입에서 흘러나온 피가 후드득 바닥으로 떨어졌다.

"이기우, 너 지갑 있지?"

"네, 바, 바지 주머니에…."

남자의 손이 운동복 바지 주머니로 들어왔다. 지갑을 꺼내든 남자가 지갑을 열어 내용물을 확인해보더니 앞치마 주머니에 넣었다.

"다 가지셔도 돼요."

목숨만 살려준다면 아무것도 필요 없다.

"내가 쓸 돈은 있어."

남자가 피식 코웃음을 치더니 핸드폰을 내 멀쩡한 왼손에 쥐여주며 나지막이 말했다. "지갑은 쓰고 돌려줄 테니까 걱정하지 말고, 약속이나 하나 잡아줘. 당신 납치하는 식으로 하다가는 시간만 잡아먹고 내가 먼저 잡히겠더라고."

"네." 기우는 항복의 의미를 담아 눈썹을 꿈틀거렸다.

18_나

나는 고양시 산정동 민영주차장에 냉동 탑차를 주차한 뒤, 보스턴백을 챙겨 들고 큰길 쪽으로 나가 차들이 달려오는 방향으로 도로를 따라 걸었다. 창고에서 갈색 면 잠바와 청바지로 갈아입고 나왔다. 핸드폰을 꺼내 시간을 확인했다. 새벽 3시 반을 막 지나고 있었다.

창고에서 멀리 떨어져 있으면서도 현금으로 계산할 수 있는 민영주자창의 위치를 몇 군데 확인해두었다. 앞으로 매일 주차장의 위치를 바꿔가면서 탑차를 주차할 작정이다. 그렇게 한 데는 크게 두 가지 이유가 있다. 창고 앞에 냉동 탑차를 세워놓을 수는 없다는 게 첫 번째 이유고, 이동에 많은 시간이 걸리지만 만에 하나 경찰이 추적을 시작한다면 동선에 혼란을 줌으로써 그만큼 시간을 벌 수 있다고 판단한 게 두 번째 이유다.

빈 택시가 다가오기에 손을 흔들었다. 택시가 서자 뒷문을 열고 몸을 실었다. 일단 압구정 쪽으로 가달라고 했다.

기사가 돌아보며 코를 쿵쿵대더니 "술 안 드셨네요?"라며 말을 걸어왔다.

아무런 말도 섞고 싶지 않았지만 "잔업이 좀 길어져서요. 너무 피곤하네요."라고 대답하며 보스턴백을 무릎 위에 얹고 눈을 감았다.

복수를 완수할 때까지 그 어떤 흔적도 남기고 싶지 않다.

"무슨 일을 하세요?" 기사가 또 말을 걸어왔지만 잠자는 척해버렸다. 귀찮아하는 기색이 전해졌는지 기사는 이후로 아무 말 없이 택시를 몰았다.

"압구정 다 왔는데요. 어디에 내려드릴까요?"

정수리 쪽에서 들려오는 말에 나는 얼굴을 들었다. 정말로 깜빡 잠이 든 모양이었다. 온몸이 천근만근 무거웠다. 팔다리의 근육이 쿡쿡 쑤셨다. 마음 같아서는 이대로 아파트까지 가달라고 하고 싶었지만, 횡단보도 근처에 세워달라고 하고 5만 원짜리 지폐를 내밀었다. 거스름돈을 챙겨 택시에서 내렸다.

신호가 바뀌자마자 횡단보도를 건너 빈 택시를 잡아탔다. 기사에게 해피 빌리지의 옆옆 단지인 써니빌로 가달라고 했다. 이 택시 기사는 별말 없이 택시를 몰았다. 잠바 안주머니에서 잘 접힌 종이(처형대의 설계도)와 볼펜을 꺼냈다. 그리고 접힌 종이 위에 적혀 있는 '이'라는 글자 위에 X(엑스)표시를 하고 '최' 위에 동그라미를 그렸다.

아파트 현관문을 연 것은 새벽 5시 10분 즈음이었다. 가장 먼저 욕실로 가 보스턴백에서 검정색 트레이닝복을 꺼내세탁기에 넣고 돌렸다. 그러고 나서 안방으로 가 옷걸이에 걸려 있는, 아내의 장례식에서 입었던 검은 양복에 탈취제를 흠뻑 뿌린 뒤 입고 있던 옷을 벗어 바닥에 팽개치고 침대에 몸을 던졌다. 온몸이 땀으로 꿉꿉했지만 샤워를 할 기운조차 남아 있지 않았다.

잠에서 깬 것은 핸드폰 알람 소리 때문이었다. 신기하게도 딱 한 번의 울림에 눈이 번쩍 뜨였다. 몸을 일으키고 멍하니 앉아 있다가 손으로 허벅지를 쓸었다. 깔깔한 느낌이 들어 내려다보니 하얀 가루가 묻어 있었다. 허벅지만이 아니라 팔에도 가슴에도 아주 가는 모래알 같은 가루가 묻어 있었다. 얼굴을 만져봤더니 까끌까끌한 하얀색 가루가 묻어나왔다. 무심코 입술을 핥아봤다. 짭짤했다. 소금이었다. 이걸 긁어모으면 한 숟가락은 될 것 같다는 엉뚱한 생각이 뇌리를 스치자 자조와 안도가 뒤섞인 웃음이 튀어나왔다.

어젯밤은 한심하리만큼 허둥대느라 온몸이 땀에 흠뻑 젖었다. 이기우를 덮치고 극렬하게 저항하는 그를 기절시키느라 발버둥 친 데 이어 정신을 잃은 이기우의 손과 발을 청테이프로 묶고 입을 막느라 땀을 한 바가지는 흘렸을 것이다.

묶어놓은 그를 내버려두고 스쿠터로 달려갔다. 일단 밀차를 풀어놓고 스쿠터에 올라 냉동 탑차를 세워놓은 곳까지 달렸다. 사오백 미터쯤 떨어진 거리였는데도 한참 걸리는 기분이 들었다. 이기우가 깨어날지도 모른다는 불안감 때문이었을 것이다.

탑차 짐칸을 열고 리프트를 내리고 스쿠터를 실은 다음 탑차를 몰고 이기우가 있던 곳으로 돌아갔다. 그는 아직 의식이 돌아오지 않은 상태였다. 혹시나 해서 그의 입에 귀를 대봤다. 가늘지만 숨을 쉬고 있었다.

뒤에서 겨드랑이에 팔을 끼우고 안아 일으키려고 했지만 의식 없이 축 늘어져버린 몸은 무게를 떠나 어떻게 감당할 수 있는 상황이 아니었다. 일으키면 미끄러져 내려가고 일으키면 또 미끄러지고. 이때 또 땀 한 바가지는 흘린 것 같다. 결국 질질 끌고 굴리다시피 해서 리프트까지 올리고 나서야 탑차에 실을 수 있었다. 리프트가 없는 탑차를 빌렸었다면 어땠을까 하는 상상만으로도 아찔했다.

그것으로 끝난 게 아니었다. 애물단지 밀차를 싣고 산책로 입구로 탑차를 몰아 길을 막아두었던 트래픽 콘과 로프를 거둬들였다. 그리고 다시 산책로로 들어가서 2킬로 정도 달려 산책로 반대쪽 출구를 막아놓았던 트래픽 콘과 로프를 치웠다. 그러고 나서야 현장을 떠날 수 있었다. 최악의 밤이었다. 갈팡질팡하는 사이 사람들의 눈에 띄지 않은 것은 복수를 완수하라고 하늘이 도운 것이리라.

침대에서 내려가 거실을 가로질러 욕실로 들어갔다. 세면대 거울을 보고 면도를 하면서 샤워기를 틀었다. 면도를 마칠 무렵 샤워기는 하얀 김을 토하며 따뜻한 물을 쏟아내고 있었다.

이런 호사를 누릴 때가 아니라는 생각에 샤워기 손잡이를 냉수 쪽으로 돌렸다. 하얀 김은 금세 온데간데없이 사라지고 얼음처럼 차디찬 물이 쏟아졌다. 나는 차가운 물줄기 안으로 들어가 뜨거워진 피를 식히며 마음을 다잡았다. 몸에서 하얀 김이 모락모락 피어올랐다.

오늘은 호랑이 굴로 들어가서 호랑이를 잡기로 작정한 날이다. 어제와 같은 실수를 반복했다가는 사냥은커녕 그 굴에 갇히고 말 것이다.

샤워를 마치고 속옷을 갈아입고 옷걸이에 걸어놓은 검정색 양복을 입으려는데 탈취제 냄새 속에 구리고 텁텁한 쉰내가 섞여 있었다. 너무 오래 입어서 그런지 양복 안쪽에 땀냄새가 진하게 배어 있었다. 상복을 포기하기는 아쉬웠지만 냄새 때문에 남들의 주의를 끄는 것이야말로 어리석은 짓이라는 판단에 회색 양복으로 갈아입었다. 손끝에 왁스를 묻혀 머리에 골고루 바르고 빗으로 말끔하게 빗어 넘겼다. 마무리로 흰색 마스크를 썼다.

검정색 서류 가방을 어깨에 메고 40인치 대형 여행용 캐리어는 끌면서 1202동 입구를 나섰다. 엘리베이터를 타고 내려가면서 마주친 사람은 없었다. 낮시간에는 주부들과 어린아이들 말고는 지나다니는 사람이 별로 없었지만 누가 본다면 기억하기 딱 좋은 모습이라고 생각했기에 그나마 왕래가 적은 아파트 후문으로 향했다. 혹시나 경비원을 마주치게 되면 마스크를 쓰고 있더라도 알아볼 수 있으니 여행을 간다고 둘러댈 참이다. 후문으로 향하는 도중에 할머니 한 분과 유모차를 밀고 오는 젊은 엄마와 마주쳤지만 나를 쳐다보는 일은 없었다.

후문으로 나가 아파트 옆 도로변에 서서 빈 택시가 지나가기를 기다렸다. 오늘따라 이상하리만치 빈 택시가 눈에 띄지 않았다. 택시를 잡는 데만 30분이 걸렸다.

호랑이 굴로 들어가기 전에 해야 할 일이 있는데 엉뚱한 일로 시간을 낭비한 것 같아 조바심이 일었다. 택시에 오르자마자 빨리 대학로로 가달라며 기사를 재촉했다. 초조해서 그런지 아랫배가 살살 아파오고 오줌까지 마려웠다.

택시가 서울중부지검 앞에 선 것은 오후 3시 10분경이었다. 뒷좌석 문을 열고 40인치 대형 여행용 캐리어를 꺼내다가, 무심코 하늘을 올려다보았다. 새파란 하늘에 하얀 구름 몇 조각이 떠 있었다. 계속 보고 있으면 그 속으로 빨려들어갈 것만 같았다. 가을은 천고마비의 계절이라고 했던가. 순간 이런 건 왜 기억하고 있는지 궁금해졌지만, 그런 한가한 생각이나 하고 있을 여유는 없었다.

나는 손끝으로 도수 없는 뿔테안경(조금 전 대학로 갔을 때 안경점에 들러서 산)을 살짝 올려 쓰고, 흰색 마스크를 더듬어보고는 서류 가방을 고쳐메고 40인치 여행용 캐리어는 끌면서 서울중부지검 정문으로 향했다.

가급적 고개를 돌리지 않고 정면만 응시한 채 느긋한 걸음걸이로 정문을 통과해서 현관 앞 계단을 올라 본관 건물 안으로 들어섰다. 엑스레이 검색대가 사람들을 가로막고 있었다. 앞에 줄지어 서 있는 사람들을 살폈다. 그들이 서류 가방 등 소지품을 경비원에게 건네면 경비원은 소지품을 컨베이어 벨트 위에 올려놓았고, 소지품이 검색대로 들어가면 검색원들이 모니터를 응시하며 내용물을 일일이 체크했다.

의심 가는 물건을 발견할 때마다 컨베이어 벨트가 멈춰서는 것 같았는데 멈추는 빈도가 의외로 잦았다.

잔뜩 긴장하고 있었던 탓인지 겨드랑이가 땀으로 축축했다. 상복을 입고 왔었다면 이 대목에서 사람들의 주목을 끌었을지도 모른다.

아무튼 여기서부터는 절대로 아무것도 손으로 만져서는 안 된다. 지문을 남겨서는 안 되기 때문이다. 장갑을 껴볼까도 생각했지만 겨울도 아닌데 장갑을 낀다는 게 아무래도 너무 부자연스러웠다. 여기서 가지고 나갈 것이 아니라면 실수로라도 절대 만져서는 안 된다.

한 명 한 명 줄이 줄어들더니 마침내 내 차례가 왔다. 나는 어깨에 메고 있던 서류 가방과 대형 캐리어를 검색대 왼쪽에 있는 경비원에게 건넸다. 경비원은 서류 가방을 컨베이어 벨트 위에 올려놓고, 대형 캐리어는 너무 커서 올려놓을 수가 없자 컨베이어 벨트 옆에 세워놓고 검색대 모니터 쪽으로 돌아섰다.

모니터에 서류나 필기도구로 보이는 물체와 건강 음료 한 박스의 윤곽이 드러났다. 화면은 흑백이 아니라 색깔을 띠고 있어서 가방 안을 꿰뚫어 보고 있는 것 같은 착각이 들었다. 당연한 일이지만 의심받을 만한 것을 넣어놓지 않길 잘했다고 생각하며 가슴을 쓸어내렸다.

나는 양복바지 주머니에서 신분증을 꺼내 검색대 건너편에 있는 경비원에게 건넸다.

"이거, 열어봐주시겠습니까?" 갑작스럽게 날아든 말에 흠칫 놀라 돌아보니 검색대 모니터를 보고 있던 경비원이 턱으로 대형 캐리어를 가리키고 있었다.

순간 오른쪽 뺨에 파르르 경련이 일었다. 마스크까지 떨리고 있는 게 느껴졌다. 떨리는 뺨이 보이지 않도록 몸을 살짝 돌려 경비원을 등지는 자세로 대형 캐리어를 바닥에 눕히며 웅크려 앉았다. 천천히 손을 뻗어 잠금 다이얼에 손끝을 갖다 대는 찰나, "죄송합니다만, 마스크를 좀 내려봐주시겠습니까?"라는 소리가 앞쪽에서 들려왔다. 조심스레 얼굴을 드니 검색대 건너편의 경비원이 나를 내려다보고 있었다.

나는 그를 향해 고개만 살짝 돌리고 마스크를 비스듬히 턱까지 내렸다. 경련이 일고 있는 오른쪽 뺨을 가리고 있는 손까지 미세하게 떨렸다. 나를 향했던 경비원의 시선이 신분증으로 옮겨졌다. 나는 무심결에 마른침을 꿀꺽 삼켰다.

"들어가십시오. 판사님."

경비원이 신분증을 내밀며 허리를 굽혔다.

이기우를 창고로 데리고 온 다음에 가장 먼저 생각한 것은 최진열 검사를 어떻게 납치하느냐 하는 것이었다. 이기우를 납치했던 방법으로 했다가는 시간만 허비할 게 뻔하고 또 그런 기회를 잡기도 어렵다고 판단했기 때문이다. 그래서 호랑이 굴로 들어가기로 마음먹었던 것이다. 그렇게 하려면 이기우의 신분증이 필요했다. 그것도 내 사진이 합성된 신분증이.

이기우가 마취에서 깨어나기를 기다리며 핸드폰에 '사진 합성'이라는 단어를 입력하고 검색해봤다. 방법 자체는 어렵지 않은 것 같았지만 개인이 할 수 있는 작업은 아니었다. 다시 그런 작업을 해주는 곳을 찾아봤더니 명함이나 전단지,

상패 등을 만드는 곳이라면 어디든지 가능한 듯했다.

그런 이유로 아침에 택시를 잡아타고 대학로로 갔던 것이다. 대학로에 도착해서 미리 검색해놓은 디자인 업체로 향하는 길에 공연 안내소를 들러 팸플릿과 전단지 몇 장을 챙겼다. 40인치나 되는 대형 캐리어를 끌고 다니는 게 어지간히 거추장스러웠지만 달리 방법이 없었다. 뺨을 스치는 바람은 서늘했지만 셔츠 목덜미가 다 젖을 정도로 땀이 줄줄 흘러내렸다.

챙겨온 전단지를 들고 대학로 극장들 사이에서 영업 중인 디자인 업체에 들어갔다. 환절기라 마스크를 쓰고 다니는 사람들이 적지 않아서 그런지 마스크를 쓰고 있어도 의심하는 기색은 느껴지지 않았다.

공연이나 연극 등 이쪽 업계에서 일하는 사람으로 생각해주기를 바라며 들고 온 전단지들을 테이블 위에 올려놓고 이기우의 판사 신분증과 내 운전면허증을 내밀며 영화 촬영에 쓰는 소품인데 배우가 바뀌어서 그렇다며 신분증의 사진을 운전면허증의 사진으로 바꿔달라고 했다.

업체 디자이너는 별말 없이 작업을 시작했다. 말 그대로 단순한 작업이었다. 디자이너의 손놀림을 지켜보면서 다 끝나면 원본은 지워달라고 했더니 편식하지 말라는 잔소리를 들은 어린아이처럼 짜증까지 내며 원본을 컴퓨터 휴지통에 버리고 그 휴지통도 비워버렸다.

이렇게 해서 호랑이 굴로 들어갈 수 있는 첫 번째 준비를 마칠 수 있었다.

나는 마스크를 올려 쓰고 일어섰다. 경비원으로부터 신분증을 건네받는 손끝이 가늘게 떨렸다.

캐리어를 열어봐달라고 했던 경비원도 실례했다며 정중한 태도로 비켜섰다. 캐리어는 열지 않고 통과할 수 있었다.

검색대를 무사히 통과한 나는 짐을 챙겨 들고 안내데스크로 향했다. 그리고 데스크 앞에 서서 판사 신분증을 내밀며 마스크를 턱까지 내렸다.

"중부지원 판사 이기우입니다." 신분증과 내 얼굴을 번갈아 보던 제복 차림 여자 직원의 입매가 풀리는 것을 보고 나는 마스크를 올린 뒤 말을 이어갔다. "최진열 검사님을 뵈러 왔습니다. 약속은 잡혀 있을 겁니다. 오후 4시로."

모니터를 확인해보던 데스크 직원이 약속이 잡혀 있다면서 판사 신분증을 방문자 신분증 보관함에 넣으려고 하는 순간이었다.

"잠깐만요!" 나는 양복 상의 주머니에서 지갑을 꺼내 그 안에서 손끝으로 이기우의 주민등록증을 뽑아 안내데스크 앞 카운터에 올려놓았다. "주민등록증이 있었네요."

데스크 직원이 주민등록증을 집어 드는 것을 확인하고 나는 재빨리 말을 꺼냈다. "이런, 제 명함이 붙어 있네요. 그 명함은 돌려주시겠습니까?"

데스크 직원이 주민등록증에 붙어 있던 명함을 떼어서 돌려주었다.

고맙다고 인사하며 나는 명함을 받아 지갑에 넣었다. 이기우의 명함이었다.

데스크 직원은 주민등록증을 방문자 신분증 보관함에 꽂고, 판사 신분증과 함께 출입증을 내주려고 하다가 멈칫하며 내 주변을 이리저리 훑어봤다. 나는 출입증을 받으려고 뻘쭘하게 내밀고 있던 손을 내렸다. 심장이 가슴을 점점 빠르게 두드리기 시작했다.

"왜요? 무슨 문제라도 있나요?" 말끝이 살짝 떨렸다.

데스크 직원이 모니터를 보며 말했다. "여기 보니까, 판사님하고 한 분이 더 오시는 거로 되어 있는데 그분은 어디 계십니까?"

안 물어봐주길 바랐지만 그래도 예상하고 있던 질문이었다. 어제 이기우에게 최진열과의 약속을 잡아달라고 했을 때, 최진열과 그의 직원들은 이기우를 알고 있을 게 분명했기 때문에 다른 사람 한 명이 동행한다고 했었다. 물론 그 질문에 대해 둘러댈 말도 미리 생각해두었기에 막힘없이 대답할 수 있었다.

"아, 그 사람이요? 다른 급한 일이 생겨서 오늘은 같이 못 왔습니다."

가볍게 고개를 끄덕인 데스크 직원이 판사 신분증과 출입증을 내주었다.

"근데, 몇 층이죠? 너무 오랜만에 와서 기억이 가물가물하네요." 생각이 안 난다는 듯 나는 집게손가락으로 턱을 긁적였다.

데스크 직원은 방긋 미소 지으며 5층 515호라고 친절하게 알려줬다. 나는 고맙다고 깍듯이 인사하고 게이트로 다가가서 센서에 출입증을 댔다. 게이트가 열렸다.

엘리베이터 버튼은 출입증 모서리로 눌렀다. 엘리베이터에서 내려 맞은편 벽에 붙어 있는 사무실 배치도를 확인했다. 515호실은 오른쪽에 있었고 복도 끝 모퉁이를 돌아서 세 번째 사무실이었다. 나는 발걸음을 재촉했다. 복도 모퉁이를 돌아서자 515호실 명판은 금방 찾을 수 있었다.

사무실 앞에 서서 515호라는 것을 다시 한번 확인하고, 흰색 마스크를 고쳐 쓰고 나서 숨을 폐 속 깊숙이 들이마신 뒤 막 안으로 걸음을 내딛는데 수사관 두 명이 다가왔다. 카키색 잠바를 입은 수사관은 보통 키에 어깨가 넓고 얼굴이 창백할 만큼 하얘서 흰자위 위의 혈관들이 실지렁이처럼 두드러져 보였고, 갈색 재킷을 걸친 수사관은 둥그스름한 얼굴이었지만 칼로 쨴 듯 가느다란 눈의 눈꼬리가 약간 올라가 있어서 날카로운 인상이었다. 키는 나와 비슷했다.

"그런데 좀 일찍 오셨네요. 이기우 판사님은요?"

소리가 들려온 쪽으로 시선을 돌리다가 카키색 잠바 수사관의 핏발 선 눈을 똑바로 쳐다보고 말았다.

"아! 저, 저기… 오시다가… 누, 누굴 좀 마, 만나셔서 자, 잠깐 말씀만 나누고 오신다고….″ 수사관의 눈빛에 압도당하는 바람에 말을 더듬고 말았다. 반사적으로 혀를 내밀어 입술을 축였다.

"중요한 물건이라는 건?"

갈색 재킷 수사관이 대형 캐리어를 내려다보고 있었다.

"판사님께서 검사님께 직접 말씀을 드리신다고… 근데 말

쑴이 좀 길어지시나 보네요." 그렇게 말하며 웃어 보였다. 뺨이 뻣뻣한 게 느껴졌다. 괜히 웃었다 싶었다. 마스크를 쓰고 있어서 천만다행이었다.

대형 캐리어를 보고 있던 갈색 재킷 수사관이 사무실 안으로 들어가며 손을 뻗어 소파를 가리켰다. "저기 앉아서 기다리세요. 검사님은 시간에 맞춰서 오실 겁니다." 그러고는 뒤도 돌아보지 않고 자기 자리로 돌아갔다.

카키색 잠바 수사관도 별 관심 없다는 듯 자기 자리로 돌아갔다.

나는 캐리어를 끌고 소파로 가서 엉거주춤 걸터앉았다. 어깨에 메고 있던 서류 가방을 내려 지퍼를 열고 건강 드링크 한 박스를 꺼냈다. 이어 박스 안에서 드링크 두 개를 빼들고 일어나 카키색 잠바 수사관에게 다가갔다.

기척을 느꼈는지 수사관이 얼굴을 들었다. "무슨…?"

나는 끼리릭 소리가 나게 드링크의 뚜껑을 따서 수사관에게 건넸다.

"수고 많으십니다. 판사님께서 전해드리라고 해서요." 웃어 보이려고 하다가 참았다.

"고맙습니다." 수사관이 드링크를 마셨다.

나는 갈색 재킷 수사관에게도 드링크 뚜껑을 소리 나게 따서 건넸다.

"수고 많으십니다."

갈색 재킷 수사관은 한 번에 쭉 들이켜고 빈 병을 쓰레기통에 던져 넣었다. 수사관들 등 뒤 벽에 걸려 있는 디지털시계가 오후 3시 35분을 가리키고 있었다.

나는 수사관들에게 꾸벅거리며 소파로 돌아가 앉았다. 뿔테안경을 벗고 빗어 넘겼던 머리를 앞으로 내려 이마를 가리고 안경을 다시 썼다. 최진열은 나를 기억하고 있을 수도 있으니까 최대한 못 알아보게 할 필요가 있었다.

문이 열리고 은테안경을 쓴 뾰족한 인상의 최진열이 들어온 것은 디지털시계가 오후 4시 11분을 알리고 있을 때였다.

"다 어디 갔어?"

투덜거리며 사무실 안을 둘러보던 최진열의 가늘게 찢어진 두 눈이 나에게 못 박힌 채 멈췄다.

나는 소파에서 일어나 허리를 깊숙이 숙였다.

"안녕하세요, 검사님."

"근데, 누구…시죠?"

최진열이 이맛살에 주름을 잡고 오만상을 찌푸리며 다가왔다.

"저기… 이기우 판사님하고 같이 왔는데요." 이번에는 더 깊숙이 허리를 숙였다. 그냥 이대로 숙이고 있고 싶은 마음도 있었다. 어쩌면 이놈이 날 알아볼 수도 있으니까. 그렇지만 마냥 이러고 있을 수도 없는 법. 나는 뿔테 안경테를 잡고 얼굴을 살짝 들었다. 가슴이 철렁 내려앉았다. 최진열이 얼굴을 들이밀고 뚫어져라 나를 노려보고 있었기 때문이다.

"판사가 여길 왜 오는데? 뭐가 급하다고? 씨발." 최진열이 고개를 비스듬히 기울이더니 안경알 너머 찢어진 눈을 치켜뜨고 말을 이었다. "이기우 판사, 지금 어디 있는데?"

"금방 오신다고….” 나는 몸을 홱 돌려 테이블 쪽으로 허리를 굽히고 드링크 박스에서 작은 음료수 한 병을 꺼내 뚜껑을 딴 뒤 최진열에게 내밀었다. “판사님께서 수고하신다고….” 말끝이 뭉개졌다. 음료수병을 잡고 있는 오른손이 떨려서 얼른 왼손을 내밀어 오른손을 감싸 잡았다.

“미친!” 최진열은 더러운 오물이라도 본 듯 손사래를 쳤다. “그런 건 당신이나 마셔!”

이것으로 플랜 A는 물 건너갔다.

최진열은 화가 가라앉지 않는 모양이었다. “판사가 여기 온 이유가 뭐냐고? 물건은 또 뭐고? 저거야?” 소파 옆에 세워둔 대형 캐리어를 턱으로 가리키며 그가 말했다.

“자세한 건 판사님께서 설명해주신다고….” 그렇게 둘러대긴 했지만 머릿속은 플랜 B를 만지작거리고 있었다.

대형 캐리어를 발로 툭툭 차며 최진열이 입매를 휘어 올렸다.

“열어봐! 씨발, 짜증나게.”

나는 잔뜩 주눅이 든 표정으로 아니, 실제로 주눅이 들어서 캐리어를 바닥에 눕히고 잠금 다이얼을 돌리고 양손 엄지를 잠금장치 레버에 갖다 댔다. 다음 단계는 이 안에 있다. 문제는 어떻게 접근하느냐는 건데….

잠금장치 레버를 바깥쪽으로 밀자 덜컹하고 캐리어가 열렸다. 최진열이 바짝 다가와서 캐리어 안을 들여다봤다. 언뜻 보기에는 검은 대형포대와 자그마한 핑크색 파우치밖에 없다.

최진열이 미간에 세로로 깊은 주름을 잡고 핑크색 파우치를 가리켰다.

"이게 뭐라는 거야? 씨발. 거기 파우치 열어봐!"

뺨을 타고 땀이 줄줄 흘러내렸다. 소매로 땀을 닦고 파우치 쪽으로 천천히 손을 뻗었다. 막 잡으려는 찰나, 최진열이 낚아채더니 짜증 섞인 소리를 내뱉으며 파우치를 열었다. "뭐야 도대체?"

그 안에는 아내의 립스틱하고 파운데이션이 들어 있었다. 파우치 안에 손을 넣어 휘저어보던 최진열이 화장품을 캐리어 안에 쏟아버리고 파우치를 까뒤집으며 "이게 뭐야?" 하고 투덜거리더니 욕설을 내뱉으며 캐리어 안에 집어 던졌다.

"근데 직원들은 또 다 어디 간 거야?"

허리에 손을 짚고 씩씩거리던 최진열이 핸드폰을 꺼내 어디론가 전화를 걸었다. 우웅우웅, 어디선가 핸드폰 진동음이 들려왔다. 눈앞의 목표물이 두리번거리더니 그 소리가 들려오는 곳으로 발걸음을 옮기기 시작했다.

그 틈을 타서 나는 잽싸게 캐리어 안 그물주머니를 열고 음료수를 대신할 물건을 꺼내 일어났다. 발소리를 죽여 두 번째 손님의 등 뒤로 다가갔다. 그의 어깨 너머로 캐비닛 밖에 수북이 쌓인 서류 뭉치들이 보였다.

멀거니 서류 뭉치를 보고 있던 최진열의 어깨가 흠칫하는 순간, 나는 덮치듯 달려들어 왼손으로 그의 입을 틀어막고 오른손에 들고 있던 주사기를 그의 뒷덜미에 꽂으면서 거의 동시에 오른손 엄지로 주사기 밀대를 끝까지 눌렀다.

컥컥컥 거친 숨을 토해내며 버둥거리던 최진열이 몸을 홱 돌리는 바람에 팅기듯 떨어져 나간 나는 엉덩방아를 찧고 말았다.

최진열이 입을 쩍 벌렸다. 젠장! 늦었다!

그런데 그의 입은 거대한 쏘가리의 주둥이처럼 뻐끔거리기만 할 뿐 소리가 나오지 않았다. 이내 그는 무너져 내리듯 무릎을 꿇고 고꾸라졌다.

벽시계를 봤다. 4시 13분이었다. 이 모든 게 채 2분도 안 되는 시간에 일어났다. 누군가 사무실로 들어오기 전에 빨리 작업을 마쳐야 한다. 가장 먼저, 나는 입고 있던 양복 상의를 벗어 캐리어 안에 던져 넣고 최진열의 양복 상의를 벗겨 입었다. 그런 다음 그가 목에 걸고 있던 아이디카드를 벗겨 내 바지 주머니에 넣고 뿔테안경 대신 그의 은테안경을 썼다. 그러고는 웅크리고 앉아 그의 상의와 바지 주머니를 뒤져 자동차 리모컨 키도 찾아냈다. 이어 대형 캐리어를 끌고 와서 쓰러져 있는 피랍자의 몸 바로 옆에 놓았다.

의식을 잃은 사람의 몸은 훨씬 무거워진다는 것을 새삼 실감하며 축 처진 몸을 가까스로 캐리어 안에 밀어 넣은 뒤 얼굴이 무릎에 닿도록 접고 팔다리를 구겨서 뚜껑을 덮었다. 팔꿈치가 캐리어 밖으로 약간 나와 있어서 힘껏 밀어 쑤셔 넣고, 뚜껑 위에 앉아 캐리어를 완벽하게 닫은 다음 잠금장치를 걸었다. 오늘도 땀이 빗물처럼 줄줄 흘러내렸다. 그래도 희망적인 건 아직까진 어제만큼 큰 실수는 없었다는 것이다.

사무실 안을 돌아다니며 나는 수사관들에게 건넸던 드링크 빈 병 두 개와 최진열에게 줬다가 거절당한 드링크 병을 수거해서 음료수 상자에 담고 그 상자는 서류 가방에 넣었다. 이어 가방 바깥 주머니를 열고 아이디카드를 꺼내 목에 걸었다. 조금 전 기절한 수사관들을 캐비닛에 넣기 전에 벗겨놓았던, 카키색 재킷 수사관의 아이디카드였다. 혹시라도 누가 본다면 그나마 이 수사관의 얼굴이 나와 닮은 것 같아서였다. 좀 더 정확하게 말하자면 갈색 재킷 수사관의 얼굴과는 너무 안 닮아서 이 아이디카드를 선택할 수밖에 없었다.

가방을 메고 사무실 안을 빠르게 둘러보며 혹시나 놓치고 가는 것은 없나 곱씹었다. 없다. 없을 것이다.

마스크를 고쳐 쓰고 머리를 쓸어 넘겼다. 손바닥은 왁스와 땀이 뒤섞여 끈적거렸다. 손바닥을 바지에 문지르고 뒷주머니에서 손수건을 꺼내 이마와 턱, 뺨의 땀을 닦은 다음 대형 캐리어를 일으켜 세웠다. 한순간 이러다가 허리가 나가는 게 아닐까 걱정이 될 만큼 엄청나게 묵직했다.

이제 빠져나가기만 하면 된다. 사무실을 나와 캐리어를 끌며 어쩔 수 없이 엘리베이터로 향했다. 목에 걸고 있는, 카키색 잠바 수사관의 아이디카드는 양복 상의 안에 넣어 밖에서 보이지 않도록 했다.

엘리베이터 문이 열려 타고 보니 지하 2층, 지하 3층도 눌러져 있었다. 무심코 안도의 한숨이 새어 나왔다.

"무슨 땀을 그렇게 흘려?"

화들짝 놀라 돌아보니 검사 아이디를 목에 두른, 배가 불

룩한 남자가 내 얼굴을 빤히 쳐다보고 있었다.

귀신을 만나면 이런 기분일까?

당장이라도 갈비뼈를 부러뜨릴 것처럼 심장이 요동쳤다.

이런 건 생각 못 했는데, 왜 말을 거는 거야?

아무 대답도 안 하면 의심할 게 틀림없다. 뭐라고 답을 하긴 해야 했다.

"저, 저요?" 쉰 목소리가 나왔다. 손바닥으로 이마의 땀을 훔쳤다. "그게 저기… 증거물이 무거워서…." 떠오르는 대로 둘러댔다. 무거운 건 사실이니까.

"어디 수사관이야?" 배 나온 검사의 부리부리한 눈이 나를 위아래로 훑었다.

나는 캐리어 손잡이를 잡고 있는 손등으로 눈을 떨군 채 마른침을 삼키고 목소리를 쥐어짜냈다. "최진열 검사님의 지휘를 받고 있습니다." 손바닥에 땀이 배어 나오는 게 느껴졌다.

"최 프로? 거기 수사관들은 내가 다 아는데… 새로 들어왔나 보네?"

네, 라고 대답하면서도 '배 나온 귀신한테서 도망치려면 내렸다가 다시 타야 하나?' 하는 생각 말고는 아무런 생각도 나지 않았다.

3층에 엘리베이터가 멈추고 문이 열렸다. 조심스레 캐리어를 문 쪽으로 밀었다.

느닷없이 누군가의 손이 내 어깨를 붙잡았다. 벼락이라도 맞은 듯 온몸이 뻣뻣하게 굳었다.

"내리려면 내리고 말려면 말고. 문을 막고 서 있으면 안 되지." 배 나온 귀신이 내 위팔을 툭툭 치며 엘리베이터에서 내렸다.

"죄송합니다." 멀어져가는 검사의 널찍한 등판을 향해 허리를 깊숙이 접고 묵직한 캐리어를 두 손으로 끌어당겼다.

엘리베이터가 지하 2층에 섰다. 대형 캐리어를 끌고 내리는데 땀이 턱을 타고 뚝뚝 떨어졌다. 같이 내린 사람들은 잡담을 나누며 제각각 어딘가로 흩어졌다. 나는 걸음을 늦추며 바지 주머니에서 자동차 리모컨 키를 꺼내 눌렀다. 주변을 둘러보니 먼저 간 사람들이 하나둘 차를 타고 출발하고 있었다. 캐리어를 세워놓고 주위를 의식하며 사방에 대고 리모컨 키를 눌렀다. 어디서도 반응이 없었다.

여기 없나 보다. 어디다 세워놓은 거야?

캐리어를 밀고 엘리베이터 쪽으로 돌아갔다. 엘리베이터가 오기를 기다리며 손수건을 꺼내 쏟아지는 땀을 닦았다. 지하 3층에 내려서는 캐리어를 엘리베이터 문 옆에 내버려둔 채 주차장 안으로 들어가며 여기저기 방향을 바꿔가면서 리모컨 키를 마구 눌러댔다. 삑삑, 은색 고급 승용차 한 대가 반응했다. 찾았다.

대형 캐리어를 끌고 와서 차 뒤에 세워놓고 자동차 트렁크를 열었다. 초대형 여행용 가방을 보자 한숨부터 나왔다. 심호흡을 하고 숨을 고른 다음 40인치 캐리어를 기울여 트렁크 턱에 걸었다. 기회는 딱 한 번뿐이라는 각오로 이를 꽉 깨물고 초대형 캐리어의 바퀴 부분을 두 손으로 받쳐 용을 쓰며 들어 올렸다. 다리가 후들거리고 허리가 부러질 것만 같았다. 빠득빠득 이를 가는 소리가 귓가에 울렸다. 정말 힘겹게, 가까스로 실을 수 있었다.

운전석에 오르자마자 목에 걸고 있던 수사관 아이디카드를 벗어 조수석 글로브 박스에 넣고 바지 주머니에서 최진열의 아이디카드를 꺼내 목에 걸었다.

차를 몰고 경사면을 올라가고 있자니 왼쪽으로 경비 부스가 시야에 들어왔다. 부스 안에서 경비원의 머리가 들락날락하고 있었다. 경비원이 모니터를 보며 차량을 한 대씩 확인하고 통과시키는 모양이었다. 검문 초소를 빠져나가는 차들 가운데에는 제법 시간이 걸리는 차량도 있었다. 마스크가 눈길을 끌 수 있다는 생각이 들어 마스크를 벗어 바지 주머니에 쑤셔 넣고, 심호흡을 하며 앞의 차량이 빠져나갈 때마다 조금씩 전진해나갔다.

마침내 차례가 왔다. 모니터를 보며 체크하던 경비원이 얼굴을 내밀고 이쪽을 돌아봤다. 나는 티 나지 않게 마른침을 삼킨 뒤 운전석 창문을 반쯤 내리고 왼손으로 은테안경의 테를 잡아 보였다. 하지만 크로스바는 꿈쩍도 하지 않았다.

"응?" 나는 눈동자만 돌려서 초소 쪽을 힐끔 곁눈질했다. 고개를 내민 채 나를 응시하고 있던 경비원과 눈이 마주쳤다. 순간 심장이 얼어붙어버리는 것만 같았다.

얼결에 반대쪽으로 얼굴을 돌린 나는 숨 쉬는 것도 잊어버리고 조수석에 놓아둔 서류 가방을 팬스레 더듬거리면서, 목에 걸고 있던 검사 신분증을 창문 밖으로 내밀었다. '제발 나를 보내줘'라고 기도하면서.

잠시 뒤 크로스바가 올라가는 소리가 들려왔다.

나는 운전석 창문을 올리며 살포시 액셀을 밟았다.

19_피랍자

짝짝짝… 가장 먼저 들린 건 박수 치는 소리였다. 거기에 다른 소리도 섞여 있는 것 같아 귀를 기울여보니 멀리서 종소리도 들려왔다. 종소리가 빨라지면서 눈앞에 건널목이 모습을 드러내더니 차단기가 올라갔다. 건널목 건너편 어둠 속에서 꽤 많은 사람들이 박수를 치고 있다.

어? 그런데 아프다. 사람들이 박수를 칠 때마다 아프다. 왜지? 왜 아프지?

진열은 눈을 떴다. 손뼉 치는 소리가 이어지고 있는 가운데 좌우로 흔들리는 시야에 검정색 옷을 입은 남자의 가슴팍이 보였다. 딸랑딸랑 딸랑… 희미하게 방울 소리 같은 것도 들려왔다.

종소리가 아니라 방울 소리였구나. 그리고 박수 소리는….

눈앞의 남자한테 뺨을 맞고 있었다는 사실을 깨달을 때까지 시간이 조금 걸렸다. 이 세상에서는 특히 대한민국에서는 절대로 일어날 수 없는 일이었기 때문이다.

"그만! 그만 때려!" 진열은 버럭 소리를 내질렀다.

"정신이 좀 드나?" 남자가 뺨을 때리던 손을 멈췄다.

진열은 눈을 치뜨고 남자의 눈을 쏘아보았다.

"여기 어디야? 너, 내가 누군지 알아?"

"거참 신기하네. 어떻게 처음 하는 말이 다 그렇게 똑같은지." 남자가 코웃음을 쳤다. 그런데….

본 적이 있는 얼굴이다. 이 남자, 어디서 봤는데? 아! 맞다! 사무실로 찾아왔던 그놈이다! 그렇다면 이놈이 나를 납치한 거야? 게다가 검사의 몸에 손을 대? 왜? 뭐 이런 미친놈이 다 있나. 간이 붓다 못해 배 밖으로 나온 거야 뭐야.

"너, 누구야?" 진열은 정말로 순수하게 이 남자의 정체가 궁금했다.

남자는 질문에는 대답하지 않고 웅크리고 앉으며 되물어왔다. "넌 내가 누군지 아냐?"

"내가 널 어떻게 알아? 이 새끼야!" 진열은 눈알을 부라렸다.

"기억 못 할 줄 알았어. 쓰레기 같은 새끼! 기억도 못 하는 새끼 앞에서 아까는 괜히 쫄았네." 남자가 피식피식 웃음을 흘리며 맞은편 벽 쪽을 가리켰다.

그쪽을 보니 누군가 의자에 앉아 있었다. 입술이 터져 있었지만 누군지 금방 알 수 있었다. 이기우였다. 그런데 가슴 부분이 밧줄로 꽁꽁 묶여 있었다. 유심히 살펴보니 검정색 플라스틱 노끈 같은 것으로 묶여 있는 그의 두 손 가운데 오른손이 까맣게 변해서 축 늘어져 있었다.

진열은 반사적으로 몸을 틀어봤다. 하지만 꼼짝할 수 없었다.

나도 묶여 있는 건가?

눈살을 잔뜩 찌푸리고 남자를 올려다봤다. 그리고 아랫배에 힘을 주고 내뱉었다. "너 정말 내가 누군지 알고 이런 짓을 하는 거야?"

"널 모르는데 찾아갔겠냐? 서울중부지검 검사 최진열." 남자의 말투는 거침이 없었다.

듣고 보니 틀린 말은 아니었다. 아니까 찾아왔겠지.

확실한 건 이놈은 지금 검사가 얼마나 무서운지 모르고 있다는 것이다.

"검사를 협박한다? 너 검사를 건드리고 살 수 있을 것 같아?" 진열은 눈알을 희번덕거리며 잡범을 대하듯 으름장을 놓았다. 이런 잡범한테는 절대로 고개를 숙일 수 없다는 대한민국 검사로서의 자부심이 발끝에서부터 머리끝까지 용솟음쳤다.

"거참 되게 시끄럽네!"

남자가 앞치마 주머니에서 반짝이는 뭔가를 꺼내더니 순식간에 들어 올렸다. 안경알에 핏방울이 튀었다. 잘린 입술 사이로 악! 외마디 비명이 튀어나왔다. 통증과 황당함에 머리를 흔들자 딸랑딸랑 딸랑… 방울 소리가 울렸다.

"안 돼! 최 프로, 움직이지 마! 움직이면 우리 둘 다 죽어!" 이기우의 처절한 외침이 귓속을 파고들었다.

"판사님 말이 맞아. 방울 소리가 계속 나면 너네 둘 다 죽어. 그리고 중요한 건, 난 지금 네 얘기 들으려고 너를 여기에 데리고 온 게 아냐."

남자의 이글거리는 눈빛이 쏘아보고 있었다. 진열은 찍소리도 할 수가 없었다. 또 뭐라고 했다가는 아랫입술까지 잘릴 것 같아서였다. 그래서 그냥 고개를 숙였다. 생각할 시간이 필요했다.

"난 잠깐 나갔다 와야 하거든. 그러니까 그 전에 최진열 당신에 대한 판결을 먼저 집행할게."

남자가 이상한 말을 내뱉더니 선반이 있는 곳으로 걸어갔다. 눈으로 남자의 뒷모습을 좇다가 힐끔 이기우를 보니 그의 눈도 남자의 움직임을 뒤쫓고 있었다.

남자가 선반 뒤로 사라지고 나서 달그락달그락 뭔가를 만지는 듯한 소리가 들려왔다.

"최진열 씨, 어떤 판결을 내릴지 궁금하지 않아요?"

갑자기 존댓말을 하며 선반에서 돌아 나온 남자가 성큼성큼 다가오더니 바로 앞에 웅크리고 앉았다. 그러고는 억양이 없는 담담한 어조로 말하기 시작했다.

"그럼 판결하겠습니다! 피고 최진열은 명확한 증거를 보고도 못 본 척하였으므로 그 눈을 못 보게 만드는 벌에 처한다! 자, 오른쪽 눈이야? 왼쪽 눈이야?"

"그, 그게 무슨 말이지?" 진열은 얼결에 얼굴을 들었다가 곧바로 눈을 내리깔았다. 그러나 이내 얼굴을 들 수밖에 없었다. 남자의 손이 턱을 움켜잡고 억지로 들어 올렸기 때문이다. 남자의 번득이는 두 눈동자가 왼쪽에서 오른쪽으로 다시 오른쪽에서 왼쪽으로 천천히 움직였다.

"증거를 못 본 척한 눈이 어느 쪽 눈이냐고! 오른쪽? 왼쪽? 너한테 선택권을 주는 거야."

심장이 미친 듯이 벌렁거리기 시작했다.

다짜고짜 입술을 딸 정도로 미친놈이라면 정말로 무슨 짓이라도 할 것이다. 나의 총명한 머리를 굴려 이 미친놈의 마음을 사로잡을 만한 말을 찾아야만 한다. 답은 분명히 있다.

"자, 잠깐만, 뭘 잘못 알고 있는 모양인데, 나는 한 번도 그런 적이 없어…." 이 미친놈이 무슨 더 끔찍한 짓을 저지르기 전에 진정시키려다 보니 말이 점점 빨라졌다. "증거가 있으면 있는 대로 없으면 없는 대로, 법과 상식에 의거해서, 그러니까 증거를 보고도 못 본 척했다거나 하는 건 절대로 있을 수가 없는 일이야. 우리나라 사법 시스템이 그래. 내가 원한다고 그렇게 할 수 있는 구조가 아니라고. 미치지 않고서야 그럴 이유가 어디 있겠어."

가만히 듣고 있던 남자가 이기우 쪽으로 고개를 틀었다.

"판사님, 대답해봐. 내가… 아니지, 정확하게는 내 아내가 가져다준 증거를 최진열 검사가 재판부에 제출했었나?"

눈길이 절로 이기우의 퉁퉁 부어 있는 입으로 향했다.

증거? 무슨 증거? 누가 줬다고? 밑도 끝도 없는 얘기라 극도로 혼란스러웠다.

그때, 이기우가 희미하게 고개를 좌우로 흔드는 게 시야에 걸렸다.

"엥?"

저 인간이 왜 고개를 젓는 거야?

순간, 턱이 깨질 듯 아파오면서 남자의 왼쪽 팔뚝에 힘줄이 불거지는 게 보였다.

"네 말대로 미쳤었나 보네. 제출하지 않은 거 보니까."

턱이 조여오는 고통에서 달아나려고 고개를 뒤로 젖히자, 딸랑딸랑… 방울 소리가 났다.

"안 돼! 머리를 움직이면 우리 둘 다 죽어! 제발 머리 움직이지 마!" 이기우가 소리를 질렀다.

"판사님 말이 맞아! 방울 소리가 계속 나면 넌 죽어!"

으으으, 턱이 으스러질 것 같지만 죽는다니까 머리를 움직일 수는 없다. 혼돈 속에서 헤매고 있는 오른쪽 눈동자를 향해 아이스 픽 끝이 다가오고 있다.

"금방 끝날 거야!" 남자의 말이 채 끝나기도 전에 날카로운 아이스 픽 끝이 눈동자를 파고들었다.

으아아아… 극심한 고통 탓에 저도 모르게 고개를 흔들고 말았다. 딸랑딸랑 딸랑… 방울 소리가 연이어 울렸다.

온몸이 바들바들 떨려왔지만 진열은 가까스로 머리의 움직임을 멈췄다. 딸랑딸랑… 방울 소리가 점점 잦아들었다.

"먹어!"

멀쩡한 왼쪽 눈을 가까스로 뜨고 보니 하얀색 알약이 어른거렸다. 입을 벌리자 알약이 혀 위에 놓였다. 아무런 맛도 느껴지지 않았다.

"항생제야." 남자가 생수병 뚜껑을 따서 눈앞에 들이밀더니 입안에 부어주었다. 잘린 윗입술 사이로 물이 줄줄 새는 것을 느끼며 알약을 간신히 목구멍으로 넘겼다.

웅크리고 앉아 있던 남자가 일어서더니 진열과 이기우를

번갈아 보며 입을 뗐다. "난 너희들을 죽일 생각까지는 없어. 그래서 한쪽씩은 남겨두는 거야. 혹시 여기서 살아나가면 그때는 제대로 해야 되지 않겠어? 진짜 법과 원칙에 맞게, 진짜 법과 상식에 맞게 말이야."

말을 마친 남자는 성큼성큼 걸어서 철제 선반 뒤로 들어 갔다. 부스럭거리는 소리가 났다. 선반에 가려서 정확하게 무엇을 하고 있는지는 알 수 없었지만 앞치마와 비닐 토시를 벗고 있는 것 같았다.

남자가 선반을 돌아 나왔을 때는 작업복 같은 옷으로 갈아입은 상태였다. 그가 문 쪽으로 걸어가며 말했다. "불은 켜놓고 갈 테니까, 둘이 얘기하고 있어. 난 잠깐 나갔다 올게."

진열은 고개를 숙인 채 왼쪽 눈을 살짝 치켜뜨고 남자를 살폈다. 그가 입고 있는 작업복 등판에는 '정석참치'라는 큼지막한 글씨가 박혀 있었다. 얼핏 보니 이기우도 그를 보고 있었다. 문손잡이를 잡은 남자가 우뚝 멈춰 서더니 고개만 반쯤 이쪽으로 돌렸다. 그의 옆얼굴이 보이자 진열은 잽싸게 눈을 내리깔았다.

감정 하나 실리지 않은 남자의 목소리가 들려왔다. "가능한 한 움직이지 말고 있어. 괜히 도망치려고 하다가 빨리 죽지 말고."

문이 열리고 닫히는 소리와 함께 철커덕 잠금장치 걸리는 소리가 창고 안에 울렸다. 진열은 갑작스럽게 들이닥친 이 상황이 황당하기만 했다. 분하고 원통하고 억울해서 거친 숨이 터져 나왔다.

"내가 왜 여기 있어야 되는 거야? 씨발." 멀쩡한 왼쪽 눈을 부릅뜨고 이기우를 노려봤다. "이기우, 너 미친 거 아냐? 날 저놈한테 팔아넘겨? 네가 뜬금없이 찾아온다고 전화했을 때 뭔가 이상하다고 생각했어! 죽으려면 너 혼자 뒈지든지 왜 나까지 끌어들이고 지랄이야 지랄이! 물귀신이냐! 나 끌어들여서 지금 이렇게 같이 있으니까 좋냐? 씨발!"

시선을 외면한 채 이기우가 검붉게 부어오른 입술을 달싹였다. "최 프로, 내 손을 봐. 남은 왼손도 박살을 내겠다는데 난들 어떻게…."

이기우의 오른손은 시커멓게 변해 축 늘어져 있었다.

"그게 핑계야? 이기우, 너도 저놈이랑 공범이야 이 새끼야! 치사하고 야비하고 비열한 새끼!"

진열은 묶여 있는 두 손을 깍지 끼고 손목에 힘을 줬다. 이것만 풀리면 당장이라도 달려가서 제일 먼저 저 배신자 놈의 아가리를 날려버리고 싶었다. 하지만 얇은 플라스틱 끈은 보기보다 너무 질겼다.

거친 숨을 몰아쉬면서 왼쪽 눈알만 돌려가며 몸 상태를 확인해보는데 몸통도, 손목과 발목도 꽁꽁 묶여 있지만 잘하면 움직일 수 있을 것 같았다. 그래서 일어나보려고 하자 딸랑딸랑… 방울 소리가 들려왔다.

"안 돼! 움직이지 마! 최 프로, 네 머리 위를 봐! 머리 위를 보라고!" 이기우가 거의 숨이 넘어갈 듯 울먹였다.

눈을 치켜뜨고 올려다봤다. 머리 위에 매달려 있는 쇠말뚝의 뾰족한 끝이 머리통을 정통으로 겨누고 있었다.

"이런 씨발…."

이대로 있다가는 죽겠다 싶어 진열은 쇠말뚝 밑에서 벗어나보려고 고개를 외로 꼬고 엉덩이를 들썩거렸다. 철제 의자가 삐끗 움직이자 딸랑딸랑 딸랑… 방울 소리가 이어졌다.

"최 프로, 제발 좀 앉아! 네 눈에는 저 작두가 안 보이냐? 제발 좀 가만히 있어!" 이기우가 눈알을 허옇게 뜨고 악을 써댔다.

저 배신자 놈이! 진열은 발끈해서 이기우를 쏘아봤다. 잔뜩 겁에 질린 이기우가 눈을 치켜뜨고 천장 어딘가를 노려보고 있었다.

"뭘 보는 거야?" 이기우의 시선을 따라가 보니 공중에 거꾸로 매달린 작두날이 있었다. 그리고 작두날 바로 아래 보일 듯 말 듯 한 가느다란 실이 잘리기 직전이었다. 화들짝 놀라 몸을 움츠리자 작두가 올라갔다. 딸랑딸랑… 방울 소리가 울렸다.

진열은 콧김을 내뿜으며 물었다. "저 미친 새끼가 우리한테 왜 이러는 건데?"

"정순철 회장 성폭행 사건 있었잖아." 이기우가 힘없는 목소리로 말했다.

"그게 왜?"

물론 어떤 사건인지는 알고 있다. 하지만 그 남자가 이렇게까지 하는 이유를 도저히 이해할 수가 없었다. 그 사건이라면 무죄로 끝난 사건이다. 억울하면 항소할 것이지. 감히 사법제도에 반기를 들어?

"저 사람, 그때 정순철 회장한테 성폭행당했다고 주장했던 피해자의 남편이래." 이기우가 말을 이었다. "그런데 그 피해자가 자살했대."

"그 여자 자살했어? 그게 나랑 무슨 상관인데. 미친 새끼! 씨발."

진열은 방금 전에 일어났던 말 같지도 않은 황당무계한 일들을 곱씹어봤다.

저놈은 자기 아내가 죽은 것을 나와 이기우의 탓으로 돌리고 있다. 정확하게는 검사와 판사의 탓으로. 저놈은 절대 말로 해서 통할 놈이 아니다. 자기가 원하는 걸 손에 넣으면 결국 우리를 죽이려고 들 것이다. 살려준다고 했지만 그건 새빨간 거짓말일 수밖에 없다. 정말로 살려줄 생각이 있다면 머리 위에다가 저 무지막지한 쇠말뚝 같은 것을 매달 발상조차도 안 했을 테니까. 그것도 저런 가늘디가는 실에 매달다니. 우리의 애간장을 태우고 피를 말려 죽이려 한다고밖에는 달리 해석할 방도가 없다.

저놈은 조폭이나 마피아, 야쿠자보다 무섭다는 '그냥 미친 놈'이 아니라 '광기 그 자체인 놈'이다!

놈이 돌아오기 전에 도망쳐야 한다. 살 수 있는 길은 그것밖에 없다.

진열은 왼쪽 눈을 들어 천장을 쳐다봤다. 전등 빛을 받은 작두날이 번쩍였다. 번득이는 칼날이 그 바로 아래에 있는 가느다란 실을 당장이라도 자를 것만 같아서 목에 힘을 주어 당겨봤다. 당긴 만큼 작두날이 위로 올라갔다.

"이기우, 너도 좀 당겨. 가만히 있지 말고!"

딸랑딸랑… 울리는 방울 소리와 투두둑 낚싯줄이 쓸리는 소리가 들리는 가운데 철제 빔 위에서 미세한 먼지들이 춤을 췄다.

"저거 끊어지면 우리 둘 다 죽어! 제발 가만히 좀 있으라고. 최 프로, 이 씨발 놈아!" 이기우가 울부짖었다.

3부_응징

20_추격자들

손목시계로 시간을 확인해보니 오후 8시 45분이다.

중동경찰서 형사과장인 이종혁은 서장실 문 너머에 있을 진형준 서장의 모습을 상상하면서 노크를 했다.

"들어와. 들어와!" 문 너머에서 조바심이 잔뜩 밴 목소리가 들려왔다.

종혁은 문을 열고 안으로 들어가면서 진 서장의 옷차림을 살폈다. 역시 예상은 빗나가지 않았다. 그는 잘 다려진 경찰 정복에 정모(정복에 입는 모자)까지 쓰고 있었다. 큰 사건이 발생하면 담당자보다 본인이 직접 나서서 현장을 지휘하는 모습을 보여주는 게 진 서장의 취미고, 그 취미를 살리는 게 그의 특기다. 그 이유가 무엇인지 감추려고도 하지 않는다. 업무와 관련된 얘기든 사적인 얘기든 무슨 대화를 나누다가도 결국은 기. 승. 전. 진급이다. 말똥(경무관의 계급, 무궁화 다섯 개가 모여 있는 모양이 말똥 같다고 해서 붙여진 속칭)으로의 진급. 군대로 말하자면 '별'로의 진급이다.

짙은 고동색 가죽 소파 상석에 몸을 파묻고 있던 진 서장이 오른쪽 대각선에 있는 소파를 턱으로 가리켰다. "이 과장,

거기 서 있지 말고 여기 앉아."

종혁이 앉기도 전에 진 서장은 두 손으로 테이블을 짚고 상체를 들이밀었다.

"어디까지 확인했나?"

사건이 접수되고 감식이 진행 중이라 아직은 보고하고 말고 할 상황이 아니었다.

종혁은 소파에 앉으며 대답했다. "확인 중에 있습니다."

"이 과장, 강력계 모두 움직이고 있는 거 맞지? 그런데도 나온 게 하나도 없다는 거야?" 진 서장의 눈은 물에 빠져 숨이 넘어가기 직전 지푸라기가 아니면 거미줄이라도 찾으려는 듯 안절부절못하며 허공을 헤매고 있었다.

충분히 이해할 수 있는 상황이다. 진급만을 바라보고 있는 진 서장에게는 최악의 사태가 벌어졌다고밖에 할 수 없을 테니까. 중동경찰서 관할 중부지검에서 현직 검사가 납치되었다는 신고가 접수된 것은 오늘 오후 5시경이었다.

신고자는 같은 검찰청의 직원이었다. 그는 용무차 피랍된 최진열 검사의 사무실인 515호를 방문했다. 그런데 만나기로 약속했던 수사관이 약속 시간이 지났는데도 나타나지 않기에 전화를 걸자 캐비닛 안에서 핸드폰 진동 소리가 났다. 이를 수상하게 여기고 열어보자 그 안에 해당 수사관이 의식을 잃고 쓰러져 있었다. 그 옆의 캐비닛에서도 수사관 한 명이 더 발견되었고 사태의 심각성을 인식한 직원이 최진열 검사에게 연락을 해봤지만 핸드폰이 꺼진 상태였다. 그 시점에서 중동서로 신고가 접수되었다.

현재 중동서 강력계의 2팀과 3팀 인원의 절반과 1팀의 장 형사와 차 형사가 현장에 투입되어 2, 3팀은 외부에서 목격자를 찾는 탐문을, 1팀의 두 형사는 용의자와 접촉한 사람들을 중심으로 탐문 수사를 벌이고 있다.

장 형사가 용의자와 접촉했을 가능성이 있는 검찰청 관계자들을 탐문하는 과정에서 용의자로 추정되는 남자가 이기우 판사의 신분증을 도용했다는 사실이 밝혀졌다. 이 판사의 행방을 수소문한 결과, 그 역시 어젯밤 산책을 나간다고 외출한 이후로 행방불명 상태라는 것이 파악되었다. 결국 현 상황에서는 용의자가 현직 판사와 현직 검사 두 명을 납치한 것으로 추정하고 있다.

약 두 시간 전인 오후 6시 40분경, 검찰청 인근 병원으로 옮겨진 수사관들의 의식이 회복되었다는 보고까지는 받았다. 여기까지의 과정은 이미 30분 전 진 서장에게 보고를 마친 상태고, 감식 결과를 기다리고 있는 중이라고 했는데 또 호출을 받고 오게 된 것이다. 물론 종혁이 이번 수사를 직접적으로 지휘하는 형사과장이니만큼 감당해야 할 일인지도 모른다.

"네, 아직은⋯."

"이 과장, 지금 나만 안달이 나 있는 거야? 나는 지금 속이 타다 못해서 내장이 다 녹아버릴 것 같은데."

진 서장이 뒷주머니에서 손수건을 꺼내 이마와 인중에 맺힌 땀을 찍어내고는 깊은 한숨을 내뱉었다. 여기까지 단내가 났다.

"빨리빨리 해야 돼! 검찰도 대대적으로 움직이기 시작했을 테니까, 검찰보다 우리가 먼저 찾아야 돼. 실종자든 용의자든 말이야! 늦으면 자네도 나도 피곤해져. 이 과장도 알겠지만 이건 우리 경찰의 자존심이 걸려 있는 사건이야!"

"알고 있습니다." 종혁은 입을 꾹 다물고 턱을 까닥였다.

"아이씨, 검찰청이 왜 우리 관할에 있는 거야? 그리고 그놈은 정신이 나간 거야 뭐야? 어떻게 검찰청에 들어가서 검사 납치할 생각을 다 하냐고! 환장하겠네, 정말!" 고개를 푹 숙인 채 바닥이 꺼져라 몇 번이고 한숨을 내쉬던 진 서장이 불쑥 얼굴을 들더니 말을 이었다. "무조건 검찰보다는 빨라야 해!"

"네. 서두르겠습니다."

"그럼 됐고. 빨리 가서 찾아!" 나가라고 손을 홰홰 내저으면서도 진 서장은 입을 쉬지 않았다. "매시간 진행 상황 보고하고. 이 사건 해결할 때까지는 강력계 모두 비상근무라는 거 명심하고. 직원들한테도 내가 불시에 점검 들어간다고 알려. 참고로 나는 아무튼 사건 해결될 때까지는 퇴근도 안 할 거야!"

묵묵히 고개를 끄덕이고 종혁은 자리에서 일어났다. "알겠습니다."

사건을 해결하려면 여기 앉아서 하나 마나 한 얘기를 주고받는 것도 시간 낭비다.

뛰다시피 계단을 내려간 종혁은 2층 복도를 따라 걷다가 강력계 사무실의 첫 번째 문(총 세 개가 있다)을 열고 들어가, 문에서 왼쪽 대각선으로 사무실 가장 안쪽, 창문을 등지고 있는 자리로 걸어갔다. 형사과장실은 3층에 별도로 있지만 이번 사건 때문에 임시로 만든 자리다. 걸어가며 둘러보니 첫 번째 문에서 가까운 3팀과 두 번째 문에서 가까운 2팀은 한 명씩만 남기고 모두 자리를 비운 상태였다. 거수경례를 해오는 형사들에게 살짝 손을 들어 보이는 것으로 답례를 대신하며 책상으로 다가가서 그 위에 수첩을 내려놓은 뒤 종혁은 몸을 돌리고 책상에 엉덩이를 반쯤 걸친 채, 분주하게 움직이고 있는 1팀 형사들의 면면을 바라보았다.

정면으로 보이는 세 번째 문에서 가장 가까운 자리, 엉거주춤하게 선 채 핸드폰으로 전화를 하면서 수첩에 메모를 하고 있는 김 계장은 일을 빼면 모든 관심이 축구에 쏠려 있다. 그 덕분에 달려서 추격했을 때 범인을 놓친 적이 한 번도 없다.

오른쪽 벽을 등진 자리에서 컴퓨터를 마주 보고 마우스를 움직이고 있는 박 형사는 움직이기 편하다며 면 소재의 재킷과 바지를 주로 입는다. 약간 작고 마른 몸집에 얼굴도 동안이라서 형사라기보다는 교사나 사무직 공무원에 더 어울릴 것 같은 인상이지만 근성 하나만은 그 누구에게도 뒤지지 않는다.

프린터 앞에서 프린트가 되기를 기다리고 있는, 갈색 가죽 잠바를 걸치고 있는 키 크고 날씬한 조 형사는 이제 막 알을 깨고 나온 햇병아리 형사다.

그리고 김 계장의 자리에서 대각선으로 오른쪽, 맞붙어 있는 두 책상에 어깨가 닿을 정도로 나란히 앉아 얘기를 나누고 있는 오 형사와 강 형사는 비번일 때 같이 여행도 가고 낚시도 다닐 정도로 1팀에서 가장 사이가 좋은 총각 콤비다. 지금까지는 이 둘만 총각이었는데 조 형사가 들어오면서 총각이 셋으로 늘었다.

종혁은 막 핸드폰 통화를 마친 검정 가죽 잠바 차림의 김 계장을 손짓으로 불렀다. "김 계장, 이기우 판사랑 최진열 검사가 함께 관여했던 재판 내용 정리됐나?"

다가오던 김 계장이 오른쪽 벽 책상 쪽으로 시선을 던졌다. "박 형사가 정리 중입니다."

"프린트하고 있습니다." 자리에서 벌떡 일어난 박 형사가 위잉위잉 돌아가고 있는 프린터 쪽으로 달려갔다. "이제 정리만 하면 됩니다."

프린터 앞에 서 있던 조 형사가 프린트되어 나온 용지를 가지런히 모으고 있다.

"많아?"

"적진 않습니다." 그렇게 대답하면서 박 형사가 프린트한 종이를 두 부로 나누기 시작하자 조 형사가 손을 보탰다.

"검찰청 수사관들 상태는 어때?" 종혁의 질문에 김 계장이 대답했다.

"다행히도 두 수사관 모두 지금은 완전히 의식을 되찾은 상태이긴 한데요, 용의자가 마스크를 쓰고 있어서 얼굴을 제대로 보지 못했답니다. 아무래도 전혀 도움이 안 될 것 같습니다."

"무슨 약물을 사용했는지는 나왔고?"

"그건 국과수에서 분석 중에 있는데요. 결과가 나오는 대로 알려주기로 했습니다."

"지문 채취 상황은?"

"감식반이 검찰청 입구부터 최진열 검사의 사무실 내부, 엘리베이터까지 샅샅이 뒤지고 있다고 알려왔습니다."

잠시 생각을 해보다가 종혁은 다시 입을 열었다. "최진열 검사의 차량 수배 상황은?"

"2팀이 교통과의 지원을 받아서 중부지검 지하주차장 입구에서부터 주변 도로 CCTV까지 모두 뒤져보고 있습니다."

"복사 부탁해." 하는 소리에 이어 다급한 발소리가 들려 돌아보니, 프린트된 종이 한 부를 조 형사에게 건넨 박 형사가 잰걸음으로 다가와서 나머지 한 부를 이쪽으로 내밀었다.

"과장님, 먼저 보시죠. 복사하는 대로 직원들에게도 나눠주겠습니다." 말을 마친 박 형사는 다시 복사기 쪽으로 걸음을 재촉했다.

그의 뒷모습을 보고 있자니 문득 떠오르는 게 있어서 종혁은 책상 위 탁상용 달력으로 시선을 옮겼다. 이번 주 일요일에 동그라미가 그려져 있고 '수현 돌, 박진일'이라고 적혀 있다.

"박 형사, 잠깐만."

복사되는 것을 지켜보고 있던 박 형사가 돌아보았다.

"우리 수현이 돌이 이번 주 일요일이라고 했지?"

"네…." 박 형사가 쑥스러운 듯 목덜미를 긁적였다.

수현이는 올해로 서른이 된 박 형사가 어렵게 얻은 딸이다. 정확하게는 동갑내기인 그의 아내가 두 번의 유산을 겪고 고생고생해서 낳은 자식이다.

"이 사건을 그 전에 해결해야 될 텐데 말이야." 종혁은 말을 이었다. "나도 우리 수현이 돌잔치에 가고 싶으니까 열심히 뛰어보자고."

"네, 열심히 뛰어다니겠습니다." 복사기 쪽으로 돌아서는 박 형사의 입가에 미소가 걸려 있었다.

종혁은 프린트한 종이를 내려다보았다. 가장 위에, 피고 김선국 사기 및 횡령 배임 혐의 재판 기록이 있었다. 판결은 징역 1년 6월, 집행유예 3년. 고소인 임중철.

"김선국이라면 황금해수산의 김선국?"

"네." 김 계장이 대답했다. "종암서 담당이었습니다."

다음 장을 넘겨보니, 피고 이진수 성추행 혐의 재판 기록이고 판결은 무죄, 고소인은 황정아. 그다음 장에는, 피고 박진호 사기 및 횡령 혐의 재판 기록이고 판결은 징역 1년, 집행유예 2년, 고소인은 안수형. 그다음 장은 피고 정순철, 성폭행 혐의 재판 기록이 보이고 판결은 무죄, 고소인은 김동현.

"정순철이면 대망그룹 정순철 회장?"

"네. 재작년 이맘때 꽤 시끄러웠던 성폭행 사건인데요." 프린트된 종이를 곁눈질로 보던 김 계장이 말을 덧붙였다. "서문서에서 수사했던 사건입니다."

종혁은 자료를 넘겨보며 입을 열었다. "김 계장, 예상 피해자별로 팀을 나눠서 관리해야겠어. 범인은 여기서 끝내지 않을지도 모르니까 말이야."

"네, 1팀 중심으로 2인 1조로 나누고 모자라는 인원은 다른 팀에게 지원 요청하겠습니다. 그리고 해당 지구대에 지원 요청도 해놓겠습니다."

"그렇게 하자고." 종혁은 자료를 책상 위에 내려놓고 김 계장을 바라봤다. "검찰청 CCTV는?"

"장 형사가 확인 중에 있는데요, 알아보겠습니다." 김 계장이 잠바 주머니에서 핸드폰을 꺼내 전화를 걸었다.

종혁은 보고 있던 자료를 책상 위에 내려놓은 뒤 등을 꼿꼿이 펴고 짝짝 손뼉을 쳤다. "모두, 주목!"

강력계 안에 있는 모든 형사들의 시선이 이쪽으로 쏠렸다.

종혁은 형사들의 얼굴을 찬찬히 둘러보며 말문을 열었다. "여러분들 생각도 나랑 같겠지만, 이번 사건은 피해자들이 방귀깨나 끼는 사람들이라는 것 말고는 얼핏 보면 단순한 사건처럼 보일 거다. 그렇지만 방심하면 아주 곤란해질 수도 있다. 조금만 실수해도 우리가 크게 다칠 수 있다는 거 명심하고! 이 사건을 우선적으로 해결한다! 빨리빨리 흩어져!"

박 형사와 조 형사는 책상 위에 펼쳐놓은 자료들을 한 장씩 뽑아 스테이플러로 찍어서 형사들에게 나눠주기 시작했고, 자료를 받아 든 형사들은 하나둘 무전기를 챙겨 들고 사무실을 빠져나갔다.

문밖에서 충성, 충성, 하는 경례 구호가 들려왔다. 첫 번째 문이 열리고 진 서장이 들어오더니 이리저리 책상 사이를 누비며 이쪽으로 다가왔다. 형사들이 일제히 '충성' 구호를 외치며 진 서장에게 거수경례를 했다.

진 서장은 경례는 됐다는 듯 손을 홰홰 내젓고 잰걸음으로 다가오며 말을 꺼냈다. "이 과장, 어떻게 사건은 좀 파악됐나?"

'만난 지 얼마나 됐다고 우물에서 숭늉 찾습니까?'라는 말은 목구멍으로 넘기고 마주 다가가서 피랍자 두 명이 동시에 관련된 재판 기록을 진 서장에게 건넸다.

"아직 단언할 단계는 아니지만요. 용의자는 이 안에 있을 가능성이 큽니다."

"그래?" 프린트된 종이 안에서 눈부신 빛이라도 발견한 듯 게슴츠레하게 뜬 눈으로 자료를 내려다보는 진 서장의 광대가 한없이 승천했다.

21_나

나는 택시를 타고 아내의 장례식에서 입었던 상복을 가지러 해피 빌리지로 가고 있었다. 냉동 탑차는 미리 조사해뒀던 민영주차장에 세워놓고, 짐칸에서 옷도 갈아입었다. 입고 있던 참치 유통회사 유니폼을 벗고 회색 면 잠바와 청바지, 그리고 파란색 야구 모자를 착용했다.

5분 정도만 더 달리면 15단지다. 거기서 내려 해피 빌리지까지는 걸어서 갈 생각이다. 택시 뒷좌석 창밖으로 카페, 식당, 치킨 가게, 부동산, 분식점 등 상가 건물들이 흘러갔다. 상가에 들어선 식당들을 보고 있자니 문득 배가 고프단 생각이 들었다. 집에 가봤자 먹을 것도 없을 텐데 컵라면을 좀 사가지고 가야 하나? 냉장고에 넣어둔 삼각김밥이 있기는 하지만 밥알이 굳어 서걱거려서 모래를 씹는 것 같았다. 그러고 보니 요 며칠간 제대로 된 식사라곤 거의 열흘 전 이기우를 찾으러 중앙지방법원에 갔을 때 그 건너편에 있는 추어탕 집에서 삼계탕을 먹은 것 정도였다.

불현듯 집으로 가기 전에 허기를 채우고 싶어져서 택시 기사에게 근처 상가에 세워달라고 했다. 그러곤 상가 건물을 따라 걸으며 무엇을 먹을까 찾아봤다. 피자, 떡볶이, 돈까스, 치킨 가게가 있었다. 그다지 당기지 않는 메뉴들이었다. 그런 가게들 사이에 '신장개업'이라는 문구가 적힌 화환이 눈에 띄었다. 그 가게로 가서 안을 들여다봤다. 커다란 가마솥에서 하얀 김이 모락모락 피어오르고 있었다. 뽕만이네 순댓국이라는 간판이 붙은 식당이었다.

"순댓국?"

왠지 낯선 음식이라는 느낌이 들었다. 기억을 잃었다고 음식들도 기억에 남아 있지 않다니 답답했다. 망설이고 있는데 입에 군침이 고였다. 몸이 기억을 한다고 하더니 두뇌는 기억을 못 해도 혀하고 코는 기억을 하고 있는 모양이었다. 어찌 됐건 날도 춥고 하니 국물이 있는 음식을 먹기로 하고 식당 안으로 들어갔다.

여섯 개의 테이블 가운데 네 개는 이미 손님들이 차지하고 있었다. 그럭저럭 장사는 잘되는 것 같았다. 식당 가운데쯤, 비어 있는 테이블로 가서 앉았다.

막상 앉고 보니 고민이 되었다. 얼마 전 추어탕을 먹었을 때, 다른 손님들은 땀을 뻘뻘 흘려가며 맛있게 먹고 있는데 내 입맛에는 맞지 않았다. 산초라는 향신료를 너무 많이 넣었기 때문인지 아니면 원래 그런 음식인지 자꾸 입에 뭔가 걸리는 것 같으면서 그다지 깔끔한 느낌이 들지 않았었다. 불행 중 다행이라고 그 식당 메뉴에 있던 삼계탕은 그럭저럭 먹을 만했다. 그런데 그때와 지금, 다른 게 있다면 지금은 냄새만 맡고도 군침이 고였다는 것이다.

코와 혀의 기억을 믿고 한번 도전해볼까?

벽에 걸려 있는 메뉴판을 보고 있자니 카운터 뒤에 있던, 사장으로 보이는 40대 중후반의 여자가 다가왔다.

"뭘로 드릴까요?"

"저기… 삼계탕은 없나요?" 혹시나 하는 마음에 물어봤다.

"여기는 순댓국 집인데요." 역시나 하는 대답이 돌아왔다.

"순댓국 하나 주세요."

"순댓국 하나만요? 술은요? 지금은 술 시간대라 식사만 하시려면 조금 기다렸다가 드시든지 아니면….'

순댓국 하나만 시키려면 나가라는 눈치였다. 확 나가버릴까 하는 생각도 들었지만 괜히 눈에 띄는 행동을 해서는 안 될 것 같아, 짐짓 태연한 척 테이블 위에 세워져 있는 플라스틱 메뉴판에서 적당한 메뉴를 골랐다.

"순댓국 특자랑 소주 한 병 주세요."

"네, 소주는 어떤 거로?"

"아무거나….'

슬리퍼를 끄는, 귀에 거슬리는 소리가 차츰 멀어져가면서 여사장은 "순댓국 특자!"라고 경쾌하게 외쳤다.

5분이 채 지나지 않아 순댓국과 소주가 나왔다. 나는 야구모자를 벗어 바로 옆 빈 의자 위에 내려놓고, 가게 벽면 여기저기에 붙어 있는, '순댓국 맛있게 즐기는 법'이라는 글을 보면서 다대기 한 스푼, 새우젓 반 스푼, 들깻가루 한 스푼을 넣었다. 국밥에서 올라오는 냄새가 식욕을 자극했다.

뜨겁게 올라오는 하얀 김을 후후 불어가며 한 숟가락을

입에 넣었다. 기가 막힌 맛이었다. 그다음부터는 허겁지겁 입에 떠 날랐다. 정말 오랜만에 제대로 된 밥을 먹어서였는지 허기 때문이었는지 어떻게 이런 맛이 있을 수 있을까 싶을 정도의, 태어나 처음 먹어보는 환상적인 맛이었다. 직업이 요리사다 보니 음식 맛에 예민한 건지도 모른다. 어찌 됐든 순댓국을 선택한 것은 정답이었다.

소주가 순댓국 옆에서 차가운 땀을 흘리고 있었다. 순간적으로 딱 한 잔만 마시고 싶다는 욕구가 치밀었다. 그와 동시에 한심하다는 생각이 그 욕구를 내리눌렀다. 복수를 완수하기 위해서 술을 끊기로 했는데 어느새 술 마시고 싶다는 생각이 들다니….

나는 스스로를 비웃으며 소주잔을 엎어놨다. 그런 다음 소주병의 뚜껑을 땄다. 밥 먹을 자리를 차지하기 위해 시킨 것이니만큼 안 마시더라도 욕심 많아 보이는 사장이 다시 팔 수 있게 해주고 싶지는 않아서였다.

어느 정도 허기가 달래지자 식당 벽에 걸려 있던 TV가 눈에 들어왔다. 뉴스 전문 채널에서 마침 속보를 전하고 있었다. TV 화면 아래쪽에 '오늘 대낮에 중부지검에서 검사 납치 사건 발생'이라는 자막이 흐르고 있었고 앵커가 긴박한 어조로 멘트를 이어갔다.

"서울중부지검의 최진열 검사를 납치한 용의자는 3, 40대가량의 남성으로 중부지방법원 이기우 판사의 신분증을 도용해 서울중부지검에 침입한 것으로 파악됐습니다. 또한 이기우 판사 역시 실종 상태라는 것이 알려지면서 동일한 용의자에 의해 납치되었을 가능성에 무게를 두는 가운데 검경은 수사력을 총동원하여 용의자를 추적 중이라고 알려왔습니다. 다음은 검찰청 CCTV에 찍힌 용의자의 모습입니다."

TV 화면에 검찰청 경비 초소 CCTV에 찍힌 정지 화면이 확대되어 떴다. 살짝 열린 승용차 창문 사이로 은테안경을 쓴 내 눈 부분이 보였다. 나는 깍두기를 집으려던 젓가락을 내려놓고 곁눈질로 빠르게 식당 안을 훑었다. 내가 앉아 있는 테이블 앞뒤의 손님들도 TV를 보면서 헛웃음을 날리거나 한마디씩 해댔다. "별 미친놈 다 있네." "저 새끼, 저거 무식한 거야 용감한 거야?" "어떻게 검찰청에서 검사를 납치할 생각을 하지?" "그 영화 있잖아? 맷 데이먼 나오는데, 제임스 본드가 아니라… 암튼 그 사람이라면 가능하겠지!" "아! 제이슨 본? 그거 말 된다!" "술이 확 깬다. 이모, 여기 소주 하나 더요!"

술을 곁들이고 있던 손님들은 재밌는 영화의 한 장면을 보고 있는 양, 웃음을 섞어가며 떠들어댔다.

나는 옆 의자 위에 벗어놨던 야구 모자를 눌러쓰고 일어나서 식당 입구 쪽으로 걸음을 서둘렀다. 식당 유리문을 밀어 열고 막 나가려는 찰나, "손님! 계산하고 가셔야죠!" 하는 식당 주인의 앙칼진 목소리가 나를 붙잡았다.

나는 돌아보지 않고 손을 뒤로 뻗어 내가 앉았던 테이블을 가리켰다. 테이블 위에 만 원짜리 지폐 두 장이 놓여 있을 터였다.

"손님, 잔돈 가져가셔야죠!" 식당 주인의 목소리가 들렸지만 못 들은 척하며 발걸음을 옮기자 등 뒤로 닫힌 문 너머에서 "고맙습니다! 또 오세요!"라는 말과 함께 웃음소리가 새어 나왔다.

마침 지나가는 빈 택시가 있어서 손을 들어 택시를 잡았다. 뒷좌석에 올라 무심코 "해피…"라고 했다가 얼른 "성남 쪽으로 가주세요. 가면서 얘기할게요."라고 말을 바꿨다.

택시가 유턴하더니 해피 빌리지를 등지고 달리기 시작했다.

조금 전 CCTV 화면만으로는 나를 알아볼 수 없다는 생각도 들었지만 아파트 주변에 이미 경찰들이 깔려 있을 수도 있는 노릇이었다. 복수를 완수할 때까지는 조심 또 조심해야 한다. 적어도 아내와 딸을 앗아간 모든 불행의 시발점인 정순철을 잡을 때까지만이라도 경찰에 붙잡힐 수는 없다.

아내의 장례식에서 입었던 상복을 갖고 올 수 없었던 게 못내 아쉬울 따름이었다. 당분간 집에는 돌아갈 수 없으리라.

22_추격자들

형사과 회의실 벽에 걸린 디지털시계의 붉은 숫자가 11시 29분을 알리고 있었다. 늦은 시간이긴 했지만 사건의 중대성을 감안해서 판검사 납치 사건에 대한 첫 수사회의를 소집했다. 종혁은 벽시계에서 눈을 떼고 회의실 안을 둘러보았다.

종혁이 앉아 있는 맨 뒷줄 기다란 테이블(옆으로 긴 테이블 두 개를 이어놓은)의 좌우에도, 그 앞 두 줄로 늘어선 기다란 회의용 테이블에도, 십여 명의 형사들이 삼삼오오 모여 앉아 정면을 주목하고 있었다.

모두의 시선이 향한 곳은 화이트보드 앞에 세워진 이동식 스크린이었고, 그 위에는 납치 피해자인 이기우와 최진열 관련 자료들을 포함해서 약물 추적 상황, 최진열의 차량 추적 상황, 지문 채취 상황 등 사건 관련 자료들 그리고 중부지검 내부의 CCTV와 주변 도로의 CCTV에 찍힌 납치범으로 추정되는 용의자의 사진들이 떠 있었다.

종혁은, 스크린 옆에 서서 연두색 레이저 포인터를 껐다 켰다 체크해보고 있는 김 계장에게 손짓했다.

"김 계장, 시작하지."

살짝 끄덕해 보인 김 계장이 음흠, 목을 가다듬고 브리핑을 시작했다.

"시작하겠습니다. 먼저 납치범의 사진에 주목해주십시오."

김 계장이 연두색 레이저 포인터로 CCTV에 찍힌 납치범의 사진들에 동그라미를 그려나갔다. TV 뉴스에도 나갔던, 운전석 창문을 반쯤 연 상태에서 은테안경을 쓴 납치범의 눈 부분만 보이는 사진 그리고 운전석 창문 사이로 내민 신분증에 가려서 납치범의 턱선만 살짝 보이는 사진, 검색대 앞에서 웅크리고 앉아 마스크를 내리고 있지만 고개를 비틀고 있어 범인의 얼굴이 확인되지 않는 사진, 마스크를 쓴 채 대형 캐리어를 끌고 검찰청 로비를 가로지르는 사진, 지하 3층 주차장에서 대형 캐리어를 끌고 가는 사진. 최진열의 은색 승용차 뒤 트렁크에 대형 캐리어를 싣고 있는 사진. 안내데스크에서 출입증을 건네받고 있는 사진, 엘리베이터 구석에서 고개를 숙이고 있는 사진, 그나마 잘 찍힌 사진들은 그렇게 하나같이 마스크로 얼굴을 가린 것들뿐이었다.

"여기 있는 사진들이 그나마 잘 나온 건데요. 보시다시피 CCTV에 찍힌 사진만으로는 납치범이 3, 40대의 남성으로 보인다는 것, 납치범과 접촉했던 수사관들과 안내데스크 직원, 경비원들의 증언까지 종합해볼 때 신장이 170에서 180 사이라는 것 이외 신원이나 외형적 특징을 가리킬 만한 단서는 아직 확보되지 않은 상황입니다. 그리고 최진열 검사의 차량 수배 상황도 아직까지는 진척이 없고, 감식반이 채

취한 지문들 가운데에서도 용의자로 특정할 만한 지문을 발견하지 못한 상태입니다."

"이기우의 신분증을 맡기고 갔다면서? 거기서도 안 나왔다는 건가? 장갑은 안 끼고 있던데." 종혁이 물었다.

"네, 정확히 말하자면 이기우 판사의 주민등록증이었는데요. 데스크 직원의 지문만 나왔다고 합니다. 그래서 박 형사가 직접 가서 그 데스크 직원을 만나봤습니다. 박 형사!" 김 계장이 회의용 테이블 왼쪽 가장자리를 바라보았다.

자리에서 일어난 박 형사가 이쪽으로 몸을 돌렸다. "제가 만나봤는데요. 그 직원은 주민등록증과 명함이 붙어 있었다고 기억하고 있었습니다. 주민등록증에서 명함을 떼어내 건네주는데 끈적이는 느낌을 받았다고도 했습니다."

납치범의 행동을 머릿속에 그려보면서 종혁은 질문을 이어갔다. "그러니까 주민등록증에 명함을 붙여놓은 상태에서, 주민등록증에는 아예 손을 안 대고 명함만 잡은 채로 주민등록증을 꺼내고, 그대로 직원에게 건넸다고 볼 수 있겠네?"

"네, 그런 것 같습니다." 보고를 마친 박 형사가 자리에 앉았다.

"그런 식이었다면 다른 곳에서도 지문을 채취하기는 어려울지 모르겠군." 턱을 까닥이며 종혁은 김 계장에게 손짓을 했다. "계속하지."

김 계장이 브리핑을 이어갔다. "미리 알려드린 대로 오늘 수사 회의의 목적이라고 할 수 있는데요. 이기우 판사와 최진열 검사가 함께 연루된 사건 가운데…."

"김 계장." 종혁이 손을 들고 말했다. "판사 검사 직책은 생략하고."

네, 하고 짧게 대답한 김 계장이 왼손에 들고 있던 리모컨의 버튼을 누르자 스크린 위에 한 남자의 얼굴 사진과 그 아래 '임중철'이라는 이름이 떴다.

"이기우와 최진열이 함께 연루된 사건 가운데, 가장 최근 있었던 사건부터 말씀드리겠습니다. 용의자 임중철과 관련된 사건으로, 피고는 황금해수산 유통의 김선국 회장이고 사기횡령 사건이었는데요. 징역 1년 6월, 집행유예 3년으로 판결한 사건입니다."

고소인 임중철은 지송산업의 대표로서 김선국의 투자 제안을 받고 투자한 금액 180억 상당의 금액을 모두 편취당했다 주장하고 있는 데 반해, 피고인 김선국은 일부만 혐의를 인정할 뿐 모두 합의를 통한 집행이었다고 주장하고 있습니다. 현재 양측 모두 항소 중인 사건입니다."

형사들을 둘러보며 종혁이 질문을 던졌다. "임중철은 누가 만나봤나?"

스크린 바로 앞에 앉아 있던 갈색 가죽 잠바 차림의 차 형사가 몸을 돌렸다.

"제가 만나봤습니다. 임중철은 김선국의 의도적인 기망행위에 자신과 회사가 일방적으로 당한 거라면서 분노하고 있었고요. 판결도 엉터리라며 불만을 쏟아내긴 했지만, 항소에서는 반드시 진실이 밝혀질 거라고 믿고 있는 것 같았습니다."

보고 내용을 곱씹어보고 나서 종혁은 김 계장에게 계속하라고 손짓을 했다. 김 계장이 리모컨 버튼을 누르자 '황정아'라는 20대 여성의 사진이 떴다.

"두 번째 사건으로 용의자 황정아와 관련된 사건은 피고 이진수에 의한 성추행 혐의 재판이었는데요…." 거기서 말을 끊은 김 계장이 이쪽을 바라보며 말을 이었다. "그런데 용의자는 남성이니까, 세 번째 사건부터 브리핑하고 황정아에 대해서는 마지막에 하도록 하겠습니다."

스크린 위의 사진이 '안수형'이라는 40대 남자의 사진으로 바뀌었다.

"세 번째 사건으로 용의자 안수형과 관련된…."

"잠깐!" 종혁은 김 계장의 보고를 가로막고 검지를 들어보이며 형사들을 둘러봤다. "황정아 만나본 사람은 없나?"

"네!"

스크린 앞 차 형사 옆에 앉아 있던 회색 면 잠바 차림의 김 형사가 손을 들었다.

스크린의 사진이 다시 '황정아'로 바뀌었다.

"황정아, 본인을 직접 만나지는 못했습니다만…."

"왜 못 만났는데?"

종혁의 발언에 김 형사가 자리에서 일어나 몸을 돌리고 보고하기 시작했다.

"그게… 황정아는 현재 심한 우울증으로 인해 병원에 입원 중이었습니다. 그래서 가족들 그러니까 황정아의 부모님과 남동생을 만나봤습니다."

"우울증?"

"네, 사건 이후에 두 차례 자살 시도까지 했다는 사실을 병원기록을 통해 확인했습니다."

"황정아 주변 인물에 의한 범행일 가능성도 배제할 수 없다는 얘기네. 김 형사, 성추행 혐의가 있었다는 이진수도 다시 한번 만나서 용의자로부터 위협이 있을 수 있으니 주의하라 강조하고, 황정아의 주변 인물들에 대한 수사도 강화하고." 종혁은 형사들을 둘러보며 말을 계속했다. "황정아 쪽으로 지원 가능한 형사 누구 없나?"

김 계장이 두 번째 테이블 오른쪽에 앉아 있는 감색 재킷의 오 형사와 그 옆에 있던 황갈색 코듀로이 재킷의 강 형사를 손으로 가리켰다.

"오 형사하고 강 형사, 담당 용의자 알리바이 확인을 마쳤다고 했지?"

네, 거의 동시에 대답하고 자리에서 일어난 두 형사가 눈짓을 주고받더니 오 형사가 입을 열었다. "네, 저희가 지원하겠습니다."

"그럼 그렇게 하고… 다음." 종혁은 김 계장에게 손을 들어 보였다.

스크린 위, '황정아' 사진에서 '안수형'이라는 40대 남자의 사진으로 다시 바뀌었다.

"세 번째 사건으로 피고 박진호, 사기 및 횡령 혐의 재판 기록이고 판결은 징역 1년, 집행유예 2년, 고소인은 안수형입니다."

테이블 맨 앞줄 오른쪽에 있던 짙은 회색 가죽 재킷 차림의 주 형사가 일어났다.

"안수형은 제가 만나봤습니다. 안수형의 주장에 따르면, 박진호가 '페어코인'이라는 가상화폐에 투자하면 1년 안에 세 배의 수익을 얻을 수 있다고 부추겨서 자신의 전 재산에 해당하는 약 6억 원 상당의 금액을 총 다섯 번에 나누어 투자하였답니다. 그런데 '페어코인'의 시세가 급락하면서 박진호가 거의 대부분의 돈을 잃었다고 했답니다. 하지만 안수형은 박진호가 하는 말은 모두 거짓이고, 사실은 박진호가 코인에 투자도 하지 않고 모두 가로챘다고 주장하고 있었습니다. 판결에서도 그 부분을 어느 정도 인정하여 실형이 나왔지만 투자를 결정한 안수형의 과실도 일부 인정돼 집행유예 판결이 나왔습니다."

"주 형사가 보기에 안수형이라는 사람은 어떤 것 같아?"

종혁의 질문에 주 형사가 대답했다.

"이번 사건의 용의자일 가능성을 배제할 수 없다는 인상을 받았습니다. 이유가 몇 가지 있는데요. 무엇보다 그 사건으로 인해 전 재산을 잃었을 뿐만 아니라 아내하고 이혼하는 등 정황적인 이유도 있고요. 실질적인 이유로는 일단 납치사건이 발생한 당일 안수형 본인은 술에 취해 집에서 자고 있었다고 하는데 이를 증명해줄 사람이 없어 아직 알리바이가 확인되지 않았다는 점. 또 하나는 최진열과 이기우의 사진을 보여줬을 때, 끝까지 누군지 모른다고 잡아뗐지만 이야기를 진행하는 과정에서 집행유예는 그냥 풀어준 거나 마찬가지 아니냐며 판결에 대한 불만을 토로하던 중 그의 입에서 이기우의 이름이 불쑥 튀어나왔다는 점입니다. 그런 정황이 조금 석연치 않아서 내일은 그의 주변 인물들을 탐문해볼 생각입니다."

집행유예가 실형이라고는 하지만 피해자로서는 납득하기 어려운 점도 충분히 이해할 수 있는 부분이다. 피해자의 입장에서 보자면, 가해자가 아무런 형벌도 받지 않고 감옥이 아닌 바깥세상에서 자유롭게 돌아다니는 것으로 보일 테니까.

"가능성이 있네. 지켜보자고." 종혁은 김 계장에게 손짓을 했다.

스크린에 김동현의 사진이 떴고, 김 계장이 그의 사진 위에 연두색 레이저로 동그라미를 그렸다.

"네 번째 사건으로 용의자 김동현과 관련된 사건은 대망 그룹 정순철 회장의 성폭행 사건이었는데요. 김동현은 성폭행을 당했다고 주장하는 지은정의 남편이자 고소인입니다. 이 사건은 변호인 측이 내세운 증인들의 증언 채택과 검사 측의 증거 불충분 사유로 무죄 선고가 내려졌는데요. 성폭행을 당했다고 주장했던 지은정이 자살한 채로 발견되었으며, 김동현은 정순철 측 변호인들을 통해서 무고죄와 명예훼손죄로 고소를 당한 상태고 현재 손해배상 소송도 진행 중입니다."

"음… 김동현도 범행 동기가 있군. 김동현은 누가 만나봤나?"

"제가 가봤습니다."

왼쪽 옆에서 목소리가 들려와 돌아보니 짙은 청색 재킷을 입고 있는 장 형사가 손을 들고 있었다.

"김동현의 거주지에 가봤는데요. 김동현 본인을 직접 만나지는 못했지만 아파트 경비원들에게 탐문해본 결과, 몇 개월간 모습을 드러내지 않던 김동현이 최근에 돌아왔다고 했습니다. 그런데 특이한 점은 김동현을 아는 경비원들은 김동현에 대해 나쁘게 말하는 사람이 하나도 없었습니다. 인근 지구대에 지원 요청도 해놨고 아파트 경비원들에게도 김동현을 보는 대로 연락을 달라고 해놨습니다."

"김동현은 평소에 평이 좋았다?"

"정확하게는 김동현만이 아니라 그의 가족 모두가 평이 좋았습니다."

"모두?"

"네, 지금은 고인이 된 김동현의 아내 지은정과 그의 딸인 수아 양에 대해서도…." 살짝 웃음기를 머금더니 장 형사가 말을 이었다. "이런 표현이 적절한지 모르겠습니다만, 칭찬이 자자했습니다."

"괜찮은 사람들이었던 모양이군." 종혁은 왼손으로 장 형사의 어깨를 토닥이며 말을 덧붙였다. "김동현에게도 범행 동기가 있다는 건 머릿속에 넣어두자고."

"네, 알겠습니다."

"죄송합니다. 잠깐만요."

김 계장의 목소리에 정면을 바라보니, 김 계장이 핸드폰을 꺼내 보이며 "모르는 번호긴 한데 한번 받아보겠습니다." 하곤 핸드폰을 귀에 갖다 댔다. "중동서 강력계 팀장 김태완입니다. 네?… 네… 네… 네, 알겠습니다. 지금 당장 저희 서 형사를 그쪽으로 보내겠습니다."

전화를 끊은 김 계장이 보고했다.

"최진열의 차량이 발견됐답니다."

23_추격자들

김포경찰서 건물 위로 삐죽 솟아 있는 무전철탑이 시야에 들어온 것은 자정을 한참 넘긴 새벽 1시가 거의 다 되어갈 무렵이었다. 그래도 심야 시간이라 차는 막히지 않았다.

김포서 주차장에 업무용 승용차를 세우는 조인수 형사의 옆얼굴을 바라보며 진일은 2주 동안 가슴에 담아뒀던 말을 조심스럽게 꺼냈다. "조 형사, 솔직히 궁금해서 그러는데… 내가 사수라는 게 뭐랄까… 썩 마음에 내키지 않는다거나, 뭐 그런 거 없어?"

조 형사는 무슨 소리를 하는 거냐는 눈빛으로 힐끔 보더니 말없이 피식 웃었다.

2주 전, 중동서 근처에 있는 삼겹살집에서 조촐한 회식이 있었다. 조 형사를 환영하는 자리였다. 그날은 형사 교육을 마친 조인수 경장이 1팀에 배속된 날이자 형사로서 첫발을 내딛는 날이기도 했다. 그 자리에는 이종혁 형사과장을 비롯해서 김 계장, 장 형사, 차 형사 등 1팀의 비번인 직원들은 모두 참가했다.

자그마한 체구에 헤싱헤싱 벗겨지기 시작한 머리, 면 잠바(계절에 따라 두께만 달라지는)를 고집하는 이 과장은 교감 선생님이나 배 나오지 않은 동사무소 동장님 정도로 보일까. 단언컨대 그 누구의 눈에도 전설의 형사로는 보이지 않을 것이다. 하지만 이종혁 과장에게는 형사의 눈에만 보이는 것이 있었다. 형사의 아우라.

"우리 조인수 형사가 피해자의 마음을 진심으로 이해하는 형사가 되길 바라면서, 건배!" 이 과장의 건배사에 다들 한목소리로 "피해자의 마음을 진심으로 이해하는 형사가 되라!"라고 외치며 소주잔을 부딪쳤다. 조 형사는 얼떨떨한 표정으로 건배를 했다. 미리 준비하고 있었다는 듯이 모두가 똑같은 말을 외쳤기 때문일 것이다. 실은 이 과장의 환영 멘트는 항상 똑같았기에 중동서 형사들이라면 모두가 외우고 있을 뿐이었다.

이 과장을 필두로 시계방향으로 돌아가면서 한 사람씩 자기소개를 했다. 그렇게 각자의 무용담(웬만한 액션영화나 무협지를 능가하는, 어떻게 이렇게 각색을 할 수가 있을까 할 정도의)이 펼쳐지며 와자지껄 회식 자리가 무르익을 즈음이었다.

"그럼 우리 조인수 형사의 사수는 누구로 할까?"라는 김 계장의 제안에 "가위바위보로 하죠. 지는 사람이 사수를 맡는 거로." "사다리타기를 적극 추천합니다." "콩나물 짧은 거 뽑은 사람이 맡는 거 어때요?" "그냥 가위바위보로 하지." 등등 다양한 의견이 나왔지만 곧 한마디로 정리되었다.

"박 형사가 맡아." 이종혁 과장이었다.

항의하거나 저항하는 이는 아무도 없었다. 오히려 다들 "오케이!" "앗싸 가오리." "박진일 형사님, 축하드립니다!" "박 형사, 콩구레출네비게이션!" 하는 통에 마치 그 자리가 사수 기념 환영회가 돼버린 듯한 착각이 들 정도였다.

진일은 도무지 납득할 수가 없어서 그 이유를 물었다. "과장님, 조 형사의 사수를 왜 저한테 맡기시는 겁니까? 저는 나이도 어리고 경력이 많은 다른 선배님들도 많은데요."

그 질문에 이 과장의 대답은 이랬다. "가르치면서 배우는 게 더 많아." 그렇게 진일은 조 형사의 사수가 되었다.

"나는 우리 1팀에서 나이로 끝에서 세 번째잖아." 진일은 조수석 문을 열며 힐끔 조 형사를 돌아보았다.

"경력으로 봤을 때는 네 번째죠. 저는 불만 없는데요." 진심인지 사무용 멘트인지는 모르겠지만 조 형사는 시원스럽게 말했다. "저는 박 형사님이 편하고 좋은데요. 앞으로도 잘 부탁드립니다." 그러고는 헤벌레 웃으며 자동차 키를 뽑더니 꾸벅 머리까지 숙였다.

후배 형사와 같이 다니다 보니 실수하는 모습을 보일 수 없어서 신경 써야 할 일이 한두 가지가 아니었다. '가르치면서 배우는 게 더 많다'고 한 이종혁 과장님의 말씀은 그런 의미였을까? 조 형사도 불만이 없다는데 더 이상 따지고 들 수는 없는 일이었다.

진일은 앞장서서 주차장 입구로 발걸음을 재촉했다. 맞은편에서 키 크고 호리호리한 체격의 형사가 다가오며 우리를 맞이했다. 걸치고 있는 베이지색 레인코트가 무척 어울리는 형사였다. 그는 자신을 김포서 강력계의 송종민 경사라고 소개했다.

"저는 중동서 강력계 소속 경사 박진일입니다."

"저는 경장 조인수입니다."

두 사람도 소속을 밝히며 송 형사와 악수를 나눴다.

"차량을 먼저 확인하시죠."

송 형사는 따라오라며 코트 자락을 펄럭이면서 경찰서 본관 건물을 돌아 뒷마당으로 안내했다. 그를 따라서 가보니 구석 공간에 노란색 폴리스라인 테이프로 둘러싸인 은색 고급 승용차 한 대가 세워져 있었다. 앞 범퍼가 반쯤 떨어져 나간 상태였다. 마침 감식반 두 명이 차량 내부에서 지문을 채취하고 있었다.

차량을 가리키며 송 형사가 입을 열었다. "교통사고가 접수돼서 저희 서 교통경찰이 현장에 나갔는데, 청년 두 명이 이 차에 타고 있었답니다. 물론 순순히 잡히지는 않았고 도주하고 쫓고… 녀석들 잡느라 애를 먹었는데 그건 생략하겠습니다. 아무튼 조회해보니 무면허였고, 음주 상태였습니다. 사고 차량을 조회해봤는데 오늘 내내 시끌시끌했던 검찰청에서 납치된 검사의 차량이라고 뜨길래 중동서에 연락을 드리게 된 겁니다."

진일은 승용차 앞창에 달린 블랙박스 렌즈를 들여다보면서 물었다. "블랙박스 메모리카드가 빠져 있었다고 들었는데요?"

"그렇습니다. 납치범이 제거한 거겠죠."

검찰청에서 지문 하나 남기지 않은 수법으로 보건대 쉽게 납득할 수 있는 추측이었다.

진일은 작업 중인 감식반원들을 바라보며 누구에게랄 것도 없이 중얼거렸다.

"지문이라도 나와야 될 텐데 말입니다." 말을 하고 보니 로또복권을 사고, 1등으로 당첨되기를 바라는 마음과 비슷할지도 모른다는 생각이 들었다.

찰칵찰칵 소리에 돌아보니 조 형사가 핸드폰으로 은색 고급 승용차를 여러 각도에서 찍고 있었다.

"그런데 그 청년들은 지금 만나볼 수 있을까요?" 진일이 물었다.

"네, 편하게 얘기하시라고 그 녀석들은 지금 회의실에 데려다 놨습니다." 송 형사가 앞장서서 걸으며 말을 이어갔다. "참고로 미리 알려드리자면 조회해본 결과, 청소년 시절부터 자잘하지만 사고 좀 치고 다니던 녀석들입니다. 그런데 녀석들의 말로는 문이 열려 있어서 호기심에 타본 것뿐이지 일부러 훔친 건 아니라는 겁니다. 전적이 없었어야 믿어주죠."

강력계 회의실은 본관 3층에 있었다. 송 형사가 문을 열고 먼저 들어가라며 손을 내밀었다. 들어가 보니 회의실 안에는 갓 스무 살 정도 되는 청년 둘이 수갑을 찬 채 앉아 있었고, 테이블을 사이에 두고 체격이 좋은 가죽 잠바 차림의 형사 두 명이 그들을 감시하고 있었다.

"중동서에서 나오셨어." 송 형사가 말하자 김포서 형사 두 명이 일어나더니 자리를 양보해주었다. 진일은 고맙다고 살짝 고개를 숙이고 청년들의 맞은편 자리에 앉았다. 조 형사도 옆에 앉았다.

김포서 형사 두 명은 밖으로 나갔고, 송 형사는 편하게 얘기하라며 안쪽 창가로 가서 창밖으로 시선을 던졌다.

청년들은 구부정하게 상체를 기울인 채 고개를 푹 숙이고 있었다. 잘못을 반성하고 있다기보다는 눈을 마주치는 것도 귀찮다는 듯한 기색이었다. 언뜻 보니 두 청년은 체격도 인상도 비슷해 보였다. 둘 다 찢어진 청바지에 바이크 라이더가 입는 종류의 은색 금속 징이 박힌 검정색 가죽 잠바를 입고 있었고 머리는 옅은 노란색으로 탈색한 상태였다. 하지만 머리 스타일만은 확연하게 달랐다. 한 명은 머리카락이 어깨에 닿을 만큼 길었고 다른 한 명은 모히칸 스타일로 옆머리를 바짝 쳐올린 상태였다.

진일은 청년들을 자극하지 않도록 목소리를 낮췄다. "그 차는 어떻게 타게 된 거죠?"

두 청년은 대답은커녕 얼굴을 들려고도 하지 않았다. 한동안 무거운 침묵이 이어졌다. 심야였던 데다 정적 속에 갇혀서인지 형광등 불빛이 유난히 밝게 느껴졌다.

말을 할 때까지 계속 기다리고 있어야 하나? 이런 상황에 이 과장님이라면, 김 계장님이라면, 또 다른 선배님들이라면 어떻게 할까? 진열은 이런저런 상상을 해봤지만 뾰족한 수가 떠오르지 않았다. 무엇보다 오른쪽 뺨이 따가울 정도로 조 형사의 시선이 신경 쓰였다.

그때 번쩍하고 너무도 당연한 생각이 떠올랐다. 지금 차량 절도 용의자로 이 청년들을 취조하고 있는 것이 아니라, 현직 검사를 납치한 용의자를 추적하고 있다는 기본적이 사실이었다.

진일은 이번에는 목소리에 힘을 실었다. "묵비권도 엄연한 권리이기 때문에 말하지 않는 것이 여러분에게는 권리일 수도 있죠. 하지만 그것 때문에 더 큰 피해로 이어진다면 여러분도 그 책임에서 자유로울 수 없습니다. 우리가 수사하는 사건에 대해서는 보안상 자세하게 말해줄 수 없지만 여러분이 타고 있던 차량이 사람의 목숨과도 연관되어 있을 수 있다는 것만은 알려드리죠."

긴 머리 청년의 어깨가 움찔했다. 진일은 내친김에 핵심으로 들어갔다. "참고로 우리는 지금 차량 절도 혐의로 여러분들을 취조하고 있는 게 아닙니다. 우리가 수사 중인 강력 사건과 관련해서 여러분의 솔직한 진술이 필요합니다. 경우에 따라서 여러분에게는…." 일부러 한 템포 끊었다가 말을 이었다. "여러분에게는 우리가 쫓고 있는 용의자의 범행을 방조한 혐의가 추가될 수도 있습니다. 다시 한번 강조하지만 사람의 목숨과 연결될 수 있는 상황입니다."

'목숨'이라는 단어에 청년들이 약속이나 한 듯 얼굴을 들었다. 그리고 긴 머리 청년이 우물거리던 입을 열었다. "아까도 다른 형사님들한테 말씀드린 건데요. 정말로 문이 열려 있어서 그냥 호기심에 타본 것뿐이에요. 정말인데 왜 안 믿어주는 건지 모르겠어요." 청년의 목소리가 가늘게 떨렸다.

모히칸 머리도 거들고 나섰다. "정말이라니까요. 우리 동네, 그니까 용수동 굴다리 밑에 그 차가 세워져 있더라고요. 그런 곳에 그런 비싼 차가 있다는 게 이상해서 아무 생각 없이 문을 열어봤더니 열리는 거예요. 정말 잠겨 있지 않았다니까요. 그런데 비싼 차다 보니까, 잠깐만 타보고 싶어서… 정말 그게 다예요."

진일은 질문을 이어갔다. 승용차를 발견했을 때 그 차량 근처에서 서성거리는 사람을 본 적은 없는지, 차 안에서 가지고 나온 물건은 없는지, 블랙박스 메모리카드에 손을 대지는 않았는지 등을 물었지만, 청년들로부터는 이렇다 할 정보를 얻지 못했다. 하지만 청년들이 거짓말을 하고 있는 것 같지는 않았다. 옆을 보니 조 형사도 같은 생각이었는지 고개를 잘게 끄덕이고 있었다.

진일은 일어나 창가에서 밖을 내다보고 있는 송 형사에게 다가갔다.

"송 형사님, 지문 채취 결과가 나오는 대로 좀 부탁드립니다. 메모리카드가 없어진 이상 지문에 기댈 수밖에는 없는 것 같으니까요."

"안 그래도 서두르고 있습니다. 그쪽 서장님이…." 송 형사가 집게손가락으로 천장을 콕콕 찌르듯 가리켰다. "우리 서장님한테도 직접 부탁한 모양이더라고요."

"그럼 연락 기다리겠습니다." 진일은 오른손을 내밀었다. 송 형사도 슬쩍 웃음을 보이며 손을 마주 잡았다. 뒤이어 조 형사도 송 형사와 악수를 나눴다.

문을 열고 회의실을 나가니 문 앞에서 기다리고 있던 김 포서 두 형사가 교대하듯 회의실로 들어갔다.

계단을 향해 걸어가고 있는데 조 형사가 말을 걸어왔다. "검찰청에서도 지문 하나 안 남겼고 차량 블랙박스 메모리카드까지 제거할 정도라면 과연 차량에 지문을 남겼을까요?"

"글쎄… 감식 결과를 기다려봐야지."

현재로서는 그렇게 말할 수밖에 없었다.

24_나

　창고로 들어가서 철커덕 문을 걸어 잠갔다. 등 뒤에서 피랍자들의 힐끔거리는 시선이 느껴졌다. 나는 철제 선반 뒤로 들어가서 비닐 앞치마를 착용하고 비닐 토시를 팔에 끼웠다. 그러고 나서 바닥에 놓여 있던 500밀리 생수병 세 개를 들고 두 개는 앞치마 앞주머니에 넣고 한 개는 뚜껑을 따면서 철제 선반을 돌아 손님들의 공간으로 나갔다.

　이기우는 고개를 숙인 채 약간 외로 꼬고 있었다. 눈을 마주치는 것조차 두려워하는 것 같았다. 그에게 다가가서 생수병으로 팔을 툭 쳤다. 그러자 흠칫 놀란 듯 어깨를 움츠렸다.

　"받아."

　생수병을 이기우의 눈앞에 들이밀었다. 그제야 마음이 놓였는지 묶인 양손을 들더니 벌벌 떨리는 멀쩡한 왼손으로 생수병을 받아 쥐자마자 벌컥벌컥 들이켜기 시작했다.

　"천천히 마셔. 사레들리면 죽어."

　내 경고에 이기우의 움직임이 멈췄다. 눈알이 당장이라도 튀어나올 듯 눈꺼풀이 벌어지더니 양 뺨이 부풀어 오른 것도 잠시, 입에서 물이 뿜어져 나왔다. 나는 재빨리 두 손을 뻗어 그의 머리카락을 움켜잡았다.

켁! 켁! 켁! 이기우의 입에서 주홍빛 물방울이 튀었다. 딸랑딸랑… 방울 소리가 울렸다. 나는 그의 머리카락을 부여잡고 움직이지 못하도록 내 배에 밀착시켰다. 입에서는 피가 섞인 물이 줄줄 새어 나오고 목덜미에는 푸른 핏대가 서고 눈에서 눈물까지 흘러나왔다. 가슴의 들썩거림이 잦아들 때까지 한동안 그의 머리카락을 움켜잡고 있어야만 했다.

잠시 뒤 이기우의 가슴이 규칙적으로 오르내리며 방울 소리도 멈췄다. 얼굴은 창백했지만 안정을 찾은 모양이었다.

"괜찮아?"

내 물음에 이기우가 눈썹을 꿈틀해 보였다.

나는 붙잡고 있던 머리를 놓아주었다. 두 손바닥에 머리카락이 한 움큼씩 달라붙어 있었다. 털어내려고 손바닥을 마주쳐 비벼도 보고 앞치마에 문질러도 봤지만 다 털어낼 수가 없어 앞치마에서 생수병을 꺼내 뚜껑을 따고 그 물로 씻어냈다. 그러고는 웅크리고 앉아 그의 귀에 대고 속삭였다.

"당신을 죽이고 싶은 생각은 없어. 그러니까 조심해."

이기우가 "네." 하며 눈썹을 실룩거렸다. 눈이 새빨갛게 충혈되어 있었다. 항생제 한 알을 입에 물려주자 그는 조심스레 물을 머금고 꿀꺽 삼켰다.

나는 생수병을 들고 맞은편으로 가서 최진열의 손에도 쥐여주었다. 그리고 일찌감치 내밀고 있던 그의 혀 위에 항생제를 얹어주었다. 그는 혀를 날름거리며 핥듯이 아주 조금씩 물을 마셨다.

"참 잘 마시네." 물 마시는 모습도 얄미워 보여서 최진열의 머리를 쓰다듬는 손에 나도 모르게 힘이 들어갔다. 딸랑… 방울 소리가 작게 들려왔다. 멀쩡한 그의 왼쪽 눈이 똥그래지며 내 어깨 너머로 향했다. 무심코 그의 시선을 따라가 보니 날 선 작두날이 반짝반짝 전등 빛을 받아내고 있었다.

나는 발길을 돌려 철제 선반 뒤로 돌아가 선반 두 번째 칸에서 숫돌과 발골용 칼을 꺼내 들고는 냉동고 쪽으로 걸어갔다. 바이스가 장착된 탁자를 그곳으로 옮겨놓았었다.

숫돌과 칼, 생수병을 탁자 위에 놔두고 콘크리트 벽에 기대놓은 철제 의자를 들고 와서 탁자 앞에 펼치고 앉았다. 그런 다음 숫돌 윗부분이 젖을 만큼 생수를 적당히 뿌리고 천천히 칼날을 갈기 시작했다.

나는 얼마 전의 기억을 되짚어보았다. 수아의 옷장 안, 화이트보드에 붙어 있던 사진들. 이기우와 최진열, 정순철… 그리고 그 옆에 30대 중후반으로 보이는 남자. 그 남자의 얼굴이 머릿속에서 선명하게 되살아났다. 그 남자는 한쪽 입매를 삐뚜름하게 끌어올린 채 비웃고 있었다.

나는 칼을 갈던 손을 멈추고 핸드폰을 들었다. 그리고 검색란에 '정순철'을 입력하고 검색 버튼을 눌렀다. 정순철 회장, 그리고 관련 인물들로 가족들의 이름이 떴다. 아내 윤정원, 아들 정진태, 딸 정희윤, 사위 임성준.

"아들?"

무심결에 중얼거리며 '아들 정진태'를 터치했다. 정순철 아들의 얼굴 사진이 떴다. 정순철의 비서라고만 여겼던 바로 그 남자였다! 누구나 부러워할 만한 명문대를 졸업하고, 미국 캘리포니아에 있는 유명 대학에서 석사까지 마쳤다고 나와 있었다. 취미는 승마와 테니스.

흐흐, 허탈한 웃음이 흘러나왔다.

지금까지 왜 이 생각을 못 했을까?

정진태의 얼굴을 손가락으로 확대해봤다. 그 순간 웩, 웩, 갑자기 구역질이 올라와서 생수병을 들고 벌컥벌컥 들이켰다.

"정순철, 너도 자식이 있었구나." 문득 깨닫고 보니 나는 혼잣말을 하고 있었다. "너도 자식이 있었어…."

악마 네 놈을 모두 찾았다.

성폭행범 납치 계획을 세우느라 밤을 새우고 아침이 되어서야 야전침대에서 잠깐 눈을 붙인 뒤, 나는 오후 2시가 넘어 창고를 나섰다. 창고에서 20분 넘게 걸어 그나마 차량들의 왕래가 많은 도로로 접어든 다음 택시를 탔다가 중간에 한 번 더 갈아타고 대망그룹 본사가 있는 여의도로 갔다.

저번에 왔을 때는 몰랐지만 대망그룹 본사 앞에는 노랗게 물든 은행나무들이 도로를 따라 줄지어 서 있었다. 나뭇가지에 매달린 노란 이파리들이 살랑거리는 바람에도 쉽게 떨어져 내렸다. 바람이 불 때마다 싸늘한 한기가 얇은 면 잠바 안으로 파고들었다. 으슬으슬 떨려와서 지퍼를 턱밑까지 끌어올리고 천천히 걸으며 핸드폰을 꺼내 전화를 걸었다. 단 한 번의 신호음에 상대가 전화를 받았다.

"대망그룹 전무실입니다." 젊은 여자의 목소리였다.

나의 절실한 마음이 전해지기를 기원하면서 최대한 정중하게 말을 꺼냈다. "정진태 전무님 좀 부탁드립니다."

"전무님은 지금 해외 출장 중이신데요. 어떻게 전해드릴까요?"

외국에 있다고? 예기치 못한 답변에 몹시 당혹스러웠다.

목소리만 들어보면 그 악마 놈인지 알 수 있을 것 같은데. 통화만 해보면 되는데… 핸드폰 번호를 알려달라고 해볼까? 아니. 가르쳐줄 리가 없다.

"여보세요?"

핸드폰 너머 여자의 목소리에 퍼뜩 정신이 들었다.

"아, 아닙니다. 다시 전화드리겠습니다." 나는 전화를 끊으려다가 다급히 말을 이었다. "잠깐만요! 혹시 전무님하고 연락이 되면요, 김동현이라는 사람한테서 전화가 왔다고 좀 전해주십시오! 김동현이라고 하면 아실 겁니다. 꼭 한번 통화하고 싶어한다고요. 통화만 하면 됩니다! 제 전화번호는요. 잠깐만요…."

그러고 보니 내 핸드폰 번호도 모르고 있었다. 지금까지 누구한테 가르쳐줄 일도 없었으니. 나는 다급하게 핸드폰 화면을 터치하며 내 번호를 찾기 시작했다.

"전화번호는 여기에도 뜹니다. 이 번호, 전무님께 잘 전해드리겠습니다."

내려다보고 있던 핸드폰에서 여자의 목소리가 올라왔다.

나는 얼른 핸드폰을 귀에 갖다 댔다. "저기 그럼…."

뚜우, 일방적으로 전화가 끊겼다.

"이런 씨발⋯." 안하무인 같은 상대의 태도에 욕이 절로 튀어나왔다.

끼리끼리 논다더니. 나는 잠시 핸드폰을 노려보다가 잠바 주머니에 넣었다.

"외국에 있다고? 정진태, 지구 끝까지라도 쫓아갈 테니까 기다려라." 소리 내어 중얼거리며 나는 은행나무 가로수 길을 따라 택시 승차장을 향해 걸어갔다.

왼쪽 뺨에 따사로운 햇살이 느껴져 그쪽으로 눈을 돌리니 하늘이 불그스레 물들어가고 있었다. 한눈을 팔고 있어서는 안 된다는 생각에 얼른 유리벽 너머로 시선을 되돌렸다. 나는 '태평양'의 건너편에 있는 찻집에서, 전면이 유리인 창가 자리에 앉아 그 너머로 태평양 안을 지켜보고 있었다.

얼마 전 만났던 여종업원이 카운터에서 전화를 하고 있다. 저 여자는 우리 가족들과 친하게 지낸 것 같고, 내게 친절하게 대해준 것도 사실이다. 하지만 복수를 실행하고 있는 지금, 내 존재를 알고 있는 저 여자는 방해가 될 뿐이다. 그래서 그녀가 누군가와 교대하기만 기다리고 있는 참이었다.

교대하는 사람이 누가 되었건 간에 나는 전화를 걸어 정순철의 비서인 척하고 다짜고짜 정순철의 예약 상황을 물을 작정이다. 정순철이 내 가게를 빼앗았다면 분명히 자기 놀이터로 쓰고 있을 거라는 확신이 들어서였다.

입안이 바짝 말랐다. 테이블 위에 있는 커피잔을 들어 마셨다. 완전히 식어 있었다. 테이블 위에 놔둔 핸드폰을 들고 보니 이러고 있은 지 벌써 한 시간이 넘게 지났다.

마침내 시야 가장자리에서 움직임이 감지되었다. 여종업원이 눈웃음을 짓고 고개를 까닥이더니 카운터에서 나오고, 붉은색 유니폼 차림의 중년 여자가 그녀의 어깨를 다독거리며 그 자리로 들어가고 있다. 나는 재빨리 핸드폰의 발신 버튼을 눌렀다. 태평양의 전화번호는 이미 입력해둔 상태였다.

"네, 태평양입니다."

태평양의 유리벽 너머로 중년 여자 종업원이 전화를 받고 있는 게 보였다. 나는 핸드폰을 왼손으로 바꿔 잡아 귀에 대고, 오른손으로 볼펜을 집어 들고 펼쳐놓았던 수첩 위로 시선을 떨어뜨렸다.

"안녕하세요, 대망그룹 정순철 회장님의 예약을 변경하려고 그러는데요." 입술이 바짝 말라 있어서 혀로 입술을 핥았다.

"네, 언제로 하시겠습니까?"

"무슨 요일이었지요? 메모해놓은 게 안 보여서…." 수첩을 들어 핸드폰 근처에 대고 팔랑팔랑 넘기며 소리를 냈다.

"잠깐만요… 오늘 오후 8시로 되어 있는데요. 1층 VIP룸하고 2층까지 모두 예약을 하셨네요."

"오늘 말고 다른 예약이라고 하셨는데… 금요일은요?"

"금요일에는 예약이 없는데요."

식은 커피로 입안을 적시고 나는 말을 이었다. "그래요? 제가 다시 확인하고 전화드리겠습니다. 바쁘신데 정말 죄송합니다." 나는 수첩에 '8'이라고 적었다.

"아닙니다, 언제든지 편하게 연락주세요. 고맙습니다."

나는 전화를 끊고 수첩과 볼펜을 잠바 안 주머니에 넣고 일어섰다. 냉동 탑차를 세워놓은 부천까지 갔다 오려면 서둘러야 한다.

탑차 짐칸 안에서 나는 '정석참치'라는 참치 유통회사의 작업복으로 갈아입었다. 냉동장치를 가동해놔서 숨을 내쉴 때마다 하얀색 숨결이 퍼져나갔다. 짐칸 구석에는 검정색 대형포대가 놓여 있다. 냉동 참치 한 마리가 들어 있는 것처럼 보인다. 문제없을 것 같다.

핸드폰으로 시간을 확인했다. 오후 7시를 막 지나고 있었다. 나는 짐칸 문을 열고 차 밖으로 뛰어내렸다. 이어 조수석 문을 열고 좌석 밑에서 A4 용지 크기의 스티커 여덟 장을 꺼냈다. 파란색 글씨가 새겨진 스티커다. 글씨를 확인해가며 탑차 옆에 붙여나갔다. '정' '석' '참' '치'.

스티커를 차량 양쪽 옆에 붙이고 운전석에 올라 조수석에 놓아두었던 검은색 마스크와 검정색 야구 모자를 썼다. 조금 전 통화했던 태평양 직원의 말 가운데 정순철이 1층과 2층까지 모두 빌렸다는 내용이 신경에 거슬렸다. 사람들이 많으면 많을수록 그에게 접근하는 것 자체가 어려울 수도 있다. 하지만 경찰이 내 존재를 알아내기 전에 복수를 실행에 옮겨야 하니 일단 부딪혀보기로 했다.

단 한 번일지라도 기회는 반드시 온다. 그것만 잡으면 된다!

작업복 상의 가슴 주머니에서 처형대가 그려진 그림을 꺼내 펼쳐보면서 나는 이를 악물었다. 이제 나한테서 모든 것을 빼앗아간 원흉인 정순철을 잡으러 간다. 그림을 다시 곱게 접어 가슴 주머니에 넣고, 룸미러로 내 모습을 비춰본 다음 안전벨트를 매고 사이드브레이크를 내렸다.

사고 때문인지 원래 그런 건지 올림픽대로는 오늘도 막혔다. 가다 서다를 반복했다. 경찰이 어디까지 포위망을 좁혀왔을까 하는 생각이 들 때마다 조바심이 일었다. 앞으로 단 하루라도 허투루 보낼 수는 없다. 네비게이션 화면에는 도착 예정 시간이 8시 20분으로 떠 있었다.

종합운동장이 시야에 들어올 때부터 속도를 낼 수 있었다. 운전석 창문을 내리자 싸늘한 바람이 뺨을 훑고 지나갔다. 공기 속에 겨울의 기척이 느껴졌다.

네비게이션의 도착 예정 시간보다 1분 일찍 태평양의 뒷문에 도착했다. 차창을 내리고 바깥 상황을 살폈다. 이곳에는 트럭 세 대를 세울 만한 공간이 있는데 지금은 승용차 한 대만 세워져 있다. 탑차를 후진시켜 뒷문에서 가장 멀리 떨어진 공간에 차를 세웠다. 직원들이라도 참치 유통회사의 탑차는 그다지 의심하지 않을 것이다. 게다가 거래처인 경우에는 더더욱.

조수석에 놔뒀던 비닐 앞치마를 챙겨 들고 운전석에서 뛰어내려 착용하고, 앞치마 주머니에서 검정색 라텍스 장갑을 꺼내 양손에 꼈다. 차 뒤로 가서 짐칸 문을 열고 밀차를 내린 뒤 짐칸으로 올라가 검정색 대형포대를 질질 끌고 나왔다. 꽤 무거워서 팔뚝이 팽팽하게 당겼다. 포대 안의 내용물은 꽁꽁 언 상태였다.

포대를 리프트 위에 올려놓고 리프트 하강 버튼을 누른 뒤, 짐칸에서 뛰어내려 대형포대를 밀차 위로 끌어당겼다. 기우뚱하며 한쪽으로 기울어지려고 해서 얼른 정강이로 받쳤다. 딱딱한 몽둥이로 맞은 것 같은 충격에 몹시 아팠지만 입술을 깨물고 버티면서 있는 힘껏 밀었다. 간신히 중심을 잡을 수 있었다.

탑차 짐칸 문을 닫고 모자와 마스크 상태를 다시 한번 점검했다. 그러고 나서 밀차를 밀며 뒷문으로 향했다.

조심스레 뒷문을 열고 안을 둘러봤다. 어두컴컴한 좁은 복도 너머로 불빛이 보였다. 홀에서 나오는 불빛일 터였다. 이 복도를 따라가면 왼쪽으로 좁은 통로가 나오는데 그 통로는 주방으로 연결되어 있다. 거기서 몇 걸음 더 나아가면 오른쪽에 넓은 홀이 나온다. 그대로 직진해서 홀을 빠져나가면 복도를 사이에 두고 VIP 연회실을 포함해 접객룸들이 이어져 있다. 2층도 같은 구조다.

나는 뒷문을 열어젖히고 밀차를 밀며 좁은 복도로 들어섰다. 직원들이라도 참치의 발주 상황에 관해서 아는 사람은 드물다. 그러니까 주방 사람들하고만 마주치지 않으면 된다. 최소한 주방장한테만 안 들키면 된다. 그렇게 되뇌며 발걸음을 서둘렀다.

왼쪽으로 나 있는 통로를 지나며 주방 쪽을 곁눈질했다. 인기척이 느껴졌지만 나오는 사람은 없었다. 몇 걸음 더 나아가자 오른쪽으로 홀이 모습을 드러내기 시작했다. 나는 고개를 숙이고 발걸음을 빨리 놀렸다.

홀을 지나고 나서 느낀 거지만 홀에는 손님들이 없는 것 같았다. 하지만 굳이 돌아가서 확인하고 싶지는 않았다. 손님이 적은 것만으로도 내게는 유리한 상황이다.

밀차를 밀며 접객룸이 있는 복도로 들어섰다. 가장 안쪽 오른쪽에 있는 VIP룸에서만 불빛이 새어 나오고 있었다. 왼쪽에 있는 엘리베이터를 지나 재빨리 좌우를 살피며 나아갔다. 매화실도 난초실도 문이 닫혀 있는 상태였다. 문 위에 있는 반투명 유리창 너머로 보이는 접객실 천장은 깜깜했다.

분명히 1층과 2층 모두 예약을 했다고 했는데… 얼핏 보기에 1층은 VIP룸만 손님이 있는 것 같았다.

나는 발걸음을 늦췄다. 세 걸음 정도만 걸으면 VIP룸이다.

그때였다. 달그락거리는 소리가 들리며 서빙 직원이 카트를 밀고 VIP룸에서 나왔다. 나는 밀차를 벽으로 붙이고 비켜섰다. 직원이 힐끗 돌아봤지만 의심스럽게 생각하지는 않는 모양이었다. 참치 유통회사 직원은 어차피 외부인이니까.

휴우, 나는 안도의 한숨을 내쉬고 천천히 밀차를 밀고 지나가면서 눈알만 굴려 VIP룸 안을 재빨리 훑었다. 어떤 남자의 어깨 너머로, 술잔을 치켜든 정순철이 보였다. 그가 너털웃음을 치고 있었다. 그의 옆에 있는 젊은 여자가 술잔을 드는 모습까지 보였다. 다른 사람들도 서너 명, 아니 그보다 조금 더 되는 것 같았지만 정확한 숫자는 확인할 수 없었다.

뒤에서 인기척이 느껴져서 힐끗 돌아봤다. 이쪽으로 걸어오던 하얀색 주방장 옷을 입은 남자가 발길을 돌려 홀 쪽으로 나갔다.

주방장은 곧 돌아올 것이다. 들키기 전에 빨리 움직여야 한다. 나는 밀차를 돌려 엘리베이터 쪽으로 분주히 발걸음을 옮겼다. 올라가는 버튼을 누르자 엘리베이터 문이 열렸다. 밀차를 밀고 재빨리 몸을 실었다.

2층에서 내려 둘러보니 의외로 깜깜했다. 모두 불이 꺼진 상태였다. "…1층 VIP룸하고 2층까지 모두 예약을 하셨네요."라고 했던 중년 여자 직원의 말이 떠올랐다. 언뜻 이해가 가지 않았지만 결과적으로 나에게 유리한 상황인 것만은 분명했다.

나는 일단 검정색 대형포대를 실은 밀차를 2층 화장실에 밀어 넣고 나왔다. 불이 꺼져 있으니 당분간은 2층 화장실에 아무도 올라오지 않을 거라고 여겼기 때문이다. 이어 비닐 앞치마 주머니에서 주사기를 꺼내 보았다. 주삿바늘은 플라스틱 보호대로 막아놓은 상태 그대로였다.

나는 최대한 발소리를 죽여가며 계단으로 내려갔다. 잠시 숨을 고르고 조심스럽게 VIP룸으로 향하며 앞으로의 계획을 정리해나갔다. VIP룸 건너편 화장실 안에서 기다리다가 정순철이 들어오면 주사기로 마취시켜 좌변기실에 숨겨놓고, 그다음 2층으로 올라가 밀차를 끌고 내려와서 그를 검정색 대형포대에 넣고 참치를 가장하여 바깥으로 실어 나를 작정이다.

문제는 이 계획이 성공하려면 정순철 혼자만 들어와야 가능하다는 것이다. 술을 마시면 몇 번은 화장실을 찾을 테니, 혼자 있을 때를 노린다. 그 기회만 놓치지 않으면 된다.

VIP룸 앞에 막 이르렀을 때였다. 정순철과 짙은 감색 양복 차림의 젊은 남자가 비틀거리는 젊은 여자를 부축하고 나왔다. 젊은 남자는 짧은 머리를 가지런히 빗어 넘겼고 키도 크고 체격도 좋아 보였다. 아마도 정순철의 비서 겸 경호원일 것이다. 한편 젊은 여자는 흰색 블라우스에 회색 타이트스커트를 입고 있었는데 회사원으로 보였다. 남자 비서가 VIP룸의 문을 등 뒤로 닫았다. 어째서인지 그의 얼굴로 시선이 빨려 들어갔다.

어? 어디서 봤더라? 왠지 낯익은 얼굴이었다.

우리 가족 모두와 친했다는 경비원도 여종업원도 아직 기억이 안 나는데, 왜 이 남자는 본 것 같지? 내가 착각하는 건가? 네 번째 악마 놈은 결국 정순철의 비서도 아니었고, 이런 얼굴도 아니었는데. 그가 누구이건 간에 지금은 이런 쓸데없는 생각이나 하고 있을 때가 아니다.

나는 얼굴을 벽 쪽으로 비스듬히 돌리고 그들을 지나치면서 곁눈질로 돌아봤다.

"너무 많이 마신 거 아냐? 이럴 땐, 화장실에 가서 시원하게 토해버리는 게 좋아." 정순철이 피둥피둥하게 살이 오른 손으로 여자의 등을 어루만지며, 비릿한 눈알로 그녀의 몸을 핥듯이 훑어보고 있었다. 여자는 다리가 풀린 듯 휘청거리며 몸을 가누지 못했다. 정순철과 남자 비서가 여자를 부축한 채 엘리베이터 쪽으로 걸어가고 있다. 2층으로 가려는 모양이다. 엘리베이터가 2층에 서 있긴 하지만 먼저 도착하려면 서둘러야 한다.

"네, 주방으로 오라고요?" 나는 핸드폰을 귀에 대고 통화하는 척하며 그들을 지나쳐서 모퉁이를 돌아 계단을 뛰어올라갔다. 그리고 2층 복도를 내달려 밀차를 넣어뒀던 화장실로 달려 들어가서 문을 닫았다. 문 너머로 띵, 엘리베이터서는 소리가 들렸다.

나는 문을 살짝 열고 그 틈 사이로 눈을 들이밀었다. 엘리베이터 문이 열리고 정순철과 비서가 여자를 부축하고 내리는 게 보였다. 그들이 이쪽으로 걸어오고 있다. 정순철이 큼큼 헛기침을 하며 비서에게 눈짓을 했다.

나는 재빨리 몸을 돌려 문에서 가장 먼, 청소도구를 넣어놓는 용도로 쓰는 칸으로 들어갔다. 이곳에 밀차와 검정색 대형포대도 넣어두었었다. 좌변기실에 놔뒀다가는 누군가에게 발각될 위험성이 있어서였다.

꽁꽁 얼어 있는 대형포대 때문에 공간이 매우 비좁았지만, 나는 몸을 바짝 낮춰 뺨을 바닥에 대다시피 하고 바깥의 동정을 살폈다. 화장실 문이 열리고 정순철이 젊은 여자를 부축하고 안으로 들어왔다. 비서는 보이지 않았다. 아무래도 문밖에 서 있는 것 같다. 딸깍, 문을 잠그는 소리가 들렸다. 나는 조심조심 몸을 일으키고 숨소리를 죽였다.

잠시 뒤 정순철이 끙끙거리는 소리가 들려와서 청소용구 칸 문을 살짝 열고 내다봤다. 그놈이 여자를 안아서 세면대 카운터 위에 앉히고 있었다.

나는 소리 나지 않게 신발을 벗었다. 앞치마 주머니에서 주사기를 꺼내 플라스틱 보호대를 제거하고, 보호대는 다시 주머니에 넣고 바늘이 아래로 오도록 주사기를 거꾸로 쥐었다. 그러고는 살며시 문을 열고 살금살금 정순철의 뒤쪽으로 다가갔다. 세면대 거울에 정순철의 정수리가 비쳐 보였다. 그는 여자를 끌어안고 그녀의 목덜미를 핥고 있었다. 한 걸음만 더 다가가면 내 얼굴도 거울에 비칠 터였다. 밖에는 비서가 있을 것이다. 절대로 소리가 나면 안 된다. 한순간에 제압해야 한다.

나는 잽싸게 다가가서 왼손으로 정순철의 입을 틀어막았다. 그리고 거의 동시에 오른손에 들고 있던 주사기로 성폭행범의 목덜미에 꽂았다…고 생각했다.

하지만 힘이 너무 많이 들어간 두 손은 모두 제 역할을 해내지 못했다. 정순철의 머리가 아무 저항 없이 왼쪽으로 돌아가버렸고, 내지른 주사기는 허공을 찔렀다. 게다가 엄지로 주사기 밀대를 너무 세게 미는 바람에 주사기는 시위를 놓친 장난감 화살처럼 튀어 나가 거울을 때리고 세면대 위에 나뒹굴었다.

집으러 가기에는 너무 멀다.

천만다행인 건 왼손으로 성폭행범의 입을 틀어막는 데는 성공했다는 것이다. 재빨리 오른손을 앞치마 주머니에 넣어 발골용 칼을 꺼내 칼끝을 정순철의 눈동자 앞에 들이대며 목소리를 낮췄다. "조용히 해."

헉, 숨을 삼키는 듯한 소리가 정순철의 콧구멍에서 새어 나오며, 손바닥에 미끄덩거리는 감촉이 느껴졌다. 놀란 나머지 침까지 흘리는 모양이었다.

나는 정순철의 귀에 대고 속삭였다. "내가 시키는 대로 그 대로 말해. 안 그러면 그냥 죽여버릴 거야."

눈을 휘둥그레 뜬 정순철이 고개를 빠르게 까닥였다.

나는 칼끝을 그의 목에 거의 닿을 듯 대고 작지만 또렷하 게 지시사항을 이어갔다. "먼저 노크 세 번 하고…."

똑똑똑, 정순철이 노크를 했다. 그리고 내가 해준 말을 그 대로 따라했다.

"심 비서, 내 태블릿 좀 갖다줘. 빨리… 아, 아니… 잘 찾아 서…."

"회장님, 어디에 두셨는지?" 문 건너에서 심 비서라는 젊 은 남자의 목소리가 들려왔다.

내가 속삭이는 대로 정순철이 입을 달싹였다. "그, 그게… 내가 앉았던 자리에 있을 거야… 아마… 거기 없으면 가방 안도 찾아보고…."

"네! 알겠습니다!"

나는 문에 귀를 갖다 댔다. 달리는 듯한 발소리가 점차 작 아지면서 등 뒤로 부스스 옷감 스치는 듯한 소리가 섞였다. 홱 돌아보니 세면대 위에 있던 여자가 미끄러지면서 바닥으 로 곤두박질치기 직전이었다.

재빨리 달려가서 그녀를 안아 바닥에 앉혀놓는데 이번에 는 뒤에서 달그락거리는 소리가 들려왔다. 문손잡이가 돌아 가는 소리였다.

나는 벌떡 일어나서 정순철의 목을 움켜잡아 벽에 밀어붙 이고 가차 없이 칼로 그의 쇄골을 내리찍었다.

악, 비명이 터져 나오는 더러운 입을, 목을 잡았던 왼손으로 틀어막으며 을러댔다. "지금 죽을래?"

정순철의 누리끼리한 눈동자가 좌우로 흔들렸다. 흰색 와이셔츠가 붉게 물들어갔다.

나는 기름기로 번들거리는 정순철의 얼굴에서, 정신을 잃고 바닥에 널브러져 있는 여자의 얼굴로 시선을 옮겼다. 그 순간, 이 역겨운 짐승한테 유린당했던 아내의 마지막 얼굴이 떠올랐다. 얼굴의 반쪽이 날아가고 없는, 핏기 하나 없이 잿빛으로 변해버린 아내의 얼굴이.

"이 개 같은 새끼!"

살의가 걷잡을 수 없이 부풀어 오르며 이성을 마비시켜갔다.

"뭐, 뭔가 오해하고 있는 모양인데, 이 여자가 너무 취해서, 난 그냥 토하는 거 도와주려고…."

늙은 너구리의 변명이 가까스로 붙들고 있던 이성의 끈을 끊어버렸다. 나는 발골용 칼로 정순철의 아랫도리를 찔러버렸다. 성폭행범은 외마디 비명을 지르며 바닥에 나뒹굴었다. 으아아아… 신음 소리가 이어졌다. 나는 세면대 위에 있던 손수건 몇 장을 정순철의 입에 쑤셔 넣고 앞치마 주머니에서 청테이프를 꺼내 그의 머리를 둘둘 감아버렸다.

25_부역자

　VIP룸으로 향하던 상윤은 우뚝 멈춰 섰다가 한 걸음 뒤로 물러섰다. 열려 있는 VIP룸의 문 너머로 제복을 입은 경찰관과 낯선 젊은 남자가 보였기 때문이다.

　룸 안에서 그 젊은 남자의 것으로 추정되는 목소리가 어렴풋이 들려왔다.

　"정순철 회장님이 여기 계시다고 해서요. 저희는 무사하신지 확인만 하면 됩니다."

　형사인 모양이다. 저번에도 같은 이유로 회장님의 집까지 경찰관들이 찾아왔었다.

　정 회장님을 구해야 한다. 그래야 나도 살고 경비업체가 되든지 헬스장이 되든지 내 꿈을 이룰 수 있다.

　"심상윤 씨, 잠깐 얘기 좀 나눌 수 있을까요?"

　전혀 뜻밖의 사람이 빨간색 람보르기니 너머에서 말을 걸어온 것은, 편의점에서 일을 마치고 막 나가던 참의 일이었다. 지금으로부터 약 2년 전 가을 어느 날이었다.

　고급정장으로 깔끔하게 차려입은 남자가 빨간색 람보르

기 앞을 돌아 나와 내민 명함을 받아 들고 보니 '대망그룹, 대망 E&C 전무 정진태'라고 인쇄되어 있었다. 이 남자에 대해서는 몰랐지만, 대기업과는 인연이 없던 나도 회사 이름만큼은 알고 있었기에 '왜?'라는 것 말고는 아무 생각도 떠오르지 않았다.

"근무 끝났죠? 우리 잠깐 얘기 좀 나눴으면 하는데. 좋은 데 가서 밥이나 먹읍시다." 정 전무님이 환하게 웃으며 내 어깨를 토닥였다.

혼자 사는 썰렁한 원룸에 가봐야 유통기한 지난 도시락이나 먹어야 하는 처지기도 했고, 대기업 전무라는 사람이 왜 찾아왔나 궁금하기도 해서 잠자코 그를 따라나섰다. 람보르기니라는 차에 타본 건 그때가 처음이었다. 황당한 상황이었지만 정 전무님의 신사적인 말투 때문이었는지 미소 때문이었는지 겁이 나거나 하지는 않았다. 혹시 만에 하나 위해를 가하려고 하면 대처할 자신이 있어서였을지도 모른다.

정 전무님이 나를 데리고 간 곳은 서래마을에 있는 '파리지엥(이름은 나중에 알게 되었다)'이라는 정말 근사한 프랑스 요리 전문점이었는데 그 가운데서도 사방이 벽으로 막혀 있는 개별실이었다. 하지만 그날 난생처음 달팽이 요리를 먹었다는 것 말고는 요리의 맛 같은 건 하나도 기억에 남아 있지 않다. 왜냐하면 내 인생을 송두리째 바꿔놓을 제안을 받았기 때문이었다.

"상윤 씨, 이 방 한번 잘 봐봐."라며 운을 뗀 정 전무님이 개별실 안을 둘러보며 말했다. "이 방에서 우리 아버지가 어떤 쓰레기 같은 여자랑 술을 마셨어."

그렇게 시작된 정 전무님의 얘기에 따르면, 정 회장님이 어떤 나쁜 여자의 꼬임에 걸려들었는데, 당시 정 회장과 여자를 태운 택시 기사의 일방적인 증언과 블랙박스 영상(여자의 의식이 전혀 없는 것 같았고, 60대 남자가 여자의 몸을 더듬고 있었다는)으로 재판에 넘겨지는 바람에 성폭행범으로 몰릴 위기에 빠졌다. 그래서 아버지를 구하려고 필사적으로 수소문을 해보다가 나를 알게 되었다는 것이었다.

"나를요?" 도저히 무슨 맥락인지 이해할 수가 없었다.

"상윤 씨만이 우리 아버지를 살릴 수 있어서 지금 부탁하는 거야. 꽃뱀 같은 짓을 하는 년이 벌을 받아야지 않겠어? 돈 있는 게 무슨 죄야?"라고 강조하며 정 전무님이 가방에서 서류봉투를 꺼내더니 그 안에서 정 회장님과 성폭행을 주장한다는 여자의 사진을 꺼내 내밀었다. "상윤 씨는 사건이 일어나던 그날, 아버지와 이 여자가 이 방에 있는 걸 봤고, 그 여자가 아버지에게 매달려서 볼에 키스를 아니, 뽀뽀라고 하는 게 낫겠네. 뽀뽀를 하고 있는 걸 봤다고 법정에서 증언만 해주면 돼."

거짓말을 하라는 말인가? 나는 여기 온 적도 없는데….

정 전무님이 내 마음을 꿰뚫어 본 듯 말을 이어갔다. "거짓말하라는 게 아니라 나쁜 사람 벌주고 정의를 바로 세우자는 거지. 그날, 상윤 씨가 여기 왔었던 거로 해놓을 거야. 화장실 가다가 무슨 소리가 들려서 열린 문틈 사이로 보니까 여자가 아버지의 볼에 뽀뽀를 하고 있었던 거지. '회장님 너무 좋아요'라고 하면서 말이야."

"하지만 CCTV 같은 것도…."

"그런 건 걱정 안 해도 돼. 보존기간이 지나서 폐기했거든." 정 전무님은 웃고 있었지만, 눈빛은 오싹할 정도로 진지했다. "지금 거짓말을 하자는 게 아니라, 나쁜 사람은 벌주고 무고한 한 사람을 구하자는 거야. 혹시나 그럴 일은 절대 없겠지만 상윤 씨의 증언이 문제가 된다면 나는 온전하겠어? 내가 더 큰 벌을 받지 않겠냐고. 안 그래?"

듣고 보니 맞는 말 같아서 고개를 끄덕이고 말았다.

그러기를 기다렸다는 듯이 정 전무님이 제안을 해왔다.

"이것도 인연이라면 인연인데 우리 아버지 비서 겸 경호원으로 일해볼 생각 없나? 아버지를 음해하려는 사람들이 워낙 많아서 말이야. 우리 회사 과장급으로 스카우트할까 하는데… 물론, 아버지가 무죄를 받고 난 다음이 되겠지만. 지금 편의점 알바 같은 거 해가지고는 상윤 씨 전공도 살릴 수 없고…."

"제 전공이요… ?" 얼떨결에 묻자, 정 전무님이 이를 내보이고 웃으며 말을 이었다. "알아보려고만 하면 뭐든 알아볼 수 있거든. 상윤 씨 말고도 후보가 몇 명 있었는데, 아무래도 상윤 씨가 가장 말이 잘 통할 것 같아서 만나보려고 했던 거지. 학자금 대출도 아직 남아 있던데. 폭행죄로 소년원에 갔다 온 적도 있고. 알아보니까 상윤 씨만 잘못했던 건 아닌 것 같던데. 그때 억울하지 않았어?"

솔직히 억울하다기보다는 재수가 없었다고 생각하고 있

었지만, 잠자코 이어지는 정 전무님의 말에 귀를 기울였다.

"상윤 씨도 이제 스물일곱이면 세상을 좀 알 만한 나이라서 하는 말이지만, 전공을 살리는 것도, 사업을 하는 것도 돈이 있어야 가능한 법이지. 착실하게 돈 좀 모아 체육관이든지 경호업체든지 그런 거 하면서 남자답게 살아야 되지 않겠어? 상윤 씨가 증언을 해준다면 아버지도 가만히 두고만 보지는 않을걸." 정 전무님이 테이블 위에 있던 서류봉투를 미끄러뜨리듯 이쪽으로 밀었다. "상윤 씨는 운동을 전공했으니까, 이적료라고 하면 알아듣겠네?"

나중에 확인해보니 1억 원이 들어 있었다. 학자금 대출뿐만 아니라 카드빚을 다 갚고 나서도 5천만 원이 남는 돈이었다. 정 전무님의 일처리는 정말 시원시원했다.

그렇게 하여 법정에서 증언을 하게 되었고 정 회장님은 무죄를 선고받았다. 그 여자가 자살했다는 얘기를 듣긴 했지만 그건 나 혼자만의 증언으로 무죄가 나온 게 아니라서 그다지 신경 쓰지 않기로 했다. 문제는 그 여자의 자살 사건이 일어난 뒤, 정 회장님의 비서 겸 경호원으로 채용되고 나서 알게 된 것이지만, 정 회장님이 성폭행을 한 게 사실이었을 가능성이 매우 크다는 것이었다.

오늘로 이게 몇 번째인지 모르겠다. 그렇다고 양심의 가책 따위는 없다. 세상의 모든 일은 '기브 앤 테이크'이니까. 이런 일이 있을 때마다 용돈을 받고 있는 나는 이미 정 회장님과 같은 배를 타고 있다고 생각할 뿐이다.

상윤은 발길을 돌려 계단을 뛰어올라 2층 화장실로 달려 갔다. 그런데 화장실 문에는 '고장, 다른 화장실을 이용해주세요'라는 종이가 붙어 있었고 화장실 안에서는 콸콸콸 물 흐르는 소리가 새어 나오고 있었다.

"회장님? 거기 계십니까? 빨리 좀 나오셔야 될 것 같은데요."

쿵쿵쿵, 다급하게 문을 두드리자 문 너머에서 회장님이 아닌 어떤 낯선 남자의 목소리가 돌아왔다.

"회장님은 조금 전에 어떤 여자분하고 나가셨습니다. 여기 수도관이 터졌나 봐요."

회장님에게 경찰이 왔다는 것을 빨리 알려야 하는데… 회장님이 여자하고 같이 있는 게… 그냥 같이 있는 거야 상관 없겠지만 겁탈하고 있다가 경찰한테 걸리면 현행범으로 잡혀갈 수도 있는 상황이다. 그리고 그 불똥은 나한테까지 튈지도 모른다. 그러면 내 꿈도 같이 날아가고 만다. 아니, 거기서 끝나지 않고 재판에서 위증했던 일까지 탄로가 나고 말 것이다. 난감한 상황이었지만, 상윤은 차분하게 돌파구를 찾아 머릿속을 더듬었다.

엘리베이터는 2층에 서 있고 계단에서도 마주치지 않았으니 회장님은 아직 2층에 계실 것이다. 그렇다면 여자를 어디 비어 있는 룸으로 끌고 간 건가? 그랬을 가능성이 크다. 내가 살기 위해서라도 회장님을 구해야 한다.

수런거리는 마음을 다잡으며 상윤은 불이 꺼진 룸 쪽으로 달려갔다.

26_나

화장실 문에 귀를 대고 발소리가 멀어지는 것을 확인한 뒤 나는 슬며시 문을 열고 밖을 내다봤다.

심 비서라는 남자가 똑똑똑, 접객실 문을 두드리고는 "회장님 계십니까?"라고 말한 다음 몇 초 정도 틈을 두고 나서 "회장님, 죄송합니다만, 문 열겠습니다." 하고는 불 꺼진 접객실 안으로 들어갔다.

심장이 미친 듯 날뛰고 관자놀이의 핏줄이 불끈거렸다.

2층에 접객실은 모두 다섯 개다. 저런 식으로 느긋하게 확인해도 1분이 채 걸리지 않을 것이다. 나는 마른침을 꿀꺽 삼킨 뒤 검정색 대형포대를 실은 밀차를 밀고 화장실 밖으로 나갔다.

등 뒤로 문을 두드리는 소리에 이어 "회장님, 계십니까? 큰일 났습니다!… 회장님, 문 열겠습니다!" 하는 비서의 목소리가 들리고 이내 문이 열리는 소리가 고막에 울렸다.

차마 돌아볼 수가 없었다.

정면만 바라보고 밀차를 밀면서 숨까지 참고 최대한 소리를 죽여가며 엘리베이터 쪽으로 향했다. 뒤에서 문을 두드리는 소리가 따라왔다. 주먹으로 치는지 소리가 무척 컸다. 비서가 세 번째 접객실을 확인하고 있는 모양이다. 엘리베이터의 내려가는 버튼을 연거푸 눌러댔다. 엘리베이터 문이 열렸다. 나는 그 안으로 밀차를 밀어 넣었다.

27_추격자들

VIP룸에서 정순철 회장이 돌아오기를 기다리던 진일은 핸드폰으로 시간을 확인했다. 이곳에 도착한 지 10분이 지났다. 다시 말해서 정 회장을 기다린 지 10분이 지났다는 의미다.

"회장님께 전화 한번 해주시겠습니까? 저희는 무사하신지 확인만 하고 가겠습니다. 그게 저희 임무라서요."

진일은 회식 중이던 사람들을 둘러보았다. 척 보기에도 고급 맞춤 양복으로 차려입은 60대로 보이는 남성 두 명과 회사원으로도 프리랜서로도 보이는 2, 30대 젊은 여성 세 명이 원탁에 둘러앉아 있었다.

"보디가드까지 데리고 갔다니까. 젊은 형사 양반 참 융통성 없네." 60대 노신사가 언짢다는 듯 아랫입술을 쑥 내밀고는 핸드폰을 들어 발신 버튼을 눌렀다. 그렇게 한참을 기다리고 있다가 "정 회장님이 전화를 안 받네."라며 막 통화 종료 버튼을 누르려고 하는 찰나, 핸드폰 너머로 다급한 목소리가 들려왔다. 얘기의 내용까지는 알아들을 수 없었지만 테이블 맞은편에 있던 진일의 귀에도 들릴 정도였다.

"당신, 누구야? 당신이 왜 회장님 전화를 받아?" 갑자기 노신사의 눈이 휘둥그레졌다. "뭐라고? 피, 피? 누구 피?"

진일은 황급히 원형 테이블을 돌아 노신사 쪽으로 다가가며 물었다. "어디랍니까?"

"여기 2층 화장실이라는데…." 노신사는 새하얗게 질린 얼굴로 눈만 끔벅거렸다.

"조 형사, 빨리!" 진일은 조 형사에게 턱짓을 하고 2층으로 내달렸다.

2층 화장실 앞에는 키가 크고 짙은 감색 양복을 입은 젊은 남자가 서 있었다. 진일이 경찰 신분증을 보이며 신분을 밝히자 키 큰 남자는 정순철 회장의 비서라며 들고 있던 핸드폰을 내밀었다. "회장님 핸드폰인데요…." 그러고는 열려 있는 화장실 문 너머 바닥을 가리켰다. "저기 떨어져 있었습니다."

화장실로 뛰어 들어가 보니 세면대 옆 벽 쪽에는 정신을 잃은 듯한 여성이 모로 누워 있었고 세면대와 바닥, 벽 여기저기에 핏자국이 눈에 띄었다. 좌변기실 맨 끝 칸 청소용구라고 써진 팻말이 붙어 있는 곳에서는 수돗물 쏟아지는 소리가 들렸다.

"조 형사, 정 회장 핸드폰 확보해." 진일은 정 회장의 비서가 들고 있는 핸드폰을 가리켰다.

"한발 늦었나 보네…." 탄식을 내뱉으며 핏자국들을 둘러보고 있자니 위화감이 느껴지는 핏자국 하나가 진일의 시선을 강하게 잡아끌었다. 좌변기실 문 밑으로 핏자국이 아니, 핏물이 번져 나오고 있었다.

피가 흐르고 있다는 것은 피해자가 있을 수도 있고, 피해자와 함께 가해자가 숨어 있을 수도 있다는 뜻이다.

진일은 정 회장의 핸드폰을 증거채집 봉투에 넣고 있던 조 형사의 시야에 걸리도록 천천히 손을 흔들어 보이고, 까닥까닥 고갯짓을 했다. 그리고 잠바를 헤치고서 소리 나지 않게 권총을 빼 들었다. 조 형사도 증거채집 봉투를 세면대 위에 내려놓고 조심스레 권총을 뽑았다. 진일은 핏물이 번져 나오고 있는 좌변기실 문을 향해 총구를 겨누고 발소리가 나지 않도록 조심조심 다가가며 조 형사와 눈빛을 교환했다.

조 형사가 달려들어 좌변기실 문을 활짝 열어젖혔고, 진일은 그 안에 총구를 겨누며 외쳤다. "꼼짝 마!"

그런데… 박진일의 총부리가 향한 곳에선 수북이 쌓여 있는 참치 자투리 조각들이 붉은 핏물을 흘리고 있었다.

"응?"

진일은 짙은 한숨을 내쉬고 핸드폰을 꺼내 들었다.

28_피랍자

처음에는 윙윙윙 벌이 날아다니는 소리인 줄만 알았다. 그러다가 벌의 날갯짓 하나하나가 어떤 의미를 품고 있는 것 같다는 느낌을 받았고, 그 의미들이 꽤 구체적이라는 데까지 생각이 미쳤다. 그제야 비로소 벌이 내는 소리가 아니라 웅성거리는 사람들 목소리라는 것을 깨달았다. 한 명은 아니고 여러 명인 것 같다.

때로는 멀리서 속삭이는 듯, 때로는 바로 옆에서 말하는 것처럼 크게 들렸다. 울리는 것 같기도 하고.

순철은 가늘게 눈을 떴다. 아주 희미하고 푸르스름한 빛이 섞여 있는 어둠 속에서 말소리만 울려댔다.

서서히 어둠에 눈이 적응되어가자 어슴푸레한 빛 속에 누군가의 모습이 어른거렸다. 역시 한 명은 아니고 두 명인 것 같은데, 둘 다 의자에 앉아 있다.

그들은 순철의 존재를 아는지 모르는지 주변이 울리도록 큰 소리로 떠들어대고 있었다. 들으면 들을수록 어디선가 들어본 적이 있는 듯한 목소리였다.

"정 회장 돈 받은 검사가 나 하나뿐이야?"

"나야, 법과 원칙에 따라서 판결을 한 것뿐이잖아. 안 그래, 최 프로?"

"법과 원칙, 그렇지! 나도 상황에 법을 맞춘 것뿐이니까! 분명히 법도 원칙도 지킨 거야! 그런데 씨발, 이게 무슨 꼴이야!"

"정 회장 아들놈이 더 미친놈이던데!"

"재벌 애새끼들 중에 정상인 새끼 찾기가 쉽냐?"

"김동현인가 저 인간이 정말로 우릴 살려주긴 할까?"

"미친놈 앞에서는 법이고 뭐고 답 없어. 싹싹 빌어야지. 씨발, 좆같지만 일단 살고 봐야지."

순철은 눈에 잔뜩 힘을 주고 어둠 속의 남자들을 노려봤다. 어렴풋이 그들의 얼굴이 보였다. 역시 아는 사람들이었다. 이기우 판사와 최진열 검사.

순철은 버럭 고함을 내질렀다. "당신들 미쳤어?"

그 말이 스위치라도 누른 듯 시끄럽게 주고받던 두 사람의 대화가 뚝 그쳤다. 이내 무거운 침묵이 내려앉았다.

침묵을 깨뜨린 것은 최진열이었다. "강압에 의한 자백은 법적 효력이 없다는 거, 회장님도 잘 아시잖아요?" 조금 전의 쩌렁쩌렁 울리던 당당한 목소리가 아닌, 기가 죽고 맥이 빠진 목소리였다.

별안간 빛이 어둠을 몰아냈다. 순철은 눈이 부셔서 실눈을 뜨고 그들을 바라봤다. 꼴이 말이 아니었다. 최진열의 퉁퉁 부어오른 윗입술은 갈라져 있고, 새까맣게 변한 오른쪽 눈두덩이는 툭 불거져 나온 채 감겨 있었으며, 이기우는 입술이 터진 상태로 새까매진 오른손을 축 늘어뜨리고 있었다.

"어? 당신들, 몰골이 왜 그 모양이야?"

"그래도 자백은 자백이니까!"라는 외침과 거의 동시에 한 남자가 빛 안으로 들어왔다. 일식집 2층 화장실에서 자신을 협박하고 칼로 찌른 그놈이었다.

이 남자를 보자 하반신에 극심한 통증이 내달렸다.

저놈이 내 아랫도리를 칼로 찔렀었다.

순철은 소중한 물건이 아직 붙어 있는지만이라도 확인하고 싶어서 고개를 숙여보려 했지만 목까지 묶어놨는지 시야의 아래쪽 가장자리가 무릎에서 허벅지가 시작되는 부분께 멈췄다. 바지는 시커멓게 젖어 있었다.

순철은 머리를 굴렸다.

저놈은 누구지? 조금 전 이기우와 최진열의 대화 가운데 저놈을 김동현이라고 했었다. 김동현? 어디서 들어보긴 들어본 것 같은데 모르겠고….

그보다 이기우와 최진열은 왜 여기 있는 거지? 우리 세 사람이 연결된 거라면 딱 하나다. 성폭행 사건?

순철은 슬쩍 눈을 홉뜨고 남자의 얼굴을 훑었다. 기억이 났다. 회사까지 찾아와서 난동을 부렸던 그놈이다. 지은정 팀장의 남편. 그런데 이렇게까지 무지막지한 놈일 줄이야.

등골이 서늘해져왔지만 순철은 애써 태연을 가장하며 말문을 열었다. "당신 아내가 자살을 했으니까 화가 많이 나 있는 건 나도 충분히 이해할 수 있을 것 같아. 하지만 지금 뭔가 크게 오해하고 있는 모양인데, 당신 아내도 당신이 생각하는 그런 여자가 아니야. 사실은 당신 아내가 나한테 먼저 꼬리를 친 거야. 이건 정말이야!"

"뭐?" 남자가 눈을 부릅떴다. 그의 뺨이 격하게 실룩거리고 있었다.

흔들리면 안 된다. 끝까지 잡아떼야 한다.

순철은 모든 역경을 뚫고 대망그룹을 일궈온 불굴의 정신을 마음속에 되새기며 우는 아이 달래듯 말을 이어갔다. "김동현 씨의 기분은 나도 잘 알 것 같아. 그래, 화가 날 거야. 충분히 이해할 수 있어. 그렇지만 감출 수 없는 진실이라는 게 있잖아. 자, 내 말 한번 들어봐. 당신도 재판할 때 들었을 거 아냐. 증거도 봤을 거고. 증인들도 증언했잖아. 그것도 한두 명이 아니라 여러 명이. 당신 아내가 나한테 먼저 접근한 거라고 말이야."

가만히 듣고 있던 남자가 "아, 이제 기억났다. 그때 법정에서 증언한 놈이었구나. 어쩐지 본 적이 있다 했더니…"라고 혼잣말처럼 중얼거리더니 벽같이 생긴 선반 뒤로 들어갔다가 뭔가를 들고 나왔다. 남자가 엄지를 까닥거리자 최진열의 목소리가 창고 안에 울려 퍼졌다.

"정 회장 그 변태 새끼…" 순철은 반사적으로 최진열을 노려봤다. "…무죄 만들려고 있는 증거는 없애고, 없는 증거는 만들고, 개고생한 거 생각하면…." 딸깍하는 작은 소리가 들리는가 싶더니 목소리가 사라졌다. 최진열은 고개를 외로 꼬고 시선을 외면하고 있었다.

이런 젠장. 물에 빠지면 입만 둥둥 뜰 놈. 저런 게 검사라고.

순철은 난감했다. 오리발로는 안 통한다는 것만은 확실했다.

남자가 다가왔다. 그러고 보니 바로 앞에 탁자가 놓여 있었다. 탁자 가장자리에 무슨 기구인지 이름은 기억나지 않지만 큼직한 쇳덩어리(아마도 목공소 같은 곳에서 본 적이 있는 것 같기도 한)가 달려 있다. 탁자 옆에 선 남자가 그 위에 놓여 있던 사시미칼을 들고 숫돌에 갈기 시작했다.

"칼은 잘 갈아야지, 제 역할을 한다는 거야."

스윽스윽 칼을 가는 소리가 귀에 거슬렸다.

저 칼로 무슨 짓을 할까 상상하는 것만으로도 한숨이 터져 나왔다. 순철은 눈을 감고 눈알을 굴리며 탈출구를 찾았다. 당장 생각나는 방법은 하나밖에 없었다.

인정할 건 깔끔하게 인정해버리고 돈으로 살살 구슬리는 수밖에….

천천히 눈을 뜨며 입을 뗐다. "내가 잘못했어. 하지만 당신 아내와 딸이 죽은 건 나랑은 상관없는 일이야. 그러니까 내 말은…."

"잠깐!" 남자가 갈고 있던 칼을 치켜들었다. 차갑게 굳어버린 그의 얼굴은 섬뜩했다. "정순철, 너도 내 딸이 죽은 거 알고 있었어?"

"뭐? 아니, 내 말은 그니까… 나는 신문 기사 보고 그런 줄 알았는데…." 순철은 입에서 나오는 대로 둘러댔다.

"신문 기사? 신문에 났다고? 난 못 찾았는데… 나만 못 찾은 건가?" 남자가 자기 자신에게 묻기라도 하듯 웅얼거리며 허공의 한 점을 응시했다.

"응, 정말이야. 신문에 났으니까 신문에 났다고 하지. 내가 왜 그런 거짓말을 하겠어? 안 그러면 내가 어떻게 알겠어?" 순철은 다급하게 덧붙였다.

"아, 그래. 이제야 알 것 같다. 이제야 모든 게 앞뒤가 맞네."

남자가 찬찬히 끄덕이며 또 혼잣말처럼 중얼거리더니 쓴웃음을 흘렸다.

순철은 남자의 낯빛을 살피며 협상안을 꺼냈다. "저기, 내 말 좀 들어봐. 내가 제안 하나 할게. 날 풀어주면 태평양 그거, 당신 가게, 돌려줄게. 사실 난 그런 작은 돈에는 아예 관심도 없어."

대답은 하지 않고 다시 칼날을 갈면서 남자가 말했다. "그래? 그러면 그 작은 돈에 관심 있는 놈은 지금 어디 있지?" 그의 예리한 눈은 번득이는 칼날에 못 박혀 있었다.

저 짐승 같은 놈의 칼끝이 아들한테로 향했다. 하지만 불행인지 다행인지 진태가 지금 한국에 없다는 것 말고는 나도 아는 게 없다. 모르는 게 약이라더니 이런 경우를 두고 하는 말일 것이다.

"나도 그놈 안 본 지 오래됐어. 외국에 나갔다나 뭐라나…."

"외국 어디?"

"그건 나도 몰라. 한번 나가면 함흥차사야. 그것보다 나를 풀어주면 5억 아니, 10억. 그래, 10억 줄게! 맞다! 내 목숨값인데 너무 싸지? 20억. 아니다, 50억 줄게! 50억!"

칼을 갈던 남자가 손을 멈추고 얼굴을 들었다.

"50억? 그거 내가 당신한테 줘야 되는 돈 아니었나?" 남자의 입꼬리가 살짝 올라갔다.

저놈이 웃고 있다. 돈으로 해결되지 않는 일은 이 세상에 없다. 관심을 보일 때 확실하게 매듭지어야 한다.

순철은 빠르게 말을 쏟아냈다. "50억 그거, 당신은 나한테 줄 필요 없어. 그 소송은 내가 취하할게. 신경 쓰지 마. 내가 그냥 쌩으로 50억 줄게! 그니까 나 좀 풀어줘. 정말이야. 내가 하나님을 걸고 맹세할게! 그쪽은 하나님 안 믿나? 여기 판사랑 검사도 증인이 되어줄 거야. 내가 하나님 걸고 꼭 약속 지킬 테니까, 나 좀 풀어줘. 그리고 50억은 나를 내보내주면 당장 입금시킬게!"

사시미칼을 든 남자가 다가오더니 바로 앞에 웅크리고 앉았다. 겁이 덜컥 났지만 순철은 용기를 쥐어짜내서 남자의 얼굴을 마주 보았다.

"반은 먼저 입금시키라고 할게. 25억! 나머지는 나가고 나서. 그럼 되는 거 아닐까? 계좌번호 알려줘. 당장 입금하라고 할 테니까!"

남자가 얼굴을 바짝 들이밀었다. 순철은 애써 웃어 보이며 남자의 눈길을 맞받았다. 불쑥 올라온 하얀 빛이 두 사람의 시선을 잘랐다. 흠칫 놀라 순철은 고개를 뒤로 젖혔다. 길쭉한 칼날이 눈앞에서 새하얗게 번득였다.

순철은 칼날을 바라보며 애원했다. "약속 지킬 테니까, 제발 풀어줘." 칼날이 아래로 움직였다. 반사적으로 눈으로 좇으니 칼날이 두 손을 묶고 있던 검정색 플라스틱 끈을 잘랐다.

역시 돈에는 장사가 없다더니. 거룩하신 하나님, 감사합니다. 할레루야 아멘.

마음속으로 경건하게 기도를 올리고 순철은 말을 이었다. "고마워. 내가 약속은 꼭 지킬게!" 그러고는 남자의 눈을 똑바로 바라보며 입매를 끌어올리고 씨익 웃어 보이기까지 했다. 살았다는 생각에 자연스러운 웃음이 만들어졌다.

"뭐 해? 계좌번호 알려줘야 돈을 부치지."

남자가 얼굴을 들이밀더니 귀에 대고 속삭였다. "정순철, 당신 귀는 듣고 싶은 말만 들리나 보네? 하나님 믿는 놈이 왜 그랬냐고? 그놈 어디 있어?"

"응?"

돈이 안 먹힌다고? 이게 말이 돼? 그렇다면….

어떤 생각을 떠올릴 틈도 없이 오른팔이 우악스럽게 잡아당겨졌고 탁자에 장착된 쇳덩어리(입을 쩍 벌리고 있는) 사이에 욱여넣어졌다. 남자가 동그란 핸들 같은 것을 돌리기 시작했다. 쇠와 쇠가 맞물리는, 귀에 거슬리는 소리가 울리며 쇳덩어리의 입이 점점 닫혀왔다.

"이, 이러지 마. 이러지 마!" 손등과 손바닥에 서늘한 감촉이 와 닿았다고 느낀 순간, "당신이 원하는 거…." 간신히 꺼낸 말은 허공에 흩어져버리고 아악! 비명이 터져 나왔다. 뼈가 으스러지는 울림이 온몸 구석구석까지 치달았다. 숨도 못 쉴 정도로 지독한 통증이었다. 그냥 이대로 기절이라도 하고 싶었지만 그것도 마음대로 되지 않았다.

"조금이라도 더 살고 싶으면, 그놈을 찾으면 돼. 움직이지 마. 혈관 잘려."

아직 안 끝난 거야? 이 새끼 지금 나한테 무슨 짓을 하려는 거야?

남자가 삐뚤삐뚤 거칠게 날이 선 칼날을 순철의 오른쪽 팔뚝에 비스듬히 세웠다. 마치 회를 뜨려는 듯이.

"이러지 마!" 순철은 묶여 있지 않는 왼손을 뻗어 남자의 오른 손목을 붙잡고 절규했다. "알았어. 알았어. 김동현 씨, 알았다고! 당신이 알고 싶어하는 거 뭐든지 말할게. 뭐든지 다 말할 테니까 제발 이러지 마."

29_추격자들

중동경찰서 서장실의 벽시계는 0시 15분을 가리키고 있었다. 종혁은 고동색 가죽 소파에 앉아 벽시계를 바라보았다. 진 서장의 호출을 받고 온 것이었다.

서장 전용 숙직실 문이 열리고 정복 차림의 진 서장이 갈색 가죽 슬리퍼를 질질 끌고 나왔다. 핼쑥한 얼굴로 비척비척 걸어오더니 상석에 엉덩이를 걸치고 고개를 푹 떨구며 두 손으로 얼굴을 감쌌다.

한참을 그러고 있다가 바닥이 무너져라 한숨을 내쉬고는 두 손을 축 늘어뜨리고서 이쪽으로 몸을 돌려 앉았다.

"이 과장, 나 돌아버릴 것 같아. 우리 서 강력계 직원 두 명이나 납치범과 같은 시간, 같은 장소에 있었는데 놓치면 나더러 어떡하라는 거야? 나 정말 환장하겠어. 검찰보다 빨리 잡을 수 있는 기회를 눈앞에서 날려버리면 나더러 어떡하라는 거냐고. 잘못은 직원들이 했는데 왜 내가 욕을 처먹어야 하냔 말이야!"

종혁은 입이 열 개라도 할 말이 없었다. 아니, 당시 현장에 있던 형사들의 실수라고 할 수는 없다고 말하고 싶었지만 그 얘기를 꺼낸다고 해서 사건이 해결될 것도 아니고 쓸데없이 시간만 낭비할 것 같아 그 말은 삼키고 무겁게 입을 열었다. "용의자가 남기고 간 단서를 추적 중입니다."

다시 마른세수를 하던 진 서장이 짙은 한숨을 내뱉더니 두 손을 쭉 뻗어 종혁의 오른손을 덥석 감싸 잡았다.

"용의자를 잡든지 피해자들을 구하든지 우리가 뭐라도 꼭 해야 돼. 안 그러면 내가 독박 쓴다고. 이 과장도 알지? 나 경무관 심사 대상이라는 거. 이 사건 해결 못 하면 내 인생에서는 진급이고 나발이고 없어. 이 과장, 나 좀 도와줘! 내가 뭐나 혼자 잘살자고 이러는 것 같아? 아닌 거 이 과장도 잘 알잖아? 내가 경무관이 되면 이 과장한테도 좋을 거 아냐? 내가 모르는 척하겠어? 안 그래? 응?"

다급한 노크 소리에 이어 벌컥 문이 열리고 김 계장이 얼굴을 디밀었다.

"과장님, CCTV 보러 가시죠."

"오케이." 종혁은 무릎을 짚고 소파에서 일어나 문 쪽으로 향했다.

"잠깐 나도 같이 가!" 그 소리에 돌아보니 진 서장이 슬리퍼를 구두로 갈아 신으며 따라나서려는 참이었다.

모니터실의 문을 연 김 계장이 옆으로 비켜서자, 진 서장이 먼저 들어가고 종혁은 그 뒤를 따랐다. 마지막으로 김 계장이 들어와 문을 닫았다. 모니터실에서는 박 형사와 조 형사가 지켜보고 있는 가운데 모니터 요원이 화면을 조정하고 있었다. 의자에서 벌떡 일어난 두 형사가 진 서장에게 "충성!" 거수경례를 했다.

"범인을 눈앞에 두고도 놓친 게 자네들이야?" 진 서장이 도끼눈을 뜨고 박 형사와 조 형사를 몰아붙였다. "그러고도 자네들이 형사라고 할 수 있어? 이건 시말서 정도로 끝날 문제가 아냐! 자네들이 무슨 짓을 저질렀는지 알고는 있는 거야? 자네들 때문에 애꿎은 사람 여럿 죽게 생겼어!"

지금 이러면서 잘잘못을 따지고 있을 시간은 없다. 피해자를 구하려면 일 분 일 초라도 아껴야 한다. 그런 생각이 종혁으로 하여금 진 서장을 정면에서 와락 끌어안게 했다.

"서장님, 범인을 잡는 게 우선입니다. 일 분 일 초라도 아껴야 합니다. 먼저 CCTV 영상을 확인하시죠."

그때서야 진 서장은 "그렇지. 그래야지."라며 앉을 곳을 찾는지 주변을 두리번거렸다. 그러자 조 형사가 자신이 앉았던 의자를 두 손 내밀어 가리켰다.

"서장님, 여기 앉으시죠."

진 서장이 앉는 것을 보고 종혁은 재촉했다. "돌려봐!"

네, 대답하며 박 형사가 모니터 요원의 어깨를 톡톡 두드리자 그가 재생 버튼을 눌렀다.

진 서장이 의자를 바짝 끌어당기고 모니터에 눈을 들이미는 바람에 종혁은 진 서장의 어깨 너머로 모니터를 응시해야 했다.

재생되는 CCTV 영상에는, 일식집 '태평양'의 뒷문이 열리더니 납치범('정석참치'라는 참치 유통회사 유니폼에 검정색 비닐 앞치마를 걸친)이 밀차(묵직해 보이는 검정색 대형 비닐 포대를 실은)를 밀고 나오고 있었다. 화면을 확대하자 검정색 야구 모자를 눌러쓰고 검은색 마스크를 쓴 납치범의 얼굴이 보이긴 했지만 빈틈없이 가리고 있어서 신원을 특정할 수 있는 상태는 아니었다. 검은색 라텍스 장갑까지 끼고 있어서 지문 채취도 물 건너갔다는 것을 알 수 있었다.

"그놈, 참 잘도 가렸네. 씨… 그때 잡았어야 했는데…."

두 손으로 머리를 감싸고 탄식을 내뱉은 진 서장이 불쑥 고개를 쳐들더니 박 형사와 조 형사를 번갈아 쏘아보았다. 종혁은 얼른 진 서장과 두 형사의 사이에 끼어들어 진 서장의 시선을 가로막고 김 계장을 돌아봤다.

"이것만 봐서는 김동현으로 특정하긴 어렵지?"

"네…." 김 계장이 떨떠름한 표정을 지었다.

"하지만 정황상으로는 김동현이 맞잖아."

"과장님, 여기도 좀 봐주세요." 박 형사의 말에 돌아보니 모니터 요원이 영상의 한 지점을 찾아내 막 정지버튼을 누르는 참이었다.

모니터에는 묵직한 대형 비닐 포대가 냉동 탑차에 실리고 있었는데, 탑차의 번호판이 찍혀 있었다. 하지만 진흙이 잔뜩 묻어 있는 상태였다. 일부러 진흙을 발라놓은 듯했다.

모니터에 얼굴을 바짝 들이밀고 눈을 끔벅거리던 진 서장이 누가 보이지 않는 끈으로 당기기라도 한 듯 이쪽으로 고개를 돌렸다.

"이 과장, 이 정도면 수배할 수 있는 건가?"

그 질문에 김 계장이 대답했다. "숫자를 다 살리기는 불가능하지만 해상도를 조금만 더 높여 작업하면 숫자 몇 개는 살릴 수 있을 것 같습니다."

종혁은 방 안에 있는 모든 형사들의 얼굴을 둘러보며 입을 열었다. "일반 승용차가 아니니까 그래도 나은 거잖아? 그럼 빨리 작업 진행하고. 숫자 나오는 대로 다 두들겨보자고!"

"그래, 빨리빨리 수배 때려!" 무릎을 탁 치고 일어서던 진 서장의 시선이 또다시 박 형사와 조 형사에게 꽂혔다.

"이 과장, 누가 책임을 지긴 져야 되는 거 아냐? 만약에 우리가 범인을 못 잡으면 누군가는 책임을 져야 되잖아. 그냥 넘어갈 수 있겠어? 그렇다고 이 과장이 책임질 수는 없는 거고. 아침이 밝는 대로 인사위원회 소집해서 징계를 하고 넘어가야 나중에 엉뚱한 데 불똥이 튀지 않을 것 같은데, 어때? 내 말이 맞지?"

'이런 한심한 놈'이라는 말이 목구멍까지 치밀었지만 꾹 참고 종혁은 말문을 열었다. "서장님, 지금은 범인을 잡는 데 모두가 힘을 합칠 때입니다. 책임 소재를 가리는 문제는 범인을 잡은 다음에 생각해보는 거로 하시죠. 솔직한 심정으로 지금은 제 마누라한테라도 도와달라고 하고 싶을 지경입니다."

그렇게 말하고 종혁은 진 서장에게서 몸을 돌려 고개를 푹 떨구고 있는 젊은 두 형사의 어깨를 다독거렸다.

"언제까지 여기 있을 거야? CCTV 확인했으면 가서 범인 잡아야지. 빨리빨리 움직여!"

"네, 알겠습니다!"라고 외치며 두 형사는 서둘러 밖으로 달려 나갔다.

"그래도 책임 소재는 확실히 하고 넘어가야 뒤탈이 없는 건데…."

두 형사가 나간 문을 노려보며 진 서장은 바로 눈앞에서 먹잇감을 놓친 굶주린 들개처럼 연신 콧숨을 내뿜고 있었다.

30_피랍자

"저기… 내 말 좀 들어봐. 김동현 씨, 내 재산의 반을 줄게. 당신도 아이가 있었으니까, 내 마음 이해할 거 아냐?"

"그래 나도 아이가 있었지. 딸아이가 있었어. 수아라고. 지금은 없지만." 남자의 얼굴에 파르르 경련이 일었다.

"오해하지 마. 난 그런 뜻으로 얘기한 게 아냐." 순철은 얼른 말을 돌렸다. "잘 생각해봐. 내 재산의 반을 준다니까. 약속할게! 정말이야!"

"당신 재산의 반? 정순철, 당신, 참 대단한 사람이야. 그래서 돈을 많이 버나? 돈돈돈, 돈돈돈돈."

남자는 움찔움찔 떨리는 광대를 엄지와 검지로 힘껏 꼬집고 손바닥으로 거칠게 문질러댔다.

저런 걸 정서불안이라고 하나? 정말 미친 사람처럼 보인다. 그렇지만 아무리 미쳤어도 내 재산의 반을 주겠다는데 거절한다고? 내 재산의 반이 얼마인지 알면서 저러는 건가?

순철은 솔직히 남자의 정신 상태가 이해되지 않았다.

"반이 적다는 거야? 내 인생을 다 바쳐서 번 돈의 반이라고. 내 인생의 반!"

뺨을 꼬집듯이 문지르며 생각에 잠겨 있던 남자가 입을 뗐다. "정순철, 당신, 하나님을 믿는다고 했나?"

하나님? 그래 돈만큼 중요한 거라면 하나님이 계시지. 돈도 다 하나님이 내려주시는 거니까.

"응, 믿지. 난 하나님 믿은 지 오래됐어. 그래, 자네도 하나님을 믿어봐. 날 풀어주면 분명히 하나님도 응답하실 거야. 하나님은 친절하고 자애로우신 분이니까, 자네가 지은 죄도 모두 사해주실 거고… 아차, 자네는 하나님을 안 믿으니까 사해준다는 말을 모르지? 사해준다는 말은 용서해주신다는 뜻이야."

"용서?" 남자가 천천히 고개를 끄덕였다.

이 정신병자가 하나님에 반응을 보였다. 밀어붙이자. 잘하면 돈 안 주고 하나님으로 끝낼 수도 있을 것 같다.

"그래, 하나님의 독생자 예수님을 영접하면 하나님은 모든 죄를 용서해주셔. 하나님은 자네가 지은 죄를 모두 용서해주실 거고 아주 큰 상으로 보답하실 거야. 자네가 생각하는 것 이상으로 훨씬 큰 상을 내리실 거야. 하나님은 자신을 믿고 따르는 어린 양들은 사랑으로 감싸시는 그런 분이야. 나 풀어주면 우리 교회 목사님도 소개시켜줄게. 목사님하고 직접 만나서 예수님을 영접해. 그러면 자네도 구원받을 수 있을 거야. 그건 내가 장담할게!"

순철은 입매를 당겨 웃어 보였다. 팽팽하게 굳어 있던 뺨이 풀리는 것 같았다.

고개를 까닥이고 있던 남자가 얼굴을 들었다. 모든 것을 체념한 듯한 담담한 눈빛이었다.

"천국이 그렇게 좋은 곳이라면서?"

"처, 천국?"

갑자기 여기서 천국 얘기가 왜 나와?

"이제 당신이 그렇게 좋아하는 천국으로 보내줄 거야." 남자의 목소리는 담담하다 못해 차분했다.

"자, 잠깐만. 사, 살려줘." 순철은 간절히 애원했다. 왈칵 눈물이 쏟아졌다. "살려줘, 제발 부탁이야…."

흐흐흐, 아무런 표정 없이 웃던 남자의 손이 머리 위쪽으로 지나갔다. 반짝하고 빛난 칼날의 잔상이 눈꺼풀 안쪽에 남았다.

답답했던 목이 자유를 되찾아 오랜만에 편하게 숨을 쉴 수 있었다. 이상하리만치 시간이 매우 천천히 흘러갔다. 모든 게 선명하게 보이고 아주 작은 소리까지 또렷하게 들렸다. 뭔가가 천천히 다가오는 기척이 느껴졌다.

마지막으로 들린 소리는 이기우와 최진열이 내지른, 고막을 찢을 정도로 날카로운 비명 소리였다. 마지막으로 본 것은 그들의 얼굴에 뿌려진 핏방울들 그리고 철제 의자 밑으로 퍼져가는 누르스름한 물이었다. 그 물이 오줌이라는 것을 인지한 순간, 의식은 새까만 어둠 속으로 빨려 들어갔다.

31_ 나

나는 큼직하게 자른 참치 덩어리 두 개를 들고 피랍자들의 입에 물려주었다. 그들은 묶인 손으로 참치 덩어리를 부여잡고 웩웩, 구역질을 하면서도 조심조심 물어뜯고 질겅질겅 씹어 삼켰다. 나도 참치 덩어리를 뜯어먹으며 철제 선반 뒤로 돌아갔다. 터벅터벅 걸어서 벽 앞에 있는 야전용 침대 위에 걸터앉는데 비닐 앞치마 주머니 안에서 핸드폰이 진동했다. '1'(상담사)이었다.

"네, 상담사님⋯."

"김동현 님, 그동안 보내주시는 파일이 없는데 잘 지내시는 거죠?"

"네⋯ 상담사님 덕분에⋯ 잘 지내고 있어요." 나는 무덤덤하게 말했다.

"기억은 좀 되살아나고 있나요?" 상담사의 말투는 평소처럼 다정했다.

"네⋯ 아주 조금씩⋯ 네⋯ 네⋯ 네, 알겠습니다. 네⋯ 네⋯." 참치 덩어리를 잘근잘근 씹으며 통화를 이어가면서, 나는 이따금 코웃음을 흘렸고 이따금 고개를 가로저었다.

32_추격자들

커튼이 활짝 젖혀진 창문으로 들어오는 가을 아침 햇살은 눈부시고 따뜻했다. 중동서 담장 너머 도로를 오가는 자동차들, 정문을 빠져나가는 순찰차, 경찰서 마당에서 오락가락하는 사람들, 경례를 주고받는 제복 경찰관들, 눈으로 들어온 풍경들이 망막에서 아무런 의미도 맺지 못하고 흘러갔다.

강력계 창문을 내다보며 종혁은 생각을 가다듬고 있었다. 모든 단서가 김동현을 지목하고 있다. 정순철을 납치했다는 점, 예전에 김동현이 운영했던 일식집 태평양에서 범행이 일어났다는 점, 식당의 내부구조에 대해 잘 알고 있었다는 점, 냉동 탑차와 참치 자투리를 범행에 사용했다는 점. 그리고 검찰청 CCTV와 태평양의 CCTV를 비교 분석한 결과, 용의자의 걸음걸이와 버릇처럼 얼굴을 만지는 팔의 각도가 일치한다는 점에서 동일인이라는 결론이 나왔다. 즉 김동현의 단독 범행일 가능성이 거의 구십구 퍼센트, 아니 백 퍼센트라고 볼 수 있다. 범인은 김동현이다.

"김동현, 너 지금 어디 있는 거냐?" 종혁의 현재 심정이 혼잣말이 되어 흘러나왔다.

급하게 다가오는 발소리에 종혁은 창가에서 물러나 뒤돌아섰다.

박 형사가 잰걸음으로 다가오고 있었다. "과장님, 정석참치 쪽에 확인해본 결과, 아직도 태평양하고 거래를 하고 있는 건 맞는데요. 최근에 김동현과 거래한 적은 물론이고 가게를 넘긴 이후로는 본 적도 없다고 합니다."

"최근에는 본 적도 없다?" 종혁은 턱을 긁적이며 형사들을 둘러봤다. "그랬겠지. 거래한 적이 없는 곳을 찾았겠지. 그게 오히려 자연스럽지 않겠어? 김동현을 찾을 수 있을 만한 단서는 냉동 탑차, 참치 조각, 입고 있던 옷가지 그리고 칼, 또 뭐가 있을까?"

김 계장이 검지를 살짝 들어 올렸다.

"피해자들을 가둬두려면 창고나 폐공장 같은 독립된 공간이 필요할 거라고 생각합니다."

"그렇겠지. 그러면 말이야…."

종혁은 강한 어조로 또박또박 말을 끊어가며 지시를 내리기 시작했다. "박 형사는 냉동 탑차 수배 상황을 계속해서 체크하고, 2팀장하고 3팀장한테는 내가 얘기해놓을 테니까, 우 형사는 2팀하고 협력해서 참치를 공급하는 업체 쪽을 알아봐. 태평양하고 거래가 없었던 곳을 중심으로. 당연한 얘기겠지만, 현장에 있었던 참치 조각 사진하고 포대 자루 사진도 보여주면서. 그리고 차 형사는 3팀하고 협력해서 대여 창고 중심으로 알아보고 현금으로 빌린 곳은 모조리 뒤져봐. 오 형사하고 강 형사는 칼이나 흉기가 될 만한 조리도구를 파는 곳에 김동현이 나타났었는지 알아보고… 정보를 얻는 대로 즉시 김 계장한테 보고한다. 알았나?"

"네!" 지시를 받은 형사들이 움직이기 시작했다.

"아차, 잠깐만." 종혁은 말을 이어갔다. "피해자를 운반할 때 사용한 포대 자루랑 밀차도 있었지. 포대 자루 그거 아무 데서나 살 수 있는 거 아니잖아."

오 형사와 강 형사가 동시에 손을 들었다. 눈빛을 주고받더니 강 형사가 입을 열었다. "포대 자루랑 밀차도 저희가 알아보겠습니다."

형사들은 분주하게 움직이며 하나둘 무전기를 챙겨 들고 강력계 사무실을 뛰쳐나갔다.

김 계장이 다가오면서 걱정스러운 눈빛으로 물었다. "과장님, 김동현의 신병을 확보하는 대로 체포하려면 영장이 나와야 할 텐데요?"

"아니, 긴급체포로 가자고! 김 계장이 모두에게 알려. 긴급체포한다고!"

네, 대답하고 충전기에서 무전기를 빼 들던 김 계장이 잠시 주춤거리더니 돌아보며 머뭇머뭇 말을 꺼냈다. "과장님, 저기… 긴급체포로 가자고 하시는 건… 혹시 검찰 때문에 그러시는 건가요? 서장님도 검찰한테 져서는 안 된다고 계속 강조하시고…."

"검찰?"

푸풋, 종혁은 갑자기 터져 나오는 웃음을 참을 수가 없었다. 내친김에 시원하게 웃어젖히고 나서 고개를 뒤로 꺾어 천장으로 눈길을 던졌다. '우리가 누구처럼 양아치야?' 하마터면 튀어나올 뻔했던 말을 뱃속 깊숙이 밀어 넣고, 다시 김 계장에게 시선을 돌렸다. "우린 피해자만 생각하면 돼! 김동현이 유력한 용의자라고 검찰하고도 공유해. 지금 당장!"

"네!" 김 계장이 핸드폰을 꺼내 들고 어딘가로 전화를 걸었다.

누가 먼저라도 김동현만 잡으면 된다.

책상 가장자리에 엉덩이를 걸친 종혁은 임무를 할당하지 않았던 장 형사를 손짓으로 불렀다. "그리고 장 형사는 말이야…."

4부_심판

33_나

배달 기사의 어깨 너머로 보이는, 강남의 고급 아파트 동 입구에 있는 인터폰의 디지털시계는 오전 10시 16분을 알리고 있었다.

앞에 서 있는 배달 기사가 인터폰 렌즈 앞에 투명 플라스틱 컵이 담긴 종이 상자를 들어 보이며 말했다. "커피 클러스터입니다."

아무런 대답도 없이, 동 입구의 유리문이 미끄러지듯 옆으로 열렸다. 나는 택배용 박스를 들고 검정색 오토바이 헬멧을 쓴 채 배달 기사의 뒤를 따라 유리문을 통과했다.

먼저 엘리베이터에 올라탄 택배기사가 버튼을 누를 기미도 없어 보이기에 버튼 패널을 힐끔 보니, 배달 기사가 손을 댄 적도 없는 것 같은데 24층 버튼에 불이 들어와 있었다. 나는 치킨 배달 기사를 의식하며 벽 쪽에 있는 버튼 패널을 몸으로 가리고 등 뒤로 왼손을 내밀어 슬쩍 31층 버튼을 눌렀다. 그런데 불이 들어오지 않았다. 다시 한번 눌러봤지만 역시 불이 들어오지 않았다. 고급 아파트다 보니 외부인의 출입을 철저하게 관리하고 있는 모양이었다.

엘리베이터가 24층에 섰다. 문이 열리고 치킨 배달 기사가 내리기에 따라 내렸다. 이후 나는 계단실 문을 열고 들어가서 걸어 올라가기 시작했다. 얼마 올라가지 않았는데 숨이 차서 헬멧을 벗어 손에 들었다.

31층에서 32층으로 올라가는 계단 중간쯤에 멈춰 앉아 잠바 주머니에서 손거울을 꺼내 들고 비스듬히 아래쪽으로 쭉 내밀었다. 거울에 3103호 현관문이 비쳐 보였다. 나는 손거울을 다시 잠바 주머니에 넣고 옆에 놔뒀던 헬멧을 들고 일어섰다. 이 시간에 이 계단을 오르내릴 사람이 있을 거라고는 생각하지 않았지만, 혹시나 누가 본다면 앉아 있는 것보다는 서 있는 게 움직이기도 쉽고 자연스럽게 보이기도 할 것이다. 들고 온 빈 택배 박스는 계단을 올라오던 도중 2803호 앞에 놔두었다.

정순철로부터 알아낸, 그의 아들인 정진태 가족이 산다는 이 고급 아파트로 오기 전, 나는 피시방에 들러 다크웹에서 위조여권을 구할 수 있는지부터 알아봤다. 미심쩍은 사이트도 있었고 가격대도 천차만별이었지만, 비싼 가격대로 세 군데 정도 알아놓았다. 거래 방법은 마취제를 샀을 때와 비슷했다. 현금과 여권용 사진을 갖다 놓으면 위조여권을 완성한 뒤 메신저로 여권이 있는 장소를 알려주는 방식이었다.

여권을 먼저 만들어야 하나, 그놈이 외국 어디에 있는지를 먼저 알아내야 하나 망설인 끝에 일단 놈이 있는 곳을 먼저 알아보기로 했다. 어차피 완벽한 위조여권을 만들 수만 있다면 경찰의 추격은 피할 수 있다는 판단에서였다.

자꾸만 부풀어 오르려고 하는 상념을 떨쳐내면서, 나는 엘리베이터가 내는 소리에 온 신경을 집중했다. 그렇게 두 시간가량이 지났다. 조금 전, 마음먹고 3103호 초인종을 눌렀었다. 그런데 아무런 반응도 없었다. 아무도 없었을 수도 있고 누가 안에 있으면서 모른 척했을 가능성도 있다.

어찌 됐건 정진태가 지금 외국 어디에 있는지를 알아내려면 정진태의 아내를 만나야만 한다. 기다리다 보면 누군가 나오든지 들어가든지 할 것이다. 그때를 노리고 있다.

띵, 소리가 들리고 엘리베이터에서 "31층입니다"라는 녹음된 안내 멘트가 흘러나왔다. 그리고 잠시 뒤, "문이 열립니다"라는 말이 기계적으로 이어졌다.

나는 재빨리 계단에 쭈그리고 앉아 손거울을 꺼내 내밀었다. 짙은 감색 롱스커트에 베이지색 카디건을 걸친, 20대 후반 정도로 보이는 여성과 하얀색 재킷에 청바지 차림의, 아직 열 살은 안 되었을 것 같은 여자아이가 거울에 비쳐 보였다. 엄마로 보이는 여자는 양손에 백화점 쇼핑백을 들고 있었다. 정순철의 말이 맞는다면 정진태의 아내와 딸일 것이다.

여자아이가 도어록을 누르려고 하자 "비켜!" 하면서 정진태의 아내가 신경질적으로 아이를 밀쳐내더니 엄지손가락 지문을 도어록 센서에 댔다. 현관문이 열리는 것을 보고, 나는 헬멧을 든 채 최대한 자연스럽게 계단을 내려갔다. 그리고 두 사람이 안으로 들어서는 순간, 문이 완전히 닫히기 전에 손끝으로 문을 살짝 잡아 속도를 늦췄다. 문은 끝까지 닫히지 않은 채 멈췄고, 다행히 그들은 이를 눈치채지 못하고 거실 쪽으로 사라졌다. 나는 잠시 기다렸다가 조용히 안으로 들어가 조심조심 문을 닫고 안전 걸쇠를 걸었다. 들고 있던 헬멧은 신발장 앞에 내려놓고 스니커즈를 벗었다.

호흡을 고르고 한 걸음 두 걸음 다가가서 조심스레 중문의 손잡이를 잡고 돌렸다. 다행히도 잠겨 있지 않았다. 중문을 살그머니 열고 눈만 살짝 내밀어 안쪽을 살폈다. 왼쪽으로 제법 긴 복도가 이어져 있었고 복도는 거실로 연결된 모양이었다. 복도 벽에는 꽤 값비싸 보이는 그림들이 걸려 있었고 장식대 위에는 청자나 백자 등 도자기뿐만이 아니라 조각품들도 놓여 있었다.

나는 발소리를 죽여가면서 복도를 따라 걸어갔다. 왼쪽에 문이 열려 있는 방이 있어서 힐끗 엿보니 세면대가 보였다. 복도 모퉁이까지 가자 넓은 거실이 모습을 드러냈다. 한눈에 봐도 고급스러워 보이는 응접세트로 꾸며져 있었다. 열 명쯤은 앉을 수 있는 상아색 고급 가죽 소파와 대리석 테이블, 그랜드 피아노, 초대형 벽걸이 TV, 그리고 장식인지 사용하는 건지 모르겠지만 벽난로도 있었다. 거실 하나만 해도 내가 사는 해피 빌리지 아파트 전체만 한 크기였다.

나는 모퉁이에서 눈만 내밀고 왼쪽을 살폈다. 널찍한 아일랜드 식탁 위에는 조금 전 정진태의 아내가 들고 있던 쇼핑백이 놓여 있었고, 그녀는 냉장고에서 주홍색 액체가 든 유리병을 꺼내고 있었다.

주변을 재빨리 살폈지만 딸아이의 모습은 눈에 띄지 않았다. 모퉁이 안쪽 벽에 등을 바짝 붙인 채 거실을 둘러봤다.

벽에는 사진이 담긴 액자들이 걸려 있었다. 특이한 건 가족 사진은 한 장도 없고 온통 정진태 부부의 결혼사진뿐이었다. 그런데 별안간 웩웩, 토악질이 올라왔다. 너무 놀라 황급히 입을 틀어막고 정진태의 아내에게 시선을 던졌다. 그녀는 냉장고를 등지고 주홍색 주스를 마시고 있었다. 다행히도 못 들은 모양이었다. 휴우 가슴을 쓸어내렸다.

복도 맞은편 방문 옆에 있는 고풍스러운 장식장에는 정진태 딸아이의 사진을 담은 액자 몇 개가 놓여 있었다. 그 사진들을 물끄러미 바라보고 있자니 그 아이의 얼굴에 내 딸 수아의 얼굴이 겹쳐 보이며 잠잠했던 얼굴 근육이 실룩이기 시작했다. 나는 왼손 엄지와 검지로 얼굴을 힘껏 꼬집고 손바닥으로 비비면서 정진태의 아내를 주시했다. 주스를 마시던 그녀가 막 싱크대 쪽으로 몸을 돌렸다.

지금이다 싶어 잠바 주머니에서 호일로 싼 발골용 칼을 꺼내 호일을 벗기고 칼자루를 움켜쥐었다. 마른침을 삼키고 조심스레 한 발자국 내딛는 찰나였다.

"누구세요?"

등 뒤에서 어린 여자아이의 목소리가 날아들었다.

흠칫해서 천천히 돌아보는데 여자아이가 올려다보고 있었다. 눈이 마주쳤다. 일순 아래로 향했던 아이의 눈이 똥그래졌다. 칼을 들켰다고 느낀 순간 아이는 꺅, 외마디 비명을 지르며 현관 쪽으로 내달렸다. 나는 본능적으로 쫓아가서 아이의 팔을 덥석 잡아당겼다. 끌려오던 아이가 내 손등을 깨무는 통에 반사적으로 아이의 뒷덜미를 잡아채 벽 쪽으로 내던졌다. 맥없이 나가떨어진 아이가 장식대에 세게 부딪히면서 아이의 다리가 그 위에 놓여 있던 커다란 하얀색 도자기를 건드렸고, 그 바람에 아슬아슬 빙그르르 돌던 도자기가 대리석 바닥 위로 떨어졌다.

와장창, 도자기 깨지는 소리가 울려 퍼지며 벽에 머리를 심하게 부딪치고 튕겨져 나온 아이의 몸이 날카롭게 솟아 있는 도자기 조각들을 덮쳤다. 꺄아! 정진태 아내의 날카로운 비명 소리가 터져 나왔다.

아이를 수습할 겨를도 없이 여자에게 달려가서 목을 움켜잡고 넘어뜨렸다. 그녀는 몸부림치며 비명을 질러댔다. 나는 우악스럽게 그녀의 입을 틀어막고 칼끝을 그녀의 눈에 겨눴다.

"조용히 해! 당신들까지 해치고 싶진 않아. 하지만 소리 지르면 나는 당신을 해칠 수밖에 없어. 그러니까 죽고 싶지 않으면 조용히 하고 내 말 잘 들어!"

두 눈을 허옇게 뜬 그녀가 빠르게 끄덕였다.

나는 케이블타이로 여자의 손발을 묶고, 쓰러져 있는 아이에게 달려가서 상태를 살펴봤다. 아이는 가늘게 숨은 쉬고 있었지만 의식을 잃은 상태였다.

"너한테까지 이럴 생각은 없었는데…," 나지막이 속삭이며 아이를 안아서 일으켜보는데, 아이의 뒤통수를 감쌌던 손바닥이 축축하고 따뜻했다. 얼른 내려다보니 붉은 피가 흥건했다. 당황한 나는 조금 전 세면대를 봤었던 방으로 뛰어 들어가 흰색 수건 몇 장을 가지고 와서 아이의 머리를 감쌌다. 그리고 여자를 돌아보며 애써 침착하게 입을 뗐다. "빨리 병원으로 옮기면 문제는 없을 거야. 그러니까 당신 남편이 있는 곳을 말해. 당신 딸을 위해서라도. 빨리."

여자가 아이한테는 눈길 한번 주지 않고 되물었다. "남편이 있는 곳만 알려주면, 저는 살려주시는 거죠?"

"허튼짓만 하지 않는다면."

"내 핸드폰을 써도 될까요? 남편 비서는 알고 있을 수도 있으니까요."

"핸드폰? 어디 있는데?"

그녀는 묶인 손으로 아일랜드 식탁 위를 가리켰다. 나는 그쪽으로 가서 핸드폰을 집어 건네고 여자의 목에 칼을 들이댔다. 그녀는 칼날을 보더니 침을 꿀꺽 삼키고 핸드폰에서 연락처를 찾아 전화를 걸었다. 상대가 금방 전화를 받은 모양이었다.

정진태의 아내는 다짜고짜 상대를 몰아붙였다. "홍 실장, 난데, 전무님 지금 어디 있어? 어디 있는지만 알려주면 돼. 나한테 거짓말하면 어떻게 되는지 홍 실장이 더 잘 알 거야! 전무님 지금 어디 있어? 빨리 말해!" 귀에 거슬릴 만큼 고압적인 말투였다.

핸드폰을 귀에 대고 있던 여자가 안도하는 표정으로 나를 바라보며 고개를 까닥였다.

나는 그녀의 입을 뚫어져라 주시하며 말했다. "어느 나라인지 주소까지 정확하게."

"어디라고?" 턱을 까닥이던 여자가 말했다. "신영종합병원? 응… 응…."

나는 잠바 왼쪽 안주머니에서 잘 접은 종이(처형대가 그려진)와 볼펜을 꺼내 여자 앞에 내려놓았다. 그리고 볼펜은 직접 그녀 손에 쥐여주었다. 여자가 접힌 종이 위에 뭔가를 적어서 돌려줬다.

받아 들고 보니 놀랍게도 얼마 전까지 내가 입원해 있던 '신영종합병원 1207호'라고 적혀 있었다. 악마 놈이 외국에서 돌아온 모양이었다. 덕분에 위조여권을 만들 수고는 덜었다. 나는 종이와 볼펜을 다시 잠바 안주머니에 넣고 그녀의 핸드폰도 낚아채서 상의 주머니에 넣었다.

"솔직히 말해 여기 오면서 당신하고 당신 딸을 죽여야 하나 말아야 하나 정말 고민 많이 했어. 그렇게 해야 당신 남편한테 진 빚을 모두 갚는 게 되니까. 그래야 당신 남편도 내가 당한 고통을 똑같이 느낄 테니까."

"쟤는 내 딸이 아니에요. 남편의 딸이지."

예상치도 못했던 대답이 돌아왔다.

"뭐? 그게 무슨 뜻이지? 그럼 저 아이가 죽어도 괜찮다는 거야?" 그러고 보니 여자는 처음부터 아이가 피를 흘리건 말건 남의 일인 듯 냉담했었다. "당신 남편이 밖에서 무슨 짓을 하고 다니는지는 아나?"

"그건 내가 알 필요가 없죠. 남편은 자기 일을 하는 거고, 나는 내 일만 하면 되니까."

"그쪽은 그쪽한테만 좋으면, 다 좋은 건가? 누가 죽건 말건?" 파르르 오른쪽 뺨에 경련이 일었다.

"누구나 다 그런 거 아닌가요?"

여자의 당돌한 말이 내 가슴속 어딘가를 깨뜨렸다. 그 틈새를 비집고 나온 분노가 나를 잠식해나가기 시작했다.

"당신 남편이 내 아내하고 내 딸 수아를…." 나는 몇 차례 심호흡을 하고 나서야 말을 이을 수 있었다. "…내 아내와 내 딸을 정말 잔인하게 죽였어. 난 그 빚을 갚으려는 거고."

"그건 나하고는 상관없는 일인 것 같은데요."

여자가 하는 말이 너무도 기가 막혀서 나도 모르게 흐흐흐, 웃음을 흘리고 말았다.

"당신들은 참 죄책감을 안 느끼게 만드는 재주가 있는 것 같아." 이런 인간은 죽여버려야 한다는 생각이 나를 지배했을 때 나는 이미 여자의 목을 움켜잡고 칼을 치켜들고 있었다.

"이 개만도 못한 것들!"

여자는 묶인 두 손으로, 내 손목을 부여잡고 애원했다. "남편이 있는 곳을 알려주면 나는 살려준다고 했잖아요! 약속했잖아요."

약속? 이 여자는 억울하다는 눈빛을 하고 있다. 칼을 치켜든 오른팔이 부르르 떨렸다.

여자가 눈물을 쏟아내며 매달렸다. "나는 그냥 내 생각을 말한 것뿐이에요. 세상 사람들, 다 나 같을걸요. 남편이 있는 곳을 알려주면 살려준다면서요, 제발 살려주세요."

이 여자는 자기 목숨만 소중하다고 생각하는 인간이다.

'사이코패스는 말이야. 남, 그러니까 제삼자의 감정을 전혀 느낄 수 없는 사람을 말하는 거거든.' 불현듯 그 악마 놈의 목소리가 떠올랐다.

이 여자도 사이코패스다. 그래서 그 악마 놈하고 사는 거다.

"그래, 그놈 때문이라도 너 같은 건 죽이지 않는 게 낫겠다."

나는 여자의 목을 놓아주고 칼을 거뒀다.

나는 정진태의 딸아이를 품에 안고 엘리베이터에서 내려 지하주차장으로 들어갔다. 아이의 머리를 감싼 수건은 어느새 선홍색으로 물들어 있었다.

삑삑, 리모컨 키로 승용차를 찾고 한달음에 달려가 뒷문을 열고 아이를 뒷좌석에 반듯이 눕힌 뒤, 머리를 감싸고 있던 수건을 풀어 살폈다. 흰색 수건의 반 정도가 피로 물들어 있었다. 여분으로 가지고 온 하얀 수건으로 아이의 머리를 감싸며 아이의 귀에 대고 속삭였다. "응급실까지는 데려다줄 테니까 조금만 참아."

운전석에 올라 사이드브레이크를 내리려고 하니 이미 내려가 있는 상태였다. 키를 꽂고 막 돌리려는 순간, 갑작스럽게 밀려오는 극심한 두통에 얼굴이 일그러졌다. 머리를 세차게 흔들고 입을 크게 벌려보고 눈썹을 위아래로 움직여봤지만 도저히 참을 수 없는 고통이었다. 머릿속이 갑자기 뜨거워져서 당장이라도 터져버릴 것만 같았다.

차에서 내려 주차장 구석에 있는 화장실로 달려 들어갔다. 세면대 앞에 서서 머리를 좌우로 흔들며 수도꼭지를 틀었다. 쏟아지는 찬물을 두 손으로 받아서 머리에 뿌렸다. 그래도 뜨거운 열기는 좀처럼 가시지 않았다. 찬물이 쏟아지는 수도꼭지 아래에 머리를 처박았다. 머리가 흠뻑 젖었다. 열기가 조금은 수그러드는 것 같았다.

고개를 들어 거울을 쳐다봤다. 격하게 움찔거리는 얼굴이 거울에 비쳤다. 물이 뺨을 타고 턱을 타고 뚝뚝 떨어져 내리고 있었다.

돌연 전등이 깜빡깜빡 점멸하며 풀벌레 소리가 주위를 에워쌌다. 뭔가가 되살아나고 있다. 끊어졌던 기억의 파편들이 머릿속에 휘몰아쳤다.

34_나

　시끄럽게 울어대는 풀벌레 소리를 들으며 눈을 떴다. 나는 바닥에 널브러진 상태였다. 잠시 상황 파악이 안 돼서 멍하니 누워 있다가, 벌떡 일어나 빠르게 주변을 둘러봤다. 깜깜한 공간이었다. 불이 꺼진 해피 빌리지 1505동 쓰레기 수거장 안이었다. 바로 옆에 여행용 캐리어가 열려 있다. 그 안을 들여다보고 나는 참혹한 현실을 마주했다. 그제야 풀벌레 우는 소리가 아니라 핸드폰의 벨소리라는 것을 깨달았다. 피 묻은 손으로 통화 버튼을 눌렀다.

　"왜 이렇게 전화를 늦게 받아?" 악마의 목소리였다.

　"야, 이 개새끼야… 이 개새끼…." 울음소리도 웃음소리도 아닌 죽어가는 짐승이 낼 법한 소리가 내 입에서 새어 나왔다.

　"그러게, 나한테 왜 개겨? 병신 같은 게. 네 딸은 네가 시간 약속을 못 지켜서 죽은 거야. 아까 보니까, 30초 정도 빨리 도착하더라. 난 네가 시간을 못 지킬 줄 이미 알고 있었어. 그래서 이렇게 된 거야, 이 빙신 새끼야! 그리고 네 딸도 그렇지, 맛있는 거 사준다니까 따라오더라. 교육을 어떻게 시킨 거야. 크크크…." 악마는 마음껏 나를 조롱하고 있었다. 세상을 떠난 내 딸 수아까지도.

"죽여버릴 거야…." 극단적인 분노로 온몸이 떨려왔다.

35_추격자들

잔뜩 겁에 질린 창고관리인이 손을 벌벌 떨면서 창고 문을 열고 있는 것을 종혁은 중동서 형사들을 비롯해 경기도 오성 경찰서 형사들과 함께 지켜보고 있었다.

약 50분 전에 익명의 신고자로부터 중동서 강력계로 제보가 들어왔다. 김동현으로 추정되는 남자가 수차례 창고(경기도 오성시에 소재한 '시우창고'라는 창고업체가 관리하는 창고)를 출입하는 것을 목격했다는 것이었다. 제보자는 창고 근처에 사는 주민이라고만 자신을 밝히고 귀찮은 일로 불려 다니는 건 질색이라며 전화를 끊었다. 장난 전화일 가능성도 있었지만, 종혁은 이동 가능한 형사들을 그곳으로 호출하고, 직접 창고로 향하면서 시우창고의 관할 경찰서인 오성 경찰서에 지원을 요청했다.

그리고 20분 전, 오성서 강력계 형사로부터 전화가 걸려왔다. 창고관리인에게 김동현의 사진을 보여주자 마스크를 쓰고는 있었지만 창고를 빌린 사람과 인상착의가 비슷하다는 것이었다.

창고 앞에 도착하자마자 종혁은 오성서 강력계 형사들과

합류했고, 중동서 형사들이 도착하기를 기다렸다가 관리인에게 창고(제보자가 의심스럽다고 주장했던) 문을 열어달라고 부탁한 참이었다.

둔탁한 금속 마찰음을 내며 철제문이 열리자 김 계장과 박 형사를 필두로 중동서 형사들이 앞장서서 들어갔다. 형사들의 표정이 하나같이 일그러졌다. 창고 안으로 발을 내딛기도 전에 그 이유를 알 수 있었다. 짐승의 사체가 썩고 있는 듯한 악취가 코의 점막을 자극했다. 창고 안은 칠흑같이 어둡고 눅눅했다.

"스위치 어디 있습니까?"

김 계장이 묻자 창고관리인이 문 옆 벽 쪽을 가리켰다. 그쪽으로 달려간 조 형사가 스위치를 찾아 누르자 천장 한가운데 매달린 전등이 켜지면서 창고 내부가 모습을 드러냈다.

창고 오른쪽 벽에서 2미터쯤 떨어진 곳에는, 입이 터지고 오른손이 새까매진 남자가 철제 의자에 앉아 있었고, 그 맞은편 벽 앞에도 오른쪽 눈이 새까맣게 부어 있고 윗입술이 퉁퉁 부어 있는 남자가 의자에 앉아 있었다. 얼굴 상태가 심하게 변형되어 있었지만 우리가 찾고 있던 피랍자들이라는 것을 한눈에 알아볼 수 있었다. 이기우와 최진열이었다.

기진맥진한 피랍자들이 천천히 형사들 쪽으로 눈길을 돌렸다. 심한 악취에 형사들이 코를 벌름거리거나 막으면서 다가가려고 하자 오른쪽 눈두덩이가 새까맣게 부풀어 오른 최진열이 버럭 소리를 질렀다.

"안 돼! 위! 위를 봐!"

올려다보니 천장 바로 아래 거꾸로 뒤집힌 작두가 공중에 떠 있었고, 피랍자들의 머리 위 2미터쯤 허공에는 꽤 묵직해 보이는 쇠말뚝이 날카로운 끝을 그들의 정수리에 겨누고 있었다.

"모두 움직이지 마!"

종혁은 손을 들어 형사들을 제지했다. 모든 형사들의 움직임이 멈췄다.

최진열이 성한 왼쪽 눈알을 희번덕거리며 고래고래 소리를 질러댔다.

"야! 이 새끼들아! 구경났어! 거기 서서 뭐 해? 나, 안 보여? 나 먼저 여기서 좀 빼내봐! 빨리! 빨리 좀 움직여라, 씨발~"

딸랑딸랑… 방울 소리가 들려왔다. 소리가 나는 곳을 살펴보니 작두에 달린 방울이 내는 소리였다.

바람? 종혁은 주위를 둘러보았다. 열려 있는 창고 문으로 바람이 들어오고 있었다. 다시 작두를 올려다보았다. 작두날 바로 아래에 있는 가느다란 선이 전등 빛을 반사했다. 믿기지 않았지만 분명히 낚싯줄이었다.

종혁은 주먹 쥔 손을 들고 목소리를 낮췄다. "주목! 모두 내 지시를 따른다."

"뭐 하고 있어! 나 좀 빨리 여기서 빼내라고!" 최진열이 악을 써댔다.

"나도 좀 꺼내줘요…." 이기우가 울먹였다.

종혁은 목소리에 힘을 실었다. "모두 조용히 해요. 낚싯줄이라서 작은 진동에도 터질 수 있습니다." 그러고는 곧바로 형사들을 가리키며 지시를 내렸다. "차 형사하고 조 형사는 나가서 사다리 가지고 와." 또 문 쪽을 돌아보며 지시를 이어 갔다. "거기 오성서 형사 여러분은 절단기 가지고 오세요. 최대한 조용히 움직여야 합니다. 절대로 뛰지 말고. 그리고 작두가 떨어질 것을 대비해서 매트도 준비해야 합니다."

"야! 니들이 왜 쫄고 지랄이야! 빨리빨리 좀 움직여!" 최진열이 멀쩡한 왼쪽 눈알을 부라리며 소리쳤다.

"쉿!" 종혁은 검지를 입에 대고 왼손으로 천장에 매달린 작두 쪽을 가리켰다. "저건 철사가 아녜요."

최진열이 벌레라도 씹은 표정으로 입을 꾹 다물었다.

밖으로 나갔던 오성서 형사 두 명이 절단기를 들고 들어오는 것을 보고 종혁은 지시를 내렸다. "김 계장은 최진열 검사 맡고, 박 형사는 이기우 판사 맡아."

오성서 형사로부터 절단기를 건네받은 김 계장은 최진열 쪽으로 다가갔고, 역시 절단기를 받아 든 박 형사는 이기우에게 다가갔다. 김 계장이 최진열 앞에 웅크리고 앉아서 그의 발목과 철제 의자를 묶어놓은 케이블타이를 절단기로 끊고 있는 중에 살짝 몸이 닿았는지 바람이 불었는지 딸랑딸랑… 방울 소리가 울려 퍼졌다.

최진열이 치켜뜬 왼쪽 눈을 쇠말뚝에 고정한 채 입을 심하게 뺑긋거렸다. 김 계장의 얼굴이 붉게 달아오르는 것으로 봐서 뭐라고 욕설을 내뱉은 모양이었다.

마침 차 형사가 접이식 사다리를 들고 들어왔다. 그리고 문에서 가까운 이기우 쪽으로 향하자 마중 나온 박 형사가 사다리를 받아 들고 재빠르게 펼쳐 세우기 시작했다. 최진열이 이기우와 박 형사를 번갈아 노려보며 또 입을 뻐끔거렸다. 언뜻 "왜 그쪽부터 하고 지랄이야?"라는 말이 들려왔다.

종혁은 잰걸음으로 다가가서 웅크리고 앉아 속삭이듯 말했다. "검사님, 제가 낚시를 좀 하는데요."

"그래서?"

"낚싯줄이라는 게 아주 작은 진동으로도 터질 수 있거든요. 아주 작은 진동으로요. 몸에서 전해지는 아주 미세한 떨림으로도요."

"뭐?"

"검사님이 이렇게 흥분하시면, 검사님의 몸에서 생긴 진동이 낚싯줄에 전해질 것 같아서요. 낚싯줄이라는 게 생각보다 굉장히 민감하거든요. 아주 미세한 진동으로도 툭! 하고 터지는 수가 있어요."

팽팽한 낚싯줄을 따라가던 최진열의 시선이 작두에서 멈췄다. 종혁은 그의 얼굴을 바라보며 온화한 미소를 지어 보였다.

"구해줄 테니까, 릴랙스하시고. 아무 말도 하지 말고. 움직이지도 말고. 할 수 있겠죠?"

눈만 끔벅거리는 최진열의 목젖이 위아래로 크게 움직였다. 종혁은 흔들리지 않도록 사다리를 잡아주며 피랍자의 머리 위를 올려다봤다. 쇠말뚝의 날카로운 끝이 전등 빛을 받아 번득이고 있었다.

두꺼운 매트를 가지고 들어온 오성서 형사들이 살금살금 걸어가서 작두 아래쪽 바닥에 매트를 깔았다. 박 형사가 이기우의 머리 위에 있는 쇠말뚝을 제거해서 차 형사에게 건넸다. 처형대에서 풀려나온 이기우는 완전히 얼이 빠져버린 듯 입을 반쯤 벌린 채 움직이려고도 하지 않았다.

김 계장이 최진열의 머리 위에 있는 쇠말뚝을 내리고, 조 형사가 절단기로 손과 발을 묶고 있던 케이블타이를 풀어주자 최진열은 의자에서 벗어나 바닥에 털썩 주저앉았다. 그 순간 목에서 작두로 이어져 있던 낚싯줄이 뚝하고 끊어지며 작두가 매트 위로 떨어졌다. 픽! 먼지구름이 일었다.

"피해자를 찾았습니다!"

돌아보니 냉동고 문이 열려 있었고 우 형사가 미간과 콧잔등을 잔뜩 찡그린 채 그 안을 쳐다보고 있었다. 냉동고에서 흘러나오는 희뿌연 안개 너머로 쇠말뚝이 박힌 정순철의 머리가 놓여 있었다. 감식반 두 명이 그쪽으로 달려갔다.

최진열이 버럭버럭 소리를 질러댔다.

"김동현, 그놈, 잡아야 해! 그놈이 정순철 회장 죽이고, 우리도 죽인다고 협박했어! 김동현, 그 미친 사이코패스 새끼가! 그 새끼 그냥 미친 정도가 아니라 아예 돌아버린 놈이야!"

구급대원들이 피랍자들을 부축해서 이동식 침대에 눕히고 창고를 빠져나가는 와중에도 최진열은 사이코패스 김동현을 잡아야 한다고 바락바락 악을 써댔다.

36_나

나는 정진태 아내의 고급 승용차를 신영종합병원 응급실 입구에 세웠다. 차 키를 꽂아둔 채 운전석에서 내려 뒷좌석 문을 열고 정진태의 딸아이를 조심스럽게 끌어내어 두 팔로 안아 들고 응급실로 발걸음을 재촉했다. 아이의 머리를 감 싼 수건은 원래 색을 찾아볼 수 없을 정도로 검붉게 물들어 있었다.

"너는 억울하겠지만, 네 아빠를 원망해. 나는 네 아빠가 저 지른 나쁜 짓에 대해서 빚을 갚고 있는 것뿐이야." 아이에게 속삭이며 나는 응급실 안으로 들어갔다.

피범벅이 된 아이를 본 간호사와 의사가 깜짝 놀라 달려 왔고 간호사가 아이를 받아 안으면서 다급하게 물어왔다. "보호자세요?"

"아뇨!" 나는 딱 잘라 말했다.

의사가 아이의 눈꺼풀을 열고 동공의 상태를 확인해보는 가 싶더니 심각한 얼굴로 "당장 수술해야 될 텐데."라고 중얼 거리곤 간호사에게 빈 수술실이 있는지 알아보라고 했다.

간호사가 또다시 물어왔다. "보호자의 동의가 없으면 안 되는데. 혹시 보호자 연락처라도 아세요?"

"그건 당신들이 알아서 해요. 난 이 아이를 응급실에 데리고 온 거로 내가 할 수 있는 일은 다 한 거요." 나는 매몰차게 대답하고 뒤도 돌아보지 않고 병원 안으로 발걸음을 서둘렀다.

아이의 보호자냐고? 보호자의 연락처를 아느냐고? 이 세상 그 누구보다 저 아이의 아빠를 찾고 싶은 건 바로 나다!

엘리베이터 문이 막 닫히려고 하기에, 달려가서 문틈에 손을 집어넣었다. 덜컹하는 소리와 함께 문이 열렸다. 아무도 타고 있지 않았다. 12층을 누르고 닫힘 버튼을 두드렸다. 문이 닫히고 올라가던 엘리베이터가 3층에서 멈췄다. 문이 열리자 간병인이 노인 환자를 태운 휠체어를 밀며 들어와 8층 버튼을 눌렀다.

8층에서 엘리베이터가 멈추고 휠체어를 탄 환자와 간병인이 내리자, 문 옆으로 비켜서 있다가 엘리베이터를 타려고 하던 젊은 남자 환자와 눈이 마주쳤다. 그 눈이 내 눈 속 깊숙이 들어와 박혔다. 그는 빨간색 야구 모자를 푹 눌러쓰고 마스크를 쓰고 있었다.

까맣게 잊고 있던 기억의 한 조각이 눈앞에서 되살아났다. 살짝 열린 문 사이로 나를 엿보고 있던 빨간색 야구 모자를 눌러쓴 남자의 새까만 눈동자. 바로 그 눈동자였다. 간호사들이 정씨라고 불렀던 남자. 정씨라면 내가 찾고 있는 그놈?

"거기, 혹시…." 내가 말을 건네자 남자는 몸을 홱 돌려 몇 걸음 걷는가 싶더니 냅다 내달리기 시작했다. 나는 한순간 주춤했지만 정신을 차리고 전력을 다해 그를 뒤쫓았다.

뒤돌아보며 달리던 모자 쓴 남자가 막 병실에서 나오던 휠체어를 탄 노인과 부딪혔다. 요란한 소리를 내며 그 남자도 노인도 휠체어도 바닥에 널브러져 나뒹굴었다. 아이구, 아이구… 신음 소리가 복도에 울려 퍼졌다.

나는 얼른 주위를 살폈다. 환자 몇 명이 병실에서 내다보고 있었지만 간호사도 의사도 보이지 않았다.

기회는 지금밖에 없을지도 모른다.

나는 바닥에 뒹굴고 있는 남자의 몸에 올라타서 왼손으로 그의 목을 짓누르고 잠바 오른쪽 주머니에서 발골용 칼을 꺼내 거꾸로 고쳐 잡았다. 호일을 감아놓은 상태였지만 찌르는 데는 아무 문제가 없을 터였다.

"살려주세요! 살려주세요!" 남자가 두 손을 싹싹 빌며 울먹였다. 하지만 나는 정진태를 죽이려고 여기에 왔다. 버둥거리는 남자의 머리에서 모자가 벗겨지며 얼굴이 드러났다.

어? 정진태가 아니었다! 허를 찔린 기분이었다.

"저, 저한테, 왜, 왜 이러시는 거예요? 살려주세요…."

새파랗게 질린 남자가 바들바들 떨고 있다.

이 사람이 아니었나? 분명히 기억 속의 그 눈동자였는데.

나는 재빨리 칼을 거둬 잠바 주머니에 넣고 일어서서 왔던 방향으로 내달렸다. 계단실 문을 열고 계단을 뛰어 올라갔다. 9층, 10층, 11층, 12층.

계단실 문을 열고 복도로 들어섰다. 외우고 있었지만 다시 한번 확인하고자 잠바 왼쪽 안주머니에서 잘 접은 종이를 꺼내 내려다봤다. '신영종합병원 1207호'.

얼마 전까지 내가 입원해 있던 병실 복도라 낯이 익었다.

엇갈렸다는 말인가? 나는 퇴원을 하고 그놈은 입원을 하고.

나는 눈동자를 재빨리 굴리며 1207호를 찾았다. 천장에 걸려 있는 안내판이 병실의 위치를 알려주고 있었다.

그 방향으로 걷고 있자니 얼마 전까지 내가 입원해 있던 병실, 1202호가 시야에 들어왔다. 1202호를 지나치면서 열린 문틈 사이로 힐끔 시선을 던졌다. 그 침대에는 다른 환자가 누워 있었다. 그렇다면 1207호는 이 복도 끝쯤에 있을 것이다. 1203호, 1204호… 나는 성큼성큼 1207호를 향해 걸어갔다. 1207호가 가까워오자 심장이 점점 거세게 뛰었다. 1207호 앞에 서서 잠바 주머니에서 발골용 칼을 뽑아 호일을 벗기고 손잡이를 꽉 움켜쥐었다. 숨을 한번 깊게 들이마시고 슬라이딩도어를 조심스럽게 옆으로 밀며 병실 안으로 들어섰다.

"응?" 병실 안에는 아무도 없었다. 침대도 정리되어 있어서 비어 있는 것 같았다. 병실 밖으로 나가서 호수를 확인해 봤다. 1207호가 맞았다.

어떻게 된 거지? 정진태 아내라는 년이 거짓말을 한 건가? 직접 들은 게 아니니 거짓말을 했어도 알아낼 도리가 없었다. 옆에서 귀를 대고 직접 들었어야 했는데. 그년의 말을 믿지 말았어야 했는데….

분노가 치솟아 칼을 쥐고 있는 팔이 부들거렸다. 오른쪽 허벅지가 잘게 떨리는 게 느껴졌다. 전화다. 핸드폰을 꺼내 확인했다. '1'(상담사)이었다. 나는 전화를 받았다.

"김동현 님, 결국 정진태 씨를 찾아내셨네요. 축하드립니다. 김동현 님, 지금부터 제가 하는 말을 잘 들어야 합니다."

전화를 끊고 병실에서 나가 계단실 문을 열고 뛰어 내려가고 있는데 상담사의 목소리가 귓가에서 맴돌았다.

"김동현 님, 계단을 이용해서 10층으로 가면 오른쪽에 남자 화장실이 있을 겁니다. 거기로 가십시오."

계단실 문을 열고 10층 복도로 들어섰다. 상담사가 말했던 대로 오른쪽에 남자 화장실이 있었다.

바로 옆에서 말하는 듯 상담사의 목소리가 고막을 두드렸다.

"김동현 님, 화장실에 들어가면 첫 번째 좌변기실 쪽으로 들어가야 합니다. 문에서 가장 가까운 좌변기실입니다."

나는 "첫 번째, 첫 번째…"라고 되뇌며 화장실로 들어갔고, 첫 번째 좌변기실의 문을 열려고 했다. 그런데 안에서 누군가가 똑똑 노크를 했다. 나는 기다리지 않고 주먹으로 부서져라 문을 두드렸다. 이내 물 내리는 소리가 들려오며 문이 열렸다. 좌변기실에서 나온 환자복 차림의 중년 남자가 허옇게 눈을 흘기며 옆으로 눈길을 돌렸다. 무심코 좇아보니 좌변기실 두 군데가 문이 열려 있는 상태였다.

"아이, 씨…." 중년 환자가 여전히 쏘아보고 있었지만 나는 개의치 않고 그를 지나쳐 좌변기실 안으로 들어가 문을 닫고 잠금쇠를 걸자마자 착발신 내역에서 숫자 '1'을 눌렀다. 한 번의 신호음도 끝나기 전에 상담사가 전화를 받았다.

"도착하셨습니까?"

"네!"

"그럼, 이제 마지막 단계네요. 양변기 뒤쪽에 있는 도자기로 만들어진 뚜껑을 열고 김동현 님의 핸드폰을 넣으세요. 핸드폰을 넣고 나서 1207호로 돌아가면 정진태 씨를 만날 수 있을 겁니다!"

그 이후로도 상담사의 말이 잠시 이어졌지만, 드디어 정진태를 만날 수 있다는 흥분에 사로잡혀서인지 하나도 귀에 들어오지 않았다.

상담사와의 통화가 끝나자마자, 나는 양변기 뒤쪽 도기 뚜껑을 열고 핸드폰을 넣었다. 퐁 하는 소리를 내며 핸드폰이 물속으로 가라앉았다.

37_추격자들

"과장님, 결정적인 증거를 찾은 것 같습니다! 그리고 김동현이 지금 누구를 노리고 있는지도 알 것 같습니다!"

스피커폰을 통해 흘러나온 장 형사의 들뜬 목소리가 차 안에 울렸다. 종혁은 자차로 중동서로 돌아가는 중이었고 다른 형사들은 제각기 김동현의 추적에 나선 상태였다.

오늘 오전, 종혁이 형사들에게 임무를 할당할 때, 장 형사에게는 중부지원으로 가서 어젯밤 긴급하게 신청해놓은 압수수색영장을 발부받는 대로 김동현의 자택을 수색하라는 지시를 해놓았었다. 모든 정황이 김동현에게 쏠리는 것을 보고 여차하면 긴급체포로 가려고 마음먹었지만, 김동현의 행방을 알아낼 만한 단서가 너무 부족한 상황이다 보니 자택이라도 수색해보고자 했던 것인데, 적중한 모양이었다.

"과장님, 전화 끊는 대로 김동현이 지금 노리고 있는 사람의 사진을 보내드리겠습니다!"

"알았어. 그렇게 중요한 단서라면 모두와 공유하고…."

말이 채 끝나지도 않았는데, "네!"라는 대답과 동시에 전화가 끊겼다. 어지간히 마음이 급한 모양이었다.

몇 초도 지나지 않아, 메시지 도착 알림이 울렸다.

종혁은 승용차를 도로변에 세우고 핸드폰을 조작했다. 메신저에 사진 몇 장이 도착해 있었다. 첫 번째 사진을 확대해 봤다.

화이트보드에 붙어 있는 네 명의 남자 얼굴이었다. 이기우, 최진열, 정순철, 그리고 또 한 명의 남자….

정순철의 아들, 정진태였다.

38_나

계단실 문을 열고 12층으로 돌아온 나는 발골용 칼을 빼 들고 한순간의 망설임도 없이 1207호로 들어갔다. 그런데 정진태는 안 보이고 둔중한 체구의 담당 간호사가 나를 보 더니 눈인사를 하고 다가왔다.

"오랜만이네요. 잘 지내셨어요?"

나는 칼을 들고 있던 오른손을 잽싸게 등 뒤로 숨겼다가 몸을 돌리고 잠바 주머니에 넣었다. 다행히도 간호사에게 들키진 않은 모양이었다.

나는 애써 태연한 척하며 "안녕하셨어요?"라고 마음에도 없는 인사를 하고 병실 안을 두리번거리며 물었다. "여기로 오면 정진태라는 사람이 기다리고 있을 거라고 했는데?"

"네? 누구요?" 간호사는 처음 듣는 얘기라는 듯 마스카라 로 검게 떡 진 속눈썹을 끔벅거렸다.

"정진태라는 사람인데… 아직 안 온 건가? 여기 있을 거라 고 했는데….” 그렇게 중얼거리면서 나는 병실 밖의 동정을 살폈다. 조용했다.

내가 그놈보다 빨리 온 건가?

"저는 이걸 전해드리려고 왔는데요. 이걸 보자고 하셨다고 해서."

간호사가 들고 있던 진료 차트 같은 것을 나에게 밀었다.

"내가요?"

그런 부탁한 적 없는데… 의아하다는 생각에 멍하니 간호사가 내민 진료 차트를 쳐다보고 있자, 간호사가 방긋 웃으며 그것을 내 손에 쥐여주었다. 갑자기 이게 무슨 상황인지 납득할 수 없었지만 나는 차트를 내려다봤다.

환자 성명이 '정종호'로 되어 있는 차트였다.

모르는 사람의 차트를 왜 나한테 주는 거지? 그리고 이걸 내가 보자고 했다고?

나는 당황하여 물었다. "여기, 이름이 정종호로 되어 있는데? 이걸 왜 나한테? 내 이름은 정종호가 아닌데…." 그저 황당할 따름이었다.

간호사가 바짝 다가와서 내 귓가에 대고 조용히 속삭였다. "환자분 차트 맞고요. 이름은 교수님이랑 얘기가 되신 거라고만 알고 있습니다."

"정종호가 내 이름이 아닌 건 맞죠?" 나는 거듭 확인했다.

"네." 간호사가 방긋 웃으며 대답했다. 빨간 립스틱이 그녀의 입술 위아래로 번져 있었고 이빨에도 묻어 있었다.

어떤 사정으로 정종호라는 이름을 썼는지는 알 수 없었지만 그건 나중에 담당 의사에게 직접 확인해보면 될 일이다.

나는 별생각 없이 진료 차트를 넘겨보았다.

수술 내용: 안면이식수술 및 성대성형수술

"응?"

나는 눈을 부릅뜨고 차트를 넘겼다. '수술 직전의 사진'이라고 인쇄된 글씨 아래, 얼굴이 온통 칼자국투성이인 한 남자의 사진이 눈에 들어왔다. 그 남자의 얼굴이 내 시야를 가득 메웠다 싶은 순간, 갑자기 웩웩, 토악질이 올라왔고, 동시에 조금 전 통화했던 상담사의 목소리가 되살아났다.

"김동현 님, 결국 정진태 씨를 찾아내셨네요. 축하드립니다."

목소리가 귀에서 멀어지자마자 시야가 새하얘졌다. 칼자국투성이 남자의 얼굴도 사라지고 차트도 사라졌다.

눈이 갑자기 왜 이러지?

하지만 눈에 이상이 있는 게 아니라는 것은 금방 알 수 있었다. 새하얀 뭔가가 내 시야를 가로막고 있었기 때문이었다. 바로 눈앞에 우뚝 서 있는 새하얗고 거대한 빙산이 녹아내리고 있었다. 한순간에 빙산은 무너져 내렸고 반짝이는 가루들이 뿜어져 나왔다. 빛 알갱이들이 엄청난 회오리를 일으키는가 싶더니 나를 덮쳤다.

나는 어떤 방 안에 있었다.

바로 눈앞에 큼지막한 등신대 거울이 있다. 그 거울에 내가 비치고 있다. 하지만 울퉁불퉁 일그러져 있어서 얼굴을 알아볼 수가 없다. 거울 속의 내 주위로 빛 부스러기가 날아다니고 뭉글뭉글 공간이 휘어지고 있다. 거울 속의 나는 핸드폰으로 짐작되는 것을 귀에 대고 있다.

귓가에 소리가 울렸다.

"당신은 지금 악마의 얼굴을 보고 있습니다. 이 얼굴을 보면 당신은 구역질이 올라옵니다." 상담사의 목소리였다.

뱃속 깊은 곳에서부터 토악질이 치밀어 올랐다. 웩, 웩, 웩, 내장이 뒤집어질 것만 같다. 목구멍을 타고 올라온 쓰디쓴 액체를 도저히 삼킬 수가 없다. 턱이 뜨듯하다. 걸쭉한 액체가 턱을 타고 흐르고 있는 것 같다.

"제가 아주 부드러운 붓을 쥐여드릴 겁니다." 상담사의 목소리가 귓가에 울리며 거울에 비친 내 손에 갈색 붓이 쥐어졌다. 부드러운 붓털이 하늘하늘 움직이고 있다.

"제가 드리는 이 붓으로 얼굴을 지우면 당신의 얼굴이 사라지면서 구역질도 사라지고 당신의 모든 기억도 깨끗하게 사라질 겁니다."

웩웩, 또 심하게 구역질이 올라왔다. 가슴이 뒤틀렸다. 나는 받아 든 붓으로 이마에서 턱까지 쭈욱 훑어 내렸다. 붓이 지나간 자리에서 선홍빛 액체가 쏟아져 흘러내리면서 일그러진 얼굴을 투명하게 지워갔다.

헉, 들이마신 숨소리에 의식은 다시 병실로 돌아왔다.

나는 머리를 흔들면서 덜덜 떨리는 손으로 진료 차트를 넘겼다. '수술 후의 사진'이라고 인쇄된 글씨 아래에 내 얼굴 사진이 있었다. 나는 화장실 옆 벽에 달린 거울로 다가가서 얼굴을 비춰봤다. 거울에는 분명히 내 얼굴이 비치고 있었다. 다시 차트 위 수술 후의 얼굴 사진을 내려다봤다. 똑같은 얼굴, 내 얼굴이다.

뒤에서 기척이 느껴져 얼른 돌아봤다. 내 행동이 이상하였던지 간호사가 걱정스러운 표정으로 진료 차트와 나를 번갈아 쳐다보고 있었다.

"저, 저기요!"

네, 간호사가 나를 바라보며 답했다. 그런데….

그녀는 여태 내가 본 둔중한 체구의 간호사가 아니었다. 그 간호사와는 많이 닮았지만 옅은 화장에 날씬한 체형의 간호사였다.

나는 멀뚱멀뚱 병실 안을 둘러보며 물었다. "내 담당 간호사는 어디 갔죠?"

"어머, 제가 담당 간호사인데 아직도 모르셨어요?" 간호사가 서운하다는 듯 콧잔등을 찡그리고 입을 비죽 내밀더니 이내 방긋 웃는 얼굴로 돌아와서는 "그럼 가보겠습니다."라며 꾸벅 고개를 숙이고 병실을 나갔다.

느닷없이 귓가에 익숙한 목소리가 진동했다.

"내일 수술에서 깨어나시면 당신의 담당 의사와 간호사를 만나게 될 겁니다. 그런데 그 사람들의 얼굴이 점점 이상하게 보일 겁니다. 당신이 정말 싫어하는 인상과 체형으로 말입니다. 정말 꼴 보기 싫은 얼굴입니다. 결국 당신은 의사도 간호사도 점점 더 멀리하게 되고 그들의 말도 믿을 수가 없게 됩니다."

방금 저 간호사가 그 간호사라고? 나는 거듭 심호흡을 하며 정신을 차리려고 머리를 흔들었다. 불쑥 뭔가가 눈앞에 펼쳐졌다. 얼마 전에 떠올렸던 기억의 한 장면이었다.

법정 안이다. 각진 얼굴의 판사와 뾰족한 인상의 검사가 보이고, 피고인석에는 성폭행범 정순철이 앉아 있다. 내 시선이 아래로 향했다. 책상 위에 놓여 있던 재판 관련 서류가 보인다. 피고 정순철, 판사 이기우, 검사 '최'까지 보이는데, 검사의 이름 위에 은색 볼펜이 놓여 있어서 검사의 이름은 다 보이지 않는다. 법정 안을 훑던 시선이 한 남자의 얼굴로 빨려 들어갔다. 내 아내, 은정이의 어깨를 감싸 안은 채 달래고 있던 남자가, 아니 내가 얼굴을 들었다. 눈이 마주쳤다.

나다! 분명히 나, 김동현이다! 그런데⋯.

내 시선 끝에 김동현이 있다?

내가 지금 나를 보고 있는 건가? 꿈이라서 그렇게 보였던 건가? 아닌데⋯ 꿈이 아니었는데⋯.

그런 생각이 머릿속을 관통하자 끼긱끼긱 쇠못으로 철판을 긁는 듯한 거슬리는 소리가 머릿속을 꽉 채우며 사고가 멈춰버렸고 온몸에 소름이 돋았다. 뇌를 갈기갈기 찢을 것 같은 날카로운 소음에서 나를 구원해준 것은 익숙한 목소리였다. 언제나 다정하고 부드러웠던.

"당신은 제가 알려드리는 대로 기억을 저장할 서랍장을 만들어갈 것입니다. 그것은 당신 기억의 서랍장이 될 것이고, 그곳에 기억을 차곡차곡 담아놓고 있다가 제가 말씀을 드리면 당신은 그곳에서 기억을 하나씩 꺼내게 될 것입니다. 자 그럼, 당신 기억의 서랍장 가운데 가족이라는 이름의 서랍장을 만들겠습니다. 당신은 아내가 만들어주는 카레를 정말 좋아했습니다. 눈을 들어 앞을 보세요."

나는 눈을 들었다. 하늘하늘 움직이는 거대한 희부연 막에서 푸르스름한 빛이 흘러나오고 있었다. 살랑살랑 움직이던 막이 멈췄다. 푸른 빛 알갱이들이 형체를 갖춰나가기 시작했다.

"눈앞에 놓여 있는 것은 당신이 이 세상에서 가장 좋아하는 당신의 아내가 만들어준 카레입니다."

먹음직스러워 보이는 황갈색 카레가 테이블 위에 있다.

"제가 맛을 보게 해드릴 겁니다. 정말 맛있습니다. 하지만 당신은 이제 아내가 만들어주는 카레를 먹을 수 없습니다. 그래서 이 카레를 먹으면 가슴이 아파올 것입니다."

내 입으로 들어온 카레는 말로 표현할 수 없는 천상의 맛이었다. 동시에 가슴이 아려왔다.

"당신은 이 맛을 영원히 잊고 싶지 않습니다. 당신은 아내가 만든 레시피를 기억하고 싶습니다. 제가 종이 두 장을 드릴 것입니다. 한 장에는 아내의 레시피가 적혀 있습니다. 당신은 당신의 손으로 아내의 레시피를 그대로 옮겨 적으십시오. 이 레시피는 당신에게 매우 소중한 것입니다."

나는 한 글자 한 글자 정성을 다해서 적어나갔다.

"눈을 감고, 이 기억을 가족이라는 기억의 서랍을 열어 그 안에 넣어놓으십시오." 다정한 목소리가 이어졌다. "서랍장을 닫고 눈을 뜨십시오. 그리고 눈앞의 사진을 보십시오. 사진 속 이것은 당신이 사는 아파트의 우편함입니다."

푸른 빛 부스러기들 속에 502호 우편함이 자리했다. 나는 이 모습도 가족이라는 이름의 기억의 서랍장에 넣었다.

"당신의 집 현관 비밀번호입니다."라는 말을 들으며 누군가의 손이 도어록에 0529*을 누르고 있는 기억을, 그 뒤로 백단향의 향기를, 빈 컵라면 용기를, 나와 아내 그리고 딸에게 온 우편물을, 502호 거실과 주방, 안방과 딸아이의 방 안 구석구석을, 딸아이가 동생처럼 아끼는 핑크색 리본을 단 하얀 곰 인형 곰진이를, 오렌지색 탄산음료 병을, 먹음직한 사과를, 호일에 싸인 발골용 칼이라는 작은 칼을, 일식집 태평양의 내부와 유니폼을, 한밤중에 해피 빌리지 12단지에서 15단지까지 가는 길을, 재판정의 모습을, 나는 사진과 냄새를 통해 가족이라는 이름의 기억의 서랍장 안에 넣었다.

눈앞에서 아내와 딸아이가 활짝 웃고 있다. 그들의 뒤로 사다리차가 아파트 5층에 짐들을 올리고 있다. 나는 왼팔로 아내와 딸을 감싸 안고 오른손에 든 핸드폰으로 셀카를 찍었다. 사다리차를 배경으로 행복하게 웃고 있는 세 가족의 모습이 사진이 되었다.

갑자기 눈이 부시더니 한강 공원의 산책로가 눈앞에 펼쳐졌다. 휴일의 오후를 즐기는 듯 많은 사람들이 지나가고 있다. 그들 가운데 우리 가족이 보였다. 나와 아내가 딸아이를 사이에 두고 양쪽에서 아이의 손을 잡고 하나, 둘, 셋에 붕~ 공중에 띄운 채, 몇 걸음 걷다가 땅에 내려놓고, 또 몇 걸음 걸어가다가 하나, 둘, 셋에, 공중에 붕~ 띄우고 걸어가는 놀이를 하고 있다. 딸아이는 신이 나서 깔깔거리고 나와 아내도 활짝 웃음 짓고 있다.

푸르스름한 빛 알갱이들이 쏟아져 내리다가 눈송이로 변

했다. 주위가 온통 하얗게 눈으로 덮여 있다. 해맑은 웃음소리가 들려왔다. 아내와 딸이 밝게 웃으며 눈사람을 만들고 있다. 앙상한 나뭇가지로 팔을 만들고 빨간색 털모자를 씌워주고 자그마한 당근으로 코를 만들고 방울토마토로 입을 만들었다. "선글라스, 선글라스."라며 딸아이가 홍합 껍데기로 눈을 만들었다. 그런 모습을 보고 웃음을 터뜨린 내가 아내와 딸 사이로 들어가서 손으로 브이 자를 만들어 흔들며 환하게 웃고 있다.

"당신의 가족은 정말 행복했습니다." 상냥한 목소리가 머릿속을 꽉 채웠다. "제 말을 따라하면서 당신 가족의 행복을 가슴에 새기십시오. 우리 가족은 정말 행복했습니다."

"우리 가족은 정말 행복했습니다." 그렇게 말하자 행복한 감정이 온몸 구석구석까지 퍼지며 가슴이 벅차올랐다.

"따라하십시오, 나는 아내와 딸을 정말로 사랑했습니다. 그들의 손길, 그들의 숨결까지도 나는 기억합니다."

"나는 아내와 딸을 정말로 사랑했습니다⋯." 그렇게 말한 순간, 아내와 딸의 부드러운 손이 내 손을 잡았고, 그들의 따뜻한 숨결이 뺨에 와 닿았다.

나는 이 모든 기억을 가족이라는 기억의 서랍장 안에 넣었다.

"어떤 냄새가 날 것입니다. 이 냄새에 집중해주십시오. 이것은 당신이 사랑하는 아내의 향기입니다." 정말 기분 좋은 향기가 코끝을 스쳤다. "아내를 보고 싶다는 생각이 강해질수록 이 향기 역시 진해질 것이고 그럴 때마다 이 향기가 당신이 아내에 대한 기억을 더 자세하게 떠올릴 수 있도록 도움을 줄 것입니다. 그럼 이제 당신과 아내 사이에 있었던 일들을 알려드리겠습니다."

온화한 목소리는 나와 아내 사이에 있었던 일들을, 손에 잡힐 듯 매우 생생하게 알려주었다. 내가 어떤 말과 행동을 했었고 그에 대해 아내가 어떻게 말하고 반응했는지 그리고 그때 우리는 어떤 옷을 입고 있었는지를 비롯하여 같은 공간에 누가 함께 있었고 그 누군가는 어떤 반응을 보였는지, 또 주변에서 들려왔던 소리나 상황, 냄새까지 아주 세세하게 알려주었고 그 모든 것은 또렷한 형체를 이루며 생명력을 얻어갔다. 나는 그렇게 만들어진, 살아 있는 기억들을 가족이라는 이름의 서랍장 안에 소중하게 간직해나갔다.

"하지만 이제 당신은 사랑하는 아내도 딸도 다시는 볼 수 없습니다. 당신의 사랑하는 아내와 딸이 악마들에게 잔인하게 살해당했으니까요. 지금부터 그 악마들이 저지른 이야기를 해드릴 겁니다. 지금부터 제가 해드리는 이야기는 악마라는 이름의 기억의 서랍장 안에 저장해두고 있다가 제가 말씀드릴 때마다 하나씩 꺼내게 될 것입니다. 가족이라는 이름의 서랍장 옆에 또 다른 서랍장 하나가 모습을 드러낼 것입니다. 그것이 악마라는 이름의 서랍장입니다. 보이십니까?"

"네…."

푸른 빛 부스러기들의 움직임이 거칠어지며 형태를 갖춰나갔다. 글자들이었다.

'성폭행을 주장했던 지모 씨, 투신자살!', '지모 씨의 주장을 뒷받침하는 증거는 찾을 수 없어!', '정순철 회장 변호인 측, 고소인인 지모 씨의 남편 김모 씨를 상대로 무고죄와 명예훼손죄 혐의로 고소!', '지모 씨의 남편과 딸 역시 행방불명, 동반 자살 가능성도 있어!'

"그 글자들을 악마라는 이름의 서랍장 안에 넣으십시오. 그럼 이 글자들이 품고 있는 일들을 하나하나 자세하게 얘기해드리겠습니다."

다정한 목소리는 나와 악마들 사이에서 일어났던 일들을, 내가 했던 말과 행동, 그때 느꼈던 기분 그리고 그들이 했던 말과 행동, 그들이 지었던 표정까지 매우 상세하게 알려주었고, 나는 목소리가 일러주는 대로 그 모든 것을 보이지 않는 조각칼로 생생하게 새겨서 악마라는 이름의 서랍장 안에 차곡차곡 쌓아나갔다.

푸르스름한 빛 먼지들이 아내의 영정사진과 밝게 웃고 있는 딸아이의 사진으로 바뀌며 목소리가 울렸다. "당신은 사랑하는 아내와 딸을 지켜내지 못했습니다. 그래서 아내와 딸을 떠올릴 때마다 날카로운 송곳이 심장을 깊숙이 찌르는 슬픔을 느낄 것입니다. 살면서 한 번도 느껴보지 못한 슬픔일 것입니다. 이 느낌을 꼭 기억하세요!"

"네." 하고 대답하자 가슴이 조여오면서 극심한 통증이 몰려왔다. 가슴을 움켜쥐었다. 도저히 견딜 수 없는 아픔이었다. 슬픔이었다. 눈물이 하염없이 뺨을 타고 흘러내렸다.

세차게 흔들리던 빛 조각들이 여행용 캐리어를 만들어냈다. 가방 겉면에는 빨간색 매직으로 0529라고 적혀 있었다.

"비참하게 살해당한 당신 딸의 시체를 떠올리는 순간, 극심한 분노가 당신을 지배할 것이고, 얼굴과 함께 지워버렸던 당신의 폭력성만은 서서히 다시 되살아날 것입니다."

몸속 깊은 곳에서 뭔가가 스멀스멀 꿈틀대더니 갑자기 용솟음치듯 치밀어 올랐다. 나는 어금니를 악물고 두 주먹을 부르쥐었다.

"당신 앞에 나타난, 핑크색 리본을 단 하얀 곰 인형을 꼭 안으십시오."

손에 부드러운 감촉이 느껴져서 내려다보니 하얀색 곰 인형이 쥐어져 있었다. 나는 곰 인형을 으스러져라 안았다.

"사랑하는 딸 수아의 곰 인형, 곰진이를 안는 순간, 당신은 악마들에 대한 복수를 결심하고 실행에 옮길 것입니다."

곰 인형을 안은 팔뚝이 부르르 떨려왔다.

캐리어가 사라지고 그 공간을 손으로 그린 듯한 그림이 메웠다. 건물 천장의 빔에 작두가 거꾸로 매달려 있고 가느다란 선이 허공을 가로지르며 사람의 머리 모양 위에 쇠말뚝이 매달려 있는 그림이었다.

"이제 오른쪽으로 눈을 돌려 악마들을 바라보세요. 그들은 여전히 당신을 비웃고 있습니다."

시선이 오른쪽으로 옮겨 갔다. 사진 속의 악마들이 살아 움직이면서 나를 비웃고 있었다.

"이 악마들의 비웃음을 당신은 결코 참을 수가 없습니다. 이제 당신이 받은 고통과 함께 당신이 느낀 슬픔마저도 이 악마들에게 되갚아줄 차례입니다!"

내 눈은 그 악마들의 얼굴을 하나하나 각인시키듯 좇았다. 그리고 네 번째 악마의 얼굴을 보는 순간, 웩웩 구역질이 치밀었다.

돌연 나를 둘러싸고 있던 벽이 사라지고 뻥 뚫린 공간이 펼쳐졌다.

칠흑같이 어두운 밤이었고, 나는 어두침침한 공간 안에 있었다. 순식간에 주위가 또렷하게 보이며 소리도 선명하게 들려왔다. 자동차 안이었다. 나는 통화를 하고 있었다.

"둘 중 하나를 선택하면 돼. 하나! 앞으로 절대 내 눈앞에 띄지 않고 찌그러져서 산다. 둘! 15단지 입구 도로 건너편에 산 있잖아? 여기로 와서 뒈진다!"

"기다려! 넌 내 손으로 죽일 거야!" 핸드폰 너머의 목소리에 이빨이 부딪히는 소리가 섞였다.

"나도 그게 좋아. 실종자 하나 더 생기는 거니까. 아니다! 네 딸도 포함하면 둘인가?"

나는 터져 나오는 웃음을 참으며 옆으로 시선을 돌렸다. 차창 너머로 멀리 신축 아파트 단지가 내려다보였다.

손톱으로 함석판을 할퀴는 듯한 괴음이 귓속을 파고들며 기억의 공간이 탈바꿈했다. 욕실 안이었다. 거칠게 톱질하는 소리가 메아리치고 있다. 배수구로 빨간 핏물이 흘러가고 있다. 잠시 손을 멈추고 나는 고개를 들었다. 샤워부스의 유리문에 얼굴이 비쳤다. 핏방울이 튀어 있는 내 얼굴이.

정진태의 얼굴이.

유리문에 비친 나는 이빨을 드러내고 웃고 있다.

돌연 유리문이 나무문으로 바뀌었다. 그 문을 열어젖히자 머리 위에서 달그랑하고 종소리가 울렸다. 그때 나는 형언할 수 없는 고양감에 취해 있었다. 바람도 살짝 말라 있어서 상쾌했다.

태평양에서 나간 나는 주차장으로 걸어갔다. 그런데 내 차 옆에 어떤 검은 승용차 한 대가 너무 바짝 주차해놔서 운전석으로 다가가기도 어려운 상태였다. 고양감은 흔적도 없이 사라져버리고 심한 짜증이 몰려왔다.

"아이 씨발, 누가 차를 이따위로 대놨어? 또라이 같은 새끼!" 나는 태평양 입구 쪽으로 달려가서 옆에 있는 아름드리 나무에 발길질을 해대며 소리쳤다. "이 차 주인, 나와! 이런 병신 같은 새끼!"

벚꽃이 눈발처럼 흩날리며 내 머리와 양복 위에 떨어졌다.

"아이 씨발." 욕설을 내뱉으며 나는 꽃잎을 털어냈다.

그때였다. "저기요." 익숙한 목소리가 나를 불렀다. 돌아보니 내 차 옆에 바짝 주차되어 있던 차의 운전석 위로 불쑥 올라온 손이 까닥까닥 움직이고 있었다. 나를 부르고 있었다. 살의가 치밀었다.

"뭐야?! 어디서 손가락질이야! 미친 새끼가!" 나는 이를 갈며 그 차의 운전석 쪽으로 다가갔다.

"정진태 님, 맞으시죠?"

"그래 맞다! 이 미친놈아! 아이, 씨발, 어이없네!"

나는 운전석 문짝을 발로 차대며 빨리 내리라고 욕을 해댔다.

약간 열려 있던 창문이 조금 더 내려가자, 나는 그놈의 면상을 확인하려고 얼굴을 들이밀었다. 하지만 실내등이 꺼져 있어서 그놈의 얼굴은 보이지 않았다.

"정진태 님, 제 왼손 보이시죠?"

그놈의 왼손으로 시선을 떨어뜨리니 달걀을 쥔 듯 주먹을 쥐고 있었다.

너무 기가 막혀서 잇새로 웃음이 삐져나왔다.

"그래 보인다! 미친 새끼야!"

"불꽃이 보이면 당신은 깊은 잠에 빠질 겁니다!"

"뭐?"

달걀을 쥔 듯한 손 옆에서 라이터가 불꽃을 튀겼다고 인식한 찰나, 거대한 불덩어리가 나를 덮쳤고….

칠흑 같은 어둠에서 깨어났을 때는… 아무런 기억도 남아 있지 않았다.

39_ 나

창문 너머로 들려오는 시끄러운 소리에 내 의식은 병실로 돌아왔다. 잠시 호흡을 고르며 나는 조금 전 떠올랐던 황당한 기억들을 곱씹어보다가 덜덜 떨리는 손을 면 잠바 왼쪽 안주머니에 넣고 잘 접힌 종이를 꺼내 펼쳤다.

작두와 쇠말뚝이 그려져 있는 처형대의 설계도였다.

'덫에 걸렸다!'는 생각이 정수리를 꿰뚫었다.

바들바들 떨리는 손으로 종이를 갈기갈기 찢어버렸다. 그리고 손을 쫙 펴고 손바닥을 내려다보았다.

나는 김동현이 아니라 정진태다. 그렇다면….

응급실에 있는 아이는?

"내 딸, 내 딸… 윤서야… 윤서야, 윤서야!… 응급실, 응급실로 가야 돼!"

무릎에 힘이 들어가지 않아 후들거리는 다리를 간신히 옮기며 막 병실을 나가려고 하는 찰나, 한 무리의 남자들이 들이닥쳤다. 몇 명인지도 모르겠다.

그때서야 창밖에서 들려오는 시끄러운 소리가 경찰차 사이렌 소리였다는 것을 깨달았다.

경찰? 이대로 잡힐 수는 없다.

나는 잠바 주머니에서 칼을 꺼내려고 손을 집어넣었다. 악! 칼날을 잡는 바람에 손바닥을 베여 칼을 바닥에 떨어뜨리고 말았다. 칼은 포기하고 뒷걸음치다가 수액을 거는 금속 거치대가 손에 잡혀서 집어 들고 무작정 휘둘러댔다.

"김동현! 그거 내려놔! 죄만 무거워질 뿐이야!" 검정색 가죽 잠바를 입은 형사가 권총을 겨누며 외쳤다.

이대로 잡힐 수는 없다. 내가 왜?

창문 쪽으로 달려가서 금속 거치대로 창문을 때렸다. 하지만 깨지지 않고 맥없이 튕겨져 나왔다. 그 순간, 누군가가 뒤에서 덮쳐와 나는 그대로 고꾸라지고 말았다. 거의 동시에 수많은 손들이 달려들어서 단숨에 제압당했다.

"난 아냐! 내가 아냐! 난 김동현이 아냐!" 발버둥 치며 저항했지만 철저하게 제압당해서 꼼짝할 수가 없었다. 손이 뒤로 꺾이고 손목에 수갑이 채워지며 누군가의 다급하고 단호한 목소리가 뒤통수를 두드려댔다.

"김동현! 너를 살인, 납치, 사체유기, 폭행, 협박 등의 혐의로 긴급 체포한다! 너는 묵비권을 행사할 수 있고, 네가 한 발언은 법정에서 불리하게 사용될 수 있고, 넌 변호인을 선임할 수 있고, 변호인을 선임하지 못할 경우, 국선변호인이 선임될 거야. 너한테 이런 권리가 있음을 모두 다 말해줬다. 확실히 기억해라!"

체포 선언이 끝나기도 전에 형사들의 잡담이 귓속으로 흘러들어왔다.

"수현이 아빠, 내일 무사히 돌잔치 하게 된 거 축하해. 우리가 김동현 잡으면 과장님이 돌잔치에서 노래 한 곡 하신다더라고… 맞다, 춤도 추신다고 했어."

"춤까지…." 얼굴은 보이지 않았지만 1207호 병실 안에 있는 형사들 모두가 웃고 있는 것 같았다.

"모두 조용! 사적인 얘기는 우리끼리 있을 때 하자고." 나에게 수갑을 채운 형사의 말에 주위가 조용해졌다. 하지만 고막에 들러붙어버린 웃음의 잔향은 여전히 나를 비웃고 있었다.

40_상담사

　신영종합병원 10층 남자 화장실 첫 번째 좌변기실 안에서, 재준은 양변기 뒤쪽 도기 뚜껑을 열고 그 안에 있던 핸드폰을 꺼내 주머니에 넣었다.

　화장실을 나가 계단으로 내려가서 계단실 문을 열고 로비로 들어섰다. 10여 미터 앞에, 등 뒤로 수갑이 채워진 정진태가 형사들에게 끌려가고 있었다.

　본관 유리문이 열리고 정진태와 형사들이 밖으로 나가자 그들의 주위로 구경꾼들이 몰려들었다. 재준은 병원 관계자들 사이에 섞여, 경광봉을 들고 구경꾼들의 접근을 통제하고 있는 제복 경찰관을 피해 유리문을 빠져나갔다. 구경꾼들 속으로 들어가서 슬며시 눈길을 돌려 정진태를 바라봤다. 경찰차에 타지 않으려고 격렬하게 몸부림치던 그와 눈이 마주쳤다. 하지만 그는 재준을 전혀 못 알아보는 듯했다.

　정진태가 핸드폰을 물에 빠뜨리기 직전 재준은 그에게 이런 말을 했었다.

　"이제 헤어져야 할 시간입니다. 지금부터 김동현 님께 드리는 말씀은 악마라는 이름의 서랍장에 넣으십시오. 이 말씀은 1207호로 돌아가서 진료 차트를 보는 순간, 서랍장이 열리고 튀어나와 도저히 거부할 수 없는 강력한 명령이 되어 김동현 님의 모든 것을 지배하게 될 것입니다."

"네, 알겠습니다." 정진태로부터 감정이 깃들지 않은 대답이 돌아왔다.

"김동현 님이 진료 차트 위에 있는 피투성이 사진을 보는 순간부터, 가족이라는 이름의 서랍장도 악마라는 이름의 서랍장도 한꺼번에 열리면서 그 안에 넣어두었던 기억들이 쏟아져 나오게 될 것이고, 부드러운 붓으로 지워서 봉인해두었던 당신의 기억도 되살아나기 시작할 것입니다. 그 기억들 가운데 저와 처음으로 만났던 날, 제 손에서 피어오르던 불꽃을 떠올리는 순간, 그 불꽃은 당신과 제가 함께 만들었던 기억의 서랍장으로 옮겨붙어, 가족이라는 이름의 서랍장도, 악마라는 이름의 서랍장도 모두 통째로 태우고, 거기서 나온 기억들도 모두 태워버려서 흔적도 찾을 수가 없게 될 것입니다. 딱 하나의 기억만 남기고…. 그리고 지금까지 저와 나누었던 모든 이야기도, 제 목소리도, 저의 얼굴도, 저와 만났던 그날의 기억도 모두 다 사라질 것입니다. 당신의 가슴속에 유일하게 딱 하나 남는 기억은 당신이 저를 만난 이후, 지금까지 느껴왔던 '슬픔'입니다. 김동현 님, 지금까지 제가 드리는 말씀을 악마라는 이름의 서랍장에 넣고, 1207호로 가십시오. 그동안 정말 수고하셨습니다!"

재준은 신영종합병원을 뒤로하고 유유히 멀어져갔다.

중부지방검찰청에서 현직 검사 최진열의 납치사건이 일어난 다음 날이었다. 두 명의 형사가 대정리 복지회관 상담실로 재준을 찾아왔다. 예상하고 있던 일이라 재준은 그리 놀라지는 않았다. 최진열, 이기우와 관련된 사건을 조사했다면 당연히 재준도 그 리스트 안에 들어 있을 것이기 때문이었다.

그들은 서울 중동경찰서 강력계 소속의 오승준 형사와 강종현 형사라고 자신들을 소개했다.

사건 내용은 수사상 알려주지 못한다면서 그 전날 오후 3시부터 5시 사이에 어디 있었냐고 물어왔다. 전날 일이라 또렷하게 기억하고 있었기 때문에 다이어리를 확인하지도 않고 이곳 상담실에서 대정리 이장님, 그다음에는 전정순 할머니, 이금영 할머니에게 상담을 해드렸다고 대답했다.

그리고 이장님에게 전화를 걸어 양해를 구하고 형사들에게 이장님의 핸드폰 번호도 알려주었다. 형사들이 이장님 댁이 어딘지를 묻기에 복지회관 밖까지 배웅하면서 친절하게 알려줬다. 도보로 10분 거리에 있어서 찾는 데 어려움은 없겠지만 혹시 못 찾으면 이 마을 사람들 아무한테나 물어봐도 알 거라고도 덧붙였다.

형사들은 전정순 할머니와 이금영 할머니도 찾아갈 거라면서, 자신들이 만나기 전에 그분들께 전화하지 말라고 하기에 알았다고 하고 실제로도 전화를 하지 않았다. 형사들은 다시 올 수도 있다는 말을 남기고 떠나갔지만 그 이후로는 다시 오지도 않았고 연락을 주는 일도 없었다.

덜컹거리며 흔들리는 버스 안에서는 조용필의「단발머리」가 흐르고 있었고 차창 너머로는 추수가 끝나가는 누런 논이 펼쳐져 있었다. 차창 밖을 물끄러미 바라보고 있던 재준은 두 눈을 꼭 감고 지난날들을 돌이켜봤다.

재준은 미국 위스콘신대학에서 심리학을 전공하면서 미하이 칙센트미하이 교수가 창시한 몰입(Flow)이라는 개념에 영향을 받아 연구를 거듭한 끝에 '몰입'과 관련된 논문으로 박사 학위를 받았다. 그 후 위스콘신대학 심리학 연구소에서 긍정심리학 분야의 연구원으로 근무하던 재준은 연구소 측의 적극적인 만류에도 불구하고 12년 전 아내와 딸 민지와 함께 귀국했다. 백일이 갓 넘은 민지를 데리고 미국에 갔으니 약 8년 만의 귀국이었다. 귀국을 결정한 가장 큰 이유는 아이가 본격적인 학교생활을 시작하기 전에 한국어와 생활방식, 또래 관계를 자연스럽게 익힐 수 있는 시간을 만들어주고 싶어서였다. 영어는 언제든 다시 배울 수 있지만, 자신이 어디에서 자랐는지를 몸으로 느끼는 경험은 초등학생 이전이 아니면 어렵다고 재준은 생각했다. 위스콘신 주립병원의 간호사로 일하던 아내도 재준의 제안에 흔쾌히 동의해주었다.

귀국 후 재준은 지방 국립대학의 부교수로, 아내는 그 지역 종합병원 간호사로 일하면서 정말 행복한 나날을 보냈다. 아침에 눈을 뜰 때마다 오늘은 어떤 일이 기다리고 있을까 가슴이 설렜다. 가족 모두의 얼굴에서 웃음이 끊이지 않는 나날들이었다. 그런데….

초등학교 2학년으로 고국의 생활에 즐겁게 적응해가던 사랑하는 딸, 민지가 죽었다. 그 어린것이 악마에게 능욕을 당하고 처참하게 살해되었다. 하루아침에 살아갈 이유가 사라져버렸다. 모든 의욕이 물거품이 돼버렸다. 부모도 일찍 여의고 형제도 없었던 재준은 자신의 피를 이어받은 민지를 이 세상 그 누구보다도 소중하게 여기고 있었음을 그제야 깨달았다. 쿨한 학자인 양 행동해왔지만 혈연에 의지하는 고리타분한 의식의 소유자였다는 것을 인정해야만 했다. 그렇다고 부끄럽지는 않았다. 민지만 다시 살아 돌아올 수 있다면 내 생명은 물론이고 나의 모든 것을 내던질 수 있다는 것도 깨달았으니까.

얼마 뒤 악마가 잡혔다. 민지를 으슥한 창고로 데리고 들어가는 그 악마의 모습이 CCTV에 고스란히 찍혀 있었던 것이다. 정진태.

딸은 다시는 돌아올 수 없는 곳으로 떠나버렸지만, 법이 그 악마를 단죄해주리라 믿었다. 추호도 의심하지 않았다.

11년 전, 10월 27일 오후 3시 무렵, 재준은 법정에 있었다. 아내의 흐느낌 소리가 바로 옆에서 들려왔지만 재준은 시선을 돌릴 수가 없었다. 검사 최진열이 마지막 발언을 시작했기 때문이었다.

"고소인의 주장을 뒷받침할 만한 증거를 확보하지 못하였고…."

아내의 흐느낌이 점점 오열로 바뀌었다. 그때서야 재준은 옆으로 눈길을 돌렸다. 어린 딸의 영정사진을 안고 있는 아내가 무너져 내렸다.

재준은 벌떡 일어나서 목 놓아 외쳤다. "증거가 없다니? 증거가 없긴 왜 없어? 그, 그놈이 내 딸을… 그 어린 아이를… 창고로 데리고 들어가는 영상이 존재하는데, 증거가 없다는 게 말이 돼? 이 개만도 못한 놈들…." 벌벌 떨리는 두 손을 부르쥐었다.

탕탕탕. 판사 봉을 두드리는 소리가 법정에 울려 퍼졌다.

"아, 정말 안되겠네." 혼잣말처럼 내뱉은 판사 이기우가 버럭 고함을 질렀다. "고소인, 법정 모독이라고 경고했을 텐데요. 법정은 신성한 곳입니다. 그렇게 아무나 소리 지르는 곳이 아니란 말예요!"

"그러니까 재판을 똑바로 하란 말이야!"

재준이 되받아치자 이기우의 낯빛이 붉으락푸르락 변하더니 법정 경비원에게 지시를 내렸다. "고소인, 퇴정 조치하세요!"

경비원 세 명이 우르르 몰려오더니 두 명은 양쪽에서 재준의 겨드랑이에 팔을 끼워 억세게 잡아챘고 한 명은 등 뒤에서 굵은 팔뚝으로 목을 조르며 제압하기 시작했다.

그러는 와중에도 검사 최진열은 아랑곳하지 않고 발언을 이어갔다.

"범죄를 입증할 만한 결정적인 증거를 확보하지 못한 점, 그리고 피고인이 일관되게 결백을 주장하고 있다는 점과 피고인의 사회적 지위를 고려해봤을 때, 고소인의 주장에는 설득력이 결여되어 있다는 점을 인정할 수밖에 없다는 것이 저희 검찰의 최종 판단입니다."

어린 딸의 영정사진을 안고 숨이 넘어갈 듯 목메어 울던 아내가 까무러치고 말았다. 여성 경비원 한 명이 달려오는 게 눈에 들어왔다.

"이런 엉터리 재판이 어디 있어! 이 개자식들아!" 재준은 절규했지만 경비원들에 의해 서서히 무너져갔고 바닥에 짓눌린 채 완벽하게 제압을 당했다. 목이 눌려 숨이 막혀왔지만 힘을 쥐어짜내 고개를 비틀어 피고인석을 노려봤다. "이게 무슨…." 경비원의 손에 입이 틀어막혔다.

피고인석에 앉아 있는 정진태는 오른쪽 입꼬리를 한껏 끌어올리고 조롱하듯 비웃음을 흘리고 있었다. 그리고 그 옆에 앉아 있던 정순철은 아들의 어깨를 다독거리며 승리를 만끽하는 얼굴로 법정 안을 둘러보고 있었다. 재밌는 구경이라도 하듯이.

재준은 제압하는 경비원들의 손을 뿌리치려고 처절하게 발버둥 쳤지만 손가락 하나 까닥할 수가 없었다. 정신을 잃고 바닥에 널브러져 있는 아내를 여성 경비원이 부축해서 일으키려고 했다. 바닥에 누리끼리한 물이 퍼져갔다. 아내가 실금을 한 모양이었다.

정신을 잃고 축 처져 있는 아내를 빤히 바라보면서도 입을 틀어막혀 아내를 불러보지도 못하고 재준은 끌려 나갈 수밖에 없었다.

재준도 아내도 없는 재판정에서 선고가 내려졌다.

피고인 정진태, 무죄!

그 순간, 재준은 남은 인생을 복수에 바치리라 맹세했다.

아내는 항소하자고 했지만, 재준은 피고인과 그의 아버지의 태도와 심리 상태를 조목조목 지적하면서 설령 2심이나 3심에서 유죄 판결을 받더라도 중죄로 이어질 리가 없고 소중한 시간만 낭비하게 될 것이라며 항소를 포기하자고 맞섰다. 대신에 반드시 복수할 테니까 제발 자신을 믿어달라고 절절하게 호소했다.

그런 뒤, 항소 문제로 부부 사이에 금이 가기 시작했다는 것을 알았지만 재준은 물러서지 않았다. 대학에서 강의를 마치고 귀가하던 길이나 약간이라도 시간이 날 때마다 품속에 일자 드라이버를 숨기고 한 달이 넘게 정진태가 사는 것으로 추정되는 아파트 주변을 서성거렸다. 그러다가 순찰차가 다가오는 것을 보고 지레 겁을 먹고 달아나면서 드라이버를 근처 공원 풀숲에 아무렇게나 던져버렸다. 후들거리는 다리로 간신히 도망쳤다.

"이렇게 한심할 수가… 내가 지금 무슨 짓을 하고 있는 거야…."

만에 하나 그때 경찰에 체포되었다면 모든 게 끝났을 것이다. 이건 아니다 싶었다. 이런 식으로는 악마들에 대한 복수는커녕 그들의 머리카락 한 올이나 손톱 하나도 건드리지 못하리라는 것을 뼈저리게 통감했다. 재준은 무력감에 치를 떨었다.

심리학이라는 공부 말고는 제대로 할 줄 아는 게 하나도 없는 스스로를 저주하며 재준은 네 명의 악마 모두에게 복수할 방법을 찾아 헤맸다.

허울 좋은 대학 교수직을 내던지고 지방을 전전하며 상담사로 일하면서(박사 학위가 있었기에 일자리를 구하는 것은 그리 어렵지 않았다) 네 명의 악마를 잡을 덫을 연구했다.

딸 민지가 세상을 떠나고 3년 뒤, 재준은 결국 아내와 헤어졌다. 복수에 미쳐 있는 남편을 보고 있는 것만으로도 아내는 숨쉬기조차 어려울 만큼 견디기 힘들었으리라. 그 마음을 충분히 이해할 수 있었지만 복수를 포기할 수는 없었기에 아내를 붙잡지 않았다. 오히려 홀가분하다고 느끼는 자신을 발견하고 정말 미쳤는지도 모른다고 생각한 적도 있었다. 아니, 미쳐 있었을 것이다. 어쩌면 지금도….

아내와 헤어진 지 얼마 지나지 않아 재준은 인간의 심리가 몸에도 영향을 끼친다는 것을 전공자로서의 머리가 아닌 몸으로 체험했다. 심장이 터질 것같이 뛰고, 갑자기 식은땀이 흐르고, 정상적인 호흡을 할 수 없는 상태에 빠지고, 좀처럼 잠을 잘 수가 없고, 자신의 존재 가치가 한없이 하찮게 여겨지고…,

공황장애, 우울증. 긍정심리학을 연구한 전공자로서도 무너지는 순간이었다. 비록 정신과 의사는 아니지만 스스로도 진단을 내릴 수 있을 만큼 상태는 심각했다. 상담사가 정신과를 찾는 꼴을 보일 수 없어서 일부러 두 시간 정도 떨어진 대전으로 가서 우울증 진단을 받고 약을 처방받았다. 의사에게는 사고로 딸을 잃고 아내와 헤어졌다고만 했다.

복수를 하기 위해서라도 건강을 회복해야 했지만 인터넷을 검색할 때마다 나오는, 뻔뻔하게 잘만 살고 있는 그 악마들의 얼굴을 떠올리는 것만으로도 증세는 악화되어갔다. 건강을 되찾아야 복수도 할 수 있다는 일념하에 재준은 자신의 전공이었던 긍정심리학을 스스로에게 적용해보기로 했다. 너무도 궁금해서 견디기 어려웠지만 신체와 정신에 부정적인 영향을 가져다주는 정보를 의도적으로 차단하고, 오전 6시에 일어나서 조깅으로 하루를 시작하고 재준에게 상담을 하러 오는 모든 사람들의 사연에 몰입할 수 있는 조건을 만들어갔다.

그렇게 시간은 또 흘러갔다. 다행히도 우울증 증세는 약을 먹지 않고도 버틸 수 있을 만큼 눈에 띄게 호전되어갔다. 재작년 봄, 인터넷에서 우연히 '지모 씨의 남편과 딸 역시 행방불명, 동반 자살 가능성도 있어!'라는 기사를 발견할 때까지.

그 기사를 본 순간 바들바들 떨려오는 손으로 서랍 속 깊이 숨겨놓았던, 이제 다시는 필요하지 않을 줄 알았던 우울증 약을 꺼내 물도 없이 씹어 삼켰다. 피가 거꾸로 도는 것 같았고 온몸의 마디마디가 떨렸다.

'내가 복수를 위한답시고 건강을 회복하느라 그 악마 놈들한테서 눈을 돌리고 있는 사이, 나 같은 피해자가 또 생기고 말았다.'

무슨 수를 써서라도 그 피해자를 만나야만 했다. 그것은 이미 운명이었다.

재준은 자신과 같은 피해자인, 지은정이라는 성폭행 피해자의 남편이자 고소인인 김동현을 찾아 나섰다. 인터넷에 나도는 성폭행 피해자인 지은정이라는 실명과 그녀의 가족이 살고 있다는 '해피 빌리지'라는 아파트 단지의 이름만이 단서였기 때문에 찾아내는 데 많은 시간이 흘러갔다.

이윽고 김동현을 찾아낸 것은 그가 살고 있는 아파트 근처 공원에서였다. 그는 거의 넋이 나간 상태였다. 재준이 자신의 딸, 민지에게 일어났던 참혹한 비극과 지금까지 간직해온 그 네 명의 악마들에 대한 복수심을 털어놓자 김동현은 품속에서 알루미늄 호일로 감싼 작은 칼을 꺼내 보여주며 당장이라도 나서서 그놈들 모두를 처단하겠다며 울분을 토했다. 그날 이후 두 사람은 매일매일 얼굴을 맞대고 복수에 대해 얘기했다.

당장 죽이러 가겠다며 분노를 주체하지 못하는 김동현의 모습에 과거 자신의 모습이 겹쳐 보이는 것만 같아 재준은, 무모하게 접근하는 것은 복수에 실패할 확률도 높고 본인이 다칠 수도 있으며 살인자가 될 수도 있다고, 그리고 그렇게 살인자가 되는 것은 먼저 하늘나라로 떠난 아내와 딸이 바라는 바도 아닐 거라며 만류했다.

"직접 나서지 않고 어떻게 복수를 하겠다는 겁니까?!" 김동현이 악을 썼다. 바로 그때였다. 그의 비통한 절규 때문이었을까 '직접 나서지 않고'라는 말 때문이었을까, 그동안 한 번도 생각해보지 않았던, 어쩌면 재준이기에 가능할 수 있는 아이디어 하나가 머릿속에서 번쩍 빛을 발했다.

최면에 걸린 아바타를 이용한 사냥!

"우리는 직접 손을 대지 않고 정진태의 손으로 복수를 하는 겁니다."

재준은 이 계획에 대하여 김동현에게 차근차근 설명했다. 김동현은 재준의 설명을 진지하게 들어주었고, 복수만 할 수 있다면 자신은 목숨이라도 내놓겠다며 뭐든지 협력하겠다고 했다. 그렇게 해서 '아바타 사냥'이 시작되었다.

이 사냥을 성공시키기 위해서는 두 가지 조건이 반드시 갖춰져야 했다. 첫 번째 조건은 사소한 실수도 용납되지 않는 완벽한 최면술, 두 번째 조건은 아바타에게 주입시킬 기억과 안면(얼굴)을 제공할 협력자.

김동현은 두 번째 조건을 흔쾌히 허락했고, 재준은 유학 시절에 부전공으로 공부했던 최면술을 본격적으로 익히는 데 모든 것을 바쳤다. 모교인 위스콘신대학을 비롯하여 스탠퍼드, 하버드 등 세계 유수의 연구기관에서 열리는 최면 학회에도 참가하고, 세계 각지의 전문가를 만나고, 최면과 관련된 온갖 전문 서적을 탐독하고, 마을 주민들의 상담을 하면서도 최면을 활용하며 기술을 익혀나갔다.

네 명의 악마에게 복수를 하고야 말겠다는 굳은 의지가 김동현과 재준을 하나로 엮어주었다. 재준은 김동현의 적극적인 협력하에 김동현의 기억을 아주 세세한 부분까지 완벽하게 정리해나갔다. 시각, 청각, 후각, 미각, 촉각의 기억까지 오감의 기억을 조각칼로 새기듯 매우 생생하게 기록했다.

그다음 단계는 복수를 직접적으로 실행할 아바타가 되어줄 악마를 납치하는 것이었다. 몇 번의 시도 끝에 일식집 태평양 앞에서 혼자 나오는 정진태를 납치하는 데 성공했다. 그길로 서울 외곽에 있는 오피스텔(계획 실행을 위해 단기로 임대해놓은)로 데리고 가서 최면을 걸어 정진태로 하여금 공업용 커터 칼로 자신의 안면 피부를 망가뜨리게 한 뒤, 그 상태에서 미리 정리해놓은 김동현의 기억을 정진태의 머릿속에 주입시키고, 때가 왔을 때 터질 수 있도록 복수의 뇌관을 심었다. 최면에는 핸드폰을 사용했다. 그래야만 비대면 상태에서도 정진태를 조종할 수 있기 때문이었다. 전화를 할 때, 상대방의 목소리에 귀를 기울이게 되는 특성이 최면에 매우 효과적으로 작용했다. 이어 마지막 단계로, 신영종합병원의 의사를 매수하여 악마와 협력자의 얼굴을 바꿨다. 그렇게 복수를 위한 작업은 순조롭게 진행되는 듯했다.

　뜻밖의 위기가 찾아온 것은 총 세 차례에 걸친 수술 가운데 마지막 수술을 앞두고 있던 정진태를 만났을 때였다. 그가 입원해 있던 신영종합병원 1202호 병실에서였다.

　당시 정진태는 재준의 의도대로 김동현의 기억을 하나씩 떠올리며 자신의 기억으로 받아들여가고 있었고, 마침 김동현의 가족이 살던 아파트 도어록의 비밀번호까지 떠올린 상태였다.

　"상담사님, 그런데 요즘 이상한 일이 자주 있거든요."

　"네? 이상한 일이라고요?" 재준이 물었다.

　"거울을 보고 있으면, 내 얼굴에 어떤 남자의 얼굴이 얼핏 얼핏 겹쳐 보일 때가 있어요. 그리고 그럴 때마다 속이 메슥거리고 구역질이 올라오더라고요."

"그, 그게 무슨….." 느닷없이 들이닥친 충격에 재준은 그만 말문이 막혀버렸다. 그럴 리가 없는데… 그럴 리가 없는데… 새하얘져버린 머릿속에서는 이 말만이 맴돌았다.

당황하고 있다는 것을 감추기 위해 재준은 재빨리 창가로 다가갔다. 그리고 손이 떨리고 있는 것을 들키지 않도록 정진태를 등진 채 아주 천천히 블라인드를 걷어 올리며 바깥 경치를 내다보는 시늉을 했다.

인정하고 싶지 않지만, 정진태가 무의식 속에서 자신의 얼굴을 떠올리게 된 것이리라. 이런 상태가 계속되면 최면이 풀려버릴 것이다.

침착해야 해. 침착해야 해. 이대로 끝낼 수는 없어. 이건 나 혼자만의 실패로 끝날 수 있는 일이 아냐.

마음속으로 되뇌며 재준은 협력자인 김동현의 얼굴을 떠올렸다. 몇 번이고 소리 죽여가며 심호흡을 했다. 서서히 마음의 동요가 가라앉는 것을 느끼며 재준은 정진태를 향해 돌아섰다. 그리고 재킷 주머니에서 핸드폰을 꺼내 통화 버튼을 눌렀다.

정진태가 책상다리를 하고 앉아 있는 침대 옆, 협탁 위에 놓여 있던 핸드폰이 우웅우웅 진동했다. 핸드폰을 집어 든 정진태가 핸드폰 화면을 들여다보더니 얼굴을 들었다.

"상담사님이 전화하신 거예요?"

"네, 김동현 님, 한번 받아보세요."

정진태가 묵묵히 핸드폰을 귀에 대는 것을 바라보며 재준은 입 밖으로 내보내는 말 한마디 한마디에 힘을 실었다. 그렇게 정진태의 기억을 리셋시켜나갔다. 정진태가 찾아가던 기억을 한번 잃었었다는 것은 거짓이 아니었다.

41_상담사

눈을 떴다. 버스 차창 너머로 노랗고 붉은 잎사귀들이 빠르게 스쳐 지나갔다.

화려한 색을 뽐내는 잎사귀들은 앙상한 나뭇가지에 아슬아슬하게 매달려 있었다. 일주일마다 지나다니던 길이라서 눈을 감고도 어디쯤 지나고 있을지 알 수 있을 만큼 낯익은 풍경들인데 어느새 낙엽이 되어 지고 있다니 시간의 한 도막이 끊어져 나가버린 듯 새삼스럽게 다가왔다.

라디오에서 흘러나오는 디제이의 멘트가 흔들거리는 버스 안을 가득 채웠다.

"날씨가 많이 쌀쌀해졌습니다. 따뜻한 게 그리워지는 계절인데요. 다운재킷도 좋고 따뜻한 손난로도 좋고 따끈한 만두나 호빵도 좋지만 뭐니 뭐니 해도 소중한 사람과의 사랑만큼 따뜻한 건 없겠죠? 그런데 우리는, 우리가 사랑하는 사람 또는 우리를 사랑해주는 사람이 언제나 곁에 있어줄 거라고 생각하곤 합니다. 무덤덤하게 말이죠. 그러다가… 부모님, 연인, 친구 등 사랑하는 사람들과 헤어지고 나서야 비로소 그 사람의 소중함을 깨닫곤 하는데요. 이 노래를 들으며 여러분에게는 지금 누가 소중한지 또는 지금은 곁에 없지만, 소중했던 사람을 한번 떠올려보시는 건 어떨까요? 최호섭의 「세월이 가면」입니다."

이어 노래가 흘렀다.

그대 나를 위해 웃음을 보여도… 허탈한 표정 감출 수 없어… 힘없이 뒤돌아서는… 그대의 모습을….

눈 속이 뜨거워지는 걸 느끼며 재준은 눈을 감았다.

버스에서 내려 택시로 갈아탔다. 택시는 야트막한 산길을 올라갔다. 도로는 아스팔트로 잘 닦여 있었다. 택시에서 내려 포장된 길을 걸어 올라갔다. 길 위에 나뒹구는 낙엽을 밟을 때마다 부스럭거리는 소리가 났다. 산에는 노랗고 빨간 낙엽들로 만들어진 카펫이 깔려 있었다. 바짝 메마른 가지를 드러내고 있는 나무들 사이로 차가운 바람이 불어왔다. 코끝이 시렸다.

얼마 지나지 않아 이 산에는 새하얀 카펫이 깔릴 거라는 생각을 하며 재준은 짙은 회색 벽과 아치형의 커다란 유리 창문이 도드라져 보이는 깔끔한 3층 건물로 들어섰다. 3층 짜리이지만 보통 건물의 6층 정도 높이 건물이다.

재준은 너무도 소중한 사람에게 다가갔다. 초등학교 2학년 딸아이가 방긋 웃고 있는 사진이 놓여 있는 유골함 앞에 섰다. 들고 있던 가방에서 코팅된 그림을 꺼내 펼쳐보았다. 상담실 벽에 걸려 있던, '공주, 가족, 아빠'라고 정성스럽게 제목까지 적어놓은, 딸아이가 그린 그림이다. 그림을 접어서 유골함 옆에 놓는 순간, 왈칵 눈물이 쏟아졌다.

이를 악물고 버텨봤지만 눈물은 멈추지 않고 뺨을 타고 흘러내렸다.

핸드폰으로 시간을 확인해보니 두 시간 남짓 흘렀지만, 딸아이의 웃는 얼굴 말고는 아무것도 기억에 남아 있지 않았다. 발걸음을 멈추고 주위를 둘러봤다. 길 양옆으로 비닐하우스와 밭이 펼쳐져 있고 정면으로 멀리 대은병원이 시야에 들어왔다.

"상담사 선생님!"

오른쪽 옆에서 중년 여성의 목소리가 들려와 돌아보니 하얀색 경차 운전석 차창 너머로 봉봉미용실의 원장, 신현숙 씨가 손을 흔들고 있었다.

"어디 가세유?"

"대은병원에요. 환자분 상담이 있어서요." 재준은 애써 미소를 지어 보였다.

"태워다드릴까유?"

"아닙니다. 저 앞인데요, 뭐." 재준은 대은병원을 가리켰다가 운전석 쪽으로 돌아섰다. "신현숙 님, 아드님 자퇴 건은 아직 진행 중이세요?"

아들의 어머니가 풋, 웃음을 터뜨렸다. "선생님 말씀대로 열심히 보라색 컵을 떠올리면서 지켜보고 있슈. 성호도 어린아이는 아니니께. 의견을 존중해줘야쥬. 자퇴를 하건 말건 지가 알아서 결정하겠쥬. 암튼 마음은 홀가분하구먼유. 아! 그것보다 문자드릴 참이었는데, 내일 시간 되세유?"

"내일이요?" 재준은 잠시 내일 일정을 떠올려보고 나서 대답했다. "오후 3시에 가능합니다."

"다행이네유. 이번에는 남편이랑 같이 찾아뵐까 해서유."

"무슨 문제라도?"

"아뉴, 그런 게 아니라, 남편이 선생님을 꼭 한번 뵙고 싶다고 해서유."

"네?"

"가정의 평화를 가져다주신 선생님께 감사의 말씀을 직접 전하고 싶다나 뭐라나." 그렇게 말하고 한 가정의 아내이자 어머니가 또 풋, 웃음을 터뜨렸다가 눈을 동그랗게 떴다. "이런, 제가 선생님 시간을 너무 뺏었네유. 죄송해유. 그럼 내일 뵙겠슈."

"네." 재준이 살짝 머리를 숙이자 봉봉미용실 원장은 환하게 웃는 얼굴로 고개 숙여 인사하고 차를 출발시켰다.

딸랑, 머리 위에서 울리는 종소리를 들으며 재준은 안내데스크에 있는 김순애 간호사에게 눈인사를 하고 3층으로 올라갔다. 그리고 복도 끝에 있는 2인용 병실 앞에 서서 똑똑 똑 노크를 했다.

"들어오세요."

젊은 남성의 대답을 듣고 재준은 문을 옆으로 밀고 안으로 들어갔다.

침대에 걸터앉아 있던, 머리 전체를 붕대로 감은 남성 환자가 손을 들어 보이며 재준을 맞이했다. 얼굴이 붕대로 가려져 있어서 표정을 알 수 없지만 유일하게 드러나 있는 눈 빛만큼은 평소처럼 따뜻했다.

"김동현 님, 뉴스 보고 계셨네요?" 재준은 다가가며 말을 건넸다.

"네, 보고 있습니다."

병실 벽에 걸려 있는 TV에서는 카메라 플래시 세례 속에 수갑을 찬 정진태가 고개를 푹 숙이고 있는 영상이 송출되고 있었다. 동시에 정진태의 과거와 현재의 얼굴 사진, 경찰관 정복을 입고 침을 튀겨가며 브리핑하는 중동경찰서 경찰서장의 영상 그리고 군중들의 시위 장면이 이어지는 가운데, 영상에 따른 앵커의 멘트가 흘러나왔다.

"경찰이 기존의 수사 과정을 뒤집는 충격적인 결과를 발표했는데요. 지문과 DNA 분석 결과, 범인은 기존에 알려졌던 '김동현'이 아니라, 대망그룹 정순철 회장의 아들인 정진태로 밝혀졌습니다. 피의자 정진태는 아버지 정순철 회장을 살해한 패륜적인 범죄행위와 어떤 계기로 누구의 도움을 받아 김동현의 얼굴을 이식했는지에 대한 엽기적인 범죄 행각에 관해선 자신은 전혀 알지 못하는 일이라고 여전히 잡아떼고 있는데요. 경찰에 따르면, 피의자 정진태의 잔혹한 범행을 입증할 증거는 충분히 확보한 상태이며 현재 행방불명 상태인 김동현의 살해 의혹 등을 포함하여 여죄를 추궁하고 있다고 합니다. 그리고 피의자 정진태가 체포되기 직전 SNS와 언론 매체에 배포한 녹취 파일과 관련하여, 최모 검사와 이모 판사는 강압에 의한 진술은 법적 효력이 없다고 일관

되게 주장하고 있는 가운데 녹취 파일 속, 최모 검사와 이모 판사 간에 오간 형량 조작과 관련된 대화 내용이 SNS를 통해 급속도로 퍼지면서 연일 시위가 격화되고 있는 양상입니다. 이에 법무부도 감찰에 나섰다는 소식이 들어왔습니다. 그럼 법무부에 나가 있는 김민정 기자를 불러보겠습니다. 김민정 기자….”

TV에서 시선을 뗀 김동현이 창가로 다가갔다.

멀어져가는 이 남자의 등을 바라보고 있자니, 벚꽃 잎이 눈보라처럼 흩날리던 그날 새벽의 광경이 떠올랐다.

신영종합병원 정문 앞 도로 건너편, 가로등 불빛이 미치지 않는 어둠 속에서 우리는 실내등을 끈 택시 한 대가 병원 정문으로 들어가는 것을 묵묵히 지켜보고 있었다. 택시가 멈추자 뒷좌석에서 마른 피로 검게 물든, 최면에 걸려 있는 정진태가 내리더니 비틀거리며 걸음을 옮겼다. 그는 피가 말라붙은 수건으로 머리를 감싸고 있었다.

병원 정문을 빠져나오는 택시를 눈으로 좇던 김동현이 재준의 손을 감싸 쥐었다. 부들부들 떨리고 있었다. 아마도 우리 둘 다 떨고 있었을 것이다. 두려움 때문이었을까 아니면 분노 때문이었을까. 누가 먼저랄 것도 없이 우리는 힘껏 손을 맞잡았다. 떨림이 서서히 멈췄다.

“이제 내 차례네요.” 손을 놓은 김동현이 걸음을 내디디며 말했다. 재준은 숨을 삼키고 점점 작아져가는 김동현의 뒷모습을 바라보았다.

안면이식수술과 성대성형수술을 해줄 의사가 나와서 악마와 협력자를 맞이했고, 이어 둘을 데리고 병원 안으로 들어갔다. 의사는 정진태의 돈으로 매수할 수 있었다. 물론 최면에 걸린 그의 입을 통해서였다.

그날 새벽, 그렇게 우리는 두 번 다시 돌아올 수 없는 복수의 다리를 건넜다.

재준은 김동현의 옆으로 가서 창밖을 내다보았다. 그리고 큼큼 헛기침을 하며 목을 가다듬었다. 목소리가 떨려 나올 것 같아서였다.

"김동현 님, 바람이 많이 차가워졌던데요."

"네, 조금 전에 산책을 나갔는데 정말 추워졌더라고요." 창밖으로 시선을 던진 채 김동현이 말했다.

병실 안은 따뜻했지만 닫힌 창문 너머로 매서운 바람이 느껴졌다. 바람이 흔들 때마다 마른 나뭇가지에 매달린 갈색 잎들이 우수수 떨어져 내렸다.

"이제 첫눈이 내릴 날도 얼마 남지 않은 것 같아요." 도로 위를 굴러다니는 낙엽들을 바라보며 재준이 말했다.

"그러니까요… 첫눈, 참 예뻤는데… 눈사람도…." 김동현의 목소리가 가늘게 떨렸다. 침을 삼키는 소리가 들렸다. "…탄산음료 그딴 거 그냥 마시라고 했어야 했는데…."

온몸으로 흐느끼는 김동현의 떨림이 고스란히 전해져왔다. 재준은 입을 꾹 다물고 그의 어깨를 다독였다. 흐린 하늘로 향해 있는 시선 끝이 세상을 떠난 그의 아내와 딸을 어루만지고 있을 거라고 생각하니 목이 메어서 재준은 더 이상 어떤 말도 할 수가 없었다.

김동현이 이쪽으로 몸을 돌리더니 두 손을 내밀었다. 붕대 사이로 보이는 그의 두 눈은 붉게 충혈되어 있었다. 재준도 손을 내밀어 그의 손을 마주 잡고 꼭 쥐었다. 하지만 김동현의 어깨의 들썩거림은 잦아들 기미조차 보이지 않았고 그의 얼굴을 감싸고 있는 붕대가 축축하게 젖어왔다.

도저히 이 남자의 얼굴을 바라보고 있을 수가 없어서 재준은 눈길을 떨구고 입술을 깨물었다. 뿌옇게 흐려오는 시야에 구두 위로 떨어지는 굵은 눈물방울이 보였다.

페이백 – 슬픔마저도

초판 1쇄 발행 · 2026년 3월 27일

지은이 · 민도연
펴낸이 · 김요안
편집인 · 강희진
디자인 · 김이삭

펴낸곳 · 북레시피
주소 · 서울시 마포구 신수로 59-1
전화 · 02-716-1228
팩스 · 02-6442-9684
이메일 · bookrecipe2015@naver.com | ccop98@hanmail.net
홈페이지 · bookrecipe.co.kr
등록 · 2015년 4월 24일(제2015-000141호)
창립 · 2015년 9월 9일

ISBN 979-11-93551-58-5 03810

종이 · 화인페이퍼 인쇄 · 삼신문화사 후가공 · 금성LSM 제본 · 대흥제책